BASTEI LÜBBE

Angus Wells

DER LETZTE KAMPF

Die Kinder des Exils

Ins Deutsche übertragen
von Winfried Czech

BASTEI
LÜBBE

BASTEI LÜBBE TASCHENBUCH
Band 20 420

1. Auflage: August 2001

Vollständige Taschenbuchausgabe

Bastei Lübbe Taschenbücher
ist ein Imprint der
Verlagsgruppe Lübbe

Deutsche Erstveröffentlichung
Titel der englischen Originalausgabe:
Exile's Challenge, Chapter 21-Ende

Lektorat: Frauke Meier/Stefan Bauer
Titelillustration: Stephen Youll
Umschlaggestaltung: QuadroGrafik, Bensberg
Satz: QuadroPrintService, Bensberg
Druck und Verarbeitung:
Brodard & Taupin, La Flèche, Frankreich
Printed in France

ISBN 3-404-20420-4

WAS BISHER GESCHAH

Nach ihrer abenteuerlichen Flucht aus Salvation sind Arcole, Davyd und Flysse in Ket-Ta-Thanne heimisch geworden. Sie haben die Sprache der Matawaye gelernt und sich mit den Gebräuchen ihrer Gastgeber vertraut gemacht. Während Arcole und Flysse ihren Platz in der Gemeinschaft gefunden haben, ist Davyd unschlüssig, ob er zu einem Krieger oder zu einem Wakanisha, einem Träumer der Matawaye, werden soll. Er beschließt, sich für eine Weile in ein kleines Wäldchen zurückzuziehen, um in einer rituellen Zeremonie Klarheit über sein weiteres Schicksal zu erlangen. Während er in einer Schwitzhütte fastet und Visionen von einer schrecklichen Bedrohung und einem gewaltigen Krieg gegen die Zerstörer erlebt, stiehlt sein Rivale und Erzfeind Taza ihm die Pferde, Waffen, Ausrüstung und Kleidung. Als Davyd nach mehreren Tagen die Hütte verläßt, findet er sich ohne irgendwelche Hilfsmittel allein in der Wildnis wieder. Noch weiß er nicht, daß sein Rivale für den Diebstahl verantwortlich ist.

Zu weit vom Lager der Matawaye entfernt, um es zu Fuß erreichen zu können, beginnt für Davyd ein verzweifelter Überlebenskampf. Er nutzt seine neuerworbenen Fähigkeiten, um ohne Werkzeuge Feuer zu machen, sich Nahrung zu beschaffen und Rauchzeichen zu geben, während er darauf wartet, daß die Matawaye irgendwann einen Suchtrupp nach ihm ausschicken. Doch die Zeit vergeht, und das entbehrungsreiche Leben schwächt ihn zunehmend. Zu allem Überfluß haust ein Vielfraß in dem Wäldchen, der ihm zuerst seine Beute streitig macht und ihn schließlich angreift. Davyd gelingt es zwar, das gefährliche Raubtier zu töten, doch er wird dabei schwer verletzt und ist durch den Nahrungsmangel und die Strapazen so entkräftet, daß er das Bewußtsein verliert.

Buchstäblich in letzter Sekunde wird er von Tekah, Arcole und Rannach gerettet. Tekah verdächtigt Taza, den Anschlag auf Davyd verübt zu haben, doch dem jungen Lakanti kann vorläufig keine Schuld nachgewiesen werden. Die Ratsversammlung der Matawaye beschließt, Taza erst während des Matakwas den Prozeß zu machen. Kurz darauf bauen die Matawaye das Lager ab und begeben sich auf die Reise zum Fuß des Gebirges, wo das traditionelle Fest im Beisein der Grannach stattfinden soll.

Auf der anderen Seite des mächtigen Gebirgszuges herrschen Angst und Schrecken. Die sogenannten Dämonen, hinter denen sich in Wirklichkeit die von Rannach verbannten Tachyn verbergen, greifen noch immer Grostheim und die im Hinterland gelegenen Höfe an. Zum Schutz ihrer Überseekolonie hat die Autokratie den magisch begabten Inquisitor Jared Talle und eine kleine Armee Marinesoldaten unter dem Kommando von Major Tomas Var nach Salvation entsandt. Talle enthebt unverzüglich den Gouverneur Andru Wyme seines Postens, greift mit harter Hand durch und zwingt die in die Stadt geflüchteten Siedler, auf ihre verwaisten Gehöfte zurückzukehren. In seinem Auftrag errichten Tomas Vars Männer unter der Führung des ortskundigen Jägers Abram Jaymes eine Reihe von Forts an den Grenzen zur Wildnis, um die Kolonie vor weiteren Übergriffen zu schützen. Nach einigen Kämpfen und etlichen Verlusten unter den Soldaten kehrt tatsächlich vorübergehend wieder

Ruhe ein. Doch der Friede ist trügerisch und nicht von langer Dauer.

Unter der Bevölkerung Grostheims und der umliegenden Höfe macht sich Unzufriedenheit über Talles grausames Regime breit. Die Versorgungslage ist nach der Flucht der Landbevölkerung prekär, tagtäglich werden Menschen gehängt, die es wagen, sich Talles Anordnungen zu widersetzen, und in ihrer Not fliehen einige Siedler in die Stadt zurück.

Als der Winter hereinbricht, bekommt die schwelende Bedrohung eine neue Dimension. Immer mehr Menschen werden besessen, sprechen in einer fremden Sprache und begehen Morde. Talle sieht sich gezwungen, seinen geplanten Winterfeldzug zu verschieben. Seine Untersuchungen der Getöteten ergeben, daß eine fremdartige Magie im Spiel ist, und er muß erkennen, daß ein weiterer unbekannter und äußerst gefährlicher Feind in das Geschehen eingegriffen hat.

MATAKWA

Die neue Begegnungsstätte war in vielerlei Hinsicht der alten recht ähnlich, und wenn auch der alles überragende Berg des Schöpfers im Hintergrund fehlte, war sie doch bewaldet und von hohen Bergen umgeben. Ein kleiner Bach schlängelte sich durch das saftige Gras des Talkessels, in den man über einen Paß im Westen und einen weiteren im Osten gelangte. Durch letzteren wand sich ein steiniger Pfad in die Höhe, bis er sich zwischen den Gipfeln verlor. Aus dieser Richtung würden die Grannach kommen, die von den Mataways bereits erwartet wurden. Überall standen Zelte, weniger als in Ket-Ta-Witko, aber immer noch eine beeindruckende Menge, und in ihrer unmittelbaren Nähe waren die Lieblingspferde ihrer Besitzer angepflockt. Der Rest der Herde wurde weiter im Süden des Tales von halbwüchsigen Matawaye gehütet.

Morrhyn ließ den Blick über das Lager schweifen und verspürte dabei eine Mischung aus Stolz und Wehmut. Das Volk hatte den Angriff der Zerstörer überlebt, aber viele waren während der Kämpfe gefallen. Und sollten sich Davyds Träume als wahr erweisen … Er zuckte die Achseln, als er bemerkte, daß Rannach ihn aufmerksam musterte. »Wir können jetzt nur warten«, beantwortete er die unausgesprochene Frage des jungen Akamans.

»Und es gibt noch andere Dinge, um die wir uns kümmern müssen«, sagte Yazte. »Nicht zuletzt die Sache mit Taza.«

»Und die Aufnahmezeremonie«, warf Kahteney ein.

»Ach!« Yazte schüttelte den massigen Kopf. »Das ist

kaum mehr als eine Formalität. In den Augen des Volkes sind sie bereits Matawaye.«

»Nicht in Tazas Augen«, murmelte Kahteney, den Blick auf das Zelt des jungen Mannes mit dem verkrüppelten Fuß gerichtet.

Es war neu, die Lederplane mit dem Adleremblem der Lakanti bemalt, als wollte Taza seinen Clan warnen, ihn auszustoßen, und stand etwas abseits der übrigen Zelte. Tazas Pferd graste in der Nähe, sein Besitzer hockte in der Sonne und nähte geschäftig an einem zerrissenen Hemd. Wenn er sich bewußt war, beobachtet zu werden, ließ er sich jedenfalls nichts anmerken. Er wirkte völlig entspannt und zufrieden.

Morrhyn runzelte die Stirn. Der Unruhestifter war ihm ein beinahe so großes Rätsel wie Davyd. Er besaß zweifellos die Traumgabe, aber sie wurde von Stolz und Ehrgeiz überlagert, was Morrhyn und Kahteney bewogen hatte, ihn nicht zum Wakanisha zu berufen. Und obwohl Morrhyn sich ermahnte, ihn nicht zu verurteilen, bevor alle Beteiligten vor dem Rat gehört worden waren, fiel es ihm schwer, daran zu zweifeln, daß Taza versucht hatte, Davyd zu ermorden. Aber wie konnte das bewiesen werden? Seine Träume gaben ihm keinerlei Anhaltspunkte, und auch Kahteney und Davyd hatten nicht von Taza geträumt. War es möglich, daß seine schlimmsten Befürchtungen zutrafen? Behinderte der junge Mann irgendwie ihre Gabe? Und wenn dem so war, über welche unbekannte Macht verfügte Taza?

Der Wakanisha seufzte gedankenverloren, und Rannach wiederholte seine Worte: »Wir können nur warten.«

»Ja.« Morrhyn rang sich ein Lächeln ab und neigte zustimmend den Kopf. Sein Blick wanderte weiter zu Davyds Zelt, das neben seinem eigenen stand, nicht weit entfernt von dem, das Arcole und Flysse teilten, und – unvermeidlich – ganz in der Nähe von dem Tekahs. *Es dürfte kaum jemand an Davyd herankommen,* dachte Morrhyn, *solange Tekah wie ein Wachhund auf der Lauer liegt.*

Plötzlich riß ihn ein Ruf vom östlichen Rand des Talkessels aus seinen Gedanken, und er spürte, wie sich Rannachs Hand um seine Schulter schloß.

»Sie kommen! Siehst du?«

Eine Kolonne wand sich den steinigen Pfad hinab. Die ersten Grannach hatten bereits den schattigen Paß erreicht, und ihre lautstarken Begrüßungen hallten von den Felswänden wider, als eilte ihnen ein rollendes Donnergrollen voraus. Aus dieser Entfernung erweckten sie den Eindruck lebendig gewordener behaarter Felsbrocken, klein, rundlich und hart, die ihre mit Handelsgütern beladenen Handkarren hinter sich herzogen.

»Ich werde sie angemessen begrüßen«, sagte Rannach und eilte sofort zu seinem Pferd.

»Ich auch«, schloß sich Yazte an und stürmte los, aber im Gegensatz zu Rannach wirkte er dabei so schwerfällig wie ein angreifender Bär.

Morrhyn wandte sich Kahteney zu. »Wir sollten uns ebenfalls bereitmachen, was, Bruder?«

Kahteney nickte, und die beiden Wakanishas begaben sich in einem sehr viel würdevolleren Tempo zu ihren Zelten.

Davyd lag fast nackt und furchtbar verlegen im Schatten der Eingangsplane seines Zeltes, wo sich Flysse und Lhyn um seine Wunden kümmerten. Obwohl er bestritt, Schmerzen zu haben und auf ihre Fürsorge angewiesen zu sein, ignorierten sie seine Proteste. Die Wunden *würden* behandelt werden, erklärten sie ihm, und er sollte sich damit abfinden und stillhalten, oder aber sie würden Arrhyna zu Hilfe rufen, damit sie ihn festhielt. So blieb ihm keine andere Wahl, als liegenzubleiben, auch als er die lauten Rufe hörte und aufzustehen versuchte.

»Ganz ruhig.« Lhyn legte ihm eine Hand auf die Brust und drückte ihn sanft zurück. »Zuerst bringen wir das zu Ende. Danach kannst du Colun begrüßen. Am besten bleibst du hier und läßt ihn und Marjia zu dir kommen, ja?«

»Ich bin ...«, begann Davyd, doch dann zuckte er ergeben die Achseln und fügte sich. Lhyn zu widersprechen war in etwa genauso aussichtslos, wie mit einem Grannach zu ringen.

Trotzdem war es nicht einfach für ihn, tatenlos auf dem Rücken zu liegen, während überall auf der Begegnungsstätte wilder Trubel losbrach, doch er mußte warten, bis Lhyn und Flysse mit ihrer Arbeit zufrieden waren und ihm erlaubten, sich wieder anzuziehen. Nachdem sie gegangen waren, streifte er sich seine Kleidung über und dankte dem Schöpfer dafür, daß er es allein tun durfte, denn er hatte schon befürchtet, daß die beiden Frauen darauf bestehen würden, auch das für ihn zu übernehmen.

Er verließ sein Zelt und gesellte sich zu Flysse, Arcole, Morrhyn, Kahteney und Arrhyna, die Debo an der Hand hielt. Tekah wartete wachsam im Hintergrund. Einen Moment lang fragte sich Davyd, ob der Commacht befürchtete, die Grannach könnten seinen Schutzbefohlenen angreifen, doch dann entdeckte er Colun und Marjia, die sich ihm näherten, begleitet von Rannach und Yazte, die sie auf ihren Pferden wie eine Ehrengarde flankierten, und im gleichen Moment vergaß er Tekah.

»Es tut gut, euch zu sehen«, begrüßte er seine alten Freunde lächelnd. »Der Schöpfer segne euch.«

»Der Schöpfer möge den verfluchen, der dir das

angetan hat«, erwiderte Colun so unverblümt wie immer. Er blieb vor Davyd stehen und starrte mit einer Mischung aus Mitgefühl und Zorn in den grauen Augen zu ihm empor. »Wenn er noch nicht tot ist, dann nenn mir seinen Namen, und ich werde ihn für dich töten.«

Davyd zweifelte nicht daran, daß der Grannach jedes seiner Worte ernst meinte. »Es war ein Vielfraß, Colun«, sagte er schnell, bevor irgendein anderer – vor allen Dingen nicht Tekah – für ihn antworten konnte.

Zu sehen, wie sich grenzenlose Überraschung in einem Felsengesicht abzeichnete, war schon seltsam. Beinahe hätte Davyd gelacht, als Colun ihn fassungslos anstierte und dann Marjia ansah, in deren blauen Augen sich nur Besorgnis widerspiegelte. Coluns Blick kehrte zu Davyd zurück. »Das mußt du mir erzählen. Nein, warte! Hier geht es eindeutig um eine großartige Geschichte, und solche Geschichten erzählt man am besten mit einer Flasche Tiswin, nicht wahr?«

»Ich dachte, ihr hättet mittlerweile gelernt, euren eigenen Tiswin herzustellen, Colun«, sagte Arrhyna mit Unschuldsmiene. Sie schmiegte sich an Rannach, der einen Arm um sie gelegt hatte.

»Das stimmt.« Colun strahlte. »Dank dir haben wir einen hübschen Vorrat angelegt. Allerdings ... uff!« Er verstummte, als ihm seine Frau einen Ellbogen in die Rippen stieß.

»Das bevorstehende Matakwa wurde ausgiebig gefeiert«, erklärte Marjia. »Und dann der Aufbruch. Um so mehr, da dies das erste Matakwa ist, an dem auch wir Frauen teilnehmen. Und natürlich wurde noch etwas zur Stärkung für den Marsch benötigt.« Sie bedachte ihren Mann mit einem Seitenblick. »Einige Dinge ändern sich nie, und deshalb sind unsere Vorräte geschrumpft.«

»Fast völlig aufgebraucht«, stimmte ihr Colun mit

ernster Miene zu, »was mich durstig macht.« Er grinste Davyd an. »Und das angesichts einer aufregenden Geschichte, die bestimmt nicht erzählt werden kann, ohne ...« Marjia brachte ihn mit einem weiteren kräftigen Stoß in die Rippen zum Verstummen.

»Tiswin«, vollendete sie den Satz für ihn. »Es ist wohl am besten, wenn ihr Männer euch eure Geschichten erzählt und euren Tiswin trinkt, während ich zu meinen Freundinnen gehe, die wahrscheinlich ganz andere Geschichten auf Lager haben.« Sie lächelte Arcole und Flysse an. »Ich freue mich, euch zwei wohlbehalten wiederzusehen, und ...« – ihr Blick wanderte weiter zu Davyd und wurde beinahe anklagend – »dich wenigstens halbwegs gesund.«

Davyd wußte nicht, was er darauf erwidern sollte, und so behalf er sich mit einem wortlosen Achselzucken.

»Und ich, reizende Marjia, bin entzückt über deinen Anblick.« Arcole vollführte eine elegante Verbeugung, die selbst einer levanitischen Dame geschmeichelt hätte. »Dein Liebreiz ist betörend wie eh und je.«

Davyd war sich nicht sicher, ob Marjia errötete. Es war schwer zu erkennen, aber sie lächelte und tätschelte seine Wange so herzhaft, daß sein Kopf wackelte und er blinzelte. Einen Moment lang überlegte Davyd, ob er ihr ein ähnliches Kompliment machen sollte, doch ihm fehlten die passenden Worte. Die Gossen waren eine denkbar schlechte Schule für kultivierte Umgangsformen. Also beschränkte er sich auf ein Lächeln und sah zu, wie Marjia die anderen Frauen wie eine strohblonde Lawine mit sich fortriß und die Männer allein zurückließ.

»Und?« fragte Colun. »Tiswin?«

Rannach lachte laut. »Beim Schöpfer, alter Freund, du hast dich nicht verändert.«

»Sollte ich?« wollte Colun wissen. »Würdest du mich dann lieber mögen?«

»Nein.« Rannach schüttelte den Kopf und musterte den Grannach, als würde er ein Pferd taxieren, das er erwerben wollte. »Ich bezweifle, daß es mir möglich wäre, dich noch mehr zu mögen.«

»Ach!« Colun ballte die Hand zur Faust und machte eine wegwerfende Bewegung. »Spar dir das Süßholzraspeln für deine bezaubernde Frau auf, ja? Gib mir ganz einfach ...«

»Tiswin!« beendeten Rannach, Yazte, Arcole und Davyd den Satz für ihn wie aus einer Kehle, und sogar die beiden Wakanishas stimmten in den Ruf mit ein.

Die Flasche machte die Runde, und die anderen Matawaye hielten sich von der Gruppe fern, denn sie wußten, daß dort Dinge besprochen wurden, die später vor der Ratsversammlung des ganzen Volkes zur Sprache gebracht werden würden, bei der jeder die Gelegenheit bekam, seine Meinung zu äußern. Vorerst blieben die Akamans, Wakanishas und Creddans der Grannach unter sich. Nur Tekah hielt sich in ihrer Nähe auf, fest entschlossen, Morrhyns erklärten Nachfolger Davyd zu bewachen und notfalls zu verteidigen. Daß auch Arcole bei den Männern saß, verwunderte niemanden. Schließlich gehörte er zu ihnen und erfreute sich der besonderen Gunst von Rannach und Morrhyn, dem Propheten des Volkes, und niemand würde es wagen, einen Einwand gegen ihre Entscheidungen zu erheben. Die Matawaye verließen sich auf die beiden Männer, die von den Bergen Ket-Ta-Witkos herabgestiegen waren, um sie vor den Zerstörern zu warnen und vor der völligen Auslöschung zu bewahren.

Und so genossen sie diese erste Nacht eines echten Matakwas, zu dem sich auch die Grannach wieder eingefunden hatten, bewirteten ihre Freunde, tranken reichlich Tiswin und brieten das beste Fleisch. Am nächsten Tag würde der Tauschhandel beginnen, Metallwaren der Grannach für gegerbte Tierhäute und Tongefäße, scharfe Klingen für Perlenschmuck und bestickte Hemden, Felle für Pfeil- und Lanzenspitzen. Ein Matakwa wie früher in Ket-Ta-Witko!

Und jeder Gedanke an Taza, der den Mataway in den Sinn kam, wurde sofort wieder verdrängt. Sein Fall würde später verhandelt werden, und sollte er schuldig sein, dann würde der Rat es herausfinden und seine Strafe festlegen. Doch das hatte bis zum nächsten Tag Zeit. In dieser Nacht wurde gefeiert.

Von den meisten.

Es muß jetzt geschehen. Bist du stark?

Ja, antwortete Taza, der in seinem Zelt geblieben war, der Stimme in seinem Kopf lautlos. Wenn du mir beistehst, bin ich stark.

Es wird nicht leicht sein, aber du wirst reichlich belohnt werden. Bist du dir sicher?

Ja. Worin wird meine Belohnung bestehen?

Aus allem, was du dir wünschst. Davyds und Morrhyns Tod. Respekt. Das Volk wird sich vor dir verneigen und erschaudern.

Wirklich?

Wirklich. Du wirst mächtig wie der Donner über der Erde sein, mächtiger als die Büffelherden auf ihrer Wanderung. Du wirst über sie alle herrschen.

Und dazu muß ich nur tun, was du von mir verlangst?

Du mußt mir gehorchen. Bist du dazu bereit?

Ja!

Dann warte, bis ich dir zeige, wie du vorgehen mußt.

Das werde ich!

Gut. Wir sind uns also einig.

»Ich habe nichts gesehen.« Colun streckte die Hand nach der Flasche aus. »Die Tachyn – möge der Schöpfer sie verfluchen! – scheinen ihre Angriffe eingestellt zu haben. In den Wäldern auf der anderen Seite des Gebirges herrscht Ruhe.«

»Und du hast nichts von den ... Evanderanern gesehen?« Das fremde Wort kam Morrhyn nur zögernd über die Lippen.

Colun schüttelte den Kopf. »Nicht die geringste Spur. Wenn sie tatsächlich diese ... Forts bauen, wie ihr sie nennt, dann irgendwo tief im Hinterland. Nicht in unserer Sichtweite, und das bedeutet, daß sie ziemlich weit entfernt sein müssen.«

»Aber trotzdem ...« Morrhyn zögerte wieder und bedachte Davyd mit einem Seitenblick. »Die Träume ...«

»Ich kann dir nur das berichten, was ich weiß.« Colun zuckte die Achseln. »Chakthi führt seine vom Schöpfer verdammten Tachyn nicht länger gegen unsere Berge, und ich habe nichts von diesen – Evanderanern, richtig? – gesehen. Auch nichts von denen, die wie unsere Freunde durch Brandmale gezeichnet sind, oder von irgendwelchen Soldaten.«

Kahteney sah Davyd mit fragend erhobenen Brauen an.

»Ich weiß nur, was ich geträumt habe, und ich verstehe meine Träume nicht«, erklärte Davyd.

»Ich denke, wir sollten zuerst die Zeremonien durchführen und dann ein Wa'tenhya errichten«, sagte Morrhyn. »Vielleicht, wenn du formell zum Wakanisha ernannt bist ...«

»Vielleicht«, murmelte Davyd verunsichert.

»Habt ihr noch etwas Tiswin übrig?« erkundigte sich Colun.

Die Riten, mit denen die Neuankömmlinge offiziell in das Volk aufgenommen wurden, fanden am nächsten Tag statt. Noch bevor die Sonne über die Berge geklettert war, die den Talkessel umgaben, gingen Arrhyna zu Flysse, Rannach zu Arcole und Morrhyn zu Davyd und geleiteten die drei schweigend zum Zentrum der Begegnungsstätte, wo sich alle Mataways und Grannach versammelt hatten. Davyd, Flysse und Arcole wurden dreimal um die Flammen des lodernden Festfeuers geführt und der Reihe nach von ihren Paten gefragt, was sie wünschten. Wie sie es gelernt hatten, antwortete jeder von ihnen: »Ich möchte im Angesicht des Schöpfers eins mit dem Volk werden.« Danach umrundeten Morrhyn, Rannach und Arrhyna nochmals das Feuer und erkundigten sich, ob irgend jemand der Anwesenden einen Einwand erhob. Das war nicht der Fall, statt dessen brandete ihnen ein lauter Ruf der Zustimmung aus allen Kehlen entgegen, und so kehrten sie zu ihren wartenden Mündeln zurück und verkündeten formell: »Das Volk akzeptiert euch als eins mit ihm.«

Morrhyn und Kahteney schüttelten Rasseln über den Köpfen der neuen Matawaye, überreichten jedem eine Adlerfeder und sprachen die rituellen Worte: »Gelobt sei der Schöpfer. Möge Er diese Menschen unter uns willkommen heißen. Mögen sie eins mit uns sein und wie wir Matawaye genannt werden.«

Die drei senkten die Köpfe, als die Sonne über den Rand der Berge stieg und sich ihr Licht in den Talkessel ergoß. Es ließ das Gras und die Zelte leuchten, durchflutete das Lager, als wollte es das Volk segnen, und dann stießen die Akamans und Wakanishas einen lauten Schrei aus, worauf alle Matawaye und Grannach herbeiströmten, ihre neuen Geschwister umringten und sie mit guten Wünschen, herzhaftem Schulterklopfen und Einladungen zum Fest überhäuften. Letzteres war ohnehin überflüssig, denn überall wurde bereits Fleisch gegrillt, und die kühle Morgenluft war vom appetitlichen Duft brutzelnden Wildbrets und Büffelfleischs erfüllt. Colun und Marjia eilten lachend herbei, er mit einer Flasche Tiswin, sie mit Bechern in den Händen. Man prostete einander zu, und das Festmahl begann.

Es herrschte ein fröhliches Chaos. Obwohl sie schon lange unter dem Volk lebten, waren Arcole, Davyd und Flysse erst jetzt rechtmäßig Mataway und wurden deshalb von neuem willkommen geheißen. Arcole hatte kaum neben Flysse Platz genommen, ein fettriefendes Büffelrippenstück in der Hand, als Dohnse ihn auch schon zu sich winkte und ihm Tiswin einschenkte, während Flysse von lachenden Frauen weggeführt wurde. Kanseah bot Davyd schüchtern aber trotzdem strahlend Wachteleier an. Es schien, als würde die Feier den ganzen Tag lang dauern.

»Deine Berufung wird später stattfinden«, sagte Morrhyn, als Davyd nach einiger Zeit endlich wieder zum Zentralfeuer zurückgekehrt war. »Morgen, oder vielleicht übermorgen.«

»Und die Traumsitzung?« fragte Davyd. »Du, Kahteney und ich?«

Morrhyn zögerte.

Davyd rülpste – beim Schöpfer, er hatte mehr als genug gegessen – und runzelte leicht irritiert die Stirn. »Zuerst träumen wir, ja? Das müssen wir, Morrhyn. Ich sage dir, ich habe geträumt, ich wäre gleichzeitig Wakanisha und Krieger, aber du behauptest, das wäre nicht möglich.« Diesmal zögerte er, beunruhigt durch seine Gedanken und den Ausdruck in Morrhyns hellblauen Augen. »Also, sollten meine Träume wahr sein, wie kannst du mich dann zum Wakanisha berufen?«

Es wäre Morrhyn lieber gewesen, dieses Thema nicht anschneiden zu müssen, er vertraute auf den

Schöpfer und dessen Antworten, aber Davyd zwang ihn zu einem Eingeständnis. »Ich weiß es nicht.«

»Dann solltest du lieber auf meine Berufung verzichten«, schlug Davyd vor. »Zumindest so lange, bis du geträumt hast.«

Morrhyn nickte langsam. Dieser junge Mann besaß eine Weisheit, die ihn zu einem großen Wakanisha machen mußte, und – beim Schöpfer – Morrhyn *würde* ihn als seinen Nachfolger benennen, denn er war überzeugt, daß das nur zum Besten des ganzen Volkes sein konnte. Andererseits traf es zu, was Davyd gesagt hatte, und das war etwas, das Morrhyn ganz und gar nicht verstand.

»Vielleicht hast du recht«, gab er widerstrebend nach. »Wir werden gemeinsam mit Kahteney träumen und dann entscheiden.«

Schlaf einfach, und ich zeige dir, wie du all deine Träume verwirklichen kannst. Vergiß, was die anderen gesagt haben, denn ich werde dich so stark machen, daß sie vor deinem Zorn im Staub kriechen und an ihrem eigenen Gelächter ersticken werden.

Taza kuschelte sich in seine Felle, getröstet durch das Versprechen. Weiß der Schöpfer, sie hatten über seine Forderung, ihn zum Wakanisha zu berufen, gelacht, und das schmerzte trotz allem, was die Stimme sagte, immer noch. *Ihn* hatten sie ausgelacht, nicht Davyd, und jetzt wollten sie ihm vor dem Rat den Prozeß machen. Er zweifelte kaum an dem Ausgang. Alle hatten sie sich von ihm abgewandt und lächelten diesem Emporkömmling Davyd zu.

Aber sie verstehen nicht, flüsterte die Stimme. *Sie verstehen nicht, was du bist. Folge mir, und sie werden es herausfinden.*

»Ja«, murmelte Taza in seine Felle.

Gut, sagte die Stimme so sanft wie eine zärtliche Mutter. *Hör mir jetzt genau zu, und der Sieg wird dir gehören.*

Taza schlief ein und träumte. Und in seinen Träumen erfuhr er, was er tun mußte und wie es zu geschehen hatte.

Colun wälzte sich so unruhig auf seinem Lager hin und her, daß seine schnarchenden Atemzüge wie laute Windböen klangen. Marjia kämpfte seufzend um ihren Teil der Felle, die er immer wieder von ihr wegzog. Wahrscheinlich hatte ihr Mann – selbst nach den Maßstäben eines Grannach – übermäßig dem Tiswin zugesprochen und zuviel fettiges Fleisch gegessen. Sie stemmte sich auf einen Ellbogen hoch und strich ihm behutsam über die zerfurchte Stirn. Tatsächlich beruhigte er sich für eine Weile, sein Atem wurde gleichmäßiger, doch dann, als sie schon glaubte, er würde tief und fest schlafen, begann er wieder zu schnarchen, sich herumzuwälzen und dabei zu murmeln.

Schließlich stieß sie ihn an – auch die Geduld eines Grannach kannte Grenzen – und schreckte zurück, als er hochfuhr, nach seiner Axt griff und aufschrie.

»Was, was?« fragte sie und griff nach seiner Hand, die nach der Waffe tastete. »Alles ist gut. Es war nur ein Traum.«

Einen Moment lang erkannte sie sein Gesicht nicht wieder und hielt seine Arme fest umklammert, weil sie fürchtete, er könnte in seiner Verwirrung um sich schlagen.

Irgendwann schüttelte sich Colun wie ein kleiner Bär, der gerade aus einem Fluß gestiegen war, erschauderte und drückte Marjia an sich.

»Schöpfer!« Seine Stimme klang rauh und heiser. »Ich dachte …«

»Was?« Marjia blickte in seine verschleierten Augen und spürte, wie die Furcht in ihr hochkroch. »Du hast nur geträumt, mein Mann.«

Colun rieb sich das Gesicht, als wollte er einen furchtbaren Ausschlag wegwischen. »Ich dachte«, sagte er langsam und tonlos, »ich hätte den Zerstörern die Stollen durch die Berge geöffnet.«

»Ein Traum, das ist alles.« Marjia drückte ihn fester. »Nur ein Traum.«

»Es war, als wären sie in meinen Kopf eingedrungen und würden mich völlig umkrempeln«, krächzte er.

»Alte Erinnerungen.« Er zitterte wie im Fieber in ihren Armen. Beim Schöpfer, sie hatte ihren Mann noch nie in einem solchen Zustand erlebt. Sie hatte gesehen, wie er gegen die Zerstörer gekämpft und sie niedergerungen hatte. Er war ein tapferer Mann, das wußte sie, aber jetzt zitterte er wie ein kleines Kind, das aus einem Alptraum erwacht war, und eine große Angst erfaßte sie.

»Alte Erinnerungen?« Colun löste sich aus ihrer Umarmung und griff nach dem Wasserkrug. »Ich habe noch nie so etwas gefühlt.«

»Du hast an keinem Matakwa mehr teilgenommen. Nicht mehr, seit ...«

»Nein.« Colun trank und spritzte sich Wasser ins Gesicht. »Nicht mehr seit damals.« Er lachte humorlos. »Wird sich alles wiederholen?«

»Wie sollte es?« fragte Marjia. »Hier in Ket-Ta-Thanne sind wir sicher.«

»Das gebe der Schöpfer.« Colun entspannte sich ein wenig und seufzte fast genauso laut, wie er geschnarcht hatte. »Aber trotzdem, es war, als würde ein ekelhafter Wurm durch meinen Geist kriechen und Antworten suchen, die ich ihm nicht geben wollte. Er ...«

»Ruhig, ganz ruhig.« Marjia streichelte seine Stirn, als wäre er ein Baby. »Nur Träume.«

»Vielleicht«, sagte er. »Ich hoffe es.«

»Ganz bestimmt«, versicherte sie. »Träume, die durch zuviel Tiswin und fettes Fleisch hervorgerufen worden sind. Schlaf jetzt wieder, ja?«

Colun nickte und ließ seinen stämmigen Körper auf die Felle zurücksinken. Marjia hielt ihn umschlungen, bis er erneut zu schnarchen begann, doch diesmal versetzte sie ihm keinen Stoß, damit er aufhörte. Stattdessen beobachtete sie ihn wie ein einsamer Wächter in der Nacht.

Die Kräuter waren leicht zu finden. Niemand beachtete Taza, als er durch das Lager ging. Die Matawaye waren mit ihrer Feier beschäftigt, und so konnte er den Festplatz allein verlassen und sich ungestört auf die Suche nach den Pflanzen begeben, die er benötigen würde, wie die Stimme ihm gesagt hatte.

Sie in Wasserkrüge und Tiswinflaschen zu streuen, erwies sich als nicht viel schwieriger, denn er war ein Unberührbarer und damit wie ein Schatten oder unsichtbar. Selbst Tekah hatte sich durch die Feier ablenken lassen. Zwar wich er nie weit von Davyds Seite, aber er war längst nicht mehr so wachsam. Für ihn, davon war Taza überzeugt, stand das Ergebnis der Verhandlung zweifellos jetzt schon fest.

Nur würde es keine Verhandlung geben, wenn alles nach Plan verlief. Taza lachte lautlos in sich hinein und genoß den Gedanken an den Schmerz und die Enttäuschung, die er den Matawaye bringen würde, und, was noch viel wichtiger war, die süße Rache für all die Demütigungen, die ihm angetan worden waren. Und genauso würde es kommen; er zweifelte nicht länger an den Versprechungen der Stimme.

Er verstreute die letzten Kräuter, stahl ein Büffelrippenstück und eine Portion Wildbret, verkroch sich wieder in seinem Zelt und wartete.

Der Mond des Jahreswechsels stand hoch und voll über der Begegnungsstätte und überflutete das schlafende Lager mit seinem silbrigen Licht. Die Bäume rauschten in einer sanften Mitternachtsbrise, als antworteten sie auf das leise Plätschern des Baches. Eine Eule rief, ein Ziegenmelker pfiff, in den Bergen heulte ein Wolf, und aus der Ferne ertönte die Antwort seiner Artgenossen. Ein Hund stieß ein kurzes Bellen aus und wurde von einem schläfrigen Mann zum Schweigen gebracht, die Pferde stampften einen Moment lang und beruhigten sich gleich darauf wieder – inmitten all der Zweibeiner, von denen sie geritten und versorgt wurden, fühlten sie sich sicher.

Auch die Matawaye und die Grannach wähnten sich in Sicherheit. Sie schliefen sorglos in diesem neuen Land, in dieser Nacht ihres ersten Matakwas. Alles war gut.

Taza schlüpfte lautlos wie der legendäre Nachtwanderer aus seinem Zelt. Er *war* der Nachtwanderer, das hatte ihm die Stimme versichert. Niemand würde ihn sehen oder aufhalten, bis er sein Ziel erreicht und Rache genommen hatte. Er lächelte wölfisch und gehorchte den Befehlen seines Herzens und der Stimme.

Rannachs Zelt stand nahe des Zentrums der Begegnungsstätte. Das große Feuer war mittlerweile heruntergebrannt und in sich zusammengefallen. Hin und wieder stoben ein paar Funken auf. Das helle Mondlicht überstrahlte den roten Glutschein, so daß die Gestalten, die in Felle und Decken gehüllt unter freiem Himmel schliefen, wie schneebedeckte Leichen aussahen. Und Taza, der Nachtwanderer, schlich unsichtbar zwischen ihnen umher.

Als er sich dem Zelt näherte, schnaubte Rannachs Hengst leise, doch die Kräuter, die Taza ihm zu fressen gegeben hatte, machten das Pferd schläfrig, so daß es kein warnendes Wiehern ausstieß. Auch die Hunde bellten nicht. Nach dem üppigen Festmahl waren sie vollgefressen und träge. Außerdem kannten sie den jungen Lakanti gut – beim Schöpfer, er hatte mehr als genug Zeit mit ihnen verbracht, seit die Matawaye ihn wie einen Ausgestoßenen mieden –, und so hoben sie nur kurz die Köpfe und blickten ihm gleichgültig hinterher.

Natürlich war die Zeltklappe verschnürt, aber Taza durchtrennte die Riemen mühelos mit seinem scharfen Messer. Er kroch auf dem Bauch hinein und blickte sich um.

Das Dungfeuer in der Mitte des Zeltes spendete ein wenig rötliches Licht, das für Tazas Zwecke ausreichte. Er sah Rannach und Arrhyna, die eng umschlungen unter ihren Fellen lagen, und Debo auf der anderen Seite der Feuerstelle in seiner Wiege. Alle schliefen tief und fest, wie es ihm die Stimme versprochen hatte, betäubt von den Kräutern. Taza lächelte und tastete sich zu Debos Wiege vor. Er hob ihn vorsichtig heraus, und als das Kind sich regte, strich er ihm über eine pausbäckige Wange und den roten Haarschopf. Es war ein verführerischer Gedanke, das Messer zu ziehen und es den Schläfern zwischen die Rippen zu stoßen oder ihnen die Kehlen durchzuschneiden, aber er widerstand der Versuchung. Ihre Todesschreie hätten ihn verraten können, und dann würde er alles verlieren, was die Stimme ihm versprochen hatte. Also verschonte er die beiden, drückte Debo an sich und verließ lautlos das Zelt.

Er hielt das Kind fest in den Armen, als er sich auf

den Rückweg zu seinem eigenen Zelt machte, wo sein Pferd bereits gesattelt wartete.

Fast wäre er über Tekah gestolpert, der unvermittelt aus der Dunkelheit auftauchte und schlaftrunken an seiner Hose herumzupfte. »Was machst du da?« fragte der Commacht mit vor Müdigkeit und Tiswin undeutlicher Stimme.

»Ich folge meinem Schicksal«, erwiderte Taza. Er hielt Debo im linken Arm und zog das Messer mit der Rechten.

»Und was schleppst du mit dir rum?« Plötzlich erkannte Tekah das Kind. Er keuchte auf.

»Wenn du schreist, töte ich ihn«, drohte Taza.

»Ich werde *dich* töten«, knurrte Tekah und trat einen Schritt vor, die Hände drohend erhoben.

Taza näherte sich dem Commacht, Debo wie einen Schild an die Brust gedrückt. Er machte einen tänzelnden Ausfallschritt, als Tekah zögerte, und rammte dem Krieger das Messer mit einer kräftigen Aufwärtsbewegung unter den Rippenbogen.

Tekah stieß ein Keuchen aus und seine Augen wurden groß. Taza drehte die Klinge, riß sie heraus und stach erneut zu. Er hielt Debo immer noch schützend vor sich, so daß Tekah es trotz seiner Schmerzen nicht wagte, das Leben des kleinen Jungen durch einen Gegenangriff zu gefährden. Als der Commacht den Mund öffnete, schlitzte Taza ihm mit einem schnellen Schnitt die Kehle auf, bevor Tekah einen Schrei ausstoßen konnte, und sah mit einem befriedigten Lächeln, wie die Augen seines Gegners glasig wurden. Der Krieger fiel auf die Knie, eine Hand auf den Bauch gepreßt, die andere auf die durchtrennte Luftröhre.

Er stammelte irgend etwas, das in einem Röcheln unterging. Blut sprudelte aus seiner Kehle hervor, und sein Kopf sank herab, als wäre er müde. Taza stieß noch einmal zu, bohrte ihm die Klinge tief in den

Nacken, und mit einem letzten Grunzen kippte Tekah vornüber aufs Gesicht.

Mit Debo in den Armen eilte Taza lächelnd zu seinem Pferd.

DIE VERFOLGUNGSJAGD

Arrhyna regte sich unruhig in Rannachs Armen. Noch nicht richtig wach, versuchte sie, sich aus der Umklammerung des Schlafes zu lösen, in den die betäubenden Kräuter sie versetzt hatten. Irgend etwas stimmte nicht, das konnte sie fühlen, und sie wußte, daß sie erwachen mußte, oder alles würde verloren sein. Schließlich öffnete sie mühsam die Augen und sah sich um. In der Mitte des Zeltes glühte schwach das Feuer. Von draußen sickerte das bleiche Licht der Morgendämmerung durch die geschlossene Zeltklappe. Zuviel Licht ... Mit Schrecken erkannte Arrhyna, daß die Bänder an der Plane durchgeschnitten worden waren. Sofort zuckte ihr Blick zu Debos Wiege hinüber, und ihr Schrei weckte Rannach.

»Was ist?« Rannach stemmte sich blinzelnd hoch. »Arrhyna?«

Er sah sie neben der Wiege knien und nahm an, daß Debo krank geworden war. Noch ziemlich benommen – beim Schöpfer, hatte er wirklich so viel Tiswin getrunken? – stand er auf und stolperte zu seiner Frau. Als sie sich zu ihm umdrehte, entdeckte er die nackte Panik in ihrem Gesicht.

»Er ist verschwunden!« Ihre Stimme klang schrill. »Debo ist fort!«

Der Schock ernüchterte Rannach schlagartig und vertrieb die Nachwirkungen von Tazas Kräutern. Er starrte die leere Wiege an und erschauderte. Unzählige Gedanken schossen ihm durch den Kopf, doch es war nicht ein einziger darunter, der ihm eine vernünftige Erklärung für Debos Verschwinden lieferte. Er blickte sich hastig um, obwohl er wußte, daß es sinnlos war, denn das Kind hätte sich nirgendwo im Zelt verstecken können, und dann bemerkte er die zerschnittenen Riemen der Eingangplane.

»O Schöpfer, nein!«

Mit fliegenden Fingern band er sich seinen Lendenschurz um und stürmte laut rufend in die kalte Morgendämmerung hinaus. Arrhyna folgte ihm, während sie sich noch in ein Gewand zwängte, ohne einen Gedanken daran zu verschwenden, daß sie fast nackt war, als bereits schlaftrunkene Krieger und verstörte Frauen zusammenströmten.

»Debo ist verschwunden! Durchsucht das Lager!«

Morrhyn tauchte auf, in ein Bärenfell gewickelt, Flysse und Arcole dicht hinter ihm. »Wann?« fragte er.

»Heute nacht.« Rannach starrte den Träumer hilflos an. »Während wir geschlafen haben.«

»Schaut in Tazas Zelt nach!« befahl Morrhyn. Er fragte sich, warum sich seine Zunge so pelzig anfühlte, woher das dumpfe Pochen in seinem Schädel kam, und dann keimte ein schrecklicher Verdacht in ihm auf. Doch damit würde er sich später beschäftigen, jetzt mußten sie erst einmal versuchen, Debo zu finden.

In Rannachs Schlepptau eilten sie zu Tazas Zelt und stießen dort auf Tekahs Leiche. Rannach berührte den Toten flüchtig, tauchte einen Finger in die Blutpfütze, die sich um den Krieger herum gebildet hatte, und fühlte sich einen Moment lang schuldig, weil er ihm vorerst keine weitere Beachtung schenken konnte.

»Sein Körper ist bereits erkaltet. Er muß wenigstens vier Stunden tot sein.«

Von dem Leichnam abgesehen, war Tazas Zelt leer, das Pferd des jungen Lakanti verschwunden. Kurz darauf erschienen ein paar Krieger und berichteten, daß drei weitere Tiere gestohlen worden waren, besonders schnelle und zähe Pferde.

»Beim Schöpfer, er hat die Entführung gut geplant«, sprach Morrhyn seine Gedanken laut aus und umklammerte Rannachs Handgelenk, als der Akaman einigen Männern zurief, ihm sein Pferd bringen. »Nein! Hör mir zu, Rannach, wir haben keine Ahnung, wohin er Debo verschleppt hat. Schick zuerst Krieger los, um seine Spuren zu finden, bevor du aufbrichst. Solange mußt du dich noch gedulden.«

»Wo will er hin?« Rannach schüttelte Morrhyns Hand ab. »Dorthin, nicht wahr?«

Er streckte einen Finger aus und deutete wütend auf die dunklen Umrisse der fernen Berge. Morrhyn verspürte ein Frösteln darüber, daß Rannach sich so sicher war, und schielte kurz zu Arrhyna hinüber. Sie starrte ihren Mann aus weit aufgerissenen Augen an.

»Warum ausgerechnet in diese Richtung?« flüsterte sie tonlos.

»Warum wohl? Weil er sich Chakthis Wohlwollen erschleichen will.« Rannach wandte sich den anderen mit einem gequälten Gesichtsausdruck zu. Sein Blick blieb an Arrhyna, Lhyn und Morrhyn hängen. »Er hat vor, Chakthi ein Enkelkind zu bringen.«

»Du hast es gewußt?« fragte Morrhyn.

Rannach nickte. »Ich habe es vermutet. Schließlich hat Vachyr meine Frau vergewaltigt, oder? Und Debo weist eine unverkennbare Ähnlichkeit mit ihm auf.« Er lachte bitter, doch dann legte er seiner Frau einen Arm um die Schultern, und seine Stimme wurde wärmer. »Es hat keinerlei Bedeutung für mich. Debo ist mein Sohn, und ich liebe meine Frau.«

»Ich war mir nicht sicher, wie du darauf reagieren würdest.« Arrhyna klammerte sich weinend an ihn, ihre Tränen rannen seine Brust hinab. »Ich weiß nur, daß ich mein Kind liebe.«

»*Unser* Kind!« Rannach drückte sie fester an sich. »Und ich werde dir Debo zurückbringen.«

»Die Berge werden Taza aufhalten.« Colun fuhr sich mit den Fingern durch den Bart. »Er wird sie nicht überqueren können.«

»Er wird sie nicht einmal erreichen«, gelobte Rannach. »Ich werde ihn vorher zur Strecke bringen.«

»Es sei denn …« Morrhyn versuchte, seine Gedanken zu ordnen und dem verschwommenen Verdacht nachzugehen, der in ihm aufkeimte und seine Angst wachsen ließ. »Wenn er Debo tatsächlich zu Chakthi bringen will, muß er glauben, die Berge überqueren zu können.«

»Das kann er nicht!« versicherte Colun. »Und selbst wenn es ihm irgendwie gelingen sollte, unsere unterirdischen Stollen zu betreten, würden meine Grannach ihn aufhalten.«

»Und nicht zulassen, daß Debo irgend etwas zustößt«, fügte Marjia hinzu.

»Trotzdem *muß* er davon überzeugt sein, Chakthi erreichen zu können.« Morrhyn runzelte die Stirn. »Aber wie kann er das glauben? Vielleicht hilft ihm jemand.«

»Kein Grannach würde so tief sinken, ihm zu helfen!« bellte Colun wütend.

Morrhyn schnitt ihm mit einer Handbewegung das Wort ab. »Kein Grannach«, sagte er, »sondern irgend jemand anderes.« Er sah, daß Kahteney ihn anstarrte. Die Augen des Wakanishas der Lakanti wurden schmal, als er begriff, woran Morrhyn dachte. »Unsere Träume waren verschleiert, nicht wahr?«

Kahteney nickte stumm.

»Und dann sind da noch Davyds Visionen«, fuhr Morrhyn fort.

»Ich habe nicht von Debos Entführung geträumt«, warf Davyd ein. Plötzlich keuchte er auf, als auch er erkannte, welche Richtung Morrhyns Überlegungen eingeschlagen hatten. »Du meinst, die Zerstörer würden Taza leiten?«

Als er sah, wie Arrhyna erbleichte, Rannachs Hände sich zu Fäusten ballten und er Lhyn einen erstickten Schrei ausstoßen hörte, wünschte er beinahe, er hätte die Frage nicht laut gestellt. Aber er hatte von den Eindringlingen, von Soldaten und einem Zusammentreffen der Matawaye und Evanderaner geträumt, und wenn Taza wirklich versuchte, Debo auf die andere Seite des Gebirges zu bringen, dann war das ein erster Schritt in Richtung der Ereignisse aus seinen Visionen. Ein seltsames Kribbeln der Erregung durchströmte ihn, als hätten sich die Dinge unaufhaltsam in Bewegung gesetzt, so daß kein Raum mehr für Zweifel blieb, und gleichzeitig fühlte er eine eisige Kälte und Angst in sich aufsteigen. »Wenn du nach Salvation gehen mußt, wirst du einen Führer benötigen«, sagte er zu Rannach.

»Ich werde Rannach führen!« rief Arcole. »Ich kenne die Wälder Salvations genauso gut wie Davyd.«

»Aber du kannst keine gefährlichen Situationen in deinen Träumen vorhersehen, oder?« Davyd lächelte traurig. Beim Schöpfer, er verspürte nicht das geringste Verlangen, nach Salvation zurückzukehren. »Und wir tragen beide das Brandmal der Verbannten. Sollten wir also über die Wälder hinaus tiefer nach Salvation hineindringen müssen ...« Er zuckte die Achseln. Es wäre eine Ironie des Schicksals, würden sie der Autokratie wieder in die Hände fallen.

»Du bist verletzt«, gab ihm Flysse zu bedenken. »Deine Wunden sind noch nicht völlig verheilt.«

»Und es wird eine schnelle und harte Verfolgungsjagd werden«, fügte Arcole hinzu. »Kannst du dich überhaupt längere Zeit im Sattel halten? Wenn nicht, solltest du besser hierbleiben.«

»Sollte diese Verfolgung über die Grenzen Salvations hinausgehen, würdet ihr mich dann nicht als Führer benötigen?« wiederholte Davyd seine Frage, die er am liebsten nicht gestellt hätte.

Arcole warf Morrhyn einen hilfesuchenden Blick zu, denn er glaubte nicht, daß Davyd bereits dazu in der Lage war, eine so verzweifelte Jagd durchzuhalten, aber der Wakanisha zuckte nur seufzend die Achseln.

»Falls ihr wirklich die Berge überqueren müßt«, erklärte er nüchtern, »werdet ihr zweifellos die Art von Hilfe brauchen, die nur Davyd euch geben kann.«

»Und was, wenn seine Wunden wieder aufbrechen und zu bluten beginnen?« erkundigte sich Arcole.

»Dann muß er umkehren«, erwiderte Morrhyn. Er sah Davyd direkt in die Augen. »Sollte es dazu kommen, dann möchte ich dein Wort haben, daß du nicht weiterreitest.«

»Ich würde ihn sofort mit ein paar Männern zurückschicken«, warf Rannach ungeduldig ein.

»Gib mir dein Wort, daß du umkehren wirst«, verlangte Morrhyn, den Blick weiterhin auf Davyds Gesicht gerichtet.

Davyd hätte sich nie vorstellen können, Morrhyn einmal zu widersprechen. »Und wenn ich es nicht tue?«

Ein dünnes Lächeln umspielte die Lippen des Wakanishas, vielleicht eine heimliche Anerkennung der Entschlossenheit seines Schützlings. »Dann gebe ich dir keine stärkende Medizin und keine Heilkräuter mit auf den Weg.«

»Also gut.« Davyd lachte freudlos. »Du hast mein Wort.«

»Gut.« Morrhyn drückte Davyds Handgelenk. »Hör zu, vielleicht ist es der Wille des Schöpfers, daß du gehst – aber nicht in den Tod! Tu, was in deinen

Kräften steht, und nicht mehr, ja? Sollten deine Wunden aufbrechen, kehrst du unverzüglich zur Begegnungsstätte zurück.«

Davyd nickte langsam. »Ich habe dir bereits mein Wort gegeben, oder?«

»Ja, das hast du, und wenn du wieder hier bist, werden wir die Zeremonien durchführen, die dich zu einem echten Träumer machen.«

»Vielleicht.« Davyd wich Morrhyns Blick nicht aus. »Und wenn ich kämpfe? Was, wenn ich ein Krieger werde?«

»Ich weiß es nicht«, gestand Morrhyn wahrheitsgemäß. »Hätten wir Zeit zu träumen, könnten wir vielleicht die Antwort auf diese Frage finden.«

»Aber die Zeit haben wir nicht«, unterbrach ihn Rannach schroff. »Davyd, wenn du mit uns kommen willst, dann laß uns jetzt losreiten. Sollten all eure Befürchtungen zutreffen, möchte ich Taza erwischen, bevor er die Berge erreichen kann.«

»Er wird die Stollen nicht durchqueren«, versicherte Colun erneut. »Und selbst wenn er sich irgendwie Zutritt verschafft, wie könnte er meinen Grannach entkommen?«

»Wenn die Zerstörer ihm zur Seite stehen ...« Morrhyn zuckte die Achseln. »Wer kennt schon ihre Kräfte und Möglichkeiten?«

»Wie konnten sie uns hier aufspüren?« Kahteneys rauher Tonfall paßte zu seinem entsetzten Gesichtsausdruck.

»Vielleicht haben sie uns noch nicht gefunden, jedenfalls nicht in Ket-Ta-Thanne, sondern ...« Morrhyn zögerte und wandte sich dem Gebirge zu, das sich wie ein gewaltiges dunkles Bollwerk vor dem immer noch dämmrigen Morgenhimmel abzeichnete. »Aber Chakthis Clan wohnt dort drüben, und wenn es die Zerstörer waren, die den Tachyn den Verstand geraubt haben, dann gibt es vielleicht eine Art Kontakt zwischen ihnen.«

»Sicher würde nicht einmal Chakthi ...« Der dicke Yazte schüttelte den Kopf. »Nicht einmal Hadduth ...«

»Ob ja oder nein, es spielt keine Rolle!« fauchte Rannach ungehalten und starrte die Männer der Reihe nach finster an. Er war am Ende seiner Geduld angelangt. »Mein Sohn ist entführt worden, und ich werde mich an seine Spur heften.«

Hinter dem westlichen Ausgang der Begegnungsstätte stieg das Gelände in Form dicht bewaldeter Höhenzüge und ausgedehnter Bergwiesen stetig an. Es war leicht zu passieren, die schwierigen Abschnitte würden erst später kommen, sobald Taza das eigentliche Gebirge erreichte, und so kam er gut voran, auch wenn er sein Pferd bis an die Grenzen der Belastbarkeit treiben mußte. Schließlich hatte er noch drei weitere Tiere dabei, und nun war es erst einmal wichtig, einen möglichst großen Vorsprung zwischen sich und die Verfolger zu legen, die ihm Rannach zweifellos hinterherschicken würde. Der Gedanke veranlaßte ihn zu einem hämischen Grinsen. Selbst wenn es den Matawaye gelingen sollte, ihn einzuholen, hatte er immer noch Debo als Geisel und all die Versprechen seiner inneren Stimme.

Der Junge krähte vergnügt in seinem Tragkorb hinter Tazas Sattel. Seine anfängliche Wut darüber, sich nach dem Erwachen auf einem Pferderücken wiederzufinden, war heller Begeisterung gewichen. Er genoß den unerwarteten Ausflug, beobachtete die vorbeifliegende Landschaft und nickte immer wieder kurz ein. Von der Stimme angeleitet, hatte Taza sich mit Proviant für das Kind versorgt. Wenn Debo weinte, kaute er ihm ein Stück saftiges Büffelfleisch mundgerecht vor und gab es ihm, oder er ließ ihn an einem mit Milch gefüllten Wasserschlauch nuckeln. Er konnte den Jungen vom Sattel aus füttern, ohne anhalten zu müssen, was er auch nicht wagte, da ihm Rannach, der vermutlich vor Wut kochte, garantiert auf den Fersen war.

Als das gescheckte Pferd nach dem Aufstieg über einen steilen Pfad, der sich durch einen Hain frühlingshaft grüner Espen schlängelte, am Rand einer Wiese zu lahmen begann und schließlich strauchelte, sprang Taza zu Boden. Das Tier, dessen Brust und Vorderläufe weiß vor Schaum waren, ließ erschöpft den Kopf hängen. Taza nahm ihm den Sattel ab und schnallte ihn zusammen mit Debos Tragekorb auf dem Rücken eines weißen Ponys fest, das er aus Tekahs Koppel gestohlen hatte. Dann ritt er im gleichen halsbrecherischen Tempo weiter und vertraute darauf, daß die Stimme in seinem Kopf ihn beschützen und ihm den richtigen Weg durch die Berge weisen würde. Ihm blieb jetzt so oder so gar keine andere Wahl mehr, als sich auf sie zu verlassen.

Das gescheckte Pferd sah ihm hinterher, ohne Anstalten zu machen, ihm zu folgen.

Am liebsten hätten sich alle Krieger Rannach angeschlossen, aber er wählte nur fünfzehn Männer für die Verfolgung aus. Den anderen trug er auf, in einem Umkreis von einem Tagesritt um die Begegnungsstätte herum zu patrouillieren und für den Fall, daß sie irgendwo Tazas Spuren entdeckten, den Lakanti und Debo – vor allen Dingen natürlich Debo – lebendig zurückzubringen.

Morrhyn war stolz auf ihn, denn Rannach bewies Übersicht und Selbstbeherrschung, als er die Verfolgung organisierte und sich darum kümmerte, daß die

Ordnung im Lager auch während seiner Abwesenheit gewährleistet war. Darüber hinaus überredete er Yazte, im Talkessel zu bleiben, für Disziplin unter den Mataway e zu sorgen und Vorkehrungen gegen ein mögliches Erscheinen der Zerstörer zu treffen.

Diese Nachricht hatte sich schnell herumgesprochen, und Morrhyn mußte den größten Teil seiner Zeit darauf verwenden, den Mataway e zu versichern, daß er von keiner derartigen Gefahr geträumt hatte und sie äußerst unwahrscheinlich war.

Währenddessen bereitete sich Rannach auf den Aufbruch vor. Arcole und Davyd blieben in seiner Nähe. Zwischen ihnen herrschte ein stummes Einvernehmen, daß sie vielleicht gezwungen sein würden, nach Salvation zurückzukehren.

»Der Schöpfer gebe, daß es nicht dazu kommt«, flüsterte Flysse, das Gesicht an Arcoles Brust geschmiegt. »Aber wenn es sich nicht vermeiden läßt, dann paß bitte gut auf dich auf, ja?«

»Du bist Grund genug für mich, zurückzukommen.« Arcole streichelte ihr Haar und wünschte, er könnte bei ihr bleiben. »Deshalb werde ich vorsichtig sein. Ich möchte dich nicht verlieren, Liebling.«

Davyd sah, wie sie sich umarmten und küßten, und er fragte sich unwillkürlich, wie sich Flysses Lippen auf den seinen anfühlen würden und wie es sein mochte, den Ausdruck in ihren Augen zu sehen. Dann umarmte sie ihn und ermahnte auch ihn zur Vorsicht, was ihn in Verlegenheit stürzte, und er war erleichtert, als Rannach zum Aufbruch drängte. Trotz der schmerzhaft ziehenden Wundnähte glitt er geschmeidig in den Sattel, biß die Zähne zusammen und schwor sich, daß er durchhalten würde. Er war fest entschlossen, die Schmerzen zu ignorieren und sich jeder Herausforderung zu stellen.

Sie verließen das Lager im Galopp, jeder Reiter mit

zwei Ersatzpferden, als würden sie einen Raubzug unternehmen, aber ihre Gesichter waren nicht bemalt. Ihr Gepäck beschränkte sich auf ein wenig Pro-viant und ihre Schlafdecken, um das Gewicht für die Pferde möglichst gering zu halten. Die Matawaye waren mit Pfeil und Bogen, Messern und Beilen bewaffnet, Arcole und Davyd mit ihren Musketen und Pistolen, dazu der gesamte Vorrat an Schießpulver und Kugeln. Colun und seine Grannach hätten die Krieger nur zu gern begleitet, doch Morrhyn hatte ihnen klargemacht, daß nicht einmal die Steinmenschen es mit dem Tempo eines rennenden Pferdes aufnehmen konnten und die Tiere das zusätzliche Gewicht eines Grannach nicht verkraften würden. Also hatte der Creddan resigniert versprochen, auf der Begegnungsstätte zu bleiben und erst dann ins Gebirge zurückzukehren, wenn alles sicher zu sein schien.

»Aber Taza wird nicht durchkommen!« rief er den Reitern hinterher. »Er kommt nicht an meinen Grannach vorbei!«

Die Krieger hörten ihn nicht, alle waren vom Jagdfieber gepackt worden.

Die Nacht brach herein, deutlich kälter in diesen Höhenlagen als unten im Tal, und Debo begann zu heulen. Taza hielt gerade lange genug inne, um ihn in eine Decke zu wickeln, zu füttern und selbst einen Streifen Trockenfleisch hinunterzuschlingen. Trotzdem jammerte der Junge weiter, als sie wieder losritten. Der anfängliche Reiz der Reise war verflogen. Debo sehnte sich nach seiner Mutter, seinem Vater und seiner vertrauten Umgebung. Taza fühlte sich versucht, ihn einfach auszusetzen. Die Schreie des Jungen zerrissen die Nacht wie das Heulen eines hungrigen Wolfes, aber die Stimme hatte Taza erklärt, wie wichtig der Kleine war, und so versuchte er, die Ohren vor dem Gebrüll Debos zu verschließen, während er seinen Aufstieg in das Vorgebirge fortsetzte.

Er schien keinen Schlaf mehr zu benötigen, als würde er von einer unvorstellbaren Energie durchströmt oder wie ein Stück Metall von einem Magneten angezogen werden. Er konnte und wollte sich dieser Kraft nicht widersetzen, sondern folgte bereitwillig dem Weg, den die Stimme ihm wies, und der führte immer tiefer in das Gebirge hinein, stetig aufwärts und ihn seinem verdienten Lohn entgegen. Obwohl die Nacht voranschritt und ein kalter Wind von den Gipfeln herabwehte, fror er nicht, sein Ehrgeiz und sein Verlangen wärmten ihn. Ebensowenig fragte er sich nicht, warum er die Stimme nicht mehr hörte. Er vermutete, daß sie mit dem Schlaf kam, und er hatte weder die Zeit, noch das Bedürfnis zu schlafen. Wahrscheinlich würde sie wieder zu ihm sprechen, sobald er sein Ziel erreicht hatte. Ohne auch nur einen Anflug von Zweifeln jagte er sein gestohlenes Pferd durch Dunkelheit und Kälte, von einem Gefühl absoluter Zuversicht erfüllt.

Die Verfolger fanden das gescheckte Pferd gegen Mittag. Es sah ihnen müde entgegen, hin- und hergerissen zwischen Neugier und dem verlockenden Gras. Als sie weiterritten, folgte es ihnen ein kleines Stück, dann blieb es stehen und begann wieder zu fressen.

»Er ist hier vorbeigekommen.« Rannach deutete auf die Spuren im Boden. »Und jetzt hat er nur noch drei Pferde.«

»Die er offensichtlich umbringt«, sagte Dohnse. »Kann er hoffen, die Berge zu erreichen?«

Rannach betrachtete die zerklüfteten Klippen, den

Granit und die Schneefelder, die im Licht der Mittagssonne glitzerten. Er nahm dem erschöpften Rappen den Sattel ab und schnallte ihn einem ausgeruhteren Rotschimmel um. »Wenn er sie zu Tode reitet, dann wahrscheinlich schon.«

»Und wohin soll er dann gehen?« fragte Dohnse. »Es muß so sein, wie Colun sagt. Die Grannach werden ihn entdecken und festhalten.«

»Es sei denn, Morrhyn hat recht«, murmelte Rannach düster.

»Glaubst du das wirklich?« Dohnse vollführte eine Schutzgeste. »Daß die Zerstörer wieder auftauchen?«

Rannach seufzte. »Ich bin kein Träumer, Bruder. Alles, was ich weiß, ist, daß mein Sohn entführt wurde und ich ihn zurückhaben will.«

Er schwang sich auf den Rotschimmel und trabte los. Der schwarze Hengst schnaubte protestierend, als sich das Seil spannte und ihn beim Grasen hinderte, wehrte sich eine Weile und folgte schließlich gehorsam dem Rotschimmel, einen Wallach im Schlepptau.

»Ob wir ihn wohl einholen?« Arcole hatte sich die Muskete über die Oberschenkel gelegt. »Haben wir eine Chance?«

»Ich weiß es nicht«, erwiderte Davyd ehrlich.

»Aber deine Träume ...« Bei dem Tempo, das Rannach anschlug, war es nicht einfach, sich zu unterhalten. Sie ritten so schnell, wie Menschen und Pferde nur konnten, kletterten steile gewundene Pfade empor, die meistens aus nacktem Fels bestanden, und verfielen sofort wieder in einen Galopp, sobald sie halbwegs ebenes Gelände erreichten. Oft mußten sie sich unter tiefhängenden Ästen ducken, wenn sie durch kleine Wäldchen preschten.

»Sie haben mir nichts von all dem gezeigt!« rief Davyd. »Nur das, was ich erzählt habe.«

Er war froh, daß ein dichtes Band aus Kiefern ihnen

den Weg versperrte, so daß sie gezwungen wurden, langsamer und hintereinander zu reiten. Arcoles Fragen zu beantworten, war einfach zu schwer. Ja, er hatte geträumt, aber nicht von diesem Vorfall und seinem Ausgang. Er befürchtete, daß Morrhyn mit seinen Vermutungen recht hatte – auf jeden Fall schienen sie mit seinen Visionen vereinbar zu sein – und Taza tatsächlich irgendwie mit den Zerstörern in Verbindung stand, zumindest aber mit den Tachyn auf der anderen Seite des Gebirges.

Allerdings, dachte er, konnten die Tachyn keine solchen Kräfte besitzen. Also *mußten* es die Zerstörer sein, die ihre Hände im Spiel hatten und irgendwie über die Welten hinausgriffen, um Taza zu leiten.

Aber aus welchem Grund? Damit er Debo zu Chakthi brachte und dem Akaman der Tachyn die Frucht überreichte, die das Ergebnis des Verbrechens seines Sohnes war? Warum?

Davyd fluchte, als ihm ein Zweig ins Gesicht peitschte und er so stark im Sattel schwankte, daß ihm beinahe die Muskete aus den Händen glitt. Er war kein so guter Reiter, wie er es gerne gewesen wäre, und er hatte Angst.

Beim Schöpfer, große Angst.

In ihm wuchs die Gewißheit, daß Taza tatsächlich geleitet wurde, daß er einen Weg durch die Tunnel der Grannach finden und Debo Chakthi übergeben würde. Und dann würde Davyd – bei dem bloßen Gedanken schien die Brandnarbe auf seiner Wange zu brennen – gezwungen sein, nach Salvation zurückzukehren, in das Land der Leibeigenen und der Autokratie. Für einen Moment sah er Feuer vor sich auflodern, wie die Flammen, die einen verurteilten Träumer verzehrten. Dann erkannte er, daß sie nur das Ende des Kiefernwäldchens erreicht hatten und der Weg auf einen grasbewachsenen Hang zulief, der im gleißenden Sonnenlicht lag, und er lachte vor Erleichterung laut auf.

»Du scheinst guter Laune zu sein.« Arcole schloß zu ihm auf. Sie wurden nicht langsamer, das ließen weder Rannach noch die übrigen Krieger zu. »Also, was hat es mit deinen Träumen auf sich?«

Davyd war ganz und gar nicht guter Laune, aber er brachte trotzdem ein Lächeln zustande. »Ich denke, daß der Schöpfer unsere Schritte lenkt und dies alles vielleicht ein Teil meiner Träume ist. Doch wohin es führt ...«

Arcole sah, wie das Gesicht seines Freundes ernst wurde, und er verspürte etwas von der Furcht, mit der Davyd leben mußte. »Nach Salvation?« fragte er. »Dann ist es der Wille des Schöpfers, nicht wahr?« fügte er hinzu, als Davyd nickte. »Und Er wird uns beschützen. Weiß Gott, ich habe Rannach bereits versprochen, daß ich bereit bin zurückzukehren.«

»Ich auch«, erwiderte Davyd, und dabei betete er stumm, daß es nicht so weit kommen würde, daß sie Taza noch vor den Bergen erwischten oder zumindest Debo aus seiner Gewalt befreien konnten.

Er wollte es sich nicht eingestehen, aber seine Wunden schmerzten. Durch den harten Ritt spannte und entspannte sich seine Brustmuskulatur ständig dort, wo sie von den Krallen des Vielfraßes aufgerissen worden war, und er fürchtete, das die Nähte aufplatzen und er zu bluten beginnen könnte. Die beiden Pferde, die er am Zügel mit sich führte, zerrten an seinem Arm, was die Wunden noch mehr strapazierte. Dieser Ritt kam ihm genauso schrecklich oder sogar noch schrecklicher vor wie seine ersten Reitversuche direkt nach ihrer Ankunft in Ket-Ta-Thanne. Und dann erinnerte er sich daran, wie er gelernt hatte, ein Pferd zu beherrschen und die Gebräuche der Matawaye zu verstehen, er dachte an Morrhyns Lektionen und das, was sie ihm versprachen, und ihm wurde bewußt, wie sehr er dieses Leben liebte.

Plötzlich tauchte das Bild von Tekahs Leiche vor seinem inneren Auge auf, die blutverschmiert und mit klaffenden Wunden einsam im kalten grauen Licht der Morgendämmerung im Gras lag – es war das erste Mal seit Beginn der Verfolgungsjagd, daß er überhaupt an Tekah dachte, wie er schuldbewußt erkannte –, und ein großer Haß auf die Macht, die Taza dazu getrieben hatte, den Krieger zu töten und Debo zu entführen, stieg in ihm auf. Der Zorn verlieh ihm neue Kraft. Es war, als betäubte die Wut seine Schmerzen, und er *wußte*, daß er durchhalten und nicht vor der Schwäche kapitulieren würde.

Er biß die Zähne zusammen, trieb sein Pferd weiter an, und dabei spürte er, wie Arcole ihn besorgt musterte. Als sie ihr Tempo schließlich wieder drosselten und es einem schmalen Pfad anpaßten, der sich in unzähligen Kehren zwischen hohen blauschwarz schimmernden Felswänden emporschlängelte, auf deren Kuppen vereinzelte Kiefern wuchsen, fragte Arcole: »Hältst du das durch? Solltest du nicht besser umkehren?«

Davyd maß seinen Freund mit einem glühenden Blick und schüttelte den Kopf. »Nein. Ich reite weiter.«

Arcole zuckte die Achseln und schwieg. Davyd wünschte, er hätte ihm eine befriedigendere Antwort geben können, anstatt ihn so hitzig anzustarren, aber das konnte er nicht. Er mußte einfach weiterreiten, während die Wut in ihm loderte und ihn wie ein Fieber erfaßte. Es stand weitaus mehr auf dem Spiel als nur Debos Entführung und Tekahs Ermordung, es ging auch um Morrhyns nur zögernd ausgesprochene Befürchtungen, um seine eigenen Träume, die er in dem Eichenwald gehabt hatte, und um alles andere, was sich daraus ergeben mochte. Und plötzlich wußte er mit absoluter Sicherheit, daß er vor nichts Halt machen würde, um Taza davon abzuhalten, die verruchten Pläne der Zerstörer in die Tat umzusetzen. Er würde sogar ohne zu zögern nach Salvation zurückkehren, um gegen den übermächtigen Feind zu kämpfen, der im Hintergrund lauerte, und um des Volkes – *seines* Volkes – willen den Tod auf dem Scheiterhaufen riskieren, so wie er sein Leben für all die Unglücklichen jenseits des Gebirges einsetzen würde, die das Brandzeichen der Verbannung trugen.

Wenn ich nur wüßte, wie das alles enden wird, dachte er.

Aber das war ungewiß, wie ihm Morrhyn oft genug gesagt hatte. Es mußte so sein, denn der Schöpfer legte das Schicksal der Menschen nicht unverrückbar fest, sondern ließ ihnen alle Möglichkeiten offen, damit sie selbst entscheiden konnten, welchen Weg sie einschlagen wollten.

Taza hat seinen Weg gewählt, dachte Davyd, *so wie Chakthi und Hadduth vor ihm.* Und der ihre hatte Unheil über das Volk gebracht. Würde das, was Taza tat, ähnliche Auswirkungen haben? Er schwor sich, ihn mit allen Mitteln aufzuhalten, die ihm zur Verfügung standen. Dafür würde er jedes Opfer bringen, selbst wenn es ihn das Leben kostete.

Der Hang, den die Pferde sich hinaufmühten, endete auf einem langgestreckten Plateau, das von windgepeitschten Kiefern gesäumt wurde. Ihr Anblick erinnerte ihn an eine Gruppe ausgemergelter alter Männer, die sich zum Palaver in einem Kreis niedergelassen hatten. Davyd drehte sich im Sattel zu Arcole um, und diesmal war sein Lächeln aufrichtig.

»Ich werde es überstehen«, sagte er und hoffte, daß er sich nicht irrte. »Morrhyns Mittel helfen mir, die Schmerzen zu ertragen, und ich *kann* reiten.«

Arcole nickte, noch immer beunruhigt durch

Davyds Gesichtsausdruck, doch dann erregte ein Ruf Dohnses seine Aufmerksamkeit.

Ein weißes Pferd, das er aus Tekahs Koppel kannte, lag in ihrem Weg. Krähen flatterten unter protestierendem Krächzen auf. Wölfe, Füchse und andere Aasfresser hatten sich an dem Kadaver zu schaffen gemacht, aus dessen Flanke ein großes Fleischstück herausgeschnitten worden war. Nirgendwo gab es ein Anzeichen für ein Feuer. Der Boden war mit erkalteten Exkrementen übersät. Rannach zerteilte einen Kothaufen und schloß aus seiner Konsistenz, daß Taza einen Vorsprung von mindestens einem vollen Tag hatte.

»Wie kann er nur so schnell vorankommen?« murmelte Dohnse, ohne eine Antwort zu erwarten. Er sprach nur das aus, was sich alle fragten. »Muß er denn nie schlafen, und macht er nicht einmal Rast, um etwas zu essen?«

»Nein«, erwiderte Davyd aus der Überzeugung heraus, die in ihm wuchs. »Taza braucht keinen Schlaf. Er reitet ohne Pause. Er ißt im Sattel und verspürt weder Müdigkeit noch Schmerzen.«

Alle starrten ihn an, und plötzlich wurde ihm klar, wie Morrhyn sich fühlen mußte, wenn die Matawaye ihn ihren Propheten nannten und Antworten von ihm erwarteten, von denen er selbst nicht wußte, ob er sie kannte.

Schließlich neigte Rannach den Kopf, wie um zu bestätigen, daß er Davyds besondere Fähigkeiten akzeptierte. »Und wenn schon, er hat meinen Sohn entführt, und wenn ich Tag und Nacht reiten muß, ohne zu schlafen und zu essen, dann soll es so sein. Also, reiten wir!«

Sie bestiegen ihre Pferde und jagten weiter. Die Hänge wurden steiler, jetzt nur noch mit verkrüppelten Kiefern bewachsen, und je höher sie kamen, desto spärlicher wurde die Vegetation, bis nur noch nackter Fels vor ihnen lag.

Und noch immer war keine Spur von Taza zu sehen.

UNTER DEM GEBIRGE

Tazas letztes Pferd brach am Fuß einer nackten grauen Felswand zusammen, die senkrecht in die Höhe stieg und mit dem Zwielicht des Himmels verschmolz. Es schnaubte und fiel auf die Knie. Taza wurde über den Kopf des Tieres geschleudert und stieß einen Schrei aus, als er auf den harten kalten Boden prallte. Er stemmte sich hastig hoch und humpelte zurück, um Debo aus dem Tragekorb zu ziehen, bevor das Pferd auf die Seite rollen und den Jungen unter sich begraben konnte. Debos Schreie hallten laut von den Klippen wider, und Taza fragte sich, ob die Grannach sie hörten, oder ob die durchdringende Stimme des Jungen durch das Gebirge bis zu den Rannach trug. Das Pferd lag hilflos keuchend auf der Seite. Taza ignorierte die Qualen des Tieres, während er ihm die Satteltaschen und den Tragekorb abnahm. Er beruhigte den weinenden Debo und kramte ein Stück Trockenfleisch hervor, das er ihm reichte. Debo nahm es widerwillig und mit einem beleidigten Gesichtsausdruck entgegen. Taza faßte ihn an der Hand und führte ihn den schmalen Pfad hinauf.

»Wo gehen wir hin?« fragte der Junge mit vollem Mund.

»Da lang.« Taza deutete auf den Steilhang. »Ins Hochgebirge.«

»Warum?«

»Weil das unsere Aufgabe ist«, improvisierte Taza. »Weißt du, wie Morrhyn und Davyd auf ihre Missionen gegangen sind?«

Debo nickte.

»Wir machen das gleiche.«

»Für das Volk?«

»Richtig, zum Wohle des Volkes.«

Der Junge grinste. »Werde ich dann ein Krieger sein?«

»Ja«, versprach Taza. »Ein großer Krieger.«

Der Pfad, dem er folgte – sein Wissen stammte aus Coluns Träumen, in die jene Macht eingedrungen war, die ihn nun leitete –, führte an der Klippe vorbei und wand sich steil aufwärts auf zwei schroffe Felsgipfel zu, deren Spitzen im Licht der untergehenden Sonne rot glühten. Der Mond war bereits im Osten über den Horizont geklettert, aber noch leuchtete er nicht hell genug, um die Schatten zu vertreiben, die über dem Weg lagen, so daß Taza nur langsam vorankam, zusätzlich behindert durch Debo und die unhandlichen Satteltaschen. Doch der junge Lakanti konnte weder den Jungen noch das Gepäck zurücklassen. Debo brauchte er, um jenseits der Berge eine freundliche Aufnahme zu finden, die Satteltaschen, um den Proviant für sie beide zu transportieren. Die Grannach würden ihn kaum in ihren Höhlen willkommen heißen. Er durfte ihnen nicht in die Arme laufen, und er wußte, daß es ihm gelingen würde, denn die Stimme hatte ihm gezeigt, wie er vorgehen mußte. Also schleppte er sich müde den Pfad zu den Felsgipfeln hinauf. Er mußte einen geschützten Platz finden, um zu rasten. Während der letzten vier Tage hatte er nicht geschlafen und kaum etwas gegessen, aber die Stimme hatte ihm gesagt, daß er sich im Gebirge eine Weile ausruhen durfte, und er vertraute ihr.

Der Pfad mündete auf einen breiten Sims zwischen den beiden Gipfeln, die jetzt vom Mondlicht überflutet wurden, und sich schwarz und silbrig vor dem Himmel abhoben. Ein kalter Wind blies ihm entgegen, als wollte er ihn warnen, höher zu steigen. Taza lachte ihn aus und verhöhnte ihn und alle anderen Naturgewalten, die sich ihm in den Weg stellen mochten. Nichts würde ihn aufhalten. Er fand einen Überhang, unter dem er eine gut abgeschirmte Feuerstelle anlegte, und sammelte Brennholz von dem knorrigen Gestrüpp, das selbst noch in dieser Höhenlage wuchs. Dann aß er eine Kleinigkeit, gab Debo etwas Milch, wickelte ihn in eine Decke und streckte sich auf dem kalten Felsboden aus. Er vertraute darauf, daß die Stimme wieder zu ihm sprechen würde, sobald er eingeschlafen war, um ihm die nächsten Schritte zu zeigen.

»Er kann unmöglich so schnell reiten.« Rannach starrte zu den Bergen empor, als wollte er die Dunkelheit mit den Blicken durchdringen, um Tazas Versteck ausfindig zu machen. »Selbst wenn er die Pferde zu Tode hetzt, kann er nicht so schnell sein.«

Davyd rückte seufzend näher an das Feuer heran. Seine Wunden pochten schmerzhaft in der Kälte, und er hegte nicht den geringsten Zweifel daran, daß Taza Salvation erreichen würde, falls er und Debo nicht bereits auf den Hochpässen auf dieser Seite des Gebirges starben. Es kam ihm so vor, als wäre Debo ein Teil in einem verwirrenden Puzzle oder der Köder in einem unverständlichen Spiel, als diente seine Entführung lediglich dazu, ihn, Davyd, wieder nach Salvation zu locken. Und wenn er Taza nach Salvation hinein folgte, dann würden sich ihm Arcole und Rannach mit Sicherheit anschließen. Er dachte an seine Träume und wünschte, er hätte gemeinsam mit Morrhyn und Kahteney Pahé einnehmen und so vielleicht Antworten erhalten können.

»Er kann und er wird es tun«, erwiderte er.

»Wegen dieser Dinge, die du und Morrhyn befürchten?« Rannach vermied es, den Namen der Zerstörer laut auszusprechen.

Davyd zuckte die Achseln. Er sehnte sich nach Schlaf und noch mehr danach zu verstehen. Morrhyn hätte ihn vielleicht schon heute zum Wakanisha ernannt und mit der endgültigen Initiierung begonnen, wäre Debo nicht von Taza entführt worden. So aber schien Davyd in einem Stadium gefangen zu sein, das irgendwo zwischen einem Krieger und einem Träumer lag, was laut Morrhyn nicht sein konnte, während seine Träume das Gegenteil behaupteten. Er trug eine Muskete, die er ohne zu zögern benutzen würde, sollte er bedroht werden, und gleichzeitig verließ er sich auf seine besondere Gabe, um seine Begleiter sicher durch die Wälder Salvations zu führen. Rannach und die anderen fügten sich ihm in dieser Hinsicht, so wie sie sich auch Morrhyn gefügt hätten, als sei er bereits ein Wakanisha, und diese Verantwortung lastete wie eine schwere Bürde auf ihm.

»Möglich«, sagte er schließlich. »Ich weiß es nicht.«

»Träumst du nicht?« Rannach stand auf und ging ruhelos hin und her. »Du bist ...«

»Nein«, fiel ihm Davyd ins Wort. »Ich bin kein Wakanisha aber auch kein Krieger. Ich weiß nicht, was ich bin.«

»Du bist Davyd Furth«, sagte Arcole. »Vom Clan der Commacht aus dem Volk der Matawaye.«

Davyd nickte. »Aber bin ich nicht auch ein gebrandmarkter Mann, ein geflohener Verbannter?«

»Das bist du«, räumte Arcole ein. »Genau wie ich.«

»Vielleicht sind wir nicht nur das, was wir zu sein glauben«, murmelte Davyd, »sondern an jedem anderen Ort andere Menschen.«

Arcole runzelte die Stirn. »Evander betrachtet uns zweifellos mit anderen Augen, aber ich möchte lieber unter den Matawaye leben.«

»Ich auch«, versicherte Davyd. »Und trotzdem kehren wir nach Salvation zurück.«

Auf einmal glaubte er zu verstehen, welche Bürde Morrhyn und Kahteney trugen, warum sie bei der Wahl ihrer Nachfolger so vorsichtig waren. Taza, das wußte er, würde ein Träumer wie der legendäre Hadduth werden. *Werde ich auch nur um eine Spur besser sein, wenn Morrhyn mich irgendwann ernennt?* fragte er sich. Er streckte sich auf dem harten Boden aus und wickelte sich in seine Decke. Beim Schöpfer, sie würden schon bald wieder aufbrechen, und bis dahin wollte er wenigstens ein bißchen Schlaf finden.

Es war ein seltsamer Traum, in dem sich Wirklichkeit und Visionen derart vermengten, daß Davyd Mühe hatte, sie auseinanderzuhalten.

Er ritt auf einem erschöpften Pferd immer höher in die Berge, gefolgt von Arcole und Rannach. Taza verhöhnte ihn von einem Felsgipfel herab. Der Lakanti hielt Debo in die Höhe, als schwenkte er eine Trophäe über seinem Kopf oder drohte mit der Ermordung des Jungen. Und hinter ihm, verschwommen wie Nebel im Morgengrauen, stand eine furchteinflößende Gestalt, die Davyd aus den Träumen kannte, die er im Eichenwald gehabt hatte. Ihre mit goldenen Stacheln besetzte Rüstung schimmerte im Mondlicht, passend zum Geschirr des obszönen Reittieres, auf dem der Zerstörer saß. Das Tier stieg auf die Hinterhand, die scharfen Fänge fauchend gebleckt. Sein Reiter zwang es, sich wieder zu beruhigen, und eine Weile starrten er und die fremdartige Kreatur Davyd aus rotglühenden Augen an. Dann nahm er den flügelbesetzten Helm ab, schüttelte seine feurig leuchtende Mähne, hob einen Arm und deutete mit einem ausgestreckten Finger, der in einem mit Krallen verzierten

Stulpenhandschuh steckte, auf Davyd, als wollte er ihn verfluchen, herausfordern oder verhöhnen.

Die unheimliche Gestalt lachte, und obwohl Davyd keinen Laut hörte, wußte er, daß es ein verächtliches Lachen war. Er hob eine geballte Faust, aber da war die Gestalt auch schon verschwunden – zusammen mit Taza und Debo. Die Szenerie änderte sich, und Davyd sah Taza mit seiner Geisel durch die unterirdischen Stollen der Grannach eilen. Der Zerstörer in der goldenen Rüstung trottete auf seinem großen furchtbaren Pferd phantomgleich vor ihnen her und wies ihnen den Weg.

Und dann erblickte Davyd Taza in den Wäldern jenseits des Gebirges. Der Lakanti trug Debo in ein typisches Lager der Matawaye, nur daß es nicht in der offenen Steppe, sondern auf einer Waldlichtung errichtet worden war. Menschen strömten ihm mit lautem Beifall entgegen, und er übergab Debo an einen Mann, von dem Davyd wußte, daß es sich nur um Chakthi handeln konnte. Der Junge bewegte sich unruhig im Schlaf und schrie gepeinigt auf.

Wieder veränderte sich die Vision übergangslos, und plötzlich war das Lager von Gestalten in Regenbogenrüstungen umringt, die auf Bestien saßen, wie Davyd sie von den Berichten der Matawaye und aus seinen Träumen kannte. Der Mann in der goldenen Rüstung führte sie an und maß Davyd mit einem Blick, als sähe er ihn durch die Traumwelt in der Wirklichkeit, die Lippen triumphierend zu einem hämischen Grinsen verzogen. Dann hob er eine Hand und führte die Horde fort, zu der sich jetzt auch die Tachyn gesellt hatten, zog mit ihr über die Steppen Salvations und ließ eine Schneise aus Feuer und Verwüstung hinter sich. Soldaten in roten und blauen Uniformen stellten sich der Horde entgegen, und eine gewaltige Schlacht entbrannte. Das Dröhnen von

Musketen und Kanonen erfüllte die Luft, unbarmherzige Kämpfe …

Davyd erwachte inmitten lauter Donnerschläge, als Arcole ihn schüttelte. Über den Berggipfeln tobte ein Gewitter.

»Wir reiten weiter.« Sein Freund kniete neben ihm und reichte ihm einen aus Horn geschnitzten Becher mit Tee, der, wie Davyd dankbar feststellte, noch warm war. »Rannach will nicht mehr länger warten.«

»Ich muß mit ihm sprechen.« Davyd leerte den Becher in einem Zug, erhob sich und zuckte zusammen, als die Wundnähte schmerzhaft in sein Fleisch schnitten.

Arcole nickte und führte ihn zu Rannach, der aufbruchbereit neben seinem Pferd stand.

»Taza wird Salvation erreichen«, begann Davyd ohne jede Vorrede. »Unsere einzige Chance liegt darin, ihn dort zu besiegen.«

»Weißt du das mit Sicherheit?« Im fahlen Licht der Blitze wirkte Rannachs Gesicht hart, seine dunklen Augen gequält.

»Ich habe es geträumt«, sagte Davyd. »Ich habe geträumt, daß er Debo zu Chakthi gebracht hat und die Zerstörer da waren.«

Rannachs Lippen verzogen sich zu einem raubtierhaften Knurren. Sein anklagender Blick ließ Davyd beinahe zurückweichen, aber er hielt ihm voller Mitgefühl stand, denn er konnte die Qualen des Commacht nachempfinden.

»Es gibt keine Chance, daß wir ihn noch auf dieser Seite der Berge erwischen?«

Davyd schüttelte den Kopf. Er war sich dessen auf eine schreckliche Weise absolut sicher. »Nein. Er steht unter dem Schutz und der Führung der Zerstörer.«

»Möge der Schöpfer seine Seele verfluchen!« fauchte Rannach. Dann seufzte er und erschauderte, als würde er ein grausames Urteil akzeptieren. »Was sollen wir tun?«

Einerseits fand Davyd es merkwürdig, daß der Akaman der Commacht ihn nach den nächsten Schritten fragte, andererseits hatte der Traum seine letzten Zweifel beseitigt, und er *wußte*, was er sagen mußte.

»Wir müssen einen Eingang in die Tunnel der Grannach finden und versuchen, ihn auf der anderen Seite des Gebirges zu stellen.«

Rannach nickte. »Dann werden wir es genau so machen.« Er drehte sich um und rief: »Wir brechen auf! Wir reiten zu den Grannach!«

Als Taza aufstand und Debo an der Hand nahm, hatte er das Gefühl, daß sie nicht allein waren. Die Stimme hatte im Schlaf wieder zu ihm gesprochen und ihm das von Colun gestohlene Wissen mitgeteilt, doch jetzt schien sie darüber hinaus eine ehrfurchtgebietende Gestalt anzunehmen. Er blinzelte und versuchte, sie in der von Blitzen zerrissenen Nacht zu erkennen. Es war schwer, als wollte man die flüchtigen Bilder eines Traumes nach dem Erwachen festhalten, aber er glaubte, die Umrisse einer herrlichen goldenen Rüstung auf einem Pferd zu sehen, wie es noch nie eins in Ket-Ta-Thanne gegeben hatte. Die Gestalt drehte sich in ihrem mit Totenschädeln geschmückten Sattel um, winkte Taza auffordernd zu und deutete auf einen Pfad, der zwischen den Zwillingsgipfeln entlangführte. Da wußte Taza, daß der Weg durch die Berge vor ihm lag. Er lächelte und folgte der Gestalt. Seine Müdigkeit war mit einem Schlag verflogen.

Er fand einen Eingang in die Stollen der Grannach, den er mit Hilfe seines Traumwissens öffnete, und führte Debo ins Innere des Gebirges.

Das Gewitter wurde heftiger, im gleißenden Licht der Blitze hoben sich die Berge schwarz und silbern vor dem dunklen Himmel ab. Der Donner hallte von den Gipfeln wider, und obwohl bisher noch kein Tropfen Regen gefallen war, lag die Drohung eines sintflutartigen Wolkenbruchs in der Luft. Davyd biß die Zähne zusammen, trieb sein Pferd zu größeren Anstrengungen an und jagte hinter Rannach den steilen Pfad hinauf. Von der ständigen Angst und einer schrecklichen Müdigkeit ausgelaugt, sehnte sich Davyd nach Ruhe, aber er wußte, daß er sie erst finden würde, wenn sie ihr Ziel erreicht hatten oder schon auf dem Weg dorthin getötet wurden.

Und sollten wir sterben, dachte er, *was wird dann geschehen? Werden die Zerstörer ganz Salvation überfluten und weiter nach Ket-Ta-Thanne vorstoßen? Werden Chakthis Ehrgeiz und der Blutdurst der Zerstörer die Leibeigenen in den Tod reißen? Droht den Matawaye das gleiche Schicksal?*

Nein! sagte eine Stimme tief in seinem Inneren, und er wurde von einem rechtschaffenen Zorn ergriffen, der ihn seine Schmerzen und seine Müdigkeit vergessen ließ. Er trieb sein Pferd noch stärker an, bis Rannachs Hengst vor ihm protestierend schnaubte. Der Akaman drehte sich im Sattel um und warf einen Blick über die Schulter.

»Wir sind bald da!« rief Davyd. »Wir werden bald einen Eingang finden!«

Rannach starrte ihn gequält an und nickte schließlich. »Willst du vorausreiten? Du wirst den Eingang leichter finden als ich.«

Davyd hatte zwar nicht die geringste Ahnung, woran er das Ziel erkennen sollte, aber er wußte, daß Rannach recht hatte, und so zwängte er sein Pferd an dem Hengst des Akamans vorbei und übernahm die Führung.

Der Stollen roch nach Fels und Moos, und als Taza dem Gang tiefer in den Berg hinein folgte, sickerte vor ihm Licht aus den Wänden, das hinter ihm wie Elmsfeuer wieder verdämmerte. Niemand stellte sich ihm in den Weg, und Debo war völlig verzaubert. Der Junge sah sich staunend um und wollte wissen, wo die Grannach waren.

»Sie schlafen«, log Taza. »Deshalb müssen wir auch ganz leise sein, damit wir sie nicht aufwecken.«

Debo gab sich mit der Erklärung zufrieden und begann erst zu klagen, als seine kurzen Beine ermüdeten, worauf Taza ihn in den Tragekorb setzte und durch den Stollen schleppte.

Er vermutete, daß dieser Tunnel nur selten von den Grannach benutzt wurde. Auf jeden Fall standen nirgendwo Wachposten. Der Boden war staubfrei, und nichts deutete auf andere Passanten hin. Nur das seltsame Licht, das vor ihm aus den Wänden fiel und hinter ihm wieder erlosch, unterbrach die Eintönigkeit. Das seltsame Gefühl, das Taza während des Marschs verspürte, erinnerte ihn daran, wie er unbemerkt durch das Lager der Matawaye gegangen war, seine Kräuter verstreut und sich dabei gefragt hatte, ob er vielleicht irgendwann einem Trottel wie Tekah in die Arme laufen würde. Und obwohl er immer wieder unbewußt nach seinem Messer tastete, war er doch felsenfest davon überzeugt, daß sein Vorhaben gelingen und er den ihm zustehenden Lohn erhalten würde.

Irgendwann erreichte er eine Weggablung und hielt an. Zwei Gänge zweigten nach links ab, drei weitere nach rechts. Er stand in einer kuppelförmigen Kammer mit einem von Steinbänken gesäumten Brunnen im Zentrum, die eine Art Raststation zu sein schien. Aus den Höhlenwänden waren Nischen herausgemeißelt und mit Tafeln unterteilt worden, gerade groß genug, daß sich ein Grannach in ihnen zum Schlafen ausstrecken konnte. Weitere Nischen enthielten Proviant. Taza bediente sich und rastete so lange, bis er und Debo ihren Hunger gestillt hatten. Danach erlaubte er dem Jungen, kurz die Finger in den Brunnen zu tauchen.

»Was ist das für ein Ort?« fragte Debo. »Wo sind die Grannach?«

Taza hatte nicht damit gerechnet, daß der Kleine so viel reden würde, doch Debo schnatterte ununterbrochen, und Taza beantwortete geduldig seine Fragen, denn es war am klügsten, wenn er ihn bei Laune hielt. Er hatte keine Ahnung, wie weit eine Stimme durch das Höhlenlabyrinth trug, und so blieb er vorsichtig.

Nach einer Weile stand er auf und erklärte Debo, daß sie weitergehen mußten, ohne zu wissen, welchen Weg er einschlagen sollte. Ratlos ließ er den Blick über die Abzweigungen wandern, und plötzlich entdeckte er den Reiter auf dem furchterregenden Pferd in einem der Gänge. Die gestaltgewordene Stimme war also immer noch da, und Taza folgte ihr voller Zuversicht.

Der Pfad wand sich um einen senkrechten Felsvorsprung herum, der wie der Bug eines großen Segelschiffs in die Dunkelheit ragte. Sein Anblick erinnerte Davyd an die *Stolz Gottes*, und er verspürte einen Anflug von Unsicherheit, als er seinen Begleitern zurief, die Pferde zu zügeln und anzuhalten. Er musterte die von den zuckenden Blitzen erhellte Klippe. Die Situation hatte eine gewisse Ähnlichkeit mit seinem Aufbruch aus Evander. Wieder würde er eine Reise in ein anderes Land antreten.

»Hier ist es«, sagte er, ohne zu wissen, woher er die Gewißheit nahm. »Hier ist der Eingang.«

Der Pfad war gerade breit genug, um drei Reitern

nebeneinander Platz zu bieten. Arcole und Rannach schlossen zu Davyd auf. Beide starrten abwechselnd ihn und die nackte Felswand mit einer Mischung aus Verblüffung und Zuversicht an.

Davyd glitt aus dem Sattel und stöhnte unterdrückt auf, als er auf dem harten Boden landete. Der Aufprall schickte eine Welle von Schmerzen durch seine Wunden. Er trat auf die Klippe zu und legte die Hände auf die glatte Oberfläche. »Ich bin Davyd aus dem Clan der Commacht!« rief er, ohne darüber nachzudenken, was er tat. »Ich bin ein Freund von Colun und bitte darum, eintreten zu dürfen.«

Wie als Antwort funkelte Licht über den Himmel, und in einem Abschnitt des Gesteins tat sich eine Öffnung auf, in der vier Grannach standen. Sie trugen Rüstungen – hauptsächlich Brustpanzer und Helme mit Nasen- und Halsschutz. Alle waren mit Speeren und Äxten bewaffnet. In ihren Gürteln steckten Breitschwerter.

Einer der Grannach trat einen Schritt vor. »Ich bin Vitran«, sagte er. »Was wollt ihr Flachländer?«

»Eure Tunnel durchqueren«, erwiderte Davyd. »So schnell wie möglich.«

Vitran musterte ihn eine Weile. Die Art, wie er seinen Speer vor der Brust in den Händen hielt, vermittelte den Eindruck, als würde er ihn lieber benutzen, anstatt den Fremden den Zutritt zu gewähren. Doch dann zuckte er die Achseln und gab den Weg frei.

»Tretet ein und laßt uns reden.«

Die Höhle war groß genug, um alle Pferde und Reiter in sich aufzunehmen. Nachdem Dunkelbier und Essen gebracht worden war, begann ein Gespräch auf die langsame und bedächtige Art der Grannach.

Vitran bestand darauf, alles zu erfahren, was sich

ereignet hatte – jede Einzelheit über Davyds Träume, Debos Entführung, die Meinung der Matawaye zu Taza, sowie Coluns und Morrhyns Ansichten –, bevor er den Kriegern die Durchreise gestattete. Die Verzögerung stellte Davyds und erst recht Rannachs Geduld auf eine harte Probe.

»Ihr bittet uns also, euch durch unsere unterirdischen Wege in das Land der Tachyn zu bringen?« faßte Vitran das Gehörte schließlich zusammen. Er lachte. »Glaubt ihr wirklich, dieser … Taza – richtig? – könnte unsere Berge unbemerkt passieren?«

»Ja«, versicherte Davyd. »Er wird von den Zerstörern geführt.«

Es erfüllte ihn mit einer gewissen Befriedigung zu sehen, wie Vitrans dunkles Steingesicht erbleichte und der Grannach eine Schutzgeste vollführte.

»Davyd ist ein wahrer Träumer«, warf Rannach ungeduldig ein. »Morrhyn hat beschlossen, ihn zu seinem Nachfolger zu ernennen.«

Vitran runzelte die Stirn. »Aber er trägt einen dieser Donnerstöcke. Du nennst ihn einen Wakanisha, aber er sieht wie ein Krieger aus. Verstößt das nicht gegen die Regeln des Ahsa-tye-Patikos?«

»Er ist anders«, erklärte Rannach. »Er führt uns auf unserem Weg. Alles andere spielt für mich keine Rolle. Ich möchte nur meinen Sohn wiederhaben.«

»Und du bist der Akaman der Commacht.« Vitran nickte gewichtig. »Ich frage mich, wie Colun entscheiden würde.«

»Uns auf die andere Seite zu bringen«, sagte Davyd. »Und zwar schnell.«

Vitran betrachtete ihn eine Weile aufmerksam, dann nickte er wieder. »Du hast etwas von Morrhyns Ausstrahlung an dir, Junge, also werde ich dir vertrauen. Ihr verlangt also schnelles Geleit durch das Gebirge, richtig?«

»Ja«, bestätigte Davyd drängend.

»In das Land auf der anderen Seite? Und was ist mit euren Pferden? Wir können sie ja nicht einfach die Steilklippen hinabwerfen.«

»Dann lassen wir sie hier«, kam Rannach einer Antwort Davyds zuvor. »Wir gehen zu Fuß.«

»In Ordnung«, sagte Vitran. »Ihr alle?«

»Es wäre besser, wenn nur ein paar von uns gehen würden«, meldete sich Arcole zu Wort.

»Warum?« wollte Rannach wissen.

»Weil ihr alle in den Augen der Evanderaner Dämonen seid«, erwiderte Arcole. »Und wenn Davyds Träume wahr sind, herrscht in Salvation wahrscheinlich Alarmzustand, was bedeutet, daß auf jeden Mataway sofort geschossen werden wird. Deshalb sollten wir uns lieber auf wenige Männer beschränken, die unbemerkt durch die Wälder schlüpfen und weiter vorstoßen können.«

»Wie viele meinst du?« fragte Rannach.

»Drei. Nur du, Davyd und ich. Nicht mehr.«

Rannach nickte.

Dohnse und die anderen protestierten, aber Rannach brachte sie zum Schweigen. »Wir werden es so machen, wie Arcole sagt. Ich gehe mit ihm und Davyd, und ihr kehrt um. Dohnse, ich ernenne dich zum Anführer. Berichte Arrhyna und Morrhyn, was wir vorhaben.«

Dohnse setzte eine finstere Miene auf, verzichtete aber auf einen weiteren Protest und fügte sich resigniert.

»Wenn alles, was ihr uns erzählt habt, wirklich zutrifft, dann sollten wir lieber sofort aufbrechen«, meinte Vitran.

Davyd und Arcole wechselten einen Blick, und gegen seinen Willen mußte Davyd lachen, als er sah, wie sein Freund mit den Fingern über die Brandnarbe auf seiner Wange strich. Er wußte, daß Arcole seine Angst teilte.

Die drei Männer erhoben sich, verabschiedeten sich von ihren Begleitern und machten sich auf den Weg nach Salvation.

INS ALTE LAND

Rannach hatte noch nicht viel von der unterirdischen Welt der Grannach gesehen und erst recht nichts, was mit den Wundern vergleichbar war, die er überall um sich herum entdeckte, während Vitran die Gefährten in einem gleichmäßigen Laufschritt durch die Gänge führte. Licht drang aus unsichtbaren Quellen hervor, komplizierte Steinmetzarbeiten zogen sich an Wänden und Decken entlang. Die Zeit schien keinerlei Bedeutung im Reich der Grannach zu besitzen, und als sie die große Wohnhöhle erreichten, hätte Rannach nicht sagen können, ob er die ganze Nacht oder nur ein paar Stunden hinter Vitran hergelaufen war.

Der Grannach blieb auf einem kunstvoll verzierten Balkon stehen, der auf die zentrale Höhle hinausging, und gestattete seinen Gästen eine kurze Verschnaufpause, damit sie den Blick durch die gewaltige Kaverne wandern lassen konnten. Rannach sah sich mit großen Augen staunend um und wandte sich dann Vitran zu.

»Wie weit noch?«

»Eine gute Strecke«, erwiderte der Grannach. »Wir werden uns hier eine Weile ausruhen, bevor wir weitergehen.«

»Mein Sohn ist entführt worden«, sagte Rannach. »Ich will mich nicht ausruhen.«

Arcole legte ihm eine Hand auf die Schulter. »Wir müssen uns erholen, Rannach. Beim Schöpfer, wir haben einen anstrengenden Ritt hinter uns, und wir werden all unsere Kräfte für den Abstieg auf der anderen Seite brauchen.«

»Während Debo in Tazas Gewalt ist?« Rannach

schüttelte Arcoles Hand ab. »Nein, ich werde erst wieder Ruhe finden, wenn ich meinen Sohn sicher und gesund zurückbekommen habe.«

»Ich bezweifle, daß du ihn überhaupt zurückbekommen wirst, wenn du dich weigerst, eine Weile zu rasten«, bemerkte Vitran. »Hör auf deinen Freund. Du brauchst Schlaf und eine Mahlzeit. Außerdem muß ich mit meinen Kollegen sprechen und Suchmannschaften ausschicken. Wenn es so ist, wie ihr glaubt, und dieser Kinderräuber tatsächlich einen Weg in unsere Tunnel gefunden hat, dann werden wir ihn wahrscheinlich aufspüren, und du wirst noch heute mit deinem Sohn frühstücken können.«

Rannach wollte protestieren, aber der Grannach gab ihm keine Gelegenheit dazu, setzte sich wieder in Bewegung und lief eine breite Treppe hinab, die von einem Ende des Balkons in die Tiefe führte. Dabei schlug er ein Tempo an, das jedes weitere Gespräch unmöglich machte.

Rannach blieb nichts anderes übrig, als ihm zu folgen. Jeder Schritt schüttelte ihn gründlich durch – die Stufen waren der Größe der Grannach und nicht der eines Matawaye angepaßt – und erinnerte ihn daran, wie müde er tatsächlich war. Er wußte, daß Vitran stur bleiben würde. Wenn der Grannach darauf bestand, eine Rast einzulegen, dann mußte sich Rannach ihm fügen – oder versuchen, das Tunnellabyrinth allein zu durchqueren, was, wie er genau wußte, aussichtslos war.

Natürlich abgesehen davon, daß Taza genau das tat, und sollten sich Davyds Träume bewahrheiten, dann würde der Lakanti mit Hilfe der Zerstörer Salvation erreichen.

Unvermittelt fühlte sich Rannach schuldig. Er dachte ständig an seinen Sohn und kaum an das Schicksal des Volkes, das wahrscheinlich in größter Gefahr schwebte, wenn die Zerstörer wirklich wieder aufgetaucht waren. Wäre doch nur Morrhyn bei ihm, um ihn zu beraten … Er warf einen Blick über die Schulter und fragte sich, wie stark Davyds Traumgabe sein mochte.

Davyd erweckte den Eindruck eines Mannes, der nicht zugeben wollte, wie sehr er unter seinen Schmerzen litt. Er hatte die Zähne zusammengebissen und hielt seine Muskete fest umklammert, als fürchtete er, sie sonst zu verlieren. In dem seltsamen Licht dieser unterirdischen Welt schimmerte sein Haar silbern wie Schnee in einer mondhellen Nacht, und in seinen Augen lag der gleiche Ausdruck, den Rannach bei Morrhyn gesehen hatte. Er lächelte, als er Rannachs Blick bemerkte, und plötzlich fühlte sich der Akaman wieder sehr optimistisch. Wie konnte er an Davyds Fähigkeiten zweifeln, nachdem Morrhyn den jungen Mann zu seinem Nachfolger bestimmt hatte?

Sie erreichten das Ende der Treppe. Vitran führte sie über eine bogenförmige Brücke, unter der ein Wildbach dahinschoß, und einen geschwungenen Gang hinauf, der auf eine breite Allee mündete, die von Felsensäulen gesäumt wurde. Die Säulen waren wie Bäume gestaltet, deren Äste und steinerne Blätter ein verschlungenes Laubdach über der Allee bildeten. Vitran stieg eine steile Treppe zu einem Haus empor, das aus der Höhlenwand herausragte, und forderte seine Begleiter auf einzutreten.

Sie wurden von einer Frau empfangen, deren straff zurückgekämmtes braunes Haar von Silberspangen gehalten wurde. Zwei Kinder lugten neugierig hinter ihren ausladenden Röcken hervor.

»Das ist meine Frau Greta«, stellte Vitran vor. »Die Kinder heißen Tobah und Eryan. Greta, wir haben Gäste.«

»Das sehe ich selbst«, erwiderte Greta, als wäre der Besuch von drei Flachländern in ihrem Haus etwas völlig Selbstverständliches. »Und offensichtlich sehr müde Gäste. Kommt herein.«

Kurz darauf hatten sie es sich auf Sitzkissen bequem gemacht, jeder einen Krug Dunkelbier in der Hand. Greta bereitete in der Küche geschäftig eine Mahlzeit zu. Tobah und Eryan standen in einer Tür, betrachteten staunend die großgewachsenen Fremden und tuschelten leise miteinander, bis Greta ihnen zurief, sie sollten verschwinden. Rannach sah, wie sie sich trollten. Der Anblick der Kinder erinnerte ihn auf eine schmerzliche Weise an seinen eigenen Sohn. Vitran verkündete, daß er Suchmannschaften ausschicken würde, und verabschiedete sich mit dem Versprechen, Debo schon bald zu seinem Vater zurückzubringen.

»Wird er sein Versprechen halten?« fragte Rannach Davyd.

Davyd zuckte die Achseln und gab ihm die einzige Antwort, die er ihm geben konnte. »So der Schöpfer will.«

»Und wenn nicht?« Rannach umklammerte den Tonkrug so fest, daß er fürchtete, ihn zwischen seinen Fingern zu zerbrechen. »Wenn Vitran ihn nicht finden kann?«

»Dann ziehen wir weiter nach Salvation«, sagte Davyd müde. »Hör zu, Rannach, ich bin weder ein Wakanisha, noch bin ich Morrhyn. Ich weiß nicht, was passieren wird. Ich kann dir nur sagen, was ich träume, und dir versichern, daß wir alle unser Bestes tun werden.«

Rannach nickte langsam, lockerte seinen Griff, hob den Krug an die Lippen und trank in tiefen Zügen. »Möge der Schöpfer uns beistehen«, murmelte er.

»Möge Er uns beistehen«, stimmte ihm Davyd inbrünstig zu.

Wieder war er der Nachtwanderer und durchquerte unbemerkt die Tunnel. Debo trottete abwechselnd neben ihm her oder ließ sich in seinem Korb tragen. Taza verspürte weder Müdigkeit noch Schwäche, während er der geisterhaften Erscheinung in der goldenen Rüstung folgte. Wenn er einmal stolperte, drehte sich die Gestalt um und winkte ihm aufmunternd zu, und dann durchströmte ihn neue Kraft, so daß er unbeirrt weiterging. Sein Körper schien sich verselbständigt zu haben. Er marschierte oder trabte ohne ein Anzeichen von Erschöpfung durch das Tunnellabyrinth. Es kam Taza so vor, als wäre er selbst die Verkörperung der Macht, dank des Geschenks der Stimme, die von dem Krieger in der goldenen Rüstung stammte. Der Zerstörer mußte genauso mächtig wie der Schöpfer selbst sein.

Mehrmals hielt die traumartige Gestalt an und gab Taza ein Zeichen, sich in Seitenstollen oder Nischen zu verstecken. Dann verflüchtigte sie sich wie Nebel in der Morgensonne, während Grannachs in der Nähe vorbeieilten, bewaffnet und in voller Rüstungen, und Taza wußte, daß sie ihn jagten und nicht finden konnten. Er war der Nachtwanderer, von einer Macht erfüllt, die ihn all seinen Feinden überlegen machte.

Und so setzte er seinen Weg fort. Die Zeit war genauso bedeutungslos für ihn geworden wie der Hunger oder die Müdigkeit. Immer wenn er eine Raststation erreichte, versorgte er sich mit Nahrung und Wasser, und einmal gestattete ihm die Gestalt eine kurze Ruhepause, die er in einem unvollendeten Tunnel verbrachte, dessen von den Golans geformten Wände in den nackten Fels übergingen.

Er wußte nicht, wie lange er durch die Stollen marschierte, und es interessierte ihn auch nicht, solange er sich seinem verheißenen Schicksal näherte. Irgendwann endete der Gang vor einer glatten Felswand, und einen Moment lang schwand Tazas Zuversicht, doch die goldene Gestalt lachte nur und ritt einfach auf ihrem nachtschwarzen Pferd durch das Gestein. Taza folgte ihr und fand sich am Rande einer Böschung aus Schiefergestein wieder, die zu einem scheinbar endlosen Kiefernwald abfiel. Am Himmel schien hell die Sonne, und ihrem Stand nach zu urteilen, mußte es früher Morgen sein.

Taza lachte, hob Debo triumphierend in die Höhe und rief: »Chakthi, ich bringe dir deinen Enkel!«

Die erzwungene Rast zehrte an Rannachs Nerven. Am liebsten wäre er sofort weitergezogen. Er schlang das Mahl hinunter, das Greta ihren Gästen servierte, trank einen zweiten Krug Bier und badete eilig. Doch als die Grannachfrau den Männern vorschlug, ein wenig zu schlafen, verfinsterte sich seine Miene.

»Wo bleibt Vitran?« wollte er wissen. »Gibt es keine Nachrichten von ihm?«

»Bisher noch nicht«, erwiderte sie gelassen. »Aber wahrscheinlich dauert es nicht mehr lange.«

Rannach ging nervös auf und ab, den Kopf gesenkt, um nicht gegen die niedrige Decke zu stoßen, die Lippen zu einem schmalen Strich zusammengepreßt. Seine Hände schlossen und öffneten sich unablässig.

»Hör mir zu«, sagte Greta im gleichen Tonfall, den sie benutzte, wenn sie ihre Kinder ins Bett schickte. Rannach unterbrach seine ruhelose Wanderung und starrte die kleine Frau an. Er überragte sie um mehrere Handspannen, aber sie ließ sich von seiner Größe nicht beeindrucken, stemmte die Hände in die fülligen Hüften und sah energisch zu ihm auf, als wäre er ein störrisches Kind. Unvermittelt nickte er und ließ sich auf eine Bank sinken, so daß sich ihre Augen auf gleicher Höhe befanden. »Mein Mann tut, was er kann«, fuhr sie fort. »Und wenn dieser Kinderentführer, den der Schöpfer verfluchen soll, sich in unseren Stollen aufhält, dann werden wir ihn finden.«

»Und wenn nicht?« fragte Rannach leise. Seine Stimme klang wie die eines bettelnden Kindes. »Was dann?«

»Dann wirst du von uns jede Unterstützung erhalten, die wir Grannach dir geben können«, versprach Greta. »Das weißt du doch, oder?«

»Ja, ich weiß.« Rannach brachte ein Lächeln zustande, als bewegten sich seine Gesichtsmuskeln nur widerwillig. »Aber mein Sohn ist entführt worden, Greta!«

»Glaubst du etwa, ich könnte deinen Schmerz nicht nachvollziehen?« Greta nickte ernst und trat einen Schritt vor, bis sich ihre Gesichter fast berührten. »Ich bin selbst Mutter, nicht wahr?«

Und dann nahm sie ihn in die Arme, als wäre er kein Fremder für sie, sondern ihr eigener Sohn. Rannach stieß einen unterdrückten Schrei der Hilflosigkeit aus, schmiegte sich an sie und schlang seinerseits die Arme um ihre breiten Hüften, den Kopf auf ihre Schulter gelegt. Greta streichelte ihm über das Haar und flüsterte sanft auf ihn ein, während er in ihre Bluse weinte.

Es war merkwürdig, diesen stolzen Mann weinen zu sehen, und Arcole verspürte eine Mischung aus Mitleid und Verlegenheit. Wie würde ich mich wohl fühlen, wenn Flysse und ich ein Kind hätten und es entführt worden wäre? fragte er sich. Er tippte Davyd auf die Schulter und flüsterte: »Ich denke, ich werde ein Bad nehmen.«

Davyd nickte stumm, während er fassungslos zusah, wie Rannach an Gretas Schulter schluchzte. Ob wohl auch Arrhyna weinte? Wanderte sie aus Sorge um ihren Sohn nachts schlaflos umher? Vergoß Flysse Tränen wegen Arcole? Und plötzlich keimte ein anderer Gedanke in Davyd auf. *Wer wird um mich weinen? Werde ich in Salvation durch Chakthis Hand, im Kugelhagel der Miliz Gottes oder auf dem Scheiterhaufen eines Inquisitors sterben? Und wenn ich tot bin, wer wird dann um mich trauern?*

Spielt das denn eine Rolle? klang plötzlich eine Stimme in seinem Kopf auf. *Bist du nicht viel mehr geworden, als du jemals warst?*

Bin ich das? dachte er. *Ich kann jetzt träumen, und ich habe keine Angst mehr ... Nein,* korrigierte er sich, *ich* hatte *keine Angst mehr, bis jetzt, da ich in ein Land zurückkehren muß, in dem Träumer verbrannt werden.*

Aber du hast eine Pflicht zu erfüllen, nicht wahr? fragte die Stimme. *Morrhyn ist bereit, dich zu seinem Nachfolger zu ernennen, und er möchte, daß du das Volk in Traumangelegenheiten führst. Solltest du sterben müssen, werden die Matawaye bestimmt um dich weinen.*

Ich will nicht sterben, sagte Davyd lautlos.

Kaum jemand will sterben, aber möchtest du ewig leben?

Nein, erwiderte Davyd. *Nur meine natürliche Lebensspanne, und die soll jetzt noch nicht enden.*

Vielleicht wird sie das auch nicht. Ein Anflug von Belustigung schwang in der Stimme mit. *Vielleicht wirst du überleben und der größte Wakanisha werden, den das Volk jemals gehabt hat.*

Es wäre anmaßend von mir, das zu glauben, gab Davyd zurück. *Morrhyn ist der Prophet, ich kann nicht bedeutender als er sein.*

Morrhyn hat gezweifelt, sagte die Stimme. *Er hatte Angst – er hat immer noch Angst –, aber er gibt trotzdem nicht auf, denn er ist, was er ist, und er kennt seinen Weg in diesem Leben.*

Ich kenne den meinen nicht, entgegnete Davyd. *Bin ich*

ein Krieger oder ein Wakanisha? Morrhyn sagt, ich könnte nicht beides zugleich sein, aber …

Morrhyn erfüllt seine Pflicht. Seine Pflicht gegenüber dem Volk und sich selbst. Er folgt dem Weg, für den er sich entschieden hat. Dein Weg könnte ein anderer sein.

Aber das Ahsa-tye-Patiko ist in diesem Punkt eindeutig, wandte Davyd ein. *Ein Mann kann nicht gleichzeitig Krieger und Wakanisha sein.*

In Ket-Ta-Witko war das richtig. Aber jetzt bist du in Ket-Ta-Thanne und wirst schon bald in dieses andere Land gehen, das du Salvation nennst. Die Dinge ändern sich ständig. Vielleicht ist die Zeit gekommen, eine neue Ordnung festzulegen. Das Ahsa-tye-Patiko steht nicht unverrückbar fest. Es wandelt sich mit der Einstellung der Menschen … und durch andere Faktoren.

Erzähl mir mehr, bat Davyd.

Das kann ich nicht, sagte die Stimme. *Du mußt deine eigene Entscheidung treffen. Wähle deinen Weg!*

»Nein!« rief Davyd. »Sag mir, was ich tun soll! Zeig mir den Weg!«

Er schreckte hoch und sah zu Arcole auf, der über ihm kniete.

»Gott, du warst in einem Alptraum gefangen. Bist du jetzt wach?«

Davyd nickte. »Ja«, krächzte er. Er stemmte sich hoch und erkannte, daß er in einem Vorzimmer des Grannachhauses auf einem Lager aus Kissen lag. Irgend jemand hatte Decken und Felle über ihm ausgebreitet. »Wo bin ich?«

»Du bist eingeschlafen«, erklärte Arcole. »Fühlst du dich kräftig genug, um weiterzugehen?«

»Ja. Was ist passiert?«

»Taza ist verschwunden«, berichtete Arcole. »Er hat die Tunnel mit Debo durchquert und Salvation erreicht.«

Davyd seufzte.

»Tee?«

Arcole drückte ihm einen Becher in die Hand. »Rannach wartet draußen. Er ist ungeduldig. Bist du bereit?«

Der Tee war heiß und stark. Allmählich wurde Davyds Kopf wieder klar, und er wußte, was er zu tun hatte. Das Echo der Traumstimme hallte noch immer in ihm nach, und er traf seine Entscheidung. Der Pfad, den er eingeschlagen hatte, würde den Lauf der unterschiedlichen Welten verändern, und er mußte ihm konsequent folgen – oder aufgeben und sterben. Doch damit würde er die Freundschaft und das in ihn gesetzte Vertrauen verraten und zulassen, daß die Zerstörer alle Welten auslöschten.

»Also kehren wir nach Salvation zurück«, murmelte er. »Aber gib mir noch ein bißchen Zeit.«

»Rannach möchte sofort aufbrechen«, drängte Arcole. »Und wenn alles gutgeht, können wir Taza vielleicht noch abfangen, bevor er Chakthis Lager erreicht.«

»Trotzdem.« Davyd schob die Decken beiseite. »Nur einen Moment, ja?«

Arcole nickte und ließ ihn allein.

Davyd erhob sich und zupfte seine zerknitterte Kleidung zurecht. Dann suchte er das Badezimmer auf und spritzte sich Wasser ins Gesicht. Er betrachtete sich in einem polierten Silberspiegel, sah die kaum verheilten Narben und fuhr sich mit unsicheren Fingern durch das länger werdende Haar. In einem Tontopf entdeckte er einen filigran gearbeiteten Kamm, den er so oft durch seine langen verfilzten Strähnen zog, bis ihm das Haar locker um die Schultern fiel.

Wie Morrhyns Haar.

Er teilte es in einzelne Stränge, die er zu Zöpfen flocht, wie Rannach und alle anderen Krieger sie trugen. Danach kehrte er in das Wohnzimmer zurück, holte seine Muskete und die Tasche und trat auf den Balkon, wo Arcole und Rannach mit Vitran warteten.

Sie starrten ihn überrascht an, als sie seine Zöpfe entdeckten.

»Ich hatte einen Traum«, erklärte Davyd lächelnd. Er sah Rannach zusammenzucken und fügte eilig hinzu: »Nicht über Debo, tut mir leid, nur über das, was ich tun muß.«

»*Was* bist du, Davyd?« fragte Rannach leise.

»Ich weiß es nicht«, antwortete Davyd wahrheitsgemäß. »Also, gehen wir?«

»Ich habe keine Antworten für euch«, sagte Morrhyn hilflos unter den erwartungsvoll auf ihn gerichteten Blicken. Arrhyna wirkte verhärmt, gezeichnet von der Sorge um ihren Mann und ihr Kind. Lhyn, Kahteney und Yazte sahen nicht viel besser aus. Colun musterte ihn mit versteinerter Miene. »Ich habe nur geträumt, daß sie die Berge erreicht haben. Mehr weiß ich nicht. Verzeiht mir.«

»Wir haben Pahé genommen und trotzdem nichts weiter erfahren«, fügte Kahteney hinzu. »Es ist, als würde irgend etwas verhindern, daß unsere Träume über das Gebirge hinausreichen.«

»Die Zerstörer?« fragte Yazte, worauf Arrhyna einen leisen Schrei ausstieß. Lhyn sog scharf die Luft ein.

»Möglich«, erwiderte Morrhyn. »Ich bezweifle, daß Taza allein für das alles verantwortlich ist.«

»Soll ich die Krieger alarmieren?« wollte Yazte wissen. »Werden die Zerstörer angreifen?«

Morrhyn schüttelte den Kopf. »Nein.« Beim Schöpfer, er war müde und verwirrt, und er hatte Angst. Eine bösartige Macht schien sich wie ein Schleier über seine Träume gelegt zu haben – so wie sie es schon einmal getan hatte –, doch diesmal war etwas anders. Er spürte keine unmittelbare Bedrohung wie damals, als er auf den Berg des Schöpfers gestiegen war, aber er ahnte, daß Davyd jetzt damit zu kämpfen hatte, in einem anderen Land, das für Morrhyn unzugänglich war, sowohl in seinen Träumen als auch körperlich zu sein. Irgendwie *wußte* er, daß Davyd die Antworten kannte, aber er konnte den jungen Mann in dem unbekannten Land nicht mehr auf dem Traumweg erreichen, und so blieb ihm nichts anderes übrig, als zu warten, wie die Verfolgung Tazas ausgehen würde.

»Ich denke, es wird keinen Angriff geben«, sagte er. »Jedenfalls nicht hier. Vielleicht später ...« Er warf Kahteney einen kurzen Blick zu. Der Wakanisha der Lakanti nickte zustimmend. »Vielleicht jenseits der Berge. Ich weiß es nicht.«

»Dann werde ich mit meinen Grannach heimkehren«, verkündete Colun. »Sollten die Zerstörer wieder auftauchen, werden wir bereit sein. Sie sollen Ket-Ta-Thanne nicht so leicht betreten können.«

»So der Schöpfer will, wird es gar nicht dazu kommen«, erwiderte Morrhyn. »Ich denke, daß die Entscheidung auf der anderen Seite des Gebirges fallen wird.«

»Was sollen wir also tun?« fragte Yazte.

»Ich denke, es ist am besten, wenn wir hierbleiben.« Morrhyn hoffte, daß er sich nicht täuschte. »Wenn wir das Matakwa verlängern, werden wir vielleicht schon bald mehr erfahren.«

»Wenn die Zerstörer wieder da sind, möchte ich meine Leute nach Hause bringen und die Tunnel für den Krieg vorbereiten«, knurrte Colun.

Morrhyn seufzte. »Das ist wohl das Beste, alter Freund. Ich bete, daß es nicht nötig ist, aber ...«

»Wir brechen morgen früh auf«, sagte Colun.

»Unsere Stollen werden gesichert und bewacht sein, und niemand wird sie passieren können. Dafür stehe ich mit meinem Leben ein.«

Morrhyn nickte und warf einen Blick zu Lhyn hinüber, die Arrhyna in den Armen hielt. Die jüngere Frau weinte lautlos, und Morrhyn wünschte, er würde besser verstehen, was hier geschah, um Trost spenden zu können. Doch alles, was er zu bieten hatte, waren seine Zweifel, düster und unerfreulich.

Kamen die Zerstörer wirklich wieder? Hatten diese furchtbaren Auslöscher ganzer Welten das Volk irgendwie durch die Abgründe von Raum und Zeit aufgespürt? Waren sie ihm wie Bluthunde, die Witterung aufgenommen hatten, von Ket-Ta-Witko nach Ket-Ta-Thanne gefolgt, getrieben von ihrem unbändigen Verlangen nach Tod und Verderben?

Wie?

Hatte irgend jemand sie herbeigerufen? War Hadduth so wahnsinnig, daß er das gesamte Volk und diese neue Welt der Vernichtung preisgab? Oder war Chakthi derart von seinen Rachegelüsten besessen, daß er nicht zögerte, dafür den Untergang einer ganzen Welt in Kauf zu nehmen? Begriffen sie denn nicht, daß die Zerstörer ihren Namen zu Recht trugen, weil sie die Verkörperung der Zerstörung waren? Daß die Tachyn nichts als Werkzeuge für sie waren, die von den Zerstörern zerbrochen und achtlos weggeworfen werden würden, nachdem sie ihr entsetzliches Werk vollendet hatten?

Doch Morrhyn fand keine Antworten auf seine Fragen. Alles, was er verspürte, war eine schreckliche Angst um geliebte Menschen, die in ein fremdes, ihm unbegreifliches Land gegangen waren, und seine einzige Hoffnung, daß sie überleben würden, ruhte auf Davyd.

»Wir werden die Begegnungsstätte bewachen«, riß

ihn Yaztes Stimme aus seinen düsteren Gedanken. »Es sei denn, der Prophet erteilt uns andere Befehle.«

Der Prophet? Beinahe hätte Morrhyn laut aufgelacht. Was konnte er außer Verwirrung und Zweifel schon prophezeien? Doch er durfte sich seine Angst nicht anmerken lassen. »Ja, das Volk soll hier bleiben und sich bereithalten. Wir verlängern das Matakwa. Und sollte der schlimmste aller Fälle eintreten …«

Er betete, daß ihnen dieses Los erspart bleiben würde.

Yazte kleidete seine Befürchtungen in klare Worte. »Falls die Zerstörer doch kommen, werden wir vorbereitet sein und gegen sie kämpfen, wie wir es schon einmal getan haben.«

Morrhyn wußte, daß sie alle auf seine Zustimmung warteten. »Ja«, sagte er, »aber beten wir, daß wir es nicht tun müssen.«

Und dabei fragte er sich, wie es kam, daß er so unsicher war.

Rannach trug einen Bogen, einen Köcher voller Pfeile, die mit Gänsefedern gefiedert waren, ein Beil und ein langes Messer. Davyd und Arcole hatten ihre Musketen und Pistolen. An ihren Gürteln, in denen Messer steckten, waren Beutel mit Schießpulver und Kugeln befestigt.

Vitran geleitetete sie durch die geheimen Wege der Grannach bis zu einem Ausgang und wünschte ihnen viel Glück.

»Es tut mir leid, daß wir Taza nicht früher aufspüren konnten«, sagte er und sah zu Rannach auf. »Aber …«

»Er hatte Hilfe.« Rannach schielte zu Davyd hinüber. »Die Zerstörer haben ihm den Weg gezeigt.«

»Vielleicht wäre es klüger, wenn ihr warten würdet«, meinte Vitran. »Bis Colun zurückkommt. Wir könnten euch Krieger mitgeben.«

Rannach schüttelte den Kopf. »Nein! Wir gehen jetzt und befreien meinen Sohn.«

Vitran zuckte die Achseln. Es sah so aus, als würde ein Felsblock wackeln. »Ich darf keine Männer hinausschicken. Nicht ohne die Genehmigung meines Creddans.«

»Das habe ich auch nicht erwartet«, erwiderte Rannach. »Zeig uns nur den Weg.«

»Wie du willst.« Vitran fuhr mit den Händen über das nackte Gestein. Es begann zu schimmern und zu wabern, und plötzlich entstand eine Öffnung, die auf eine wilde Landschaft hinausging. Eine felsübersäte und mit windgebeugten Kiefern bewachsene Böschung fiel steil in unergründliche Tiefen ab.

Rannach trat zuerst ins Freie. Er hielt seinen Bogen in der Hand, einen Pfeil auf die Sehne gelegt. Arcole folgte ihm mit schußbereiter Muskete. Davyd schloß sich seinen Kameraden an. Er wußte, daß ihnen keine Gefahr drohte – noch nicht.

Die Luft war frisch und roch nach Kiefernharz. Davyd sog sie tief in sich ein. Dann drehte er sich zum Abschied noch einmal um.

»Sag Colun Bescheid, ja?«

Vitran nickte feierlich, als wünschte er Todgeweihten ein letztes Lebewohl. Davyd lächelte und sah zu, wie sich die Öffnung in der Felswand wieder schloß. Er fragte sich, ob er dieses Abenteuer überleben oder als gebrandmarkter Mann sterben würde, von einem unbarmherzigen Schicksal oder der unauslöschlichen Narbe auf seiner Wange zum Tode verurteilt.

»Also gut«, sagte er ruhig. »Laßt uns Debo suchen und ihn zurückbringen.

Die Gefährten machten sich an den langen und beschwerlichen Abstieg.

GEFÄHRLICHE REISE

Für Debo war alles ein einziges großes Abenteuer, sogar noch aufregender als das prächtige Matakwa, dessen Sinn er nicht richtig verstand, außer daß es ein wichtiges Ereignis für seinen Vater und seine Mutter war. Doch das Matakwa unterschied sich nicht sonderlich vom alltäglichen Leben der Matawaye, während er mit Taza einen wilden Ritt ins Gebirge unternommen und dann die unterirdischen Gänge der Grannach durchquert hatte, etwas, das nicht einmal sein tapferer Vater getan hatte.

Die geisterhafte Gestalt, die Taza führte, war unsichtbar für ihn gewesen – ihr Anblick blieb allein dem Verräter vorbehalten –, und so konnte er nur über die wundersamen Fähigkeiten seines angeblichen Freundes staunen, die es dem jungen Lakanti ermöglichten, seltsame und unbekannte Orte zu erreichen, die für alle anderen Matawaye unzugänglich waren. Es war ein wirklich berauschendes Abenteuer, und Debo dachte, daß er nach seiner Rückkehr seinem Vater und seiner Mutter eine Menge zu erzählen haben würde. Der Gedanke, Ket-Ta-Thanne nie wiederzusehen, kam ihm kein einziges Mal in den Sinn. Er betrachtete Taza als seinen Freund, dem er bedingungslos vertraute.

»Wohin gehen wir jetzt?« fragte er.

Taza hob ihn von einem schmalen Sims auf einen großen Felsblock und deutete auf das endlose grüne Baummeer unter ihnen. »Dorthin. In den Wald, um deinen Großvater zu besuchen.«

»Einer von meinen Großvätern ist tot.« Debo zögerte, die glatte Kinderstirn in Falten gelegt. »Er ist im

Kampf gegen die Zerstörer getötet worden. Und mein anderer Großvater ist in unserem Lager.«

»Du hast mehr Glück als andere Kinder«, erwiderte Taza. »Du hast noch einen Großvater, der in diesen Wälder lebt und sehr froh sein wird, dich zu sehen.«

»Wie kann das sein?« wollte Debo wissen. »Niemand hat mehr als zwei Großväter.«

»Du schon.«

Taza verschluckte eine gereizte Bemerkung, als Debo sich nicht mit der Antwort zufriedengab und weiter über die Unmöglichkeit nachgrübelte, drei Großväter zu haben. »Wie kann das sein?« wiederholte der kleine Junge.

»Du hast wirklich großes Glück«, sagte Taza und kniff die Augen im hellen Sonnenlicht zusammen, das die Hänge golden leuchten ließ. »Die meisten Jungen haben nur zwei Großväter, aber du hast drei, weil du etwas ganz Besonderes bist.«

»Wie viele hast du?« fragte Debo.

»Gar keine«, antwortete Taza mit kaum verhüllter Ungeduld. »Meine ganze Familie ist während der Kämpfe getötet worden.«

Debo nickte bekümmert. »Das tut mir leid. Bist du einsam?«

»Nein.« Taza rang sich ein Lächeln ab. »Ich werde schon bald Freunde treffen. Und du bist auch mein Freund, nicht wahr?«

»Ja.« Debo lächelte zurück. »Erzähl mir von meinem anderen Großvater.«

»Während wir weitergehen«, schlug Taza vor. »Er ist ein Akaman, genau wie dein Vater, und er führt einen Clan, der auf dieser Seite der Berge lebt.«

Debo zögerte. »Ich dachte, hier würden nur böse Menschen leben.«

»Das stimmt nicht«, sagte Taza. »Komm, laß uns gehen, dann erzähle ich dir alles über sie.«

»Gut.« Debo folgte seinem Entführer bereitwillig den steilen Hang hinab in den Wald.

»Sie kommen.« Hadduth blinzelte und rieb sich die müden Augen. Die großen Mengen Pahé und das ständige Träumen forderten ihren Tribut. Vielleicht war der Preis für das, was er tat und mit wem er sich eingelassen hatte, sogar noch größer, aber er weigerte sich, darüber nachzudenken. »Sie haben das Gebirge mittlerweile passiert.«

Chakthi lächelte. »Ich werde ein paar Männer auf die Suche nach ihnen schicken. Und die anderen?«

»Ich glaube, daß Rannach seinem Sohn folgt.« Hadduth zuckte die Achseln. »Ich bin mir nicht sicher, aber ...« Er verstummte, als sich Chakthis Lächeln in eine wilde Grimasse verwandelte.

»Du bist dir nicht sicher? Hast du nicht ... *ihre* ... Hilfe?«

Owan Thirsk, das Owh'jika, regte sich nervös auf seiner schmutzigen Decke und kroch so weit von Chakthi fort, wie es der Strick zuließ, mit dem es festgebunden war. Der Akaman der Tachyn hatte den vertrauten Gesichtsausdruck aufgesetzt, der stets einen Wutausbruch begleitete. Chakthi bemerkte die Bewegung, schnaubte verächtlich und schleuderte den Knochen, an dem er genagt hatten, auf das erbärmliche namenlose Geschöpf. Das Owh'jika zuckte zusammen, als das Wurfgeschoß sein Gesicht traf, um sich gleich darauf gierig über die wenigen verbliebenen Fleischreste herzumachen.

»Doch«, erwiderte Hadduth, während er sich bemühte, das schmerzhafte Pochen in seinem Schädel zu ignorieren. Er hätte sich nur zu gern in sein Zelt zurückgezogen, um sich unter seine Schlaffelle zu verkriechen und so dem unberechenbaren Zorn seines

Akamans zu entgehen, aber Chakthi ließ ihm keine Wahl, und Hadduth wußte, daß jeder dieser Wutausbrüche mit seinem Tod enden konnte. »Sie haben mich die ganze Zeit über geleitet«, beeilte er sich zu sagen, wobei er sich zuversichtlicher gab, als er sich tatsächlich fühlte. »Sie haben mich zu diesem Jungen namens Taza geführt und mich in seine Träume eindringen lassen. Sie haben mir gezeigt, wie ich ihm Coluns Geist öffnen konnte, in dem er den Weg durch die Berge entdeckt hat. Sie haben ...«

»Ja!« Chakthi schnitt ihm mit einer wegwerfenden Handbewegung das Wort ab. »Das weiß ich alles. Aber was ist mit Rannach? Ich möchte seinen Kopf in meinem Zelt baumeln sehen.«

»Das wirst du«, versprach Hadduth. »Und sobald wir über die Berge nach Ket-Ta-Thanne zurückgekehrt sind, auch Morrhyns Kopf und die Köpfe all jener, die sich dir widersetzt haben.«

»Das ist gut.« Chakthis Lächeln wurde um eine Spur wärmer, bevor es wieder gefror und raubtierhafte Züge annahm. »Aber wann?«

Hadduth trank seinen Tee mit großen Schlucken. Sein Mund und seine Kehle waren staubtrocken, und sein Kopf schmerzte entsetzlich. Er spürte, daß er auf einem äußerst schmalen Grat wandelte, nicht nur in bezug auf Chakthi, sondern auch was seinen Umgang mit den Mächten betraf, die er kaum verstand. Er hatte den Anführer der Zerstörer in seinen Träumen gefunden, und er fragte sich, ob Akratil nicht ebenfalls nach ihm gesucht hatte. Schließlich hatten sie in Ket-Ta-Witko eine Art Pakt geschlossen. Ihm war nur zu deutlich bewußt, daß seine Chancen jetzt eher bei den Zerstörern als beim Schöpfer lagen. Nicht einmal der Schöpfer würde ihm jetzt noch verzeihen, was er getan hatte, aber andererseits konnte er auch Akratil nicht völlig vertrauen. Die Absichten und Motive dieses unheimlichen Wesens waren ihm völlig unverständlich, abgesehen davon, daß sie nur auf Zerstörung abzielten. Doch das spielte keine Rolle mehr, die Würfel waren gefallen, und jetzt gab es kein Zurück mehr auf dem Weg, den er eingeschlagen hatte. Er hoffte nur, daß er lange genug lebte, um zu sehen, wie seine Pläne Früchte trugen, und trotzdem fragte er sich, ob Akratil nicht am Ende sein Wort brechen und die Tachyn zusammen mit den anderen Clanen vernichten würde.

Aber das war nichts, was Chakthi, der vor ihm hockte und mit seinem Messer spielte, von ihm hören wollte. »Schon bald«, sagte Hadduth. »Ich kann dir nicht den genauen Zeitpunkt nennen, den haben sie mir nicht verraten, aber es wird geschehen. So lautet ihr Versprechen.«

»Und Rannach?« fauchte Chakthi.

Ehrlicherweise hätte Hadduth seinem Akaman gestehen müssen, daß er nicht die geringste Ahnung hatte. Seine Träume reichten nur so weit, wie Akratils Einfluß es zuließ. Aber Aufrichtigkeit gegenüber Chakthi war nicht immer ratsam, und so behalf sich Hadduth mit einer Ausflucht. »Rannachs Sohn ist entführt worden, also wird er versuchen, sein Kind zurückzuholen.«

»Wird er das?« fragte Chakthi. »Gibst du mir darauf dein Wort?«

»Schick Männer aus, um Taza und den Jungen zu suchen«, erwiderte Hadduth, »und eine andere Gruppe, die nach Rannach Ausschau halten soll. Er wird nicht weit hinter Taza sein.«

Genau das hatte Chakthi hören wollen. Er bellte eine Reihe von Befehlen, worauf mehrere Krieger davoneilten. Dann wandte er sich wieder Hadduth zu.

»Und wenn ich Vachyrs Kind und Rannachs Kopf habe? Was dann?«

Hadduth hatte gehofft, das Gespräch wäre damit beendet gewesen. Hatte er immer noch nicht genug getan? »Die Zerstörer werden es mir zu gegebener Zeit mitteilen«, sagte er, und als sich Chakthis Miene bedrohlich verfinsterte, fügte er hastig hinzu: »Mit dem Wissen, das uns Taza bringt, können wir einen Weg durch das Gebirge nach Ket-Ta-Thanne finden. Und wenn wir mit den Zerstörern marschieren ...«

»Zuerst dieses Land.« Chakthi vollführte eine wütende Geste. »Ich möchte zuerst dieses Land erobern!«

»Das wirst du«, versprach Hadduth. Ob es nun der Wahrheit entsprach oder nicht, er konnte jetzt nicht mehr umkehren. »So viel hat Akratil uns zugesagt.«

Chakthi nickte düster. »Ich möchte persönlich mit ihm sprechen.«

»Das könntest du nur mit Hilfe der Traumgabe«, antwortete Hadduth vorsichtig. »Noch sind er und seine Krieger in Ket-Ta-Witko, und bis wir einen Weg öffnen ...«

» ... kann er sein Versprechen nicht einlösen«, vervollständigte Chakthi den Satz.

»Tut er das nicht bereits?« fragte Hadduth. »Schickt er nicht Träume gegen die Fremden? Taza bringt dir den Jungen, und Rannach ist ihm auf den Fersen, oder? Alles andere wird sich ergeben. Mein Wort darauf.«

»Dein Leben darauf«, knurrte Chakthi.

Obwohl es ein warmer Tag war, lief Hadduth ein eisiger Schauder über den Rücken. Er bezweifelte nicht länger, daß Chakthi verrückt war, doch ihm blieb keine andere Wahl, als seinem Akaman zu gehorchen. »Es wird so sein, wie du es dir wünscht«, versprach er. »Warte einfach, und alles wird sich fügen.«

»Das sollte es auch«, sagte Chakthi. »Bei deinem Leben. Ich möchte wissen, wie Akratils Pläne aussehen und wann er sie in die Tat umsetzen will. Träum das für mich, ja? Und sag ihm, daß ich selbst mit ihm sprechen will, von Anführer zu Anführer.«

»Ich werde mein Bestes tun«, versicherte Hadduth. *Du bist gar kein so großer Anführer, wie du glaubst, mein Akaman,* dachte er dabei. *Ich bezweifle, daß du wirklich begreifst, über welche Macht Akratil gebietet. Aber ich denke, daß du es noch erfahren wirst, und das macht mir angst.*

»Gut«, brummte Chakthi. »Und beeil dich.«

Hadduth nickte gehorsam und ließ Chakthi allein.

»Sie sind hier vorbeigekommen.« Rannach hatte sich auf die Knie niedergelassen und untersuchte die nahezu unsichtbaren Spuren auf dem nackten Schiefer. »Zwei Fußspuren unterschiedlicher Größe, die Richtung Wald führen.«

Wie sehr Arcole sich auch bemühte, er konnte nicht die geringste Spur im Geröll entdecken, aber er vertraute Rannach. »Also folgen wir ihnen, oder?«

Rannach nickte, richtete sich wieder auf und warf Davyd einen fragenden Blick zu.

Es war merkwürdig zu sehen, wie er auf die Zustimmung des jungen Mannes wartete, als wäre Davyd bereits ein echter Wakanisha wie Morrhyn. Aber Davyd drehte sich einfach um, spähte den Hang hinab und sagte: »Ich habe bisher von keiner Gefahr für uns geträumt.«

»Das genügt mir«, erklärte Rannach und machte sich an den Abstieg. »Kommt!«

Davyd zögerte. Arcole musterte das vernarbte Gesicht seines Freundes. Davyd war längst nicht mehr der Junge, der vor der Leibeigenschaft aus Grostheim geflohen war, und auch nicht mehr Morrhyns halbwüchsiger Schüler. Er hatte sich verwandelt. *Es ist, als hätte seine Zeit im Eichenwald und sein Kampf mit dem*

Vielfraß ihn für immer verändert, dachte Arcole. Mit Sicherheit körperlich – beim Schöpfer, er war Morrhyn sehr ähnlich geworden, hervorgerufen durch das schneeweiße Haar und diesen seltsam entrückten Ausdruck in seinen Augen, als sähe er Dinge, die einem gewöhnlichen Sterblichen verschlossen blieben –, aber das war noch nicht alles. Er wirkte selbstbewußter und gleichzeitig ängstlicher, als hätte er sich entschieden, einen gefährlichen Pfad zu beschreiten, dem er aus Angst vor einem noch größeren Verlust als dem seines Lebens lieber nicht folgen würde.

Arcole legte ihm eine Hand auf die Schulter. »Gehen wir?«

»Warum nicht?« Davyd zuckte die Achseln und brachte ein freudloses Lächeln zustande.

Einen Moment lang blieb Arcoles Blick an dem Brandzeichen auf Davyds Wange hängen, das sich blaß von der gebräunten Haut abhob, heller als die langgezogene Wunde, die die Klauen des Vielfraßes gerissen hatten, und strich sich geistesabwesend über seine eigene Wange. »Wenn alles gutgeht, werden wir Taza einholen, ohne auch nur in die Nähe irgendwelcher Evanderaner zu kommen«, sagte er, unsicher, ob er Davyd oder sich selbst damit zu ermutigen versuchte.

»Ja, wenn alles gutgeht«, entgegnete Davyd und lächelte ihn resigniert an.

Sein Tonfall ließ vermuten, daß er nicht daran glaubte. Arcole kam nicht mehr dazu, ihm zu antworten, denn plötzlich glitt er auf dem tückischen Untergrund aus, und als er das Gleichgewicht wiedergefunden hatte, war Davyd bereits losgegangen und eilte Rannach hinterher.

Der Schieferhang endete vor einer Barriere aus spitzen Felszungen, die wie die Fänge eines riesigen verschütteten Drachen aus dem Geröll hervorragten.

Dahinter setzte sich eine Böschung, die aus glattgeschliffenem Gestein bestand, bis zur oberen Baumgrenze fort. Anfangs wuchsen nur vereinzelte Bäume aus dem kargen Boden, doch die tiefergelegenen Hügel wurden bereits von einem dichten Mischwald aus Kiefern und Ahorn bedeckt. Wasser schoß weiß schäumend durch tiefe Schluchten und enge Spalten, brach sich an riesigen Findlingen, von denen ein feiner Nebel aufstieg, der in allen Regenbogenfarben schillerte, bevor sich die Wildbäche im Wald verloren. Am Himmel kreisten Raubvögel und Schwärme krächzender Krähen. Dickhornschafe beobachteten die drei Männer von schmalen Felsvorsprüngen aus, als staunten sie über die Kühnheit der unbeholfenen Zweibeiner, und als der Wald dichter wurde, fauchte ein Berglöwe, der auf einem dicken Ast lag, die Gefährten drohend an.

Rannach folgte Tazas Spur ohne das geringste Zögern. Es war, als könnte er so problemlos in der Landschaft lesen, wie Arcole in einem Buch. Während seiner Zeit bei den Matawaye hatte Arcole, der schon in Levan auf die Jagd gegangen war, ein wenig von der Kunst des Fährtenlesens gelernt, aber die Spuren, die Rannach entdeckte, waren unsichtbar für ihn. Hier ein Stein, den ein kleiner Fuß angestoßen hatte, dort ein anderer, von einem größeren Fuß verschoben, hier ein winziger Stoffaden, der von Debos Hose stammte, wie Rannach sofort erkannte, dort ein geknickter Zweig. Der Commacht – und vermutlich auch Davyd – schien die Welt auf eine Art und Weise zu sehen, die Arcole verschlossen blieb, und vermittelte ihm so das Gefühl, nicht mehr als ein unnützer Begleiter auf dieser gefahrvollen Reise zu sein.

»Wir holen auf.« Rannach stocherte in der Asche einer hastig mit Erde zugeschütteten Feuerstelle herum. »Sie haben einen Tag Vorsprung, vielleicht noch weniger. Taza wird irgendwann rasten müssen, um zu schlafen, Debo mit Sicherheit.«

»Es sei denn, er trägt den Jungen«, gab Arcole zu bedenken. »Und wenn er keinen Schlaf benötigt?«

Er zuckte zusammen, als Rannach herumwirbelte und ihn wütend und gequält zugleich anstarrte.

»Ich habe nur …«, begann Rannach hitzig und hob dann hilflos die Schultern. »Verzeih mir, Bruder.«

Arcole nickte und warf Davyd einen kurzen Blick zu. »Gehen wir weiter, zumindest bis zum Sonnenuntergang. Kannst du Taza auch im Dunklen verfolgen?«

Widerwillig schüttelte Rannach den Kopf.

»Dann sollten wir uns besser bald einen Rastplatz suchen«, schlug Davyd vor. »Im Wald könnten überall Tachyn herumschleichen, und wenn ich schlafe, werde ich vielleicht träumen.«

Seinem Gesichtsausdruck nach zu schließen, wäre Rannach am liebsten auch nachts marschiert, aber er nickte nur wortlos und ging weiter.

Die Sonne stand bereits dicht über den Bergen im Westen und tauchte die Gipfel in rotgoldenes Licht. Vor dem dunkler werdenden Himmel zeichneten sich die Schwärme der zu ihren Nistplätzen fliegenden Vögel wie Wegweiser ab. Im Osten schimmerte bleich der Mond des Neuen Grases. Eichhörnchen keckerten in den Bäumen, irgendwo heulte ein Wolf, und andere stimmten in den klagenden Ruf ein. Unter den Kiefern wurde es schnell dunkel, das Laubdach schien auf die drei einsamen Männer herabzusinken, und sie beschlossen, ihr Lager aufzuschlagen.

Sie fanden eine geeignete Stelle, wo die Berge dicht zusammenrückten und eine schmale Schlucht bildeten, durch die sich ein rauschender Wildbach in die Tiefe stürzte, und obwohl die steilen Hänge den Schein ihres Feuers verbergen würden, erschien es ihnen ratsam, Wachposten aufzustellen. Schließlich befanden sie sich jetzt in Chakthis Reich, und wenn Davyds Befürchtungen zutrafen, konnten durchaus Krieger der Tachyn den Wald nach den Eindringlingen durchsuchen.

»Wir sollten uns die Wache teilen«, schlug Rannach Arcole vor. »Damit Davyd ungestört schlafen kann.«

»Ich werde ebenfalls eine Schicht übernehmen«, sagte Davyd.

»Nein, du schläfst!« befahlen Rannach und Arcole wie aus einem Mund.

»Das ist für uns alle besser«, fügte Arcole hinzu. »Damit du träumen kannst. Außerdem ...« Er deutete auf Davyds Verletzungen. »Du mußt dich ausruhen.«

Der alte Davyd hätte – von falschem Stolz verleitet – protestiert, doch jetzt zuckte er nur ergeben die Achseln. Er öffnete sein Bündel und teilte eine Tagesration der Kräuter ab, die Morrhyn ihm mitgegeben hatte.

»Ich werde die erste Schicht übernehmen«, entschied Rannach. Er sah kurz zum Mond auf, der jetzt fast im Zenit stand. »Vielleicht gelingt es mir ...«

Arcole nickte verständnisvoll. »Wenn nicht heute nacht, Bruder, dann bestimmt morgen.«

Rannach lächelte wie ein Mann, der seine Qualen überspielte, ergriff seinen Bogen und verschmolz mit der Dunkelheit. Arcole setzte sich neben Davyd und sah zu, wie der junge Mann die Kräutermischung in einen Becher mit Wasser streute und das Gebräu trank.

»Hast du starke Schmerzen?« erkundigte er sich.

»Es geht.« Davyds Augen straften sein Lächeln Lügen. »Nicht so schlimm, und eine Nacht Schlaf ...«

» ... wird nicht viel helfen«, beendete Arcole den Satz. »Gott, Davyd, bist du wirklich kräftig genug für dieses Unternehmen?«

Davyds Lächeln wurde aufrichtig. »Spielt das eine Rolle, mein Freund? Wir tun, was wir tun müssen, oder?«

»Nicht wenn es dich umbringt.«

»Wir könnten alle dabei sterben.« Davyd trank den letzten Schluck der Kräuterlösung. »Aber haben wir eine andere Wahl? Sollen wir Rannach hier alleinlassen? Soll ich umkehren? Wer würde dann für euch träumen?«

»Hör zu«, sagte Arcole ernst. »Ich werde nicht zulassen, daß du an deinen Verletzungen stirbst. Wenn du nicht weitergehen kannst, dann sag es. Ganz ehrlich, ja? Dann bringe ich dich nach Ket-Ta-Thanne zurück, was auch immer Rannach will.«

»Ich danke dir für das Angebot, Bruder«, erwiderte Davyd in der Sprache der Matawaye, »aber ich habe hier eine Aufgabe zu erfüllen, weil es sonst kein Ket-Ta-Thanne mehr geben wird. Ich kann es dir nicht erklären, ich *weiß* nur, daß es so ist. Versuch also nicht, mich zur Umkehr zu überreden, klar? Wir gehen weiter!«

Arcole nickte stumm. Er hatte das Gefühl, Davyd nicht mehr zu verstehen.

Taza kauerte im Schatten einer Kiefer mit weit ausladenden Ästen und suchte den vor ihm liegenden Hang mit den Blicken ab. Das dichte Laubdach der Bäume ließ nur hier und da ein paar vereinzelte Strahlen des abnehmenden Mondes bis auf den Waldboden fallen, die ein trügerisches Muster aus Schatten und Helligkeit bildeten und es fast unmöglich machten, Einzelheiten zu erkennen. Trotz der schlechten Sichtverhältnisse hatte er geglaubt, eine Bewegung zu sehen, und Debo sofort in die erstbeste Deckung gezogen, um nicht einem Bär oder einem anderen Raubtier auf Beutejagd in die Arme zu laufen. Er gab dem Jungen ein Zeichen, sich ruhig zu verhalten, und Debo, der alles für ein aufregendes Spiel hielt, gehorchte.

Irgend etwas bewegte sich eindeutig hangaufwärts in ihre Richtung, und instinktiv zog Taza sein Messer. Einen Moment lang überlegte er, Debo auf einen Baum zu heben und ihn aufzufordern, den Stamm hinaufzuklettern, doch dann verwarf er den Gedanken wieder. Sollte er hier sterben, würde Debo mit Sicherheit verhungern. Er grinste zynisch und fragte sich, ob er tatsächlich anfing, den Kleinen zu mögen. Als das verstohlene Rascheln lauter wurde, umklammerte er sein Messer fester und spähte angestrengt durch die tiefhängenden Zweige.

Verschwommene Schemen huschten durch die Dunkelheit, und einen Moment lang dachte Taza an Wölfe, aber ein jagendes Wolfsrudel verursachte andere Geräusche. Nach einer Weile erkannte er die Umrisse von Menschen. Sie gaben sich keine besondere Mühe, leise zu sein, auch wenn sie sich mit der für Matawaye natürlichen Behutsamkeit durch das Unterholz bewegten. Und als eine der Gestalten von einem Mondstrahl erfaßt wurde, sah Taza, daß sie Zöpfe hatte, ein Hemd und eine Hose aus Hirschleder trug und einen Bogen in der Hand hielt.

Tachyn! Es mußten Tachyn sein, denn in diesen dichten Wäldern lebte garantiert kein anderer Clan, und er war überzeugt, noch immer einen größeren Vorsprung vor seinen Verfolgern zu haben. Trotzdem hielt er es für ratsam, vorsichtig zu bleiben. Es wäre eine Ironie des Schicksals, hier von einem wachsamen Späher getötet zu werden. Also verharrte er lautlos, bis er sah, wie fünf Krieger auf einer flachen Erhebung stehenblieben und miteinander flüsterten, als würden sie beratschlagen, ob sie umkehren oder ihre Suche fortsetzen sollten. Dann hörte er, wie einer der Krieger Chakthis Namen erwähnte, und da konnte er sich nicht mehr länger zurückhalten.

»Ich bin Taza!« rief er. »Und ich bringe euch Chakthis Enkel!«

Fünf Gesichter drehten sich in seine Richtung, fünf Bogen hoben sich, und fünf Pfeile zielten auf sein Versteck.

»Nicht schießen!« rief er. »Chakthis Enkel ist bei mir!«

»Zeig dich!« verlangte einer der Krieger.

»Laßt zuerst die Bogen sinken!« erwiderte Taza.

Der Sprecher der Tachyn nickte den anderen zu, und sie senkten die Bogen. Taza verließ sein Versteck, dicht gefolgt von Debo. Er nahm den Jungen an der Hand und näherte sich langsam den wartenden Männern, den Kopf stolz erhoben und fest entschlossen, keine Furcht zu zeigen.

Ein paar Schritte vor den Tachyn blieb er stehen. »Ich bin Taza«, wiederholte er. »Ich komme von jenseits der Berge, um diesen Jungen zu seinem Großvater zu bringen.«

Der Mann, der schon zuvor mit ihm gesprochen hatte, wirkte überhaupt nicht überrascht. »Ich bin Besdan«, sagte er. »Wir haben nach dir gesucht. Hadduth hat uns gesagt, daß du kommen würdest.«

Taza lächelte und ließ sich seine Verblüffung nicht anmerken. Wenn Hadduth Bescheid wußte, mußte er Kontakt mit der Gestalt in der goldenen Rüstung haben und folglich ein außerordentlich mächtiger Träumer sein. »Dann bring mich zu ihm«, forderte Taza den Tachyn auf.

Besdan grinste. »Wir werden dich zu Chakthi bringen. Er gibt die Befehle, nicht Hadduth.«

»Nein!« schrie Debo. Erst jetzt erkannte er den Namen und begriff, daß Chakthi sein Großvater war.

Er schüttelte den Kopf und zerrte an Tazas Hand. Chakthis Name wurde nur selten in Ket-Ta-Thanne ausgesprochen – und wenn, dann immer voller Abscheu. Mit einem so verhaßten Mann wollte Debo nichts zu tun haben. Er begann zu weinen.

»Alles ist gut«, beruhigte ihn Taza. »Wir sind jetzt in Sicherheit. Bald werden wir etwas zu essen bekommen und ein richtiges Feuer haben.«

Aber Debo umklammerte Tazas Hand noch fester und versuchte, ihn von den fremden Kriegern fortzuziehen. »Bring mich nach Hause!« heulte er. »Ich will nach Hause!«

»Du bist zu Hause«, sagte Taza.

»Nein!« kreischte Debo. »Ich will nicht zu Chakthi! Ich will nach Hause!«

Er riß sich los, wirbelte herum und rannte zurück in die Richtung, aus der sie gekommen waren. Besdan kicherte, lief ihm hinterher, packte ihn und warf sich den Jungen wie einen Sack über die Schulter. Debo wehrte sich verzweifelt und trommelte verbissen mit seinen kleinen Fäusten auf dem breiten Rücken des Kriegers herum.

»Sei still!« herrschte Besdan ihn an. »Sonst peitsche ich dich aus.«

Die Drohung erschreckte Debo so sehr, daß er augenblicklich erstarrte und reglos auf Besdans Schultern liegenblieb.

»Laß uns gehen«, forderte der Tachyn Taza auf und setzte sich in Bewegung. »Chakthi erwartet dich.«

»Wir müssen wachsam sein«, sagte Davyd und lächelte Arcole, der ihm einen Becher Tee reichte, dankbar an. Die Morgendämmerung war angebrochen, und die warme Luft linderte seine Schmerzen ein wenig. »Die Wälder wimmeln geradezu von Tachyn.«

»Das wußten wir auch vorher«, knurrte Rannach gereizt. Die Vorstellung, ihre Verfolgung könnte sich verzögern, beunruhigte ihn. »Was ist mit Debo?«

»Er lebt«, erwiderte Davyd. »Zumindest, soweit ich das beurteilen kann … Meine Träume waren sehr seltsam, als gäbe es hier eine Macht, die sie trübt.«

»Chakthi und Hadduth sind hier.« Rannach spuckte aus. »Genau wie mein Sohn!«

»Und welche Chance hat Debo, wenn wir getötet werden?« fragte Arcole. »Hör auf Davyd, Rannach.«

Der Commacht seufzte und machte eine beschwichtigende Geste.

»Es sind Krieger ausgeschwärmt, die uns suchen«, erklärte Davyd. »Das weiß ich mit Sicherheit. Übereilte Hast wäre unser größter Feind. Wenn wir nicht vorsichtig sind, werden wir alle sterben.«

»Dann führ uns«, verlangte Rannach. »Zeig uns den Weg.«

Davyd nickte, leerte seinen Becher und erhob sich müde. Er fühlte sich ganz und gar nicht erholt. Sein Schlaf war von merkwürdigen Träumen erfüllt gewesen, die er nicht verstand. Nur eins wußte er, daß ihnen Gefahr drohte. Eine Gefahr, die sie vielleicht töten würde, die ganz Ket-Ta-Thanne und Salvation erfassen konnte.

GEISTERWINTER

In diesem Winter wurde der ungelöschte Kalk in Grostheim knapp, und für jedes wärmende Feuer, das in den Straßen flackerte, schien es drei Scheiterhaufen vor den Stadtmauern zu geben, auf denen die Leichen der Besessenen verbrannt wurden. Wieder lebte die Bevölkerung in Furcht, zuerst vor den kursierenden Gerüchten, dann vor der Wirklichkeit – oder ihrem phantastischen Gegenstück.

Anfangs waren es nur Soldaten der Miliz Gottes – besessen von Träumen und fremden Stimmen –, die ihre Offiziere angriffen. Var selbst überlebte fünf Anschläge, bei denen er zweimal Schnittwunden davontrug, die in der zunehmenden Kälte schmerzten. Jared Talle hüllte sich in seine Magie und wehrte nicht weniger als neun Attentate ab. Alyx Spelt wurde viermal angegriffen. Gouverneur Wyme weigerte sich nach einem Anschlag, sein Haus ohne eine zwanzigköpfige Eskorte zu verlassen.

Angst machte sich in der Garnison breit und führte zu Spannung und Mißtrauen. Die Offiziere gingen dazu über, ständig Pistolen und ihre Schwerter griffbereit zu tragen. Sie vertrauten niemandem mehr. Die einfachen Soldaten verübelten ihren Vorgesetzten das Mißtrauen und fürchteten gleichzeitig, ebenfalls Opfer des um sich greifenden Wahnsinns zu werden. Wenn alte Freunde plötzlich verrückt spielten, wußte niemand, wer als nächstes getötet oder selbst von dem seltsamen Irrsinn erfaßt werden würde, und oft wurden Zivilisten zum Ziel der Raserei. Einmal richtete ein Trupp Milizionäre, der einen gut gefüllten Getreidespeicher bewachte, die Musketen auf eine wachsende Menschenmenge und tötete dreizehn Männer und siebzehn Frauen. Ein anderes Mal betraten neun Soldaten eine Taverne mit aufgepflanzten Bajonetten, metzelten sechs Männer nieder und verwundeten elf weitere schwer, bevor sie überwältigt werden konnten – vier wurden von aufgebrachten Bürgern totgeschlagen, die restlichen fünf von Vars Marinesoldaten erschossen.

In ganz Grostheim schienen nur Vars Männer nicht von dem sich unaufhaltsam ausbreitenden Irrsinn betroffen zu sein. Sie versahen zuverlässig ihren Dienst, bis der Schnee dichter fiel und der harte Winter Salvations die Stadt fest im Griff hatte.

Der Restitution fror zu. Eine dicke Eisschicht breitete sich bis eine halbe Meile jenseits der Docks aus, die nach dem Angriff der Wilden neu errichtet worden waren. Treibeis staute sich wie eine scharfzackige Barriere vor den Ausläufern der Gezeitenströmung, die vom Sturm gegen die Hafenanlagen gepeitscht wurden. Das gesamte Land versank in einer hüfthoch liegenden Schneedecke. Es war ein harter Winter. Leibeigene mußten die Straßen frei räumen, die Dächer von der Schneelast befreien und Kohleöfen in den Straßen aufstellen, während auf Talles Befehl hin vor den Stadtmauern die Leichen der Besessenen auf Scheiterhaufen verbrannt wurden.

Die Nahrungsmittel gingen allmählich zur Neige, und schließlich begannen die ersten Siedler – meist diejenigen, die vor dem strengen Winter in die Stadt geflohen waren –, die Soldaten anzugreifen. Es war ein Muster, das sich wiederholte. Verhöre mit den Betroffenen – viel zu häufig unter Talles grausamer Leitung durchgeführt – ergaben, daß alle vom Wahnsinn Befallenen ›Dämonen‹ begegnet waren und wie Danyael Corm mit fremden, gutturalen Stimmen sprachen. Sie drohten den Evanderanern, sie von ›ihrem‹

Land zu vertreiben, und forderten sie auf, aus Grostheim und ganz Salvation zu fliehen, bevor sie für ihre Anmaßung den Tod fanden.

Und dann wurde die Lage noch schlimmer.

In den Straßen wurden Geister gesichtet, furchtbare Reiter auf grauenhaften Tieren, deren Klauenhufe brennende Abdrücke im Schnee hinterließen. Die Menschen flohen voller Panik vor den Erscheinungen und schrieen, daß sie von Teufeln – noch schrecklicher als die Dämonen des letzten Jahres – heimgesucht werden würden. Talle ging, eskortiert von Soldaten, denen er nicht traute, durch die Stadt, um den Bürgern zu versichern, daß alles gut werden würde. Er versprach ihnen, die unheimliche neue Invasion mit seiner Magie und der Macht der Autokratie zurückzuschlagen, aber niemand glaubte ihm. Die Leute wandten ihm den Rücken zu, einmal wurde er sogar mit Schneebällen beworfen, ein anderes Mal mit gefrorenem Lehm und härteren Gegenständen. Aufruhr drohte. Die Bürger machten Talle und die Autokratie für ihre mißliche Lage verantwortlich und erhielten von dem Inquisitor keine Antworten auf ihre drängenden Fragen. Var wußte, daß Talle selbst nicht richtig verstand, was hier geschah, und sich im Haus des Gouverneurs einschloß, wo er die Leichen von Besessenen sezierte, um neue Erkenntnisse zu gewinnen und der Natur der ihm unbegreiflichen Magie auf die Spur zu kommen.

Seine Untersuchungen nahmen den Inquisitor so sehr in Anspruch, daß er von seinem Vorhaben absah, einen Winterfeldzug zu führen. Ja, er schien sogar die vorgelagerten Forts zu vergessen, die die Grenze zur Wildnis bewachten, denn als mittels Brieftauben Nachrichten eintrafen, die kundtaten, daß um und selbst in den befestigten Vorposten ähnliche geisterhafte Erscheinungen wie in Grostheim beobachtet worden waren, bestand seine einzige Antwort darin, daß die Forts ausharren und die Ergebnisse seiner okkulten Nachforschungen abwarten müßten. Var hatte den Eindruck, daß Talle von seiner Arbeit überfordert wurde. Die Beschäftigung mit den unheimlichen Rätseln schien den Inquisitor derart abzulenken, daß er seine eigentliche Aufgabe vernachlässigte, und die bestand nach Vars Meinung darin, seine Verantwortung gegenüber den Bewohnern Salvations wahrzunehmen, die unter dieser neuen fremdartigen Heimsuchung litten.

Und wenn Var ihn darauf ansprach, forderte Talle ihn lediglich auf, Geduld zu haben und darauf zu vertrauen, daß er die Antworten demnächst finden und die dämonischen Attacken aufhören würden. In der Zwischenzeit versteckte sich Alyx Spelt in seinem Quartier und wagte sich höchstens in Begleitung vertrauenswürdiger Männer hinaus, die den Dämonen noch nicht begegnet waren, doch das geschah nur sehr selten. Gouverneur Wyme verbarrikadierte sich mit seiner dicken Frau in seinem Anwesen und ließ allen, die ihn danach zu fragen wagten, mitteilen, daß Inquisitor Jared Talle ihre Fragen zu beantworten und die Verantwortung für das zu übernehmen habe, was über Grostheim hereingebrochen war.

Var selbst begegnete den Geistern zweimal.

Beim ersten Mal verließ er eine Taverne, in der er mit Abram Jaymes getrunken hatte. Er betrat die verschneite Straße, eine Hand auf dem Knauf seiner Pistole, die andere am Griff des Säbels, und sah sich aufmerksam um. Doch statt eines rotuniformierten Milizionärs oder irgendeines anderen Besessenen, der ihm nach dem Leben trachten mochte, erblickte er eine Kreatur, die er kaum beschreiben konnte, außer daß sie an eine Kreuzung aus einer Echse und einem Löwen erinnerte und auf ihn zustürmte. Auf dem Rücken des furchtbaren Wesens saß eine Gestalt in einer antiken Rüstung, die im kalten Sternenlicht in allen Regenbogenfarben schimmerte. Der Reiter hatte eine große Axt mit einer gekrümmten Schneide erhoben und ließ sie niederschwingen, als wollte er Var den Kopf von den Schultern hacken.

Es war wie eine Mischung aus einem Traum und der Wirklichkeit. Die Bestie und ihr Reiter waren ätherisch; Var konnte durch sie hindurch die Flammen eines Kohleofens flackern sehen, die Häuser und erleuchteten Fenster hinter ihnen, aber trotzdem ... Sie strahlten eine derartige unmittelbare Präsenz aus, daß er ohne zu zögern die Pistole zog und schoß, während er gleichzeitig das Schwert aus der Scheide riß. Er sah, wie die Kugel den Kopf der fauchenden Kreatur durchschlug, ohne die geringste Wirkung zu erzielen, und hob die Klinge, um die auf ihn herabfahrende Axt des Reiters abzuwehren.

Das erwartete Klirren von Metall auf Metall und der mörderische Aufprall, der ihm den Arm hätte zerren müssen, blieben aus. Reiter und Bestie preschten an ihm vorbei und zogen substanzlose Rauchschwaden hinter sich her.

Var hörte einen Schuß, wirbelte herum und entdeckte Abram Jaymes, der gerade sein Jagdgewehr nachlud und der Erscheinung, die sich bereits wie eine Schneewolke in der Winternacht auflöste, mit dem Lauf folgte. Sonst hatte niemand die Schenke verlassen.

Ein wenig verlegen schob Var das Schwert in die Scheide zurück, lud seine Pistole nach und warf dem Kundschafter mit dem strähnigen Haar einen fragenden Blick zu.

Jaymes zuckte die Achseln. »Ich hab's auch gesehen«, sagte er. »Also seid Ihr wohl nicht verrückt, schätz' ich. Jedenfalls nicht verrückter als ich.«

»Vielleicht sind wir beide verrückt«, murmelte Var.

»Schön, dann sind wir wenigstens nicht allein«, kommentierte Jaymes. »Möchtet Ihr Gesellschaft haben?«

Var nickte. Er verspürte kein Bedürfnis, allein durch diese Nacht zu laufen.

»Was sind sie?« fragte er, während sie durch die stillen, verschneiten Straßen gingen. Eine graue Wolkendecke verschluckte die Sterne und den Mond, sofern überhaupt einer am Himmel stand. »Ich begreife das nicht.«

Jaymes lachte und spie einen Strahl Tabaksaft in den Schnee. »Ich auch nicht«, erwiderte er fröhlich. »Ich hab' noch nie zuvor so was gesehen.«

»Machen sie Euch denn keine angst?« erkundigte sich Var. »Bei Gott, mich machen sie nervös.«

»Nervös sein und Angst haben ist nicht das gleiche«, stellte Jaymes fest. »Das ist ein Unterschied.«

»Ja.« Var neigte zustimmend den Kopf. »Aber wie auch immer ...«

»Ist Euch schon mal der Gedanke gekommen, daß es nichts dergleichen gegeben hat, bevor der Inquisitor und Ihr hier aufgetaucht seid?« fragte Jaymes.

Var schüttelte den Kopf. »Was meint Ihr damit?«

Jaymes zuckte die Achseln. »Das weiß ich selbst nicht so genau, außer daß wir bisher von lebendigen Kreaturen angegriffen worden sind – Dämonen, wenn Ihr wollt, aber sie konnten wenigstens getötet werden –, und jetzt scheinen wir es mit Geistern zu tun zu bekommen. Allerdings können sie den Leuten nur Angst einjagen und niemanden etwas antun.« Er spuckte einen weiteren Strahl Tabaksaft aus. »Ich mach' mir mehr Sorgen um das, was mich verletzen kann.«

Var brachte das Argument gegenüber Talle zur Sprache, nachdem er seine zweite Begegnung mit einer geisterhaften Erscheinung gehabt hatte.

Er hatte seine Männer inspiziert und war gerade auf dem Weg zum Anwesen des Gouverneurs. Als er das Tor erreichte, stieg wie aus dem Nichts ein mitternachtsschwarzes Pferd mit spitzen Fängen statt Zähnen vor ihm auf, in dessen Augen das gleiche Feuer loderte, das auch aus seinen Nüstern hervorzüngelte. Es wirkte sehr viel realer als die andere Bestie, die er zuvor gesehen hatte, und er fürchtete, daß die Klauenhufe, die nach ihm schlugen, ihm mit Leichtigkeit den Schädel zertrümmern könnten. Instinktiv duckte er sich unter ihnen hinweg, zog gleichzeitig den Säbel und die Pistole, schoß und schlug um sich.

Auf einem goldenen Sattel, an dem vergoldete Totenschädel baumelten, saß ein Reiter, der eine goldene Rüstung und einen goldenen Helm trug und lachend ein breites goldenes Schwert auf Vars Kehle richtete.

Du willst dich mir widersetzen? Das steht dir nicht zu, Mensch. Du bist ein Nichts! Du bist ein Wurm, der im Dreck kriecht, um von mir zerquetscht und in Stücke gehackt zu werden. Hast du verstanden?

Var rollte sich unter den stampfenden Hufen weg, die Funken aus dem gefrorenen Boden schlugen und wie bleiches Mondlicht vor den aufgetürmten Schneemassen schimmerten. Das Pferd – war es überhaupt ein Pferd? Er hatte noch nie ein Pferd mit scharfen Fängen und Hörnern gesehen – trampelte ihn mit seinen Klauenhufen nieder. Var schrie in Erwartung von Schmerzen, die ausblieben, und schleuderte die leergeschossene Pistole in das verzerrte Gesicht der Kreatur, die auf ein Kommando des Reiters den Kopf senkte, um ihre Hörner in die Brust des Majors zu bohren.

Er schrie erneut auf, als die Gestalt in der goldenen Rüstung sich aus ihrem prachtvollen Sattel beugte und ihr Schwert auf seinen Schädel herabfahren ließ.

Var spürte, wie ihn eine entsetzliche Kälte und gleichzeitig eine fiebrige Hitzewallung durchströmte. Dann war die geisterhafte Erscheinung übergangslos verschwunden, und er fühlte sich beschämt, als Soldaten und Diener herbeieilten, durch seine Schreie alarmiert, und nichts außer der rechten Hand des Inquisitors vorfanden – den Bluthund des Inquisitors, der sich auf einer menschenleeren Straße herumwälzte und mit dem Säbel um sich schlug.

»Ihr seid also einem Geist begegnet.« Talle nahm Nathanial die Karaffe aus der Hand und schickte den gebrandmarkten Mann mit einem Winken fort. »Berichtet mir ganz genau, was Ihr gesehen habt.«

Var trank den Weinbrand, der seine Brust wärmte, wo die Hufe ihn getroffen hatten, und das unwirkliche Gefühl aus seinem Kopf vertrieb, in den die goldene Klinge eingedrungen war. Ihm war kalt, als hätte sich Eis in seinem Körper ausgebreitet. Er erzählte dem Inquisitor alles, was geschehen war.

»Wie bei allen anderen auch«, stellte Talle fest.

Er rieb sich die Hände, und Var hatte den Eindruck, daß Funken tiefer Dunkelheit aus den Fingern des Inquisitors hervorsprühten, die auf abstoßende Art zu dem strähnigen Haar und der krähenartigen Kleidung paßten.

»Genau das gleiche.«

»Ich gebe nur wieder, was ich gesehen habe«, sagte Var und griff unaufgefordert nach der Karaffe.

»Und das waren nichts als Geister«, stellte der Inquisitor fest. »Erscheinungen, Trugbilder.«

»Ich dachte schon, ich wäre tot«, murmelte Var

langsam mit belegter Stimme. »Das Pferd und der Reiter erschienen mir völlig real.«

»So ist es«, sagte Talle ruhig. »Sie verfügen über mächtige Magie, diese Wilden, die sich gegen uns auflehnen. Das bestärkt mich in der Überzeugung, daß wir einen Feldzug gegen sie unternehmen müssen.«

»In einem solchen Winter?« Var trank von seinem Weinbrand. Ihm gefiel Talles Idee ganz und gar nicht. »Ich dachte, Ihr hättet dieses Vorhaben aufgegeben.«

Talle schüttelte den Kopf. »Keinen militärischen Schlag, mein Freund. Nur eine kleine Expedition. Ihr und ich, Euer Freund, der Kundschafter, vielleicht noch ein paar weitere Männer.«

»Gegen ...« Var zuckte die Achseln und schenkte sich nach. »Wer oder was auch immer diese Erscheinungen sein mögen?«

»Wollt Ihr sie ungestraft gewähren lassen?« Talle saß hinter Gouverneur Wymes verschnörkeltem Schreibtisch, die Finger ineinander verflochten. Var sah eingetrocknetes Blut unter den Fingernägeln und zwischen den Knöcheln des Inquisitors und fragte sich, womit Talle sich zur Zeit beschäftigte. »Sie führen diese neue Magie gegen uns ins Feld, und ich muß ... *wir* müssen sie bekämpfen, oder?«

Var nickte widerstrebend.

»Und diese Magie wirken sie von ihren Wäldern aus, richtig?«

Wieder blieb Var nichts anderes übrig, als zustimmend zu nicken.

»Wir sind nur Diener der Autokratie«, fuhr Talle fort. »Wir wurden ausgesandt, um solche ... Probleme ... zu lösen. Also, sucht Euren Freund, den Kundschafter, auf und bringt ihn zu mir.«

Var zögerte. Talle legte den Kopf schief, und einmal mehr erinnerte er Var an eine Aaskrähe in Erwartung eines Festmahls.

»Was?«

»Ihr, ich und Abram Jaymes?« Var ordnete seine Gedanken. »Und vielleicht noch ein paar Männer? Wie viele, Inquisitor? Und mit welchem Auftrag?«

»Ein … Ausfall. Würdet Ihr es nicht so nennen? Ein kleines Kommandounternehmen, um unseren Feind zu identifizieren. Nicht so viele Männer, als daß wir auffallen würden, aber genug, um die Schwachstellen der Feinde zu entdecken.«

»Und wie sollen wir das anstellen?« wollte Var wissen.

»Nun, wir werden zu den Grenzforts reiten und einen Wilden in unsere Gewalt bringen«, erwiderte Talle mit unerschütterlicher Ruhe. »Wir werden ihn gefangennehmen, um herauszufinden, was er weiß. Ich kann das tun, Major, wenn ich einen Wilden lebend in die Finger bekomme und verhöre.«

Var zweifelte nicht an den Worten des Inquisitors. Er nickte ein weiteres Mal und verließ das Anwesen, um Abram Jaymes ausfindig zu machen.

Jaymes fand, daß sie ein merkwürdiges Trio bildeten, er, der Inquisitor und der Marinemajor. Sie saßen im Arbeitszimmer des Gouverneurs. Im Kamin brannte ein munteres Feuer. Die Holzscheite knisterten und knackten, Funken stieg auf, wirbelten im Schornstein hoch oder landeten auf Wymes Teppich. Eine Karaffe machte zwischen den Männern die Runde, und Jaymes bediente sich besonders eifrig. Die Fensterläden waren geschlossen, um die eisige Nachtluft fernzuhalten, die Tür verriegelt, damit niemand sie störte.

Talle hockte noch immer hinter dem Schreibtisch, von Kopf bis Fuß in Schwarz gekleidet. Var saß steif in seiner blauen Marinetunika da, Schwert und Pistole umgeschnallt. Jaymes lümmelte bequem in einem Sessel, die Beine weit von sich gestreckt. Er trug seine schmuddlige Lederkleidung und hatte das Hemd in der Hitze aufgeknöpft.

»Ihr wollt also, daß ich Euch in die Wälder führ'«, faßte er zusammen, einen Kelch aus importiertem Glas vor der Brust. »In das Territorium der ... wie nennt Ihr sie jetzt, Dämonen?«

»Wilde«, korrigierte Talle. »Es sind nur Wilde.«

Jaymes zuckte die Achseln, offenbar unbeeindruckt von dem stechenden Blick aus Talles schwarzen Augen. »Wilde oder Dämonen, nennt sie, wie es Euch gefällt, aber sie können Euch immer noch töten.«

»Es ist nicht so einfach, mich zu töten«, erwiderte Talle.

»Ja, das hab' ich mit eigenen Augen gesehen.« Jaymes leerte sein Glas und forderte Var mit einem stummen Blick auf, ihm nachzuschenken. »Aber trotzdem ... ich schätze, sie können Euch töten, wenn sie wollen. Ich denke, ihre Magie ist so stark wie Eure.« Er sah Talle direkt in die Augen. »Wie könnten sie hier sonst so viel Ärger machen?«

Talle lächelte. »Genau das ist es, was ich herausfinden will und weshalb ich Euch brauche.«

»Und wenn ich ablehne?« fragte Jaymes.

Das Lächeln des Inquisitors wurde breiter. Seine dünnen Lippen entblößten die verfärbten Zähne, als würde ein tollwütiger Hund die Lefzen zurückziehen. »Ich könnte Euch verhexen.«

»Sicher.« Jaymes nickte gelassen. »Aber wär' ich dann noch ein so guter Kundschafter, wie Ihr ihn haben wollt?«

Talle nahm das Argument mit einem Achselzucken zur Kenntnis. »Oder ich könnte Euch hängen lassen.«

»Dann würd' ich Euch überhaupt nicht mehr nützen«, stellte Jaymes fest.

»Richtig«, räumte Talle ein. »Also, was sagt Ihr?«

»Wer kommt sonst noch mit?« fragte Jaymes Var.

»Ich unterstehe dem Kommando des Inquisitors«, wich Var einer direkten Antwort aus, den Blick auf Talle gerichtet.

»Also?« wiederholte Jaymes seine Frage, diesmal an den schwarzgekleideten Mann gewandt.

»Vielleicht nur wir drei«, sagte Talle. »Was schlagt Ihr vor?«

»Drei Männer könnten sich leichter anschleichen, als irgendwer von Euren Milizionären«, erwiderte Jaymes. »Bei Gott, die Burschen machen jede Menge Krach, und diese ... wie auch immer Ihr sie nennen wollt, würden sie wahrscheinlich schon aus großer Entfernung kommen hören. Hören und töten.«

Talle warf Var einen fragenden Blick zu.

Es überraschte Var, daß der Inquisitor sich seiner Erfahrung beugte. Er zuckte die Achseln. »In diesem Punkt vertraue ich auf Abram.«

Jaymes schmunzelte.

»Dann machen wir es so«, entschied Talle. »Nur wir drei.«

Gouverneur Wyme war genau wie Alyx Spelt angenehm davon überrascht, wieder das Kommando in Grostheim zu führen. Keiner der beiden hatte damit gerechnet, noch einmal seinen alten Posten einzunehmen, und so waren sie beide mehr als erfreut, als der Inquisitor seinen sofortigen Aufbruch bekanntgab, begleitet von seinem Bluthund, der seine Truppen dem Befehl Spelts unterstellte. Und die Vorstellung, daß die beiden Eindringlinge, die ihnen ihre Macht entrissen hatten, in ihren sicheren Tod gingen, trug nicht minder zu Wymes und Spelts Freude bei.

Dabei ließen sie völlig außer acht, daß sie sich jetzt

selbst darum würden kümmern müssen, mit einer aufgebrachten Bevölkerung, schrumpfenden Lebensmitteln und Geistern in den Straßen fertig zu werden.

Beide glaubten sie, der Inquisitor und sein Bluthund würden in den verschneiten Wäldern umkommen, und sie begrüßten den Tod der Männer. Sie waren fest entschlossen, Evander und der Autokratie zu beweisen, daß sie die Probleme selbst bewältigen konnten.

Daß sie einem verhängnisvollen Irrtum unterlagen, sollten sie erst später herausfinden.

SELTSAME BEGEGNUNGEN

Das Eis auf dem Restitution war zu dick, um den Fluß mit Booten befahren zu können, und so brachen die drei Männer auf dem Landweg auf, wegen der klirrenden Kälte in dicke Pelze gehüllt. Abram Jaymes, der wie immer sein Maultier ritt, führte ein weiteres Muli als Lasttier am Zügel. Sie alle trugen gefütterte Mäntel mit Kapuzen. Var hatte sich ein neues Jagdgewehr besorgt, das wie ihre gesamte Ausrüstung aus den Beständen Rupyrt Gahames stammte.

Anfangs verlief die Reise zwangsläufig langsam. Jaymes' Muli kam mit dem Witterungsbedingungen am besten zurecht und stapfte unbeschwert durch den tiefen Schnee, während Vars und Talles Pferde sich nur widerwillig durch die hohen Schneewehen kämpften. Var hatte gehofft, daß der Inquisitor ihnen mit seinen magischen Kräften den Weg bahnen würde. Im Restitutionskrieg war er Zeuge geworden, wie Magiebegabte Schneisen im Schnee geschaffen hatten, um Angriffe ihrer Truppen zu ermöglichen. Doch weder setzte Talle seine Kräfte ein, noch erklärte er, warum er darauf verzichtete, und so blieb ihnen nichts anderes übrig, als sich mit dem Tempo zu begnügen, das die Tiere unter den schwierigen Umständen einschlagen konnten, bis sie tiefer ins Binnenland vorstießen, wo der Schnee härter wurde, weil der salzige Seewind aus der Bucht der Erlösung nicht so weit ins Landesinnere vordrang. Dort brachen die Hufe der Pferde nicht mehr so leicht durch die geschlossene Schneedecke, und die hohen Verwehungen, die ihnen das Fortkommen erschwerten, wurden seltener.

So verging ein Tag nach ihrem Aufbruch aus

Grostheim, und es würden noch zwei weitere Tage dahinziehen, bis sie das erste Gehöft erreichten, wo sie eine anständige Unterkunft und ein wärmendes Kaminfeuer erwartete. Var sehnte sich danach und fragte sich, ob er allmählich zu verweichlichen begann, denn ihm graute schon davor, daß sie ihr Nachtlager an diesem Abend im Schnee unter einem grauen Wolkenhimmel würden aufschlagen müssen. Er dankte Gott, daß Abram Jaymes seine Erfahrungen mit dem Winter in Salvation gesammelt und von Gahame dicke Pelze, stabile Zelte aus festem Segeltuch, Holzkohle, Kienspäne zum Entzünden des Feuers und Trockenfleisch als Reiseproviant besorgt hatte. Einen derart harten Winter gab es weder in Evander, noch in den anderen Ländern, die Var bisher bereist hatte.

Dieser Ritt unterscheidet sich grundlegend von einem militärischen Feldzug, dachte er, als sie auf Jaymes' Rat hin rasteten und ihre Zelte aufschlugen, *nur drei Männer, die ganz auf sich allein gestellt sind.* Der Wind nahm zu, wirbelte Schnee auf und peitschte ihn gegen die Zeltplanen, als mißgönnte der Winter ihnen selbst diese dürftige Zuflucht.

Ihr Lager lag am Fuß einer steilen Felsklippe, um die herum verkrüppelte, vom Wind gebeugte Kiefern und Sträucher bis zum Ufer des von Eis bedeckten Flusses wuchsen, das eine einzige, matt silbern schimmernde Fläche bildete, hart und trostlos wie verlorene Hoffnung. Jaymes sammelte trockenes Brennholz und entfachte ein Feuer, das im böigen Wind knisterte und knackte und Funken ausspie, die einen langen, manchmal beinahe waagerechten Schweif in der Dunkelheit bildeten. Der Kundschafter kochte Tee über dem flackernden Feuer, den er mit handelsüblichem Weinbrand verstärkte, und es überraschte Var, daß Talle das Gebräu in tiefen Zügen trank und noch vor dem Essen um einen weiteren Becher bat. Der Himmel war grau und leer, und als sie ihr Essen beendet hatten und sich in ihre Zelte zurückzogen, begann es zu schneien. Var fragte sich, ob das ein unheilvolles Vorzeichen war.

Am nächsten Tag stand eine kalte Sonne am farblosen Himmel, die wie ein unbarmherziges Auge auf die drei Reiter hinabstarrte. Ein scharfer Wind blies ihnen auf ihrem Weg nach Westen in die Gesichter. Die Landschaft war schneebedeckt, öde und eintönig. Sie ritten schweigend dahin, denn der Wind hätte ihnen ohnehin die Worte von den Lippen gerissen und jede Unterhaltung unmöglich gemacht. Reif schlug sich auf den Mähnen der Tiere und den Pelzen der Reiter nieder, ihr Atem kondensierte zu dichten Dampfwolken in der eisigen Luft, Schnee knirschte unter den Hufen.

Einen Tag später erreichten sie das erste Gehöft. Da es nicht weit von Grostheim entfernt lag, war es bewohnt; der Gutsbesitzer und seine Frau fühlten sich sicher. Sie brachten die erschöpften Tiere in die warme Scheune und vergewisserten sich, daß sie von den Leibeigenen versorgt wurden, bevor sie eine kräftige Mahlzeit und ein behagliches Kaminfeuer genossen.

Anton Groell, der Gutsbesitzer, war ein Mann in mittleren Jahren, trotzdem durchzogen schon jetzt graue Strähnen seinen Bart. Seine Augen ruhten nervös auf Jared Talle.

»Ich werde nicht weggehen«, sagte er. »Ich habe diesen Hof während der vergangenen Unruhen bewirtschaftet, und werde ihn auch jetzt nicht im Stich lassen.«

»Warum solltet Ihr auch?« fragte Talle liebenswürdig. »Habt Ihr zur Zeit Probleme?«

Groell schüttelte den Kopf.

»Ihr habt keine Geister gesehen?« Talles Blick wanderte von Groell zu dessen Frau. »Reiter im Schnee?«

»Nein, nichts dergleichen.« Groell starrte den Inquisitor an, als hätte Talle den Verstand verloren, aber er enthielt sich eines Kommentars.

Talle nickte. »Ausgezeichnet. Morgen früh werde ich Euren Hof mit Schutzzaubern versehen, so daß Ihr sicher sein werdet.«

»Wir danken Euch, Inquisitor«, sagte Groell und verbeugte sich ehrerbietig.

Der Inquisitor schenkte ihm ein schmallippiges Lächeln und neigte gütig den Kopf, was Var äußerst ungewöhnlich fand. Er bemerkte Jaymes' Blick und beantwortete die stumme Frage des Kundschafters mit einem Achselzucken.

Auch nachdem sie von dem dankbaren Gutsbesitzer in ein kleines Zimmer geführt worden waren, in dem normalerweise die Hausdiener wohnten – die Leibeigenen wurden vorübergehend in die Scheune umquartiert –, hüllte sich der Inquisitor in Schweigen. Var fühlte sich unbehaglich. Er hätte Talle gerne nach dessen genauen Plänen befragt, was er aber aufgrund seiner Pflicht der Autokratie gegenüber in Jaymes' Anwesenheit nicht tun konnte. Genauso wenig konnte er sich mit Jaymes unterhalten, um herauszufinden, wie der Kundschafter über ihre Mission und Talles merkwürdig freundliches Benehmen dachte.

Das Zimmer, kaum groß genug für das leibeigene Ehepaar, das diese Nacht in der Scheune verbringen mußte, war zu klein, um ein Gespräch unter vier Augen führen zu können. Talle beanspruchte das Bett wie selbstverständlich für sich, so daß Var und Jaymes gezwungen waren, ihre Decken auf dem Fußboden auszubreiten, und nachdem der Inquisitor eingeschlafen war, schnarchte er so laut, daß an ein Gespräch gar nicht zu denken gewesen wäre.

Am nächsten Morgen war Talle genauso liebenswürdig wie am Abend zuvor und bedankte sich geradezu überschwenglich für das Frühstück, das Liesli Groell auftischte, und für die Vorräte, die ihr Mann ihnen mitgab. Die Gutsbesitzer und ihre gebrandmarkten Diener sahen ehrfürchtig zu, wie er das Haus, alle Außengebäude und die Zäune mit Schutzzaubern belegte, überzeugt, von nun an vor Überfällen jeglicher Art sicher zu sein.

Die Sonne stand bereits nahe ihres Zenits an einem Himmel von der Farbe polierten Stahls, bevor Talle sein magisches Werk beendet hatte. Die wartenden Pferde stampften ungeduldig mit den Hufen auf dem gefrorenen Boden, ihr Atem dampfte in der eisigen Luft. Var und Jaymes verfolgten schweigend die Arbeit des Inquisitors, Becher mit heißem Tee und Weinbrand in den Händen.

»Was hat er nur vor?« fragte Jaymes irgendwann mit der für ihn so typischen Direktheit. »In Grostheim war er ein echter Bastard, aber jetzt ist er so nett wie ein kleines Schulmädchen.«

»Ich habe keine Ahnung«, erwiderte Var, ohne nachzudenken. »Ich verstehe das genausowenig.« Auf einmal wurde ihm bewußt, daß er mit dem ungewaschenen Späher wie mit einem Ebenbürtigen gesprochen hatte, und er begriff, daß er Jaymes tatsächlich als ihm gleichgestellt betrachtete. Die Erkenntnis verunsicherte ihn, und er versteckte sich hinter seinem Becher.

»Das war alles!« klang Talles Stimme auf. »Reiten wir weiter?«

Groell und seine Frau überschütteten ihn mit Dank, als die Männer ihre Tiere bestiegen, und der Gutsbesitzer umklammerte dabei sogar Talles Hand.

Var hatte noch nie zuvor erlebt, daß der Inquisitor irgend jemandem gestattete, ihn zu berühren, aber

Talle lächelte nur auf den Mann herab und nickte ihm gütig zu, als sei er ein Herrscher von Gottes Gnaden, der einen Untertanen segnete.

Und so verhielt er sich auf jedem Hof, den sie besuchten, wie eine in Pelze gehüllte Krähe, die gekommen war, um Hilfe und ihren Segen zu gewähren. Er belegte Farmen, Weingüter und Mühlen mit seinem Schutzzauber und hatte stets ein Lächeln und freundliche Worte für die Besitzer übrig, sogar für die Leibeigenen, die sich ihm zu nähern wagten.

»Warum nicht?« fragte er, als Var sich endlich dazu durchrang, ihn darauf anzusprechen. »Bin ich denn ein solcher Tyrann?«

Beinahe hätte Var die Frage mit einem eindeutigen Ja beantwortet, aber statt dessen sagte er nur ausweichend: »Dieser magische Schutz der Farmen kostet uns viel Zeit.« Er deutete mit einer unbestimmten Handbewegung auf die trostlose Landschaft. »Wir kommen schon durch den tiefen Schnee nur langsam voran, und ich dachte, wir wollten die Wildnis möglichst schnell erreichen.«

»Habe ich gesagt, wir hätten es eilig?« erkundigte sich Talle. »Soll ich denn die Notlage dieser abgelegenen Höfe einfach ignorieren?«

Var zuckte die Achseln. Seiner Meinung nach hätte Talle diese Aufgabe bereits während des letzten Sommers erledigen können, doch damals war es dem Inquisitor nur darum gegangen, die Forts entlang der Grenze zu errichten, und er hatte kaum einen Gedanken – wenn überhaupt einen – an die Farmer, Winzer und Müller verschwendet. »Es gibt noch jede Menge Höfe auf unserem Weg, Inquisitor, und sehr viele mehr abseits davon.«

Talle nickte. »Richtig, Major«, sagte er nur und trieb sein Pferd schneller an, um zu Jaymes' Muli aufzuschließen.

Der Major seufzte und fand sich damit ab, daß er keine klare Antwort erhalten würde.

»Was hat er vor?« wiederholte Jaymes seine Frage. Nachdem er eine Weile zusammen mit dem Inquisitor hinter Var geritten war, hatte er sein Maultier angetrieben, bis er zu Var aufgeschlossen hatte, und die Stimme zu einem konspirativen Flüstern gesenkt. »Er benimmt sich nicht so unangenehm wie sonst.«

Verstohlen blickte sich Var um, um festzustellen, ob der Inquisitor ihr Gespräch belauschen könnte, aber Talle saß mit unbeteiligter Miene auf seinem Pferd, die Zügel locker in der Hand, und überließ es ihm, den beiden Tieren vor ihm zu folgen. Er schien in Gedanken versunken zu sein und nichts von der leise geführten Unterhaltung zu bemerken.

»Ich weiß es nicht«, erwiderte Var. »Aber was auch immer es ist, es hält uns auf.«

»Keine Frage.« Jaymes nickte. »Und ich dachte, er würd's eilig haben.«

Var zuckte die Achseln. Ihm fiel keine andere Antwort ein.

»Sieht fast so aus, als wollte er so viel von seiner Magie wie möglich in Salvation verteilen«, murmelte Jaymes. Dann legte er die Stirn in Falten. »Fast so, als wollte er absichtlich so 'ne Art Spur auslegen, damit die Geister uns finden können.«

Var starrte den Kundschafter an und fragte sich, ob Jaymes mit seiner Vermutung womöglich recht hatte.

Sie waren zwei Tagesritte vom ersten Fort entfernt, als die Geister auftauchten.

Die untergehende Sonne tauchte das Land in goldenes und blaues Licht, das Wäldchen, in dem die

Männer Schutz gesucht hatten, warf lange Schatten über das unendliche Weiß, und der aufkommende Abendwind ließ Schnee von den Ästen der Bäume rieseln. Eine Schar Krähen beklagte sich mit lautem Krächzen über die Kälte und das kümmerliche Nahrungsangebot. Jaymes hatte ein Feuer entfacht und die Tiere versorgt. Var half ihm, die Zelte aufzustellen, während sich Talle die Hände vor den Flammen wärmte.

Plötzlich erschien wie aus dem Nichts eine Reitergruppe.

Es war, als würde die tief über den fernen Bergen stehende Sonne flackern und im gleichen Moment die Reiter gebären. Var spürte, wie ihm das Blut in den Adern gefror, und griff instinktiv nach seinem neuen Gewehr. Als er es hob, hörte er, wie Jaymes den Hahn seiner Waffe spannte, und er warf dem Kundschafter einen schnellen Blick zu.

Jaymes hatte die Augen zu schmalen Schlitzen zusammengekniffen. Var glaubte, einen dünnen Schweißfilm auf der schmutzigen Stirn des Mannes zu entdecken. Er wandte sich um und sah, wie Talle sich vor dem Feuer aufrichtete. Die Rockschöße des Inquisitors flogen, als er die Arme weit ausbreitete und ein Lächeln über sein Gesicht glitt.

Die Reiter preschten durch den Schnee heran. Gott! Var erkannte die Geschöpfe wieder, auf denen sie ritten, eine Mischung aus Echsen und Löwen mit großen breiten Pfoten, aus denen Klauen wie spitze Stahldornen hervorragten. Ihre Körper waren gleichermaßen mit Schuppen und Fell bedeckt, rote Schlitzaugen glühten über weit aufgerissenen Kiefern, in denen Fänge wie scharfe Klingen schimmerten. Die Gestalten, die in den verzierten Sätteln saßen, waren nicht leicht zu erkennen, denn sie trugen Rüstungen, die mit dem verdämmernden Licht des Sonnenunterganges und den Schatten zu verschmelzen schienen, in allen Farben des Regenbogens glitzerten und das Auge täuschten.

Nur der Anführer der Horde zeichnete sich deutlich vor dem weißen Schnee ab. Var hatte ihn schon einmal gesehen, und er verspürte das gleiche Entsetzen wie damals, als die ätherischen Klauenhufe des mitternachtschwarzen Pferdes auf ihn niedergefahren waren und sich der gräßliche Kopf gesenkt hatte, um ihm die substanzlosen Hörner in die Brust zu stoßen.

Daß er geschossen hatte, wurde ihm erst bewußt, als der peitschende Knall der großkalibrigen Waffe von den Bäumen widerhallte und er den Pulverqualm vor der Mündung aufsteigen sah.

Und dann hörte er das dröhnende Gelächter unter dem goldenen Helm aufbranden, als das große gekrümmte Schwert, das im Licht des Feuers funkelte, auf seine Brust zielte und der Reiter sein furchtbares Pferd näher an das Lager heranführte.

Wir sind uns schon einmal begegnet, nicht wahr? Die Stimme war melodisch, tief und sonor und gleichzeitig wie ein kalter Wind, der flüsternd über einen Friedhof strich. Var erschauderte und mühte sich mit gefühllosen Fingern ab, das ungewohnte Jagdgewehr nachzuladen. *Und damals warst du voller Panik. Hast du geglaubt, ich würde dich erschlagen, du wärst bereits tot? Wenn du dich mir jetzt widersetzt, dann wirst du sterben. Wagst du das?*

»Er vielleicht nicht, ich dagegen schon!«

Jared Talle trat von dem Feuer fort, stapfte durch den tiefen Schnee und baute sich vor dem Reiter in der goldenen Rüstung auf. Er wirkte nicht im mindesten ängstlich oder verunsichert, sondern eher erfreut, als hätte er diese unheimliche Begegnung herbeigesehnt.

Ah, derjenige, der Magie verbreitet.

Var spürte, wie die schreckliche Kälte von ihm

wich, als die goldene Gestalt ihre Aufmerksamkeit auf den Inquisitor richtete.

»Ja, ich wirke Magie«, bestätigte Jared. »Macht dir das angst?«

Wieder klang Gelächter unter dem goldenen Helm auf. *Ob deine Magie mir angst macht? Nein, das tut sie nicht.*

»Warum bist du dann gekommen und brüllst hier herum?« fragte Talle ruhig. »Warum schreist du mich und meine Begleiter an wie ein Raufbold auf dem Schulhof?«

Die roten Augen unter dem goldenen Helm loderten wütend auf. Der Reiter hob das Schwert. Var hörte, wie sich Abram Jaymes' Gewehr entlud.

Talle lachte. »Haltet ein, meine Freunde!« rief er. »Kugeln können diesen Trugbildern ebensowenig etwas anhaben wie sie uns.«

Nein?

Der Anführer der Horde hob erneut das Schwert, stieß seinem furchteinflößenden Pferd die Fersen in die Seiten und preschte los. Var konzentrierte sich darauf, das Gewehr zu laden und zu zielen, obwohl er wußte, daß er damit nichts gegen diese Kreaturen ausrichten konnte, aber es war alles, was er hatte.

Talle blieb einfach stehen. Seine Hände bewegten sich, während er Worte murmelte, die zu leise waren, als daß Var sie hätte verstehen können. Das goldene Schwert hackte durch seinen Schädel, schnitt durch das strähnige Haar und das bleiche Gesicht, aber Talle regte sich noch immer nicht. Die Klauenhufe stiegen über ihm auf, fuhren durch seine Pelze und den schwarzen Gehrock herab in den Schnee, und er lächelte nur. Der Kopf mit den gebleckten Fängen senkte sich und bohrte seine Hörner in die Brust des schmächtigen Mannes. Talle lachte, schwenkte die Hände und rief: »Scher dich weg! Du bist nichts, du bist nicht mehr als eine Schneeflocke im Wind, ein Schatten! Du kannst mir nichts antun oder mir angst machen, denn ich bin stärker als du!«

Bist du das? Der Mann in der goldenen Rüstung zügelte sein schreckliches Pferd. *Wer bist du?*

»Ich bin Jared Talle, der Inquisitor!«

Und ich bin Akratil. Ich werde dich jagen und dich vernichten.

»Das glaube ich nicht«, sagte Talle ruhig. »Ich glaube, *ich* werde *dich* vernichten.«

Die phantastische Erscheinung, die Akratil war, ließ ihr Pferd einen schnellen Kreis beschreiben. Die anderen Gestalten hinter ihm saßen nervös auf ihren echsenartigen Kreaturen, die mit ihren Pfoten im Schnee scharrten, ohne dabei auch nur eine Flocke aufzuwirbeln, wie Var am Rande registrierte.

Wir werden sehen, Mensch, erwiderte Akratil. *Wir werden sehen, wer wen vernichten wird* – und übergangslos war er verschwunden.

»Ja, das werden wir«, bestätigte Talle.

Das Feuer spuckte Funken in die windige Nacht. Eine einsame Eule stieß einen klagenden Ruf aus.

»Was war das?« flüsterte Abram Jaymes.

»Unsere Feinde«, sagte Talle. »Noch nicht ganz in dieser Welt, aber sie werden stärker.«

»*Was* sind sie?« fragte Var.

»Das weiß ich nicht«, gestand Talle. »Nicht mit Sicherheit, aber ich denke, daß sie den Wilden ihre Macht verleihen. *Sie* sind die Dämonen, wenn Ihr so wollt.«

Var kämpfte gegen das Zittern seiner Hände und seinen keuchenden Atem an. Er ließ das Gewehr sinken. »Ist das der Grund, warum Ihr es nicht eilig hattet, Inquisitor? Habt Ihr deshalb jeden Hof verzaubert, den wir besucht haben?« Er wischte sich den Schweiß von der Stirn. »Sind wir deshalb allein hier draußen?«

Talle strahlte. »Ganz genau, Tomas. Ich wollte ihnen zeigen, mit wem sie es zu tun haben.« Sein Lächeln verblaßte und wurde so kalt wie das verschneite Land. »Und ich möchte wissen, was sie sind – wozu wir einen Wilden gefangennehmen müssen.«

»Ich verstehe das alles nicht«, murmelte Abram Jaymes.

»Wie solltet Ihr auch?« fragte Talle geringschätzig. »Die Träume, die die Menschen in Grostheim in den Wahnsinn treiben, habt Ihr etwa geglaubt, die Wilden würden sie schicken? Nein, sie stammen von der Kreatur, die Ihr gerade gesehen habt. Sie arbeitet zweifellos mit den Eingeborenen zusammen, aber die Wilden verfügen über keine eigenen Kräfte außer denen, die sie von diesem Wesen erhalten.«

»Sie waren real genug, als sie die Stadt angegriffen haben«, sagte Jaymes.

»Natürlich.« Talle zuckte die Achseln. »Und sie wurden von uns zurückgeschlagen, oder? Aber jetzt verfügen sie über neue Kräfte, die sie von den wahren Dämonen geschenkt bekommen.«

»Sind sie ein Teil dieses Landes, die wahren Dämonen?« wollte Var wissen.

Talle schüttelte den Kopf. »Das glaube ich nicht. Wären sie es, hätten sie materielle Körper. Aber wie Ihr selbst gesehen habt» – er zog eine Linie von seinem Kopf bis zu seinem Bauch – »bin ich genausowenig wie Ihr von ihnen verletzt worden.«

Var nickte. Aber die Erinnerung ließ ihn erschaudern.

»Und die Verrückten in Grostheim, was ist mit denen?« fragte Jaymes.

»Sie alle sind vorher den Wilden begegnet«, sagte Talle. »Jeder einzelne, davon habe ich mich noch vor unserem Aufbruch überzeugt. Begreift Ihr denn nicht?«

»Nein«, erwiderten Var und Jaymes wie aus einem Mund.

»Die Wilden und die Dämonen arbeiten zusammen«, erklärte Talle. »Die einen haben die anderen herbeigerufen oder sich ihnen angeschlossen. Es spielt keine große Rolle. Worauf es ankommt, ist, daß wir sie vernichten – sie alle! – und Salvation so für die Autokratie retten.«

Abram Jaymes förderte einen Streifen Kautabak aus seiner Tasche zutage, schnitt ein Stück ab und schob es sich in den Mund. »Und wie steht's mit den Leibeigenen?« erkundigte er sich kauend.

»Was soll mit ihnen sein?« fragte Talle zurück.

»Sie haben nicht geträumt«, stellte Jaymes fest. »Nicht ein einziger. Nur freie Bürger.«

Der Inquisitor zuckte die Achseln. »Die Gebrandmarkten interessieren mich nicht. Warum sollten sie, solange sie nicht zu fliehen versuchen?«

»Auch sie werden getötet«, sagte Jaymes.

»Und es kommen mehr von ihnen hierher«, entgegnete Talle. »Evanders Gefängnisse sind überfüllt mit potentiellen Verbannten. Weiß Gott, wir können dieses Land mit ihnen bevölkern, sobald wir es von den Wilden und den Dämonen befreit haben. Und wir können das Land zu einem Paradies für Evander und die Autokratie machen.«

Er wandte sich um. Jaymes bemerkte Vars Blick und spie einen Strahl Kautabaksaft in den Schnee. Trotz der Kälte und der noch nicht vollständig überwundenen Angst spürte Var, wie seine Wangen heiß wurden, als er daran dachte, mit welcher Gleichgültigkeit Talle über die Sklaven der Autokratie hinweggegangen war.

Vielleicht, dachte er, entwickle ich mich tatsächlich zu einem Dissidenten, zu einem Abtrünnigen.

Nathanial öffnete Major Spelt die Tür und nahm ihm den Übermantel und den Dreispitz ab. Er bemerkte, daß der Major das zeremonielle Kurzschwert und ein Paar Pistolen trug, was in diesen unruhigen Zeiten nicht ungewöhnlich war, aber als er dem Offizier anbot, die sperrigen Waffen zu verstauen, lehnte der Major gereizt ab.

»Wo ist der Gouverneur?« wollte Spelt wissen.

»Im Speisesaal«, erwiderte Nathanial. »Lady Celinda ist bei ihm.«

Spelt nickte und stolzierte davon. Nathanial spähte auf den Hof hinaus und stellte befriedigt fest, daß die Wachen noch immer auf ihren Posten standen. Die Eskorte des Offiziers – Nathanial zweifelte nicht daran, daß der Major in Begleitung gekommen war – hatte sich pflichtbewußt vor der Hintertür eingefunden, so wie es sich für einfache Soldaten geziemte.

Der Diener trug Mantel und Hut des Majors zur Garderobe. Als er an der Küche vorbeikam, steckte er den Kopf durch die Tür und meldete, daß Major Spelt gekommen war und der Koch am besten ein drittes Gedeck auflegen sollte.

Er hatte die Worte kaum ausgesprochen als zwei Schüsse fielen.

»Alyx!« Andru Wyme erhob sich halb aus seinem Stuhl. »Wie schön, Euch zu sehen.« Er wandte sich seiner Frau zu. »Findest du nicht auch, meine Liebe? Ein alter Freund besucht uns in schlimmen Zeiten. Ihr speist doch bestimmt mit uns, nicht wahr, Alyx? Ach, Ihr braucht gar nichts zu sagen, ich lasse nicht zu, daß Ihr ablehnt.«

Celinda lächelte und forderte Spelt mit einer einladenden Geste auf, Platz zu nehmen, worauf sich der Major galant verbeugte. Der Gouverneur von Grostheim lachte. Major Alyx Spelt, Kommandant der Miliz Gottes in Grostheim von Gottes Gnaden, zog beide Pistolen und schoß Gouverneur Andru Wyme und seiner Frau Celinda jeweils eine Kugel mitten ins Herz. Dann riß er das Schwert aus der Scheide und begann, die beiden Leichen zu zerhacken.

Als Nathanial mit einem Trupp besorgter Soldaten im Schlepptau eintraf, war nur noch ein Haufen blutiger Fleischstücke von dem Gouverneur und seiner Frau übrig.

Alyx Spelt lachte, und er lachte immer noch, als er von seinen eigenen Soldaten erschossen wurde.

CHAOS

Das erste Fort war nach einem Helden aus dem Restitutionskrieg benannt worden, nach Jonathon Harvie, der den Angriff auf die beeindruckendste Zitadelle von Trebond geführt und die große Festung eingenommen hatte, bevor er seinen schweren Verletzungen erlegen war. Var hatte den Mann noch zu Lebzeiten kennengelernt. Jonathon Harvie war ihm kalt und berechnend erschienen, von nichts anderem als seinem rücksichtslosen Ehrgeiz beherrscht. Fort Harvie war in der Tat ein angemessenes Monument für einen Kriegshelden der Autokratie.

Das Fort erhob sich am Ufer des Restitution wie ein gedrungener Wächter, der die Besitzansprüche Evanders untermauerte, ein hölzernes Wahrzeichen der Macht. Die Pioniere hatten gute Arbeit geleistet. Die Mauern ragten sieben Meter hoch auf. Sie bestanden aus massiven Bohlen, die tief in die Erde eingelassen worden waren, an den oberen Enden spitz zugeschnitten und im Feuer gehärtet. In regelmäßigen Abständen klafften Schießscharten in den Mauern, aus denen die Läufe von Kanonen und schwenkbaren Geschützen hervorlugten. Talles magische Zeichen auf dem Holz waren von Wind und Wetter bereits leicht ausgebleicht. Vor den Mauern war ein flacher Hang aufgeschüttet worden, der zu einem etwa fünf Meter breiten Graben hin abfiel, hinter dem sich eine weitere Böschung anschloß. Jeder Angreifer würde das Feuer der Kanonen, Drehgeschütze und Musketen der Infanterie durchqueren müssen, bevor er die glatten Holzmauern erreichen konnte.

Var nahm die Details automatisch in sich auf, als sie

sich der befestigten Anlage näherten, und fragte sich, warum kein Laut aus Fort Harvie drang, weder Rufe noch das Schmettern eines Signalhorns. Eine lastende Stille erfüllte den trüben Tag, auf ihre Art genauso erschreckend wie das Heulen von Alarmsirenen. Der Major musterte die Palisadenzäune und lenkte sein Pferd näher an Talle heran.

»Hier ist irgend etwas faul.«

Der Inquisitor starrte zuerst ihn und dann das Fort finster an. »Ich weiß.«

Abram Jaymes zügelte sein Muli, lehnte sich seitlich aus dem Sattel und spie einen Strahl schwarzen Speichels aus, bevor er sich zu Wort meldete. »Wenn die da drin nicht alle auf einmal blind geworden sind, müssen die uns doch sehen, oder? Und wo sind die Wachen?« Er deutete mit dem Gewehrlauf auf die Mauerbrüstung. »Könnt Ihr irgendwo jemanden entdecken?«

Var schüttelte den Kopf. Ihm wurde bewußt, daß sie zum letzten Mal ein paar Tage vor ihrem Aufbruch aus Grostheim etwas von Fort Harvie gehört hatten, als eine Brieftaube mit der Nachricht eingetroffen war, daß alles in Ordnung sei. Mittlerweile waren schon etliche Wochen vergangen – bei Gott, der Winter neigte sich bereits dem Ende entgegen –, und vielleicht waren in der Zwischenzeit weitere Botschaften in die Stadt geschickt worden. Oder auch nicht. Var spürte, wie ihm ein Schauder über den Rücken lief, der nicht von der Kälte herrührte, und er zog sein Gewehr aus der Schutzhülle.

»Ich bezweifle, daß diese Waffe uns helfen kann«, sagte Talle und trieb sein Pferd an.

»Wartet!« stieß Var hervor, aber der Inquisitor ignorierte ihn einfach, ritt zu dem Einschnitt in dem flachen Erdwall und rief mit lauter Stimme: »Hier ist Inquisitor Jared Talle! Öffnet die Tore!«

Er erhielt keine Antwort.

»Der fürchtet sich wohl vor gar nichts, oder?« fragte Jaymes.

Var schüttelte erneut den Kopf und folgte seinem Vorgesetzten durch den Einschnitt.

»Gottverdammt!« fluchte Jaymes, spuckte Kautabaksaft aus und schloß sich Var an.

Die Tore des Forts standen weit offen. Die drei Männer ritten ungehindert hindurch und fanden nichts als Leichen vor. Die Toten waren dort, wo sie hingefallen waren, am Boden festgefroren. Krähen, Füchse und Ratten hatten sich an ihrem Fleisch gütlich getan – vielleicht auch die Hunde und Katzen, die es in jedem Fort gab, obwohl letztere verschwunden waren, als hätte die schreckliche Stille der verlassenen Festung sie vertrieben. Die Kälte erfüllte Var ausnahmsweise mit Dankbarkeit, denn wäre es wärmer gewesen, hätten die Kadaver einen bestialischer Gestank verbreitet.

Jaymes glitt aus dem Sattel und blickte sich um. »Gott, was ist hier passiert?« fragte er erschüttert.

»Magie, Wahnsinn«, erwiderte Talle. »Seht Ihr?« Er zeigte auf die Leichen.

Var kämpfte gegen einen Brechreiz an. Er hatte schon früher gefallene Soldaten gesehen – und selbst nicht wenige getötet –, aber noch nie etwas auch nur annähernd Vergleichbares. Dies waren Angehörige der Miliz Gottes, abgehärtete Soldaten, Pioniere, kriegserprobte Artilleristen: Kameraden. Und doch machte die Art, wie sie ineinander verkeilt dalagen, deutlich, daß sie nicht von einem äußeren Feind getötet worden waren, sondern sich gegenseitig umgebracht hatten. Var entdeckte einen Milizionär, der fast von dem Spaten eines Pioniers enthauptet worden war, einen Pionier, der von einem Bajonett auf dem gefrorenen Boden festgenagelt wurde, Artilleristen, zerfetzt von Musketensalven, und die Rotröcke, die auf sie geschossen hatten, erschlagen und aufgespießt von ihren eigenen Kameraden.

»Was ist passiert?«

»Wie ich schon sagte, Magie.« Talle zuckte die Achseln, unberührt von dem Gemetzel. »Vielleicht sind diese Dämonen doch stärker als ich gedacht habe.«

»Stark genug, um all das hier angerichtet zu haben?« Var fragte sich, ob seine Stimme wirklich so laut klang, wie es ihm vorkam. »Um die Besatzung einer ganzen Garnison aufeinanderzuhetzen?«

»Genauso scheint es sich abgespielt zu haben.« Talle rieb sich unternehmungslustig die Hände. »Sucht Ihr ein paar Quartiere für uns, Tomas?«

»Wir bleiben hier?« vergewisserte sich Var entgeistert.

»Wo sonst?« fragte Talle fröhlich. »Sollen wir wieder im Freien lagern oder statt dessen bequem hinter diesen dicken Mauern schlafen?«

Wäre es nach Var gegangen, hätte er sich lieber für ersteres entschieden. Fort Harvie strahlte etwas Bedrohliches aus. Er erinnerte sich, wie Jaymes ihm Matieu Fallyns Leichnam gebracht hatte. Damals hatte er geahnt, daß Salvation – anders als der Name es versprach – kaum ein Ort der Erlösung sein würde. Hier zu schlafen, erschien ihm ähnlich, wie sich auf einem Friedhof niederzulassen. Er kreuzte die Finger, spuckte aus und fragte sich, ob die Gespenster der Männer, die er gekannt hatte, womöglich nach Anbruch der Dunkelheit im Hof umherwandern würden.

Aber er war ein Offizier der Miliz Gottes und Jared Talles Befehl unterstellt. Also senkte er ergeben den Kopf und machte sich auf die Suche nach geeigneten Räumen, von denen er hoffte, daß sie frei von Leichen sein würden.

Talle winkte Jaymes zu sich. »Und Ihr, bringt mir diesen und den dort.« Er deutete mit fleckigen Fingern auf zwei Tote.

Jaymes runzelte die Stirn. »Ihr wollt, daß ich Leichen für Euch schleppe?«

»Ja.« Talle lächelte. »Ich möchte, daß Ihr sie in die Feldküche schafft. Dort müßte es Messer geben, nicht wahr?«

Der Kundschafter verschluckte sich an einem Mundvoll Kautabaksaft und hustete. »Was habt Ihr vor? Was wollt Ihr mit ihnen anstellen?«

»Ich beabsichtige, sie aufzuschneiden und nach der Magie zu suchen, die sie zu diesem Verhalten getrieben hat«, erklärte Talle mit erschreckender Ruhe und betonte dabei jedes einzelne Wort.

Jaymes spuckte Tabaksaft aus, nickte und tat, was der Inquisitor ihm befohlen hatte.

Jolyon Minns wischte sich über die Lippen, atmete tief durch und fragte sich, ob er der Aufgabe gewachsen war, die Truppen in Grostheim zu befehligen, obwohl er wußte, daß ihm gar keine andere Wahl blieb, als es zu versuchen.

Major Spelt war tot, so wie jeder andere Offizier der Miliz im Rang über dem eines Leutnants, und in Grostheim herrschte das Chaos. Es schien, als würde es für jede Schneeflocke, die vom Himmel rieselte, einen Toten geben. Soldaten fielen übereinander her, Siedler, die Schutz vor dem harten Winter gesucht hatten, brachten sich gegenseitig um, Kaufmann Andyrt hatte Kaufmann Gahame niedergeschossen, Wirte töteten ihre Gäste, die wiederum ihre Zechkumpanen ermordeten. Grauenhafte Gestalten auf gespenstischen Reittieren suchten bei Tag und Nacht die Straßen heim. Leutnant Minns hatte nicht die geringste

Ahnung, was in Salvation vor sich ging, außer daß Evanders Vorposten in der neuen Welt fallen und ausgelöscht werden würde, wenn diese Zustände weiter anhielten.

»Tee, Sieur? Oder wünscht Ihr etwas Stärkeres?«

Minns hob den Kopf und musterte den Verbannten, der ihn angesprochen hatte. Wie hieß der Bursche noch gleich? Jacque oder Jayke oder so ähnlich. Er lächelte schwach. »Tee, bitte. Und eine Flasche Weinbrand wäre auch nicht schlecht, denke ich.«

Der Diener nickte und verließ das Zimmer.

Offiziere, dachte Minns, und einfache Soldaten. Händler und Wirte, Haus- und Kauffrauen. Aber niemand, der das Brandzeichen der Verbannung trägt! Warum nicht?

Als der Diener mit einem Krug Tee und einer Karaffe zurückkehrte, forderte Minns ihn mit einer Geste auf, sich zu setzen.

»Entschuldige«, bat er, »aber ich habe deinen Namen vergessen.«

»Ich heiße Jayke, Sieur«, erwiderte der Mann unsicher.

»Trink mit mir.« Minns fragte sich, ob seine Aufforderung wie ein Befehl oder wie eine Einladung klang. »Ich möchte mit dir sprechen.«

Jayke wirkte überrascht und zögerte einen Moment lang. »Es ist mir eine Ehre«, sagte er schließlich mißtrauisch.

Minns füllte ein Glas mit Weinbrand und reichte es dem Diener. »Hast du die Geister gesehen?« erkundigte er sich.

Der Leibeigene nickte. »Wer hat das nicht, Sieur? Grauenhaft, wirklich.« Er erschauerte, trank und kreuzte die Finger. Es war unverkennbar, daß er ausgespuckt hätte, hätte er nicht einem freien Bürger gegenübergesessen.

»Und träumst du?« wollte Minns wissen.

Durch den Weinbrand etwas entspannt, kicherte Jayke. »Dafür hab' ich keine Zeit, Sieur. Ich fall' nach der Arbeit einfach in mein Bett und schlaf' sofort ein.«

»Und deine Kameraden? Die anderen ...« Minns berührte seine Wange. Er wußte nicht, warum er sich plötzlich so verlegen fühlte, abgesehen davon, daß der Diener alt genug war, sein eigener Vater zu sein. »Die anderen ...«

»Gebrandmarkten?« beendete Jayke den Satz. »Gott, nein, Sieur. Wir träumen nicht.«

Minns nickte und brachte ein Lächeln zustande, von dem er hoffte, daß es ermutigend ausfiel. »Hast du die Wilden gesehen, als sie uns angegriffen haben?« fragte er weiter. »Bist du jemals in ihre Nähe gekommen?«

Jayke leerte sein Glas. »Gott, Sieur, das bin ich! Ich war ihnen so nahe wie Euch jetzt – drei von ihnen! –, und sie hätten mich getötet, wenn sie nicht von Euren Milizionären erschossen worden wären. Bei Gott, einer hat mit einem Pfeil direkt auf mein Gesicht gezielt!«

»Aber du träumst nicht von ihnen?« Minns ergriff das Glas des Dieners und schenkte ihm nach. »Überhaupt nicht?«

»Nur ganz gewöhnliche Alpträume.« Jayke hob sein Glas. »Sonst nichts.«

»Und auch niemand von deinen Kameraden?« hakte Minns nach.

Jayke schüttelte den Kopf.

»Ich danke dir«, sagte Minns.

»Sieur?« fragte Jayke.

Der Leutnant lächelte nur. Es war ihm ein Rätsel, warum kein Leibeigener träumte und den Verstand verlor, warum der Wahnsinn offenbar nur Evanderaner befiel – ausschließlich freie Bürger. Er schickte den Diener mit einer geistesabwesenden Handbewegung fort und bemerkte gar nicht, wie der Mann das Zimmer verließ, bis er wieder aufblickte und feststellte, daß er allein war.

Minns hing immer noch seinen Gedanken nach, als zwei Milizionäre, deren Namen er nicht einmal kannte, in das Arbeitszimmer stürmten, ihn mit ihren Bajonetten erstachen und sich dann gegenseitig töteten.

Danach brach auch der letzte Rest von Ordnung in Grostheim zusammen, und es regierte nur noch das Chaos.

»Kann er wirklich was über Magie rausfinden, indem er tote Männer aufschneidet?« Jaymes goß etwas von dem billigen Weinbrand in seinen Becher und schob Var die Flasche zu.

Der Major zuckte die Achseln und füllte seinen eigenen Messingbecher. Sie saßen in einem Raum, aus dem sie die Leichen herausgeschafft hatten. Im Kamin flackerte ein Feuer und ließ den süßlich–sauren Blutgeruch von den Bodendielen aufsteigen. Aber wenigstens war es warm.

»Das nehme ich an«, erwiderte Var. »Ich weiß es nicht.«

Jaymes spie einen Mundvoll Kautabaksaft aus und trank seinen Weinbrand. »Vielleicht macht es ihm auch einfach nur Spaß«, knurrte er.

Vielleicht hast du damit sogar recht, dachte Var. *Ich verstehe überhaupt nichts von all dem.* Sein Blick glitt über den mit Leichen übersäten Hof zu dem hellerleuchteten Küchenfenster, hinter dem Talle seiner gräßlichen Arbeit nachging. Am Himmel jagten sich dunkle Wolken, und der abnehmende Mond lugte lange genug zwischen den Lücken hervor, um die Toten in sein bleiches Licht zu tauchen. »Er ist ein Inquisitor, Abram«, sagte er. »Er muß wissen, was er tut.«

Der Kundschafter spuckte das ausgelaugte Stück Kautabak in den Kamin, wo der Brocken laut zischend verbrannte. Zumindest überdeckte der aus dem Feuer aufsteigende Geruch den Blutgestank. »Meint Ihr?«

Var musterte Jaymes und seufzte. »Ehrlich? Ich weiß es nicht. Aber er *ist* ein Inquisitor und damit die höchste Autorität in diesem Land. Also ...« Er zuckte erneut hilflos die Achseln.

»Also führt Ihr seine Befehle aus, was?« Jaymes grinste hinterhältig.

»Was bleibt mir anderes übrig?« fragte Var.

Jaymes gab ihm keine Antwort.

»Wir haben das alles schon früher erörtert, oder?« fuhr Var fort. »Ich bin Offizier in der Miliz Gottes, und der Inquisitor ist mein Kommandant. Mir bleibt gar keine andere Wahl, als ihm zu vertrauen.« Er trank seinen Weinbrand. »Gott, Mann! Versteht Ihr, was hier vor sich geht? Ich verstehe es nicht.«

Der Kundschafter nickte. »Ist Euch schon mal der Gedanke gekommen, daß das gleiche wie hier gerade jetzt auch in Grostheim passieren könnte?« erkundigte er sich.

Var setzte den Becher ab. Kalte Finger schienen über sein Rückgrat zu streichen. Daran hatte er noch nicht gedacht, und die Vorstellung war entsetzlich. Stumm schüttelte er den Kopf.

»Könnte aber so sein«, sagte Jaymes hartnäckig. »Könnte sein, daß diese Dämonen dort genau das gleiche anrichten. Wär' doch möglich, daß ganz Salvation auseinanderfällt.«

»Gott!« flüsterte Var.

Plötzlich deutete Jaymes mit dem Kopf auf das Fenster. »Er kommt zurück.«

Kurz darauf flog die Tür auf, und Talle stolzierte

herein. Lächelnd streifte er den Pelzmantel ab und ging zum Feuer. Als er die Hände den Flammen entgegenstreckte, sah Var, daß die Arme des Inquisitors bis zu den Ellbogen blutverschmiert waren. Auch Talles Hemd und der schwarze Gehrock waren besudelt.

»Haben wir heißes Wasser?« erkundigte sich der Inquisitor fröhlich. »Und etwas zu essen?«

Var erhob sich und deutete auf den Herd, wo ein Kessel mit kochendem Wasser stand. »Hier gibt es keine Lebensmittel«, sagte er.

»Ah, nein, natürlich nicht.« Talle begann, seine blutverkrusteten Hände abzuschrubben. »Die sind in der Küche. Kümmert Ihr Euch darum, Tomas?«

Der Major nickte. »Jetzt gleich, Inquisitor?«

»Ich bin hungrig«, erwiderte Talle. »Nekromantik ist eine ermüdende Arbeit.«

Erneut schienen kalte Finger Vars Rückgrat hinabzugleiten, noch kälter als zuvor. »Und waren Eure Bemühungen … erfolgreich?«

»Äußerst erfolgreich«, bestätigte Talle. Er wandte sich von dem Herd ab. »Ein Handtuch, bitte.«

Var reichte ihm ein Handtuch und verharrte wartend an Ort und Stelle.

»Das Essen, Tomas«, erinnerte ihn Talle. »Ich habe wirklich einen gewaltigen Hunger.«

Var nickte erneut und machte sich gehorsam auf den Weg zur Küche. *Wie ein gebrandmarkter Verbannter,* dachte er.

Das Gemetzel in Fort Harvie war schon schlimm genug, aber als er die Küche betrat und sah, was der Inquisitor mit den Leichen angestellt hatte, drehte sich ihm beinahe der Magen um. Er eilte an den Verstümmelten vorbei zur Speisekammer und belud sich mit Fleisch und Brot, das, wie er hoffte, noch einigermaßen frisch war.

Als er zurückkehrte, saß Talle gemütlich am Tisch, einen Becher mit Jaymes' Weinbrand in der fleckigen Hand. Er wirkte völlig entspannt, Jaymes dagegen ungewohnt nervös. Der Kundschafter stand sofort auf, um dem Major bei der Zubereitung des Essens zu helfen. Var verspürte keinen Appetit und mußte sich zwingen, wenigstens ein paar Bissen hinunterzuwürgen, während Talle berichtete.

»Die Leichen der Soldaten hier waren sehr viel aufschlußreicher als die der Befallenen in Grostheim«, erzählte Talle im Plauderton. »Ich frage mich, ob die Nähe zur Wildnis sowohl die Magie, als auch die Spuren, die sie hinterläßt, verstärkt.«

Var schluckte einen Mundvoll gepökeltes Rindfleisch hinunter und bedankte sich bei Jaymes, der ihm einen gefüllten Becher zuschob, mit einem wortlosen Brummen.

»Es scheint ein vergleichbares Grundmuster vorzuliegen«, fuhr Talle fort. »Die Männer dieser Garnison haben geträumt, den Verstand verloren und sich dann gegenseitig umgebracht.« Er kicherte. »Aber das habt Ihr ja selbst schon gesehen.«

Tomas Var nickte schweigend. Selbst Jaymes erweckte den Eindruck, als würde ihn die Beiläufigkeit, mit der Talle über so viele Tote sprach, aus der Fassung bringen.

»Dafür sind natürlich die Dämonen verantwortlich«, sagte Talle, »nicht die Wilden, die nicht mehr als eben das sind, Wilde. Außer daß sie vielleicht selbst eine primitive Form der Magie beherrschen. Aber das hier wurde von den wahren Dämonen vollbracht.«

»Und wer oder was sind sie?«

»Dämonen.« Talle zuckte die Achseln, als wäre die Antwort offensichtlich. »Sie widersetzen sich dem Willen unseres Gottes, oder? Dem Willen der Autokratie. Was also sollten sie sonst sein?«

»Wie ist das möglich?« wollte Var wissen. »Wir haben lediglich Geister gesehen.«

»Oh, sie haben noch keine feste Gestalt angenommen.« Talle lächelte sein schmallippiges Lächeln und beugte sich über den Tisch, um sich mehr Rindfleisch auf den Teller zu häufen. »Das versuchen sie durch eine Kommunikation mit den Wilden zu erreichen, die wiederum sehr real sind. Sie haben in diesem Land eine materielle Form, und durch sie möchten sich die Dämonen Zugang hierher verschaffen.« Er lachte glucksend. »Was die Wilden nicht erkennen, ist, daß die Dämonen sie genauso vernichten wollen, wie die Wilden uns. Diese dummen Tiere glauben, sie hätten Verbündete gefunden. In Wirklichkeit haben sie ihre eigene Ausrottung heraufbeschworen.«

»Und unsere?« fragte Var, der sich zunehmend überfordert fühlte.

»Möglicherweise.« Talles selbstgefälliges Lächeln erlosch für einen Augenblick. »Es sei denn, ich kann sie besiegen.«

»Und, könnt Ihr das?«

Talle nickte feierlich. Sein Lächeln kehrte zurück. »Bin ich nicht ein Inquisitor, Tomas? Von Gott erwählt?«

»Wie habt Ihr das alles herausgefunden?« Jaymes direkte Frage ließ das Lächeln schlagartig aus Talles Gesicht verschwinden.

»Indem ich die Toten wiederauferstehen haben lasse«, erwiderte der Inquisitor. »Sie haben es mir erzählt.«

Jaymes schluckte. Sein verwittertes Gesicht wurde starr. »Und was tun wir jetzt?« fragte er gepreßt.

»Was ich schon bei unserem Aufbruch vorgeschlagen habe«, erklärte Talle. »Wir nehmen einen Wilden gefangen.«

»Das wird nicht einfach sein«, sagte Jaymes knapp.

»Soweit ich weiß, kennt Ihr Euch in der Wildnis aus.« Talles Stimme klang furchtbar sachlich und bedrohlich zugleich. »Ihr seid der Kundschafter, nicht wahr? Also führt uns zu den Wilden und überlaßt den Rest mir.«

»Wozu braucht ihr überhaupt einen?« Jaymes schob seinen Teller von sich, als hätten ihm Talles Gegenwart und die Selbstverständlichkeit, mit der der Mann über seine grauenhaften und geheimnisvollen Praktiken sprach, den Appetit verdorben. »Wißt Ihr nicht schon alles, was Ihr wissen müßt? Warum wollt Ihr noch mehr Leichen aufschneiden?«

Talle wischte etwas fettige Bratensoße mit einem Stück alten Brots auf. Die Art wie er Jaymes schließlich ansah, erinnerte Var an den Blick einer Katze, die eine in die Enge getriebene Maus betrachtete.

»Stellt Ihr meine Autorität in Frage?«

Jaymes zuckte die Achseln. Plötzlich wurde Var bewußt, daß der Späher zwei Pistolen umgeschnallt hatte, denen sich seine Hände kaum merklich näherten.

Aber auch Talle war die Bewegung nicht entgangen. Sein Lächeln wurde breit und häßlich. »Eure Waffen können mir nichts anhaben. Aber ich kann Euch große Schmerzen zufügen.«

Die Hände des Kundschafters wanderten auf den Tisch zurück und spielten mit einem Stück Brotkruste. »Ich zweifle nicht daran, daß Ihr das könnt, Inquisitor.« Es gelang ihm, den Titel wie eine Beleidigung auszusprechen. »Aber was, wenn Ihr's tun würdet? Wollt Ihr und der Major dann ganz allein in die Wildnis reiten? Glaubt Ihr, Ihr könntet den Weg durch die Wälder allein finden? Glaubt Ihr, Ihr könntet die Wilden ohne mich aufspüren? Glaubt Ihr, Ihr würdet lange im Schnee und in den Wäldern überleben?« Er legte eine Pause ein und hielt den plötzlich wütenden

Blick des Inquisitors lange genug fest, um ein Stück Kautabak abzuschneiden und es sich in den Mund zu schieben. Var mußte den Mut des Kundschafters bewundern. »Ich schätz' mal, Ihr wärt beide spätestens in einer Woche tot. Mit Pfeilen gespickt, erfroren, oder vielleicht auch verhungert. Ich glaub' bei Gott nicht, daß Ihr die Wilden finden würdet. Aber *sie* würden *Euch* finden.«

Einen endlosen Moment lang fürchtete Var, der Inquisitor würde seine Magie einsetzen, die Hände heben und Jaymes so verhexen, wie er es mit den widerspenstigen Siedlern getan hatte. Er fragte sich, bestürzt über seinen Loyalitätskonflikt, auf wessen Seite er sich in diesem Fall stellen würde. Doch dann zuckte Talle die Achseln und fragte: »Ihr meint also, ich brauche Euch?«

Jaymes nickte. »Wenn Ihr hier draußen überleben wollt, ja. Ihr versteht dieses Land nicht. Ihr glaubt, Ihr könntet einfach hierherkommen und den Leuten sagen, was sie tun sollen, sie nach Eurer Pfeife tanzen lassen, aber das hier ist nicht Evander. Das ist 'ne ganz neue Welt, die anders funktioniert, nach anderen Regeln.« Plötzlich lächelte er und entblößte seine vom Kautabak verfärbten Zähne. »Weiß Gott, genau das habt Ihr ja eben erst selbst gesagt, was? Und deshalb, um in der Wildnis überleben zu können, braucht Ihr mich.«

»Ich könnte Euch verhexen«, sagte Talle. »Ich könnte Euch zwingen, mir zu gehorchen.«

»Sicher könnt Ihr das.« Jaymes lehnte sich zur Seite und spie einen Strahl schwarzen Speichel in das Feuer. »Aber zieht Eure Magie nicht die Dämonen an? Wenn Ihr mich also verhext, wär' ich wie ein Leuchtfeuer für sie, und dann würden sie den Wilden wahrscheinlich verraten, wo ich stecke, nämlich bei Euch, und dann würden sie alle kommen, oder?«

Var zollte ihm im Geist Beifall. Talle zog ein finsteres Gesicht, neigte aber zustimmend den Kopf.

»Also solltet Ihr mich lieber nicht verhexen, was?« schloß Jaymes.

»Vielleicht wäre es besser, es nicht zu tun«, räumte Talle ein. »Aber ...«

»Ich werd' Euch so sicher, wie ich kann, in die Wildnis bringen«, unterbrach ihn Jaymes. »Ich werd' mein Bestes tun, Euch einen Wilden zu besorgen. Aber bedroht mich nie wieder.«

Die beiden Männer starrten einander lange schweigend an, dann gab Talle mit einem Winken nach. Eine Lüge, dachte Var, ein Versprechen, das er brechen wird, sobald Abram ihm nicht mehr von Nutzen ist.

»Und wenn wir dieses gottverfluchte Fort verlassen, befolgt Ihr besser meine Anweisungen«, fügte Jaymes hinzu. »Wenn Ihr in der Wildnis überleben wollt, solltet Ihr Euch daran halten.«

»In Ordnung«, sagte Talle. »Schließlich seid Ihr der Experte in diesen Dingen.«

»Ja, das bin ich«, bestätigte Jaymes. »Und jetzt werd' ich mir ein' Schlafplatz suchen, wo es nicht stinkt. Wir sehen uns morgen früh, Major.« Er winkte Var zu und verschwand.

»Der Mann ist unbelehrbar.« Talle griff nach der Flasche, die Jaymes auf dem Tisch stehengelassen hatte. »Aber wir brauchen ihn, und deshalb werden wir ihn auch weiterhin benutzen.«

»Und wenn Ihr habt, was Ihr wollt?« fragte Var. »Wenn er Euch einen Wilden besorgt hat, den Ihr ...«

»Den ich verhören kann«, half ihm Talle aus. »Nun, dann werden wir ihn immer noch brauchen, damit er uns zurück nach Grostheim bringt.«

»Und nachdem wir Grostheim erreicht haben?«

Talle lächelte und zuckte wortlos die Achseln, aber das war Antwort genug für Var.

Abram Jaymes hatte sich in seine Decken gewickelt. Sein zerfurchtes Gesicht war ausdruckslos.

»Er hat vor, Euch zu hängen«, sagte Var. »Er wird Euch benutzen und sich dann an Euch rächen.«

Der Kundschafter stemmte sich gerade weit genug hoch, um einen Mundvoll Kautabaksaft auszuspucken. »Das hab' ich mir gedacht«, entgegnete er liebenswürdig. »Es hat früher schon Leute gegeben, die mich umbringen wollten, aber ich leb' immer noch.«

»Er ist ein *Inquisitor*«, warnte Var.

»Sicher.« Jaymes zog seine Decken zurecht. »Aber er weiß nichts über die Wildnis und auch nicht viel über Salvation.«

»Er beherrscht Magie.« Var bereitete sein Schlaflager vor. »Er kann Euch verhexen und anschließend hängen, und niemand wird ihm das Recht dazu bestreiten.«

Jaymes schmunzelte. »Ihr habt geglaubt, er würde mich gleich verhexen, was? Und Ihr habt Euch gefragt, ob Ihr Euch auf seine oder auf meine Seite schlagen sollt.«

»Verdammt noch mal!« stieß Var hervor. »Ihr wißt, wem meine Loyalität gilt.«

»Möglich«, erwiderte Jaymes ruhig. »Aber wißt Ihr das auch?«

»Wie meint Ihr das?« fragte Var.

»Findet es selbst raus«, war die einzige Antwort, die Jaymes ihm gab.

Am nächsten Tag machten sie sich auf den Weg, nicht zu den anderen Forts, die Var gern überprüft hätte – obwohl er annahm, daß sie das gleiche Bild wie Fort Harvie boten –, sondern direkt in die Wildnis hinein. Es war ein klarer wolkenloser Tag, der keinen Schnee zu bringen versprach. Die Sonne schien aus einem stahlblauen Himmel. Krähen und ein einsamer Falke kreisten im Aufwind. Die drei Männer kamen am Friedhof des Forts vorbei, wo Matieu Fallyn mit den anderen Soldaten beerdigt worden war, die während des ersten Überfalls der Wilden den Tod gefunden hatten. Var vermutete, daß sie ebenfalls in den Tod ritten, aber er konnte sich Talles Entscheidung nicht widersetzen. Wenn die nekromantischen Prognosen des Inquisitors zutrafen, befand sich ganz Salvation in furchtbarer Gefahr, und ihm blieb keine andere Wahl, als Talle zu vertrauen.

Der Wald zog sich bedrohlich wie ein dunkles Band über den westlichen Horizont, und die Schneise, die für die Wagen geschlagen worden war, sah wie eine klaffende Wunde aus. Die hohen Berge im Hintergrund waren nicht mehr als eine dunstige Linie vor dem kalten Himmel.

Irgendwo dort stecken die Wilden, dachte Var. *Und ihre dämonischen Verbündeten? Was, wenn diese Kreaturen sich körperlich manifestieren?* Er erinnerte sich an das, was er gesehen hatte – den Reiter in der goldenen Rüstung auf seinem schrecklichen Pferd und die anderen Krieger auf ihren unglaublichen Bestien – und strich über den Hammer seines Gewehrs. Es war tröstlich, ehrlichen Stahl zu spüren, etwas, das er verstehen konnte. Die Waffe würde ihm gute Dienste gegen die Wilden leisten. Aber gegen die Dämonen? Selbst wenn sie materielle Form annahmen, konnten Gewehrkugeln sie töten? Er wünschte, er hätte seine Kompanie Marinesoldaten dabei.

Nicht weniger sorgte er sich um Abram Jaymes' Schicksal. Er zweifelte nicht daran, daß Talle versuchen würde, seine Rache zu nehmen, sobald Jaymes ihm nicht mehr von Nutzen war, und er wollte nicht tatenlos zusehen, wie der Kundschafter starb. Im Gegensatz zu dem Inquisitor war ihm der grauhaarige, ständig streng riechende Mann ans Herz gewachsen. Aber Jared Talle war sein Vorgesetzter, und Var hatte Evander und der Autokratie einen Treueid geleistet. Er fragte sich noch immer, auf welche Seite er sich stellen würde, wenn er die Entscheidung treffen mußte, von der er hoffte, daß sie ihm erspart blieb.

Ergeben hob er den Blick in den leeren Himmel, der ihm doch keine Antworten auf seine Fragen gab, und folgte Jared Talle auf den Waldweg, auf dem sein Freund Matieu Fallyn vor ihm in den Tod geritten war.

AUS DEN WÄLDERN HINAUS UND ...

»Wir lassen die Tiere hier zurück.«

Abram Jaymes deutete auf die kleine Lichtung, die er ausgesucht hatte. Ein Bach floß schnell genug durch die Waldwiese, um eine Rinne im Eis freizuhalten. Die tiefe Senke war von hohen Kiefern umgeben, so daß sie vielleicht vor den Blicken zufällig vorbeikommender Wilder verborgen bleiben würde, solange diese nicht auf der Suche nach drei Eindringlingen waren. Zwischen den Bäumen wucherte dichtes Gestrüpp, Farn und andere Sträucher, die zusätzlichen Sichtschutz boten. Jaymes spannte Seile zwischen den Bäumen, um zu verhindern, daß ihre Pferde und Mulis fortliefen. Unter dem Schnee gab es noch Gras vom Vorjahr, und das Packmuli trug so viel Stroh, daß die Tiere zumindest für ein paar Tage genügend Nahrung haben würden. Ausreichend für fünf Tage, schätzte Jaymes, und er fragte sich, ob er dann noch leben oder die Pferde und Maultiere bei seiner Rückkehr wieder vorfinden würde. Er verspürte eine schreckliche Angst, bei diesem verrückten Unternehmen zu sterben. Doch wie auch immer, er hatte sein Wort gegeben – nicht so sehr diesem schwarzen Rabenbastard Talle, sondern Tomas Var –, und er würde sein Versprechen halten, selbst wenn es ihn das Leben kosten sollte.

Und Salvation, dachte er, droht das gleiche Schicksal wie uns, wenn Talles Vermutungen zutreffen. Fast hätte er gelacht, denn seiner Meinung nach gab es kaum einen großen Unterschied zwischen dem, was der Inquisitor und die Dämonen taten. Beide waren auf ihre Art dämonisch, und er wußte nicht, wer oder was schlimmer war. Er hatte wenig Erfahrung mit den Handlangern der Hölle, abgesehen von der Autokratie, die er verabscheute, und Talle erschien ihm ebenso bösartig wie jeder der Wilden und Dämonen, denen er bisher begegnet war. Tomas Var dagegen ... der Major der Marineinfanterie unterschied sich wohltuend von den üblichen Dienern der Autokratie, und Jaymes hoffte, daß Var begriff, was hier geschah – und überlebte.

Er überprüfte ein letztes Mal seine Tarnvorrichtungen und ergriff sein Gewehr.

»Gehen wir auf die Jagd, meine Herren.«

»Wohin?« fragte Talle übellaunig und deutete auf den undurchdringlichen Wald, der dunkel unter der bleichen Wintersonne lag.

»Da lang.« Jaymes führte den Inquisitor und den Major durch den Bach zu einer Geröllhalde, wo sie keine Spuren hinterließen, und von dort aus weiter zu einer schneefreien Stelle des Waldbodens, die mit einem Teppich aus Kiefernnadeln bedeckt war. »Da vorn beginnt ein Wildpfad, seht Ihr?«

Talle schüttelte den Kopf. Sein strähniges schwarzes Haar schlug ihm ins Gesicht. Var, der einen geübteren Blick hatte, nickte.

»Wir folgen dem Pfad«, erklärte Jaymes mit demonstrativ übertriebener Geduld. »So werden unsere Spuren sich mit denen der Tiere vermischen. Dann suchen wir uns eine günstige Stelle für'n Hinterhalt und warten.«

»Auf was?« erkundigte sich Talle gereizt.

»Auf die Wilden«, erwiderte Jaymes. »Worauf sonst?«

»Ich könnte Magie benutzen, um sie herzulocken«, schlug Talle vor.

»Sicher könntet Ihr das«, sagte Jaymes. »Aber wie viele? Und was ist mit den Dämonen? Hört zu,

Inquisitor, ich möchte hier wieder lebend rauskommen.« Er lächelte betont nachsichtig. »Und zumindest den Major mitnehmen. Also tut Ihr jetzt lieber, was ich sage. Wir sind hier in meinem Land.«

Talle starrte ihn böse an und schwieg. Jaymes unterdrückte ein Kichern und stieg den Hang hinauf.

Sie marschierten den halben Tag durch den Wald, bevor Jaymes sich für eine geeignete Stelle entschied und ein Versteck unmittelbar neben dem Wildwechsel aussuchte. Var sah, daß der Pfad von zahllosen Tierspuren aufgewühlt war, und er fragte sich, ob der Kundschafter in dem Durcheinander tatsächlich auch menschliche Fußabdrücke erkannt hatte. Talle beschwerte sich wortreich, als Jaymes ihm befahl, sich auf den Boden zu legen, ihn mit einem Stück Segeltuch abdeckte und Schnee über ihn schaufelte, bis nur noch die wütenden dunklen Augen des Inquisitors aus der Deckung hervorlugten. Dann kauerte sich der Kundschafter zusammen mit Var auf der anderen Seite des Wildwechsels hinter ein paar dichte Büsche.

»War das wirklich nötig?« wollte Var wissen. »Ihn unter einem Haufen Schnee zu begraben?«

»So bleibt er ruhig, nicht wahr?« erwiderte Jaymes grinsend. »Ist es Euch nicht auch lieber, wenn er mal für 'ne Weile den Mund hält?«

Var verzichtete darauf, dem Kundschafter zuzustimmen, konnte sich aber ein Lächeln nicht verkneifen. »Wie lange werden wir warten müssen?« fragte er.

Jaymes zuckte die Achseln. »Keine Ahnung, Major. Vielleicht kommen sie schon bald, vielleicht auch nicht. Vielleicht heute nacht, oder erst in ein paar Tagen. Aber sie benutzen diesen Pfad, also ...«

Der Major nickte und hoffte, daß es nicht allzu

lange dauern würde. Je mehr er von Talles Praktiken mitbekam, desto weniger gefiel ihm, was er sah. Er wollte diese Sache möglichst schnell hinter sich bringen und mit dem Wissen, wie sie Salvation gegen die unheimliche Bedrohung verteidigen konnten, nach Grostheim zurückkehren. Nur eins machte ihm Sorgen: daß Jared Talle zweifellos vorhatte, Abram Jaymes nach ihrer Rückkehr aufhängen zu lassen …

Doch die Wilden kamen bereits in dieser Nacht. Zuerst erschien ein Hirsch mit einem prächtigen Geweih, der vorsichtig den Pfad entlangtrottete und wachsam nach allen Seiten witterte. Ihm folgten drei Wilde, in Felle und Leder gekleidet. Sie trugen Bogen in den Händen, die Pfeile schußbereit auf die Sehnen gelegt, die Augen auf den Pfad gerichtet.

Der Überfall verlief so, wie Jaymes ihn geplant hatte.

Var sprang aus seiner Deckung dem ersten Mann entgegen und stieß ihm den Säbel bis zum Heft in den Bauch. Jaymes stürzte sich auf den dritten Wilden und schmetterte ihm den Gewehrkolben ins Gesicht, während Talle den mittleren Mann angriff.

Der erste Mann, von Vars Klinge durchbohrt, war auf der Stelle tot. Jaymes' Opfer brach nach dem Schlag ohnmächtig zusammen. Talle warf die Segeltuchplane über sein Opfer und rang mit ihm, bis Jaymes den Gewehrkolben beinahe behutsam auf den Kopf des Wilden herabfahren ließ und der Mann erschlaffte.

»Nehmt sie mit«, befahl Talle, der sofort wieder das Kommando an sich riß. »Ich brauche die beiden lebend.«

»Wir sollten lieber zuerst unsere Spuren verwischen«, sagte Jaymes. Sein störrischer Gesichtsausdruck verriet deutlich, was er von den Anordnungen des Inquisitors hielt. »Es sei denn, Ihr wollt, daß ihre Brüder uns folgen.«

Talle knurrte eine Verwünschung, aber dann nickte er. »Euer Terrain, alter Mann.«

»Das solltet Ihr besser nicht vergessen«, erwiderte Jaymes und schleppte den getöteten Wilden fort, um die Leiche im verschneiten Unterholz zu verstecken. Dann kehrte er zurück und begann, den aufgewühlten Schnee gleichmäßig zu verteilen. »Und wer soll sie schleppen?« erkundigte er sich, wobei er Talle ansah.

Der unausgesprochene Vorschlag schien den schwelenden Zorn des Inquisitor noch weiter anzufachen.

»Also Ihr, Major, und ich«, sagte Jaymes. »Inquisitor, warum benutzt Ihr nicht die Zeltplane, um unsere Spuren zu verwischen?«

Talle wirkte noch wütender, aber dann ergriff er wortlos die Plane und machte sich an die Arbeit, während Var und Jaymes sich jeweils einen Bewußtlosen auf die Schultern luden und sich mit ihrer Last, so schnell sie konnten, in Bewegung setzten, zurück zu der Senke, wo sie ihre Pferde und Maultiere versteckt hatten.

»Sie werden frühestens am Morgen vermißt werden«, keuchte Jaymes, »und wenn Gott auf unserer Seite ist, vielleicht auch erst später. Also bleibt uns etwas Zeit, von hier zu verschwinden, bevor ihre Freunde nach ihnen suchen. Reiten wir.«

Ohne weitere Worte zu verlieren, hievte er den ohnmächtigen Wilden auf das Lastmuli, fesselte ihm Hände und Füße und lud den anderen auf sein eigenes Tier, das ein gereiztes Schnauben ausstieß. Jaymes versetzte ihm einen leichten Schlag auf die Nüstern.

»Wollt Ihr zu Fuß gehen?« fragte Var. »Könnt Ihr das Tempo mithalten?«

»Ich denk', schon«, erwiderte Jaymes. »Schafft Ihr es, die beiden Mulis am Zügel zu führen?«

Var nickte. Talle bestieg kommentarlos sein Pferd. Ihm war deutlich anzumerken, daß er es eilig hatte zu verschwinden.

»Dann reitet los«, sagte Jaymes. »Ich geb' Euch Rückendeckung. Wir sehen uns dann im Fort.« Er grinste. »Vielleicht werd' ich schon auf Euch warten, wenn Ihr ankommt.«

Talle benötigte keine weitere Aufforderung. Er winkte Var zu, ihm zu folgen, und stieß seinem Pferd die Fersen grob in die Seiten. Var zögerte einen Moment und warf Jaymes einen Blick zu. Er wollte irgend etwas sagen, aber ihm fehlten die Worte. Also beschränkte er sich auf ein Lächeln und ein Nicken und trabte Talle hinterher.

Jaymes sah zu, wie die beiden Männer davonritten. Er hätte dem Inquisitor problemlos in den Rücken schießen können, aber er fragte sich, ob der Mann überhaupt durch eine schlichte Gewehrkugel getötet werden konnte und wie Var darauf reagieren würde. Es war ihm wichtig, den Major auf seiner Seite zu wissen. Jared Talle hätte er mit Freuden die Kehle durchgeschnitten, ohne auch nur einen Anflug von Gewissensbissen zu verspüren... Wäre er nicht unsicher gewesen, ob sie den Inquisitor noch brauchten, um die Wilden und ihre dämonischen Verbündeten zu schlagen.

Er verwischte die Spuren, so gut er konnte, obwohl er wußte, daß die Wilden sie trotzdem finden würden, wenn sie die Gegend absuchten, und folgte den beiden Männern. Wahrscheinlich würde Talle im Fort Harvie wieder seine schmutzige Magie praktizieren, und Jaymes hatte nicht das geringste Verlangen danach, Zeuge des widerwärtigen Spektakels zu werden. Andererseits schien die Zukunft Salvations auf dem Spiel zu stehen, und vielleicht durften sie deshalb nicht auf den Inquisitor verzichten.

Rechtfertigt das Ziel die Mittel? fragte er sich, als er durch den dunklen Wald eilte. *Wenn Talle die Dämonen besiegen kann, soll ich mich ihm dann anschließen? Oder sorge ich dadurch nur dafür, daß er seine Herrschaft weiter festigt? Gott, alles wäre so viel leichter, wenn die Wilden ihn töten würden ... es sei denn, ich brauche ihn noch, um Salvation zu befreien.*

Während er durch den Schnee lief, grübelte er darüber nach, welche Bedrohung schlimmer war, Jared Talle und die Autokratie, von denen er die neue Welt gern befreit hätte, oder die Dämonen, über die er kaum etwas wußte – solange ihm Talle nicht die entsprechenden Informationen lieferte.

Am besten, dachte er, *lassen wir den Inquisitor vorerst gewähren und entscheiden alles weitere, wenn wir nach Grostheim zurückgekehrt sind.* Schnee fiel ihm ins Gesicht, als ein Vogel erschreckt aus den Zweigen über ihm aufflatterte, und er lachte leise. Wie würde Major Tomas Var wohl die Nachricht aufnehmen, daß Abram Jaymes der Anführer der kleinen Widerstandsbewegung in Salvation war? Jaymes mochte Var, und er würde es zutiefst bedauern, sollte er gezwungen sein, den Major zu töten.

Widerwillig befolgte Var die Anweisungen des Inquisitors, hob die Wilden, die mittlerweile wieder bei Bewußtsein waren, von den Maultieren und schleppte sie in die Küche des Forts. Er fesselte ihre Arme und Beine und schnallte sie auf zwei Tischen fest, bevor er auf Talles Befehl hin ihre Lederkleidung aufschnitt, so daß sie nackt und unverständliche Flüche ausstoßend vor ihm lagen.

»Was jetzt?«

»Macht Feuer, ja?« Talle lächelte. »Es ist kalt hier.«

Das Lächeln erschien Var kälter als die Luft. Wortlos fachte er ein Feuer im Kamin an.

»Und jetzt laßt uns allein«, sagte Talle. »Was hier geschieht, ist nicht für Eure Augen bestimmt.«

Var zögerte. Talle musterte ihn einen Moment lang, als wäre der Major ein weiteres Objekt für seine nekromantischen Untersuchungen. Var verließ schweigend die Küche, kümmerte sich um die Tiere und fragte sich, wie es Abram Jaymes in der Zwischenzeit ergehen mochte. Nachdem er die Pferde und Mulis in den Stall geführt und gefüttert hatte, begab er sich in die Soldatenunterkünfte, schürte das Feuer, setzte Wasser auf und inspizierte die verbliebenen Lebensmittel.

Gegen Anbruch der Abenddämmerung hallte der erste Schrei über den Hof. Var erstarrte und ließ fast den Becher fallen, den er gerade in den Händen hielt. Er hatte schon früher Männer vor Schmerzen brüllen hören – Soldaten, die angeschossen, von Bajonetten aufgespießt, von Kanonenkugeln zerfetzt, von Säbelklingen durchbohrt oder unter den Hufen angreifender Kavalleristen niedergetrampelt worden waren –, aber noch nie einen solchen Schrei, der ihm das Blut in den Adern gefrieren ließ. Fast hätte er den Hof überquert, um die Feldküche aufzusuchen und … was zu tun? Protestieren? Zusehen? Statt dessen sagte er sich, daß er seine Pflicht zu erfüllen hatte, daß Jared Talle sein Vorgesetzter und der Autokratie verpflichtet war und alles, was er tat, nur der Sicherung von Salvations Zukunft diente. Trotzdem konnte er den Gedanken, daß Talle sein grausiges Werk aus reiner Freude verrichtete, nicht gänzlich abschütteln.

Irgendwann flog die Tür auf, und Abram Jaymes trat ein, schneebedeckt und zitternd.

»Lieber Gott, es ist wirklich kalt da draußen.« Der

Kundschafter warf einen Blick zurück durch die offene Tür. »Was macht er?«

»Was auch immer Inquisitoren machen.« Var zuckte unbehaglich die Achseln.

Jaymes stieß die Tür mit einem Tritt zu und ging zum Herd. »Klingt so, als wär's nicht gerade spaßig, außer vielleicht für Talle.«

Var zuckte erneut die Achseln. Die Schreie hallten von den Mauern des Forts wider. »Die Wilden erbeuten die Köpfe ihrer Opfer, nicht wahr?« fragte er tonlos. »Foltern sie nicht ihre Gefangenen?«

»Sicher, aber sie sind nun mal Wilde.« Jaymes schälte sich aus seinen Pelzen und wandte den Rücken der Wärme zu. »Sollten wir dagegen nicht zivilisiert sein?«

»Ist noch etwas Weinbrand da?« war alles, was Var statt einer Antwort einfiel.

Sie leerten die Flasche, während das Kreischen anhielt. Einer der Wilden starb – sowohl Var als auch Jaymes erkannten das Todesröcheln –, dann begann der andere zu schreien. Jaymes warf Fleisch und Gemüse in einen Topf und kochte einen Eintopf, den beide nicht anrührten. Ihnen war der Appetit gründlich vergangen. Der Mond stieg über die Mauern und überflutete den Hof und die gefrorenen Leichen mit seinem silbrigen Licht, während die Schreie weiter die Nacht erfüllten und dann abrupt verstummten.

Jared Talle trat aus der Küche und streifte den Pelzmantel über, der ihn noch kleiner erscheinen ließ, als er ohnehin schon war. Als er näher kam, entdeckte Var im Mondlicht Blutspritzer im Gesicht des Inquisitors. Talle trug sein Hemd und den Gehrock in den Händen, und seine nackte Brust war noch stärker mit Blut beschmiert als sein Gesicht. Er lächelte.

»Heißes Wasser, ausgezeichnet.« Er warf die Kleidung achtlos beiseite und deutete auf sein Gesicht und seine Brust. »Ich muß mich dringend waschen, was?«

»Was habt Ihr rausgefunden?« fragte Jaymes. Var fühlte sich zu beklommen, um zu sprechen.

»Eine ganze Menge.« Talle spritzte sich Wasser auf die Haut und ließ es einfach an sich herablaufen, so daß es in seine Hose sickerte. Entweder registrierte er es nicht, oder es war ihm völlig egal, als er das Hemd wieder anzog und sich an den Tisch setzte. Er wartete, bis Jaymes ihm einen gefüllten Teller reichte, dann begann er, mit herzhaftem Appetit zu essen. »Also, hört zu ...«

Er schlang ein paar Bissen Eintopf in sich hinein, bevor er fortfuhr. »Diese Wilden nennen sich selbst Tachyn. Sie sind von jenseits der Berge gekommen, aber davor haben sie wiederum in einem anderen Land gelebt, in einer anderen Welt.« Sein raubvogelartiges Gesicht wirkte plötzlich unheimlich lebendig. »Sie sind durch Magie hierher gekommen! Nicht auf dem Landweg oder mit Booten, sondern durch Magie! Stellt Euch das vor! Wenn wir diese Fähigkeit von ihnen lernen könnten, dann könnte die Autokratie jedes beliebige Land erreichen und alle Welten erobern, die es gibt!«

»Das würde Euch gefallen?« fragte Jaymes.

Talle sah ihn an, als hätte der Kundschafter den Verstand verloren. »Natürlich! Über eine solche Macht zu verfügen ...«

»Warum?«

»Weil es möglich ist«, erwiderte Talle. »Weil wir mit einer solchen Magie das Gebirge überqueren und das Land auf der anderen Seite in Besitz nehmen könnten. Und alle anderen Welten dazu.«

»Ist das nicht fast das gleiche, was die Dämonen vorhaben?« erkundigte sich Jaymes. »Und was wollt Ihr gegen sie unternehmen?«

»Die Wilden sind *Träumer*«, sagte Talle. »Zumindest einige von ihnen. Die Dämonen dringen in ihre Träume ein und zeigen ihnen, wie sie uns beeinflussen können.« Er deutete auf die Leichen jenseits des Fenster. »So haben sie das da angerichtet und in Grostheim Angst und Schrecken verbreitet. Sie können Menschen Träume schicken und sie damit verrückt machen.«

»Dann müssen wir sie doch bestimmt besiegen können«, wandte Var ein. »Ihnen mit diesem Wissen entgegentreten und sie – die Wilden und die Dämonen – vertreiben.«

»Es sei denn, wir könnten uns ihr Wissen vorher aneignen.« Talles schmales Gesicht glühte. »Ich möchte dieses Wissen für die Autokratie haben. Denkt darüber nach! Wenn ich erfahren kann, wie sie von einer Welt in die andere gelangen, was könnten wir dann nicht alles erobern?«

Jaymes warf Var einen bezeichnenden Blick zu. »Wer weiß?«

Var achtete sorgsam darauf, keine Miene zu verziehen. »Was werden wir jetzt tun?«

»Nach Grostheim zurückkehren«, erklärte Talle. »Wir müssen Evander diese Informationen schicken. Dann werden mehr Inquisitoren kommen und das gesamte Land erkunden. Und danach? Nun, dann stellen wir eine große Expedition zusammen, nehmen mehr Wilde und Dämonen gefangen und finden alles heraus, was sie wissen.«

»Ich dachte, die Dämonen wären nicht körperlich in dieser Welt«, sagte Var. »Wie sollen wir sie dann gefangennehmen?«

Talle lachte. »Sie werden kommen! Die Wilden planen, ein Opfer durchzuführen, das die Dämonen erscheinen lassen wird. Und dann ...«

Er lachte lauter.

»Was für ein Opfer?« wollte Var wissen.

»Ich bin mir nicht sicher«, gestand Talle. »Ein Kind? Irgendeine Verbindung zu der Welt, aus der sie ursprünglich stammen. Meine ... Objekte ... wußten es nicht genau. Aber sobald das Opfer gebracht worden ist, werden die Dämonen sich körperlich hier manifestieren. Dann können wir sie in unsere Gewalt bringen und uns ihr Wissen aneignen.«

»Was haben sie hier vor?« fragte Var.

»Das Land erobern.« Talle strahlte, als würden diese Pläne seinen ungeteilten Beifall finden. »Sie sind nur auf Eroberungen aus.«

Genau wie du und die Autokratie, dachte Var.

»Und wenn wir sie nicht besiegen können?« hakte er nach. »Was dann?«

Talle starrte ihn an, als wäre der Major verrückt geworden. »Wir sind die Autokratie. *Die Autokratie!* Wir beherrschen die bekannte Welt – wie sollte uns irgend jemand überlegen sein?«

Spätestens in diesem Augenblick erkannte Tomas Var, daß Inquisitor Jared Talle völlig wahnsinnig war. Noch war ihm nicht bewußt, daß er sich gerade auf Abram Jaymes' Seite gestellt hatte, aber jetzt wußte er mit Sicherheit, daß der Inquisitor verrückt war und für Salvation wahrscheinlich eine ebenso große Gefahr wie irgendeine dämonische Invasion darstellte.

Er nickte höflich. »Natürlich«, sagte er und schielte verstohlen zu Jaymes hinüber, der wortlos eine Braue hob. »Und jetzt?«

»Wir brechen morgen früh nach Grostheim auf«, verkündete Talle. »Im Frühling werden wir eine Expedition ausschicken. Dann werden auch die Dämonen hier erscheinen.«

»Wahrscheinlich werden die Wilden schon vor ihnen kommen.« Jaymes musterte Talle ruhig und kalt. »Wir haben Spuren zurückgelassen, denen sie folgen werden, sobald sie herausfinden, was mit Euren … Studienobjekten passiert ist.«

Talle runzelte irritiert die Stirn.

»Wie bald?« fragte Var, dessen militärischer Pragmatismus wieder die Oberhand gewann.

»Kann ich nicht genau sagen«, erwiderte Jaymes unbekümmert. »Das hängt ganz davon ab, wann sie auf unsere Spuren stoßen und sich zusammenreimen, was hier los war. Aber eins kann ich Euch versichern: Sie können sehr viel schneller als wir vorankommen. Also steht uns vielleicht ein Kampf bevor. Es sei denn, wir können sie abhängen.«

»Können wir das?« fragte Var.

Jaymes zuckte die Achseln. »Vielleicht ja, vielleicht auch nicht.«

»Ich könnte Magie einsetzen«, schlug Talle vor. »Ich kann dieses Fort mit Schutzzaubern umgeben.«

»Und wir bleiben hier, sitzen wie die Hühner auf der Stange und warten auf den Fuchs?«

»Nein!« Talle schüttelte gereizt den Kopf. »Wir müssen nach Grostheim zurückkehren.«

»Dann sollten wir lieber schnell losreiten«, sagte Jaymes.

Var hatte den Eindruck, daß der Kundschafter die Situation und Talles Unbehagen genoß. »Wie können wir ihnen entkommen?« Er sah den Inquisitor an. »Ohne den Einsatz von Magie?«

»Ich kann unseren Weg verzaubern«, knurrte Talle. »Ich könnte Verwirrung stiften.«

»Zieht Eure Magie die Dämonen nicht an?« fragte Var. »Ich dachte, es wäre Eure Magie gewesen, die sie zu uns geführt hat.«

Talles bleiches Gesicht verzog sich wütend und lief dunkel an.

»Stimmt das nicht, Inquisitor?« erkundigte sich Jaymes mit Unschuldsmiene.

Der Blick, mit dem Talle den Kundschafter bedachte, wurde noch wütender. Er nickte.

»Also sollten wir einfach nur reiten«, sagte Jaymes. »Und Ihr macht genau das, was ich Euch sage.«

»Dann sagt uns, wie wir entkommen können«, kam Var einer zornigen Antwort Talles zuvor.

»Es wird nicht leicht werden«, entgegnete Jaymes. »Jedenfalls nicht, wenn sie unsere Spuren finden und beschließen, uns zu folgen. Aber ...«

»Seid Ihr nicht unser Späher und Führer auf dieser Mission?« unterbrach ihn Talle. »Ich dachte, Ihr würdet dafür sorgen, daß wir in der Wildnis überleben. Habt Ihr das nicht versprochen?«

»Sicher.« Jaymes wirkte überhaupt nicht eingeschüchtert. »Und wenn Ihr den Mund halten und mir zuhören würdet, werd' ich Euch verraten, wie wir uns vielleicht in Sicherheit bringen können.«

Var registrierte Talles unterdrückten Zorn und spürte, daß sich die Machtverhältnisse auf eine subtile Weise verschoben hatten. Er wußte nicht genau, was hier geschah, abgesehen von der schlichten Frage, wie sie überleben sollten, aber es war mehr als nur das im Spiel. Abram Jaymes hatte den Inquisitor gedemütigt und ihn gezwungen, eine ihm in diesen Belangen überlegene Autorität einzuräumen. Das war etwas, das Talles Eitelkeit kränken und sein Verlangen nach Rache provozieren mußte.

Paß auf, daß du nicht am Galgen endest, Abram, dachte Var.

»Also, hört zu ...«, begann Jaymes.

Sie verließen Fort Harvie in der kalten stillen Stunde vor Anbruch der Morgendämmerung. Der Himmel war grau, nicht ein Vogel zwitscherte. Obwohl der Winter sich dem Ende entgegenneigte, war die Luft eisig. Der Atem von Menschen und Tieren kondensierte zu dichten Dampfwolken. Rauhreif überzog die Mauern und die immer noch unbestatteten Leichen. Die drei Männer ritten durch den Einschnitt im ringförmigen Erdwall auf den Restitution zu. Jaymes' Plan gefiel Var ganz und gar nicht, aber ihm fiel keine bessere Alternative ein. Talle enthielt sich jeglichen Kommentars, und Var fragte sich, ob der schmächtige Mann schmollte, denn der Inquisitor saß zusammengesunken in seinem Sattel und folgte dem Kundschafter schweigend.

Der Fluß erstreckte sich wie ein breites Band vor ihnen, eine graue Barriere, von Schneewehen und Eisschollen gesäumt, die sich am Nordufer wie die scharfkantigen Zinnen einer urzeitlichen Festung auftürmten. Das andere Ufer wurde vom Nebel verschluckt. Var betrachtete skeptisch den großen Fluß und konnte nicht umhin, an der Klugheit von Jaymes' Plan zu zweifeln. Der Winter war fast vorbei, der Frühling stand unmittelbar bevor, und das Eis, das sie überquert hatten, um diese Seite des Restitution zu erreichen, begann brüchig zu werden.

»Können wir das überhaupt schaffen?« fragte er.

»Uns bleibt kaum eine andere Wahl«, erwiderte Jaymes. »Werft mal 'nen Blick zurück.«

Er deutete auf die Grenze zur Wildnis jenseits des Forts, wo Reiter zwischen den Bäumen auftauchten. Mehr als zwanzig Krieger, schätzte Var, die auf zottligen Pferden durch den Schnee preschten. Var fragte sich, ob er tatsächlich ihre triumphierenden Schreie hörte, oder ob ihm seine Phantasie einen Streich spielte.

»Ihr habt recht. Reiten wir.«

Jaymes lachte und lenkte sein Muli zum Ufer hinunter.

Er ritt voraus, gefolgt von Var und Talle, durch die aufgetürmten Eisschollen auf die von Rissen durchzogene Eisschicht hinaus, die in Ufernähe noch ziemlich fest war, so daß sie eine Weile gefahrlos vorankamen, auch wenn die Hufe der nervös schnaubenden Tiere hin und wieder auf dem rutschigen Untergrund ausglitten. Dann begann das Eis unter ihrem Gewicht aufzubrechen, und jeder war gezwungen, sich seinen eigenen Weg zu suchen.

Var sah, wie Jaymes' Muli einbrach und kurz darauf prustend wieder auftauchte. Jaymes schüttelte den Kopf und trieb das Tier mit lauten Zurufen weiter an. Plötzlich strauchelte Vars Pferd, und er versank in den dunklen, eisigen Fluten, die ihm den Atem raubten und seinen Körper von Kopf bis Fuß lähmten. Als das Pferd sich an die Oberfläche zurückkämpfte, schlotterte Var vor Kälte, die ihm bis ins Mark kroch, so beißend, daß er sich nicht vorstellen konnte, sie jemals wieder loszuwerden. Er nahm nicht mehr wahr, was um ihn herum passierte. Seine Gedanken kreisten nur noch darum zu überleben, bis ihm bewußt wurde, daß sein Pferd auf einer bedrohlich unter ihnen schwankenden Eisscholle stand und er erfrieren würde, wenn es ihm nicht gelang, es zum Weitergehen zu bewegen. Entweder das, oder er würde den Wilden in die Hände fallen, die sich dem Nordufer näherten.

»Ich werd' ein Feuer machen, an dem Ihr Euch aufwärmen könnt!«

Jaymes' Ruf riß ihn aus seiner Erstarrung. Var rammte dem zitternden Pferd rücksichtslos die Fersen in die Rippen und zwang es, von einer Eisscholle zur nächsten zu springen. Oft kamen sie nur schwimmend weiter, und er war überzeugt, daß die Kälte ihn umbringen würde.

Aber irgendwie erreichte er doch noch das Südufer, wo Abram Jaymes ihn an Land zog. Seine Zähne schlugen unkontrolliert aufeinander, und er konnte einfach nicht aufhören zu zittern. Als er einen Blick zurückwarf, sah er, wie Talle aus dem Fluß kam, und er wußte, daß der Inquisitor sich durch seine Magie warmgehalten hatte.

»Ich mach' schnell ein Feuer«, sagte Jaymes. »Könnt Ihr Euer Gewehr benutzen?«

Var brachte kein Wort hervor, also beschränkte er sich auf ein Nicken, obwohl er nicht sicher war, ob er in diesem Zustand tatsächlich fähig war zu schießen. Aber er wußte, daß ihm nichts anderes übrigblieb. Ihre Verfolger rückten unerbittlich näher.

»Schießt auf jeden, der versucht, den Fluß zu überqueren«, drängte der Kundschafter.

Mit klammen Fingern streifte Var die triefenden Handschuhe ab und zog das Gewehr aus der Schutzhülle. Er ersetzte die aufgeweichte Pulverladung und die Kugel und bemühte sich krampfhaft, sein Zittern zu unterdrücken, als er den Lauf auf einen umgestürzten Baumstamm legte und zum anderen Ufer hinüberspähte.

»Wartet, bis sie in der Flußmitte sind«, riet Jaymes. »Schießt nur, wenn Ihr sicher seid, Euer Ziel zu treffen.«

»Ja«, bestätigte Var mit klappernden Zähnen.

»Ich kann sie töten«, sagte Talle, der auf wunderbare Weise trocken geblieben war.

»Sicher könntet Ihr das«, erwiderte Jaymes, »aber dann hätten wir bald die Dämonen auf dem Hals. Also überlaßt uns das, Inquisitor, oder helft mir mit dem Feuer.«

Zu Vars Überraschung fügte sich Talle widerspruchslos. Der Major zielte und kämpfte gegen die Kälte an, die ihn zu lähmen drohte.

Die Wilden – wie hatte Talle sie genannt, *Tachyn*? – erreichten das andere Ufer. In seinem Elend hatte Var jegliches Zeitgefühl verloren und gar nicht bemerkt, daß mittlerweile die Sonne aufgegangen war und sich der Nebel aufgelöst hatte. Das Nordufer des Restitution war zwar noch immer nicht viel mehr als eine weißlich graue Linie, aber vor dem hellen Hintergrund konnte Var sehen, wie die Reiter ihre Pferde auf das Eis trieben.

Drei der Wilden wagten sich weiter hinaus. Var wartete, bis sie die Mitte des Stroms erreicht hatten, bevor er auf den Abzug des Gewehrs drückte. Als sich der Pulverqualm verzog, sah er einen Mann reglos auf dem Eis liegen. Mechanisch lud er seine Waffe nach, ein automatischer Reflex, den er durch jahrelangen militärischen Drill und den Krieg erworben hatte. Der nächste Schuß traf das Pferd des zweiten Reiters, und der Wilde versank schreiend zwischen sich teilenden Eisschollen. Var fragte sich, warum ihm dieses Schicksal erspart geblieben war, während er ein weiteres Mal nachlud.

Plötzlich dröhnte ein Schuß hinter ihm auf und schleuderte den letzten der drei Tachyn aus dem Sattel.

»Ich hab' das Gefühl im Finger noch nicht verloren«, sagte Jaymes über Vars Schulter gebeugt. »Und das Feuer brennt jetzt. Wärmt Euch auf. Der Inquisitor müßte bald was Eßbares gemacht haben.«

Var fror zu sehr und war zu betäubt, um zu widersprechen. Er nickte nur und stolperte durch den Schnee, als Jaymes eine frische Kugel in den Lauf seines Jagdgewehrs schob und methodisch begann, die Tachyn auszuschalten, die mutig genug waren, trotz des erbarmungslosen Feuers zu versuchen, den Fluß zu überqueren.

»Ich muß zurückkehren.« Var hatte heißen Tee getrunken und eine Kleinigkeit gegessen, und mittlerweile konnte er sich sogar vorstellen, daß ihm bald wieder warm werden würde. »Ich kann es Abram nicht überlassen, ganz allein gegen die Wilden zu kämpfen.«

»Warum nicht?« erkundigte sich Talle kühl. »Anscheinend kann er es mit ihnen aufnehmen. Also laßt ihn.«

Var starrte den Inquisitor an. »Ich soll ihn im Stich lassen?«

»Ihr sollt Eure Pflicht tun«, erwiderte Talle. »Eure Pflicht der Autokratie und Evander gegenüber.«

»Wir brauchen ihn«, sagte Var. »Um nach Grostheim zurückzukehren.«

Talle machte eine wegwerfende Handbewegung. »Nein, das schaffen wir auch ohne ihn. Vergeßt ihn.«

»Das kann ich nicht.« Ohne eine Antwort abzuwarten, drehte sich Var um und machte sich auf den Rückweg zum Fluß. Es kam ihm nicht einen Augenblick lang in den Sinn, etwas anderes zu tun. Abram Jaymes war sein Freund und würde ohne seine Hilfe vielleicht sterben. Jared Talle dagegen ... Gott! Jared Talle war eine schwarze Aaskrähe, die auf zerfetzten Kadavern herumstolzierte und es viel zu sehr genoß, ihre Macht auszuüben. Es kümmerte Var nicht länger, was der Inquisitor von ihm hielt oder ihm antun würde, und diese Erkenntnis erfüllte ihn mit großer Erleichterung.

Er warf sich neben Jaymes auf den Boden und spannte den Hahn seines Gewehrs.

»Nicht mehr viele übrig«, brummte Jaymes, »und das Eis ist überall aufgebrochen. Wahrscheinlich werden sie's nicht mehr lange versuchen.«

»Wahrscheinlich nicht«, erwiderte Var und schoß einen Mann aus dem Sattel.

»Guter Schuß«, kommentierte Jaymes. »Wie geht's dem Inquisitor?«

»Er ist wütend«, sagte Var. »Er wollte, daß ich Euch allein zurücklasse.«

»Aber Ihr habt nicht auf ihn gehört«, stellte Jaymes ruhig fest. Ein weiterer Wilder stürzte von seinem Pferd in das eisige Wasser.

»Nein.«

»Warum nicht?« fragte Jaymes.

»Ich weiß es nicht«, gestand Var.

Der Kundschafter lachte, während er einen Reiter anvisierte und mit einem Volltreffer aus dem Sattel schleuderte. »Ihr werdet's schon noch rausfinden.«

»Das kann ich nicht«, sagte Var und nahm den nächsten Wilden aufs Korn.

»Ihr werdet's schon noch rausfinden«, wiederholte Jaymes und lud sein Gewehr nach. »Mit der Zeit und so Gott will.«

Die Tachyn waren geschlagen. Das tödliche Gewehrfeuer und das aufgebrochene Eis hinderten sie daran, den Fluß zu überqueren. Also stellten sie ihre sinnlosen Bemühungen ein und ließen die drei Männer ziehen.

Und als Var nicht viel später mit seinen Begleitern Grostheim erreichte, fanden sie ein einziges Chaos vor.

ENTSCHEIDUNGEN

Weiter stromabwärts brachen die Ausläufer der Gezeitenströme den Griff des Packeises auf. Das Wasser brodelte dunkel wie ein Spiegelbild des Himmels, und der Schnee, der dem nahenden Frühling Tribut zollte, verwandelte sich in einen wässerigen Matsch, der an Stiefeln und Hufen klebte und den Boden in einen zähen Morast zu verwandeln drohte. Vereinzelte Sonnenstrahlen bohrten sich durch die dahinjagenden grauen Wolken und verliehen dem Fluß und dem Land einen warmen frühlingshaften Schimmer, der durch seine Flüchtigkeit enttäuschte. Von der Bucht her wehte ein feuchter kalter Wind landeinwärts.

Vor den Reitern kam Grostheim in Sicht, durch das Spiel von Wolken und Sonne abwechselnd in Helligkeit und Schatten getaucht. Die gedrungene Silhouette am Ufer des Restitution erinnerte Var an ... Er war sich nicht mehr sicher, was die Stadt für ihn repräsentierte, aber als er den Blick über die hölzernen Mauern wandern ließ, fragte er sich, warum die Brüstung mit so vielen seiner Marinesoldaten statt mit Spelts Rotröcken bemannt war. Das Gefühl, daß irgend etwas nicht stimmte, ließ ihn trotz der dicken Pelze frösteln.

»Hier ist etwas passiert.« Zum ersten Mal seit Stunden meldete sich Talle wieder zu Wort. Er hatte den größten Teil der Rückreise geschwiegen, unverkennbar verärgert über Vars Weigerung, Abram Jaymes im Stich zu lassen. »Ich spüre die Auswirkungen von Magie.«

»Keine Frage.« Jaymes spie einen Strahl Kautabaksaft in den schmutzigen Schneematsch und grinste. »Schließlich seid Ihr ein Inquisitor.«

Talles Miene verfinsterte sich. Var enthielt sich eines Kommentars, aber er wünschte sich, sein Freund würde den Mund halten und den Inquisitor nicht noch mehr provozieren.

»Also, wollen wir uns das genauer anschauen?« fragte Talle und stieß seinem Pferd die Fersen in die Seiten. Var und Jaymes folgten ihm.

Als sie sich den Mauern näherten, sah Var die auf sie zielenden Musketen. Er richtete sich in den Steigbügeln auf und rief: »Ich bin Major Tomas Var, und bei mir ist der Inquisitor Jared Talle! Hört Ihr mich?«

»Kommt langsam näher, sonst schießen wir!« ertönte eine Antwort von der Brüstung. Es war die Stimme von Hauptmann Jorge Kerik.

»Jorge, habt Ihr vergessen, wer ich bin?« fragte Var.

»Major Var?« rief Kerik, offenbar hin– und hergerissen zwischen Mißtrauen und Hoffnung. »Seid Ihr es wirklich?«

»Wer denn sonst?« erwiderte Var. »Erkennt Ihr mich denn nicht?«

»Das reicht allmählich.« Talle stieß einen Fluch aus und ließ sein Pferd antraben. Seine Stimme steigerte sich zu einem magisch verstärkten Dröhnen. »Ich bin Jared Talle, der Inquisitor, und wenn Ihr Euch mir widersetzt, werde ich Euch verhexen und hängen lassen und Eure Leichen anschließend noch einmal verhexen, so daß Eure Seelen keine Ruhe finden werden!«

Der Ruf hallte laut von den Stadtmauern wider. Var sah die Auswirkung der Drohung auf seine Männer. Einige ließen gehorsam die Musketen sinken, andere visierten die drei Reiter noch sorgfältiger an, als trauten sie dem Frieden nicht. Er fragte sich, was während seiner Abwesenheit in Grostheim geschehen war.

Talle wirkte unbekümmert und ritt durch den tauenden Schnee direkt vor das große Portal, das immer noch geschlossen blieb.

»Öffnet die Tore, verdammt noch mal!«

»Wenn Ihr wirklich der Inquisitor seid, dann öffnet sie mit Eurer Magie!« rief Kerik zurück.

Talle stieß eine zweite, noch lasterhaftere Verwünschung aus und hob die Hände. Var sah, wie sie geheimnisvolle komplizierte Muster in die Luft malten und sich Talles Lippen bewegten, aber er konnte nicht verstehen, was der Inquisitor sagte.

Die großen Riegel glitten, wie von Geisterhand bewegt, zur Seite, und die Torflügel schwangen auf. Talle ritt hindurch und zügelte sein Pferd, als Hauptmann Kerik mit polternden Schritten die Stufen von der Brüstung herabeilte.

»Verzeiht mir, Inquisitor, Major.« Der Offizier duckte sich unterwürfig. »Ihr werdet verstehen, warum ich ganz sichergehen mußte, sobald Ihr erfahren habt, was hier passiert ist. Weiß Gott, in Grostheim herrscht das nackte Chaos.«

Und, bei Gott, so war es.

Var lauschte Keriks Bericht mit wachsendem Entsetzen: Gouverneur Wyme von Alyx Spelt ermordet, der Major von seinen eigenen Leuten erschossen, Offiziere niedergemetzelt, Soldaten der Miliz Gottes, die übereinander herfielen, Kämpfe zwischen Gutsbesitzern und Kaufleuten, bis ganz Grostheim in Anarchie versunken war und Vars Marinesoldaten die einzig verbliebene Autorität stellten und mühsam versuchten, einen Rest von Ordnung zu bewahren, und sich durch ihre Maßnahmen den Haß sowohl der freien Bürger als auch den der Verbannten einhandelten.

»Es waren die Geister«, schloß Kerik. »Sie und die

von ihnen gesandten Träume, glaube ich. Die meisten Flüchtlinge sind auf ihre Güter zurückgekehrt, wo sie sich sicherer als hier fühlen.« Er warf Var einen nervösen Blick zu. »Ich habe unsere Männer in den Kasernen der Miliz stationiert und die Gebäude befestigen lassen. Gott, selbst danach sind wir noch von den Rotröcken angegriffen worden. Ich habe mir nie vorstellen können, jemals gegen unsere eigenen Leute kämpfen zu müssen.«

»Das habt Ihr auch nicht«, warf Talle ein. »Ihr habt gegen von Dämonen besessene Männer gekämpft. Und sie, wie ich hoffe, alle getötet.«

Kerik nickte traurig. »Sie haben uns keine andere Wahl gelassen, Inquisitor.«

»Gut.« Talle rieb sich die Hände vor dem Feuer. »Es gibt nichts, was Ihr bedauern müßtet, Hauptmann. Ihr habt Euch richtig verhalten.«

»Indem wir Rotröcke erschossen haben?« fragte Kerik niedergeschlagen. »Es hat sich nicht richtig angefühlt.«

»Sie waren von Gott abgefallen«, erklärte Talle. »Sie waren besessen.«

Abram Jaymes stieß Var in die Seite. »Genau wie die Soldaten in Fort Harvie, was?«

Var nickte. »Irgendwelche Nachrichten von den Forts an der Grenze?« fragte er Kerik.

Der Hauptmann schüttelte den Kopf. »Gar nichts. Es sind weder Brieftauben noch Reiter gekommen. Ich habe selbst Tauben ausgeschickt, aber keine Antwort erhalten.«

»Die Grenzforts sind verloren«, sagte Talle. »Zumindest vorerst. Vergeßt sie.«

»Was geschieht mit uns?« wollte Kerik wissen.

»Wir werden belagert«, erwiderte Talle. »Salvation muß sich einer furchtbaren Bedrohung erwehren, und Grostheim ist auf sich allein gestellt.«

»Was ist mit den Höfen?« fragte Jaymes. »Werden die auch belagert?«

Talle zuckte gleichmütig die Achseln. »Vielleicht, vielleicht auch nicht. Es interessiert mich nicht. Wichtig ist nur, daß wir die Dämonen besiegen.«

»Und wie wollt Ihr das anstellen?« Jaymes betrachtete seine Finger, zog ein Messer hervor und begann, sich den Schmutz unter den Nägeln wegzukratzen.

»Das weiß ich noch nicht«, sagte Talle, »aber ich werde einen Weg finden! Die Autokratie wird dieses Land nicht so einfach aufgeben.«

Jaymes nickte und wandte sich Kerik zu. »Sind irgendwelche Gebrandmarkten betroffen?«

Kerik schüttelte den Kopf. »Nein. Anscheinend nur freie Bürger.«

Der Kundschafter grinste, als wüßte er etwas, das er für sich behielt.

Talles Kopf ruckte herum. Er starrte Jaymes an. »Worauf wollt Ihr hinaus?«

Jaymes zuckte die Achseln. »Das ist doch wohl ziemlich offensichtlich, oder? Die Menschen drehen durch, nachdem sie Träume hatten, die ihnen von den Dämonen geschickt wurden, wie Ihr behauptet. Aber wer wird denn verrückt? Nur Leute, die hier irgendwas besitzen oder was zu sagen haben. Leute mit eigenem Land oder Soldaten, die die Landbesitzer im Auftrag Evanders beschützen. Niemand sonst!

Ihr sagt, die Dämonen wollten Salvation erobern, und wie wir alle wissen, beanspruchen die Wilden das Land für sich. Also, womit wir es hier zu tun haben, sieht mir ganz nach 'nem Kampf um das Territorium aus – Ihr wollt es, die Wilden wollen es, und die Dämonen wollen es auch. Die Wilden und die Dämonen haben sich zusammengetan und jetzt die Oberhand gewonnen, wie's scheint. Weiß Gott, Ihr habt Eure Grenzforts verloren und hier jetzt ein echtes

Problem. Da!« Er deutete auf das Fenster. Von draußen klang Lärm auf, wütende Schreie, untermalt von Musketenschüssen. »Was ist da los?«

»Wahrscheinlich ein weiterer Aufruhr«, erwiderte Kerik. Er warf Talle und Var einen hilflosen Blick zu. »Wir können kaum etwas tun, um die Leute in Schach zu halten, dazu haben wir einfach zu wenig Männer. Die Bürger sind dem Hungertod nahe, die Vorratslager sind leer, und seit der Gouverneur tot ist ...« Er zuckte die Achseln und ahmte damit unbewußt Jaymes nach. »Meine Männer sterben dort draußen auf den Straßen, und ...«

»Aber jetzt bin ich ja wieder da«, fiel ihm Talle ins Wort. »Jetzt werden wir die Ordnung wiederherstellen.« Er sah Var an. »Tomas, Eure vordringliche Aufgabe besteht darin, Eure Männer zu organisieren und für Ruhe in der Stadt zu sorgen.«

Var nickte, und dann krampfte sich ihm der Magen zusammen, als Talle in beiläufigem Tonfall hinzufügte: »Aber vorher gibt es noch eine kleine disziplinarische Angelegenheit zu regeln.« Er deutete auf Abram Jaymes. »Steckt diesen Mann in eine Zelle, und sobald wieder Ruhe in Grostheim herrscht – hängt ihn.«

»Es tut mir leid«, sagte Var, als die Zellentür hinter Jaymes ins Schloß fiel, »aber welche Wahl habe ich denn?«

»Man hat immer verschiedene Möglichkeiten«, erwiderte der ältere Mann. »Manchmal braucht man nur 'ne Weile, um sie zu erkennen.«

»Was soll das heißen?«

Jaymes grinste Var durch die Gitterstäbe an. »Ihr werdet' s schon noch rausfinden, schätz' ich.«

»Ich habe Euch gewarnt«, sagte Var. »Warum habt

Ihr Euch nicht abgesetzt, bevor wir Grostheim erreicht haben?«

»Vielleicht wollt' ich sehen, was hier los ist.« Der Kundschafter zuckte die Achseln und schnitt eine Scheibe von dem Riegel Kautabak ab. »Vielleicht wollt' ich sehen, was Ihr tun würdet.«

»Meine Pflicht, denke ich.«

»Sicher.« Jaymes schob sich den Brocken in den Mund und begann, darauf herumzukauen. »Aber was ist Eure Pflicht, Major?«

Das war eine Frage, die Var beschäftigte, während er die ihm zugewiesenen Aufgaben erledigte.

War es wirklich seine Pflicht, mit Marinesoldaten, die auf Talles Befehl Plünderer und Dissidenten erschossen, die Ordnung in Grostheim wiederherzustellen? War es seine Pflicht, Salvation gegen die Überfälle der Wilden und ihrer – wie es mittlerweile schien – dämonischen Verbündeten zu verteidigen? War es seine Pflicht, Talles Anordnungen widerspruchslos auszuführen?

Das konnte er nicht länger tun. Er war völlig verunsichert und fragte sich, ob die Autokratie nicht besser Salvation aufgeben und vielleicht sogar die gebrandmarkten Verbannten freilassen sollte.

Lieber Gott, es fiel ihm wirklich nicht leicht, die Rolle des loyalen Offiziers in der Miliz Gottes zu spielen. Nicht wenn ihm solche Zweifel wie der auffrischende Frühlingswind im Kopf herumwirbelten.

Ebensowenig ertrug er die Vorstellung, Abram Jaymes am Galgen baumeln zu sehen, auch wenn Talle es befahl.

Er tat sein Bestes, um wenigstens für einen Anflug von Ordnung zu sorgen, und dabei stellte er fest, daß er Talles Methoden von Tag zu Tag mehr verabscheute.

Die Einwohner Grostheims waren durch die Geisterreiter und den Hunger verängstigt, unsicher, was die Zukunft ihnen bringen mochte, und Talle reagierte darauf mit seiner Magie oder den Bajonetten der Marinesoldaten. Es ist ein Terrorregime, dachte Var, bei dem Furcht mit Furcht bekämpft wird. Talle verbreitete mehr Angst und Schrecken als die gespenstischen Dämonen, die immer noch die Straßen heimsuchten, und Var fragte sich erneut, wer schlimmer war.

Doch als der Winter endete und die ersten lauen Frühlingsbrisen über das Land wehten, kehrte tatsächlich wieder Ordnung in Grostheim ein. Und schließlich forderte Jared Talle Var auf, die Hinrichtung von Abram Jaymes nicht länger hinauszuzögern.

»Ich kann es nicht tun«, sagte Var durch die Gitterstäbe. »So wahr mir Gott helfe, das kann ich nicht.«

Jaymes zuckte die Achseln und spie einen Strahl Kautabaksaft in das Stroh auf dem Zellenboden, worauf ein Schwarm Kakerlaken auseinanderstob.

»Was wollt Ihr sonst tun?« Seine Stimme klang ruhig und leicht belustigt. »Ihr habt Eure Befehle, oder? Der Inquisitor verlangt von Euch, mich zu hängen, also, schätz' ich, werdet Ihr mich wohl aufknüpfen müssen.«

»Ich könnte …«, begann Var.

»Was?« wollte Jaymes wissen.

Der Bluthund des Inquisitors? dachte Var. *Ist das wirklich alles, was ich bin? Nein!* beantwortete er seine eigene Frage. »Ich könnte Euch helfen zu fliehen«, sagte er laut.

»Wie?« fragte Jaymes direkt. »Wollt Ihr gegen Talle rebellieren?«

Var schüttelte hilflos den Kopf.

»Wenn Ihr mich hier rausholt«, fuhr Jaymes mit einer Ruhe fort, die Var beschämte, »wird Talle es erfahren. Er ist der *Inquisitor*. Er wird es wissen.«

»Ja«, räumte Var ein.

»Wie wollt Ihr es dann anstellen?«

»Ich weiß es nicht«, gestand Var. »Vielleicht, wenn ich meinen Männer befehlen würde …«

»Sich gegen Talle zu stellen?« beendete Jaymes den Satz für ihn.

Var zuckte die Achseln und schüttelte erneut den Kopf. »Einige würden sich mir anschließen, aber nicht alle. Talle ist …«

»Unheimlich«, half ihm Jaymes aus. »Und außerdem kann er hexen.«

»Ja«, stimmte ihm Var zu. »Aber wenn ich es allein machen würde …«

»Dann wären wir beide Flüchtlinge«, sagte Jaymes. »Wir müßten ziemlich weit fliehen, um Talle zu entkommen. Vielleicht sogar bis in die Wildnis.«

Als hätten die Worte des Kundschafters alte Erinnerungen heraufbeschworen, fiel Var plötzlich wieder Arcole Blayke ein. Hatte Blayke es nicht geschafft, der Leibeigenschaft in Grostheim zu entfliehen?

»Habt Ihr jemals von einem Mann namens Arcole Blayke gehört? Einem Zwangsarbeiter?« fragte er.

Jaymes nickte. »Sicher. Der alte Wyme hat ihn eingestellt, aber der Bursche ist abgehauen, als die Wilden die Stadt angegriffen haben. Er, seine Frau und ein Junge, den Rupyrt Gahame gekauft hat. Wahrscheinlich sind sie alle längst tot, falls sie es überhaupt geschafft haben, an den Wilden vor den Stadtmauern vorbeizukommen.«

»Aber sie sind aus Grostheim herausgekommen«, murmelte Var und fragte sich dabei, ob er im Begriff war, den Verstand zu verlieren. *Was mache ich hier? Das ist Irrsinn, zu versuchen, einen Mann zu befreien, den der*

Inquisitor zum Tode verurteilt hat. »Aber sie *sind* geflohen.«

»Wir bräuchten gute Pferde«, stellte Jaymes nüchtern fest.

»Was ist mit Eurem Maultier?« fragte Var.

Jaymes schnaubte. »Ich bin nicht verliebt in das Vieh, wenn Ihr das meint, und es würd' auffallen, wenn es weg wär'. Nein, Pferde sind besser. Mindestens zwei. Ausdauernde Tiere.«

»Und Ausrüstung?«

»Proviant für ein paar Tage. Gewehre und Munition.«

»Feldausrüstung«, sagte Var.

»Richtig«, bestätigte Jaymes. »Wir werden schnell verschwinden müssen. Talle wird Euch kaum einfach so gehen lassen.«

»Nein.« Auf einmal wurde Var bewußt, daß er seine Entscheidung getroffen hatte, daß er gerade dabei war, seine Karriere und ein ganzes Leben im Dienst der Autokratie für einen alten Mann mit verfilztem Haar wegzuwerfen, der ständig Kautabak kaute und penetrant nach Schweiß roch. Aber es war die einzige ehrenhaften Lösung, die ihm einfiel.

»Wir können unterwegs Zuflucht finden«, drang Jaymes' Stimme in seine Gedanken. »Ich hab' Freunde da draußen.«

»Die bereit wären, uns zu verstecken?« fragte Var.

Jaymes nickte. »Jede Menge.«

Var schluckte schwer und drehte den Dreispitz in den Händen. »Wenn ich das tue ...«

»Wär' ich Euch dankbar.« Jaymes grinste. »Und wenn nicht, könnt' ich das auch verstehen.«

»Ich kann nicht zulassen, daß Ihr gehängt werdet«, sagte Var. »Ein solches Schicksal habt Ihr nicht verdient.«

»Nein«, erwiderte Jaymes. »Aber Ihr auch nicht.«

Var zuckte die Achseln. »Ich gebe Euch Bescheid, wenn es soweit ist.« Er erhob sich und verließ den Zellenblock.

Ein befriedigtes Lächeln machte sich langsam auf Jaymes' Gesicht breit, als er Var hinterhersah.

Bei Gott, schon seit ihrer ersten Begegnung hatte er große Hoffnungen in den Major gesetzt. Der Mann unterschied sich deutlich von den meisten Offizieren der Miliz Gottes, er war vernünftigen Argumenten zugänglich und besaß einen wachen Verstand, und jetzt schienen Jaymes' Erwartungen Früchte zu tragen. Jaymes hatte ihn aufmerksam beobachtet, anfangs vorsichtig, doch mit einem ständig zunehmenden Vertrauen, das ihn schließlich dazu bewogen hatte, mehr über Salvations Geheimnisse zu enthüllen. Daß Var sich nach der Überquerung des Restitution gegen Talles Willen auf seine Seite gestellt hatte, war die letzte Bestätigung für Jaymes gewesen. Jetzt wußte er, daß der Major zu ihm hielt, selbst wenn es ihn seine militärische Karriere kostete. Er nickte vor sich hin und machte es sich auf der schmalen, an die Wand geketteten Pritsche bequem.

Var hatte ihm sein Wort gegeben, und Jaymes wußte, daß er sich darauf verlassen konnte. Der Major würde sein Bestes tun, um ihm zur Flucht zu verhelfen, und danach blieb ihm einfach nichts anderes übrig, als sich mit Leib und Seele Jaymes' Sache zu verschreiben.

Noch immer lächelnd, streckte Jaymes seinen hageren Körper auf der Pritsche aus und übte sich in Geduld.

Ein trügerischer Vorfrühling hielt in Salvation Einzug. Die Sonne schien, und ein warmer Wind wehte. Blaue und gelbe Blumen blühten entlang des Küstenstreifens hinter den sanften Dünen, und die Kiefern begannen zu knospen. Frisches Gras sproß, und zu den Seemöwen, die den Himmel während des Winters allein beherrscht hatten, gesellten sich die ersten Schwalben. Der gefrorene Boden verwandelte sich zuerst in Morast und wurde dann wieder fest. So fest wie Vars Entschlossenheit.

Es herrschte wieder Ordnung in Grostheim – zumindest eine gewisse Art von Disziplin. An den Galgen hatten den ganzen Winter über diejenigen gebaumelt, die es gewagt hatten, sich gegen Talles Herrschaft aufzulehnen, so daß die Krähen fett und satt geworden waren. Nachdem jeglicher Widerstand gebrochen worden war, mußte niemand mehr gehängt werden. Auch die geisterhaften Erscheinungen waren verschwunden, als hätte der frühlingshafte Wind sie fortgeweht, und Jared Talle war überzeugt, Ruhe und Ordnung wiederhergestellt zu haben. Und daß die Zeit gekommen war, Abram Jaymes zu hängen.

»Laßt uns die Hinrichtung feierlich begehen«, forderte er Var auf. »Ich möchte, daß er von *Euren* Männern zum Schafott geführt und vor allen Bewohnern der Stadt gehängt wird. Als Warnung, klar? Als ein Frühlingsritual!« Er ergriff die Karaffe, die einst Wyme gehört hatte, und füllte zwei Gläser. »Ich weiß, daß Ihr eine gewisse Sympathie für ihn entwickelt habt, Tomas, aber der Mann war aufwieglerisch, oder? Und ich denke, wir sollten zumindest ein letztes Exempel statuieren.«

»Ein letztes?« fragte Var.

»Selbstverständlich.« Talle schnupperte an seinem Kelch und genoß das Bukett. Die Fenster des

Arbeitszimmers standen weit offen, um die warme Frühlingsluft hereinzulassen, und Var roch Weinbrand und Schweiß, die beißenden Ausdünstungen, die den Inquisitor wie eine Wolke umgaben. Er fragte sich, warum er sie im Gegensatz zu Abram Jaymes' Körpergeruch so abstoßend fand. »Wir müssen jegliche Zweifel an unserer Autorität, an der Macht der Autokratie brechen. Die Dämonen werden uns schon bald angreifen, und ich möchte nicht, daß wir uns dann noch mit Dissidenten herumschlagen müssen. Grostheim und ganz Salvation soll wissen, wer hier die Macht in den Händen hält.«

»Und wenn sie die Hinrichtung ablehnen?« erkundigte sich Var.

»Wie könnten sie das?« fragte Talle zurück. »Gott, Tomas, der Mann hat mich beleidigt, er hat meine Autorität in Frage gestellt. Wollt Ihr, daß er damit ungestraft davonkommt? Außerdem, was für eine Rolle spielt es schon, wenn die Leute mich – uns – hassen, solange sie uns fürchten und uns gehorchen?«

Einen Moment lang überlegte Var, ob der Inquisitor mit ihm spielte, aber Talle hatte einen völlig selbstgefälligen Gesichtsausdruck aufgesetzt, als würde er nur den Gedanken an Jaymes' Tod und die Unterstützung des Majors bei der Durchführung der Hinrichtung genießen, und so zwang sich Var zu einem Lächeln. »Ich hege eine gewisse Sympathie für ihn, ja«, sagte er ausweichend. »Er ist schon ein bemerkenswerter Charakter.«

»Zweifellos.« Talle kicherte. »Aber nicht so bemerkenswert, als daß sein Tod Eure Position hier gefährden würde, oder?«

Var schüttelte den Kopf und verabscheute sich selbst für diese stumme Lüge.

»Gut«, fuhr Talle fort, »dann trefft alle Vorbereitungen, um ihn ... sagen wir ... am Sonntag zu hängen.

Damit alle Leibeigenen ihn baumeln sehen können. Damit ganz Grostheim bei der Hinrichtung anwesend sein kann, ja?«

Der Major nickte und leerte sein Glas. »Ich werde mich darum kümmern«, versprach er.

Es war Donnerstag, blieben ihm drei Tage, um die Flucht zu organisieren. Er zweifelte nicht länger daran, daß er es tun würde. Mochte Gott ihm beistehen.

Natürlich ist es Verrat, dachte er, als er sich auf den Weg zu den Kasernen machte. Aber es war auch eine Anerkennung ... von was? Freundschaft? Neue Loyalitäten? Er wünschte inbrünstig, man hätte ihm nie dieses Kommando übertragen, er wäre nie Jared Talle oder Abram Jaymes begegnet oder nach Salvation gesegelt. Doch es war nun einmal geschehen. Die Vergangenheit ließ sich nicht mehr ändern, nur die Zukunft besser gestalten, und Tomas Var konnte nicht untätig zusehen, wie ein Mann, den er für unschuldig hielt, gehängt wurde. Was auch immer es ihn kosten mochte, die Hinrichtung zu verhindern ...

Also ...

Pferde zu besorgen, bereitete keinerlei Probleme. Es war nicht ungewöhnlich, daß ein Offizier Tiere für einen Ritt ins Umland requirierte. Reiseproviant, Decken und alles weitere, was sie auf der Flucht brauchen würden, hatte er bereits organisiert. Er hatte sein eigenes Jagdgewehr und Jaymes' Waffe sowie einen Vorrat an Schießpulver und Kugeln, der weiß Gott wie lange halten würde. Jetzt mußte er die Ausrüstung nur noch auf den Pferden verstauen und Jaymes befreien – und sich fragen, ob er noch bei Verstand war.

Aber er beschloß, nicht weiter darüber nachzudenken. Abram Jaymes war sein Freund, und er konnte nicht untätig zusehen, wie der Mann an Talles Galgen starb, ohne seine Ehre zu verlieren.

Also ...

Tomas Var betrat die Kaserne und erklärte, das der Inquisitor den Gefangenen zu verhören wünschte. Niemand hätte es gewagt, ihn – den Bluthund des Inquisitors – nach seiner Legitimation zu fragen. Die Wachen führten Abram Jaymes in Handschellen aus seiner Zelle und händigten dem Major anstandslos den Schlüssel aus. Var steckte ihn ein und forderte Jaymes auf vorauszugehen.

Sie verließen die Kaserne über den Hinterhof. Jaymes schlurfte, durch die Fußfessel behindert, unbeholfen dahin. Die Abenddämmerung stand kurz bevor. Zwischen den Baracken schossen Schwalben umher, schwarze Schatten vor einem Himmel, der die Farbe geronnenen Bluts angenommen hatte. Abgesehen von dem Krächzen der Möwen lag eine bedrückende Stille über Grostheim. Die Wachposten salutierten und sahen dem Major und seinem Gefangenen schweigend hinterher. Die beiden Männer überquerten den Hof und bogen auf die Straße ein, die zum Anwesen des Gouverneurs führte, in dem jetzt Talle residierte.

Als sie außer Sichtweite der Wachen waren, dirigierte Var Jaymes in eine Seitengasse. Im Schatten einer Veranda schloß er die Hand- und Fußschellen auf und winkte dem Kundschafter zu, ihm zu folgen.

»Verdammt, wurde auch langsam Zeit«, knurrte Jaymes. »Die Ketten haben angefangen, weh zu tun.«

»Haltet den Mund!« zischte Var. Er verspürte eine große Furcht, daß Talle irgendwie spürte, was hier geschah, oder es bereits wußte, daß alles, was sie taten, nur ein Akt in einem hinterhältigen Spiel des Inquisitors war und sie jeden Moment festgenommen werden würden.

Jaymes brummte etwas Unverständliches. Im dunkler werdenden Zwielicht entging Var das Lächeln des Kundschafters.

»Hier.« Die gesattelten und beladenen Pferde waren unter dem Dach eines teilweise abgebrannten Hauses angebunden, ein Vermächtnis der winterlichen Unruhen.

»Nehmt das.« Var zog den Übermantel eines gefallenen Marinesoldaten aus dem Bündel auf Jaymes' Pferd und reichte ihm einen Dreispitz.

»Spielen wir Soldaten?« Jaymes lachte leise. Er wirkte längst nicht so verkrampft wie Var.

»Ja, verdammt!« fauchte Var. »Wie sollen wir sonst durch das Tor kommen?«

Jaymes schlüpfte lächelnd in den blauen Mantel und setzte den Dreispitz auf. Er machte einen zuversichtlicheren Eindruck als Var, der nervös wartete und sich fragte, welcher Irrsinn ihn dazu getrieben hatte, sein Leben für diesen grinsenden alten Trottel wegzuwerfen.

»Major?« Jaymes ahmte einen militärischen Gruß nach. »Ist das glaubwürdig?«

»Das sollte es lieber«, erwiderte Var, »oder wir sind beide tot.«

»Wir werden's bald wissen.« Jaymes schwang sich in den Sattel. »Fertig, wenn Ihr es seid.«

Var nickte knapp, angespannt und gereizt zugleich. »Also, los geht's.«

Er stieß seinem Pferd die Fersen in die Seiten und ritt, gefolgt von Jaymes, auf das Tor zu.

Obwohl es kalt war, spürte Var, wie ihm der Schweiß auf die Stirn trat und ihm kitzelnd den Rücken hinabrann. Mittlerweile war die Sonne hinter den Horizont gesunken, und statt der Schwalben flatterten jetzt Fledermäuse umher, wie ein Gestalt gewordenes böses Omen. Das Klappern der Hufe auf dem Pflaster klang unnatürlich laut, und Var fragte sich, ob die Menschen, die die beiden Männer vorbeireiten sahen, sein Täuschungsmanöver durchschauten. Kalte Finger schienen über sein Rückgrat zu streichen. Er rechnete damit, daß Talle jeden Moment vor ihm auftauchen würde, die Arme in die Höhe gereckt, während die Hände des Inquisitors ihre geheimnisvollen magischen Zeichen in die Luft malten, und er wußte nicht, wovor er sich mehr fürchtete, vor einem schnellen Tod durch Talles Magie oder vor einer unwürdigen Verhaftung.

Aber sein Entschluß stand fest, und jetzt gab es kein Zurück mehr. Er hatte seinen Weg gewählt, aus Gründen der Ehre und der Freundschaft, und so ritt er weiter auf das Tor zu.

Jorge Kerik hatte auch an diesem Abend Wachdienst und erkannte Var.

»Major!« Er salutierte. »Ich hätte nicht gedacht, daß noch jemand um diese Zeit die Stadt verläßt.«

»Im Auftrag des Inquisitors, Hauptmann.« Var erwiderte den militärischen Gruß. »Wir sollen die Umgebung nach Dämonen absuchen.«

Allein die Erwähnung dieser furchtbaren Wesen reichte aus, den Offizier von weiteren Fragen abzuhalten. Er befahl seinen Männern, das Tor zu öffnen. Var und Jaymes ritten hindurch, gefolgt von Keriks Ruf: »Gott mit Euch!«

»Amen dazu.« Jaymes kicherte leise. »Gut gemacht, Major«, fügte er hinzu.

»Reiten wir, verdammt«, knurrte Var wortkarg, stieß seinem Braunen die Fersen in die Seiten und trieb ihn zu einem Galopp an.

Er wollte eine möglichst große Entfernung hinter sich bringen, bevor Talle bemerkte, was geschehen war und ihnen Verfolger hinterherhetzte. Sein bisheriges Leben und seine Karriere waren unwiderruflich beendet. Die Autokratie würde ihn jetzt als einen

Gesetzlosen betrachten und ihn nicht anders als irgendeinen Verbannten behandeln, der seinem Herrn davongelaufen war. Tomas Var fühlte sich mutlos und verloren. Vor ihm lag die endlose Weite Salvations, und er bezweifelte, daß es für ihn noch irgendwo eine sichere Zuflucht geben würde.

DAS FEUER IN WEITER FERNE

Morrhyn erwachte schweißgebadet und zitternd. Die Erinnerung an den Traum war noch immer so lebhaft, daß er eine Weile brauchte, bis er die Kontrolle über seinen Körper so weit wiedererlangt hatte, daß er sich von seinem Schlaflager erheben, durch das Zelt taumeln und sich Wasser in das erhitzte Gesicht spritzen konnte. Und selbst danach blieb er eine Zeitlang auf den Knien liegen, bevor er in der Lage war, sich vollständig aufzurichten und die furchtbare Wahrheit der Offenbarung zu akzeptieren.

Die Zerstörer kamen zurück! Oder sie würden es tun, sollten all ihre verruchten Pläne Früchte tragen, was davon abhing ... Er schüttelte den Kopf und versuchte, das lähmende Entsetzen zu verdrängen. Es war zu überwältigend, es überstieg bei weitem das Vorstellungsvermögen eines jeden vernünftigen Menschen. Für ihn war es undenkbar ... Aber für die Zerstörer, für Chakthi?

Mit zitternden Fingern schlüpfte er in Hemd und Hose und schnürte seine Stiefel. Als er sich durch die Zeltklappe ins Freie schob, hatte er das Gefühl, als würde die Sonne ihm anklagend das Gesicht versengen, und der Wind, der sein Haar zerzauste, war wie ein Peitschenschlag, der ihn für seine mangelnde Vorausschau bestrafte.

Sie nennen mich den Propheten, dachte er bitter. *Was für ein erbärmlicher Prophet, der das nicht vorhergesehen hat!*

Er verharrte nur kurz, um sich demütig vor dem Schöpfer zu verneigen und Gesicht und Hände in alle vier Himmelsrichtungen zu drehen, während er betete, daß der Traum ihn nicht zu spät erreicht hatte. Dann eilte er im Laufschritt zu den Zelten der Lakanti.

Als er an Lhyns Zelt vorbeilief, rief sie ihn an und lud ihn ein, mit ihr zu frühstücken, aber in seiner Hast hörte er sie nicht. Er nahm nicht einmal den appetitlichen Duft gebackener Teigfladen und in der Pfanne brutzelnden Fleisches wahr. Arrhyna und Flysse registrierten seinen Gesichtsausdruck, der ihnen angst machte, und wandten sich besorgt Lhyn zu.

»Wartet«, forderte sie die beiden Frauen auf, die sich schon anschickten, dem Wakanisha hinterherzulaufen, um herauszufinden, warum er es so eilig hatte. »Wenn er von unseren Männern geträumt hat, wird er es uns zu gegebener Zeit schon sagen. Wir können nur warten.«

Morrhyn erreichte Kahteneys Zelt und schlug mit der flachen Hand gegen die Eingangsklappe. »Bist du wach, Bruder? Ich muß mit dir sprechen.«

Sofort wurde die Plane zur Seite gezogen, und Kahteney winkte ihn herein. Im Zelt roch es aromatisch nach frisch aufgebrühtem Tee. Kahteneys Gesicht war bleich, die Augen so groß wie die einer Eule.

»Ich wollte schon zu dir kommen. Ich habe geträumt …«

»Erzähl es mir«, drängte Morrhyn.

Ihre Träume stimmten überein: Ein Feuer, das über das Land fegte und alles auf seinem Weg verzehrte, die Rückkehr der Zerstörer, ausgelöst durch ein Opfer, über das beide Träumer nicht viele Worte verlieren wollten.

»Wenn es dazu kommt«, sagte Morrhyn, »dann, fürchte ich, sind wir verloren. Es würde ihnen das Wissen bescheren, das sie brauchen, um Ket-Ta-Thanne und Salvation zu erreichen. Dann werden sie das Volk und die Grannach vernichten und die Menschen, die auf der anderen Seite des Gebirges leben. Es wird sie in die Lage versetzen, diese Welt und alle anderen zu beherrschen.«

Kahteney nickte. Das Entsetzen ließ die Falten und Furchen in seinem Gesicht noch tiefer werden. »Was sollen wir tun?« fragte er. »Was können wir tun?«

»Alles, was in unserer Macht steht«, erwiderte Morrhyn. »Aber es wird nicht einfach werden. Hör zu …«

Davyd schreckte aus dem Schlaf hoch und kämpfte gegen eine Hand an, die sich auf seinen Mund gepreßt hatte und den Schrei erstickte, den er ausstoßen wollte. Er umklammerte den Unterarm des Angreifers und riß mit der anderen Hand das Messer aus der Scheide, um es seinem Gegner zwischen die Rippen zu rammen …

»In Gottes Namen, sei still!« hörte er Arcoles gepreßte Stimme. »Oder willst du uns Chakthis Tachyn auf den Hals hetzen?«

Als er nach oben blickte, erkannte er seinen Freund, der rittlings auf ihm saß und ihm noch immer den Mund zuhielt.

Arcole sah, daß Davyd verstanden hatte, und zog die Hand zurück. Davyd ließ sein Messer sinken.

»Gott, ich dachte schon, du würdest mich umbringen.« Arcole warf einen Blick auf seine schmutzige Hemdbrust, wo sich ein kleiner Blutfleck ausbreitete. »Hast du geträumt?«

Davyd nickte. Sein Mund war staubtrocken. Er deutete wortlos auf den Wasserschlauch. Arcole reichte ihn ihm, und Davyd trank in tiefen Zügen, bevor seine Zunge ihm wieder gehorchte.

»Wo ist Rannach?«

»Auf Wache«, sagte Arcole.

»Hol ihn her. Er muß das erfahren.«

Davyds Stimme klang so eindringlich, daß Arcole

nicht einen Moment zögerte. Er sprang auf und lief zu Rannach.

Als sie zu dem niedergebrannten Feuer zurückkehrten, hockte Davyd vor der Asche, die Decke um seine zitternden Schultern geschlungen. Sein Gesicht wirkte verstört.

Rannach starrte ihn entsetzt an. »Debo?« keuchte er. »Ist er tot?«

»Noch nicht.« Davyd schüttelte den Kopf, kraftlos und heftig gleichzeitig. »Aber ...« Er verstummte und erschauderte. »Hört zu ...«

Taza hatte sich einen anderen Empfang ausgemalt. Er hatte geglaubt, mit Lob überhäuft und von den Tachyn geehrt zu werden, weil er ihnen Chakthis Enkel gebracht hatte, aber man behandelte ihn, als wäre er nicht mehr als ein einfacher Bote, und so sah er mürrisch zu, wie Chakthi den Jungen in Empfang nahm und ihn hoch über seinen Kopf hob.

»Mein Enkel!« rief der Akaman der Tachyn. »Vachyrs Kind wurde mir zurückgegeben!«

Debo schrie und flehte den ihm fremden Mann an, ihn loszulassen, aber Chakthi ignorierte das Heulen des Jungen, hielt ihn weiter in die Höhe und stolzierte mit ihm durch das Lager.

»Du wirst schon beizeiten geehrt werden.« Taza spürte eine Hand auf seiner Schulter und drehte sich zu dem Sprecher um. Hadduth lächelte ihn an. »Laß Chakthi jetzt seine Freude. Später wirst du deine Belohnung erhalten.«

Taza nickte verdrossen. »Es war nicht einfach, den Jungen zu euch zu bringen«, sagte er. »Ich habe eine Menge riskiert.«

»Ich weiß.« Hadduths Griff wurde fester. »Aber du hattest Hilfe, oder?«

»Du?« Taza sah den Träumer der Tachyn mißtrauisch an. »Das warst du?«

»Nicht allein.« Hadduths Lächeln war rätselhaft. »Es gibt da … andere Kräfte … die dich im Traum geleitet haben.«

»Der goldene Krieger?« Taza ließ seinen Blick über das Lager wandern, konnte aber nirgendwo eine Spur der geheimnisvollen Gestalt entdecken. »Ist er hier?«

»Noch nicht«, erwiderte Hadduth. »Aber jetzt, nachdem du uns Debo gebracht hast …«

»Ich dachte …«, begann Taza. Er verstummte und zuckte die Achseln.

»Was hast du gedacht?« erkundigte sich Hadduth freundlich.

Taza zuckte erneut die Achseln. »Daß Chakthi den Retter seines Enkels willkommen heißen würde.«

»Das tut er«, versicherte Hadduth. »Das wird er, aber im Moment ist er einfach nur entzückt darüber, daß ihm Vachyrs Sohn gebracht worden ist.«

»Werde ich dann in den Clan der Tachyn aufgenommen?« fragte Taza. »Wirst du mich lehren, ein Wakanisha zu werden?«

»Ja«, versprach Hadduth. »Das und noch viel mehr.«

Owan Thirsk wußte, daß sein Tod nahe war, und er hieß die Aussicht auf Vergessen willkommen. Er war auf eine Art und Weise erschöpft, die er sich nie hätte vorstellen können, als ob das Pahé, das ihm ständig eingeflößt worden war, seinen Geist völlig ausgelaugt hätte. Es interessierte ihn nicht mehr, ob er am Leben blieb. Jetzt wartete er nur noch auf die endgültige Ruhe, die ihm der Tod bringen würde, das Ende seiner Qualen.

Hadduth hatte ihn schrecklich mißbraucht. Er hatte

von ihm Evanderanisch gelernt und Informationen über Salvations Geographie und Gesellschaftsordnung gesammelt, außerdem alles, was Thirsk über Grostheim, die Grenzforts, die Soldaten und die Zivilbevölkerung wußte, sowohl über die Leibeigenen als auch über die freien Bürger. Und während der Tachyn ihm im Traum das Wissen ausgesaugt hatte, war eine furchterregende Gestalt in Thirsks Geist aufgetaucht, ein schrecklicher Krieger in einer goldenen Rüstung auf einem Pferd, an dessen Sattel gebleichte Totenschädel klapperten. Da war Thirsk klar geworden, daß er gezwungen wurde, mit wahren Teufeln in Verbindung zu treten, daß die lachende Gestalt, deren Augen wie rote Kohleöfen glühten, wirklich die Verkörperung alles Bösen war, auf nichts anderes als auf totale Zerstörung und erbarmungslose Ausrottung bedacht. Und er hatte als Owh'jika dieser Kreatur geholfen, ihre Pläne zu verwirklichen. Wahrscheinlich würde es ihm zu verdanken sein, wenn Salvation unterging.

Er sehnte seinen Tod herbei und hoffte, damit vor Gott für seine Schuld büßen zu können.

Der zerlumpte Mann, der wie ein Tier am Boden angeleint war, brachte kaum noch die Kraft auf, die Augen zu öffnen, als er Hadduths Tritt spürte.

»Das ist das Owh'jika«, sagte Hadduth. »Es hat mir die Sprache dieses Landes beigebracht und mir gezeigt, wie ich in den Geist der Fremden eindringen kann, um ihnen Träume zu schicken, damit sie verrückt werden und sich gegenseitig umbringen.« Der Träumer der Tachyn kicherte. »Es ist überaus befriedigend, sie aufeinanderzuhetzen.«

»Du bist ein mächtiger Wakanisha.« Taza starrte die ausgezehrte Gestalt zu seinen Füßen an. Sie bot einen jämmerlichen Anblick, dürr und schmutzig und – wie er vermutete – dem Tode nahe. »Morrhyn würde so etwas nicht tun. Er war nicht einmal bereit, mir Pahé zu geben oder mich als Schüler anzunehmen.«

»Morrhyn ist ein Narr«, erwiderte Hadduth abfällig. »Er erkennt nicht die wahre Quelle der Macht.«

»Welche ist das?« wollte Taza wissen.

Hadduth lachte. »Morrhyn glaubt, der Schöpfer wäre göttlich – und vielleicht ist Er das auch –, aber Er ist mit Sicherheit nicht die einzige göttliche Kraft. Es gibt noch eine andere Quelle … die du bereits gesehen hast.«

»Der goldene Krieger?« fragte Taza. »Der mich durch die Höhlen der Grannach geführt hat?«

»Akratil«, bestätigte Hadduth. »Er ist so mächtig wie der Schöpfer.«

Taza nickte ehrfürchtig. »Das muß er auch sein. Ist er wie der Graue Wolf und der Schöpfer wie die Braune Taube?«

»Alte Legenden aus einer alten Welt.« Hadduth legte Taza einen Arm um die Schultern. »Ket-Ta-Witko ist fern von hier. Dies ist ein neues Land mit neuen Herren – und neuen Göttern.«

»Wirst du mich lehren, sie zu verstehen?« fragte Taza eifrig. »Wirst du mich lehren zu träumen und ein wahrer Wakanisha zu werden?«

»Ja, das werde ich«, versprach Hadduth. »Aber davor mußt du dich bewähren.«

»Habe ich das nicht schon getan?« protestierte Taza. Er deutete auf das feiernde Lager, wo Chakthi noch immer mit dem schreienden Kind umherstolzierte. »Ich habe Debo entführt, oder? Ich habe ihn zu euch gebracht. Wie soll ich mich sonst noch bewähren?«

»Töte es.« Hadduth trat dem Owh'jika kräftig in die Rippen.

»Ich habe bereits einen Mann getötet«, sagte Taza. »Ich habe Tekah erstochen, als er mich daran hindern wollte, Debo zu entführen.«

»Dann sollte es dir jetzt nicht schwerfallen, noch einmal zu töten«, gab Hadduth zurück. »Beweise dich vor Akratil.«

Taza dachte einen Moment lang nach und kam zu dem Schluß, daß es zu spät für ihn war, jetzt noch umzukehren. Wenn Hadduth ein Opfer verlangte, dann sollte er es bekommen. Welche Rolle spielte ein weiteres Leben jetzt noch? Er zog sein Messer, kniete nieder, stieß es dem Owh'jika in die Kehle und drehte die Klinge aus bestem Grannachstahl herum, bis er die Spitze über Knochen schaben fühlte.

Als das Blut aus dem Hals des sterbenden Owh'jika sprudelte, sagte Owan Thirsk etwas, das Taza nicht verstand. »*Danke.*« Aber Hadduth wirkte zufrieden, und das erfüllte Taza mit Freude.

»Jetzt«, sagte der Wakanisha, »bist du einer von uns.«

Debo brüllte protestierend, während Chakthi ihn durch das Lager trug. Er haßte den feuchten Wald, die trostlosen Zelte und den Geruch des Mannes, der ihn in die Höhe hielt. Chakthi verströmte einen Gestank nach Blut und Schweiß, den Gestank von Verfall, etwas, das Debo nicht richtig einordnen konnte aber unterbewußt begriff, und so schrie er seinen Abscheu hinaus. Doch er mußte sich in sein Schicksal fügen. Chakthi trug ihn wie eine Siegestrophäe herum und Taza, sein Freund, stand untätig dabei und lächelte, als wären all seine Träume wahr geworden, als hätte die Grüne Grasfrau ihn berührt.

Jetzt wünschte Debo, er wäre nie mit Taza fortgelaufen. Es war ihm wie ein großes Abenteuer erschienen, doch jetzt hatte sich alles in einen schrecklichen Alptraum verwandelt, und er sehnte sich nach der tröstlichen Umarmung seiner Mutter, nach der Nähe seines Vaters. Er trommelte mit seinen kleinen Fäusten auf Chakthis Kopf herum und verfluchte seinen verräterischen Freund mit den wenigen Verwünschungen, die er kannte. Aber Taza schenkte ihm keinerlei Beachtung, und Debo wußte, daß er verloren war.

Währenddessen saß Akratil in dem blutgetränkten Tal der alten Begegnungsstätte von Ket-Ta-Witko vor einem Feuer, über dem ein aufgespießter Mann briet. Er wußte, daß seine Träume bald wahr werden und er die Horde weiterführen würde, um seinem furchtbaren Herrn zu dienen. Weiter in das Land, in das seine Beute geflohen war. Dort würde er sie und jedes andere Leben auslöschen und nichts als eine Schneise der Verwüstung hinterlassen. Sie würden ihm nicht entkommen, das gelobte er. Niederlagen waren ihm fremd, sie besudelten seine Ehre. Und außerdem diente er einer dunklen Macht, die kein Erbarmen und Mitgefühl kannte. Sollte er versagen ...

Er verdrängte die Vorstellung mit einem Kopfschütteln. Ein Versagen war gänzlich undenkbar! Sein Blick richtete sich auf Bemnida, die mit einem gezückten Messer abwartend neben dem Feuer stand.

»Ich habe Hunger.«

Sofort schnitt die Frau die saftigsten Stücke aus der Leiche, legte sie auf einen Silberteller und kniete damit vor Akratil nieder.

»Ich danke dir«, sagte er und streichelte ihr über das Haar, worauf sie wie eine große Katze zu schnurren begann.

»Werden wir bald weiterziehen?« fragte sie, während Akratil ein noch bluttriefendes Fleischstück auswählte.

»Ja«, erwiderte er, erfreut über ihre Loyalität. »Schon bald, meine Hübsche.«

Bemnidas Augen ruhten voller Bewunderung auf ihm.

Das Pahé machte Morrhyn auf eine angenehme Art schläfrig. Das Wa'tenyha schien vor seinen Augen zu wabern und zu schimmern. Kahteney wurde zu einem verwaschenen, vor dem Feuer ausgestreckten Schemen. Die Flammen waren weitaus interessanter, denn in ihrem zuckenden Tanz konnte Morrhyn die Umrisse zukünftiger Entwicklungen sehen. Und vielleicht sogar – er betete darum, während ihm die Augen zufielen – das, was er tun mußte, um der drohenden Katastrophe Einhalt zu gebieten …

Er erwachte mit dumpfen Kopfschmerzen. Das Feuer war zu glimmenden Kohlen herabgebrannt. Kahteney schlief immer noch. Morrhyn hatte keine Ahnung, wie spät es war, ob Nacht oder Tag, aber die geträumten schrecklichen Antworten duldeten keinerlei Aufschub. Er tastete nach dem Wasserschlauch und trank in tiefen Zügen. Dann kroch er zu Kahteney und rüttelte den Wakanisha der Lakanti wach.

Kahteney ächzte, rieb sich die geröteten Augen und fragte erschüttert: »Muß es so sein?«

»Ich glaube, es gibt keine andere Möglichkeit«, erwiderte Morrhyn rauh.

»Wir könnten ganz Ket-Ta-Thanne verlieren«, stöhnte Kahteney.

»Wenn wir den Schöpfer im Stich lassen, dann werden wir Ket-Ta-Thanne mit Sicherheit verlieren«, sagte Morrhyn. »Und noch viel mehr.«

»Ja«, flüsterte Kahteney in einem Tonfall, der deutlich verriet, daß er liebend gern auf die furchtbare Gewißheit ihres gemeinsamen Traums verzichtet hätte.

»Sollen wir es den anderen mitteilen?« fragte Morrhyn.

»Werden sie denn auf uns hören?« gab Kahteney die Frage zurück. »Werden sie uns glauben, selbst wenn es der Prophet ist, der zu ihnen spricht?«

Morrhyn zuckte die Achseln. »Diejenigen, die zuhören, werden mit mir gehen. Ich bete nur, daß sich genug finden werden.«

Kahteney trank ein paar Schlucke Wasser und ließ sich mehr über das Gesicht und die nackte Brust laufen. »Wir haben wohl keine andere Wahl, was?«

»Nein.«

»Dann laß uns mit Yazte und den anderen sprechen.« Kahteney setzte sich auf und griff nach seinem Hemd. »Ach, Morrhyn, mein Bruder, wird das alles jemals enden?«

»Vielleicht.« Morrhyn lächelte matt. »Vielleicht, wenn wir die Zerstörer jetzt besiegen. Wenn es uns gelingt ...«

Kahteney nickte und verließ mit dem Propheten das Traumzelt.

Lhyns Atem stockte, als sie sah, wie Morrhyn und Kahteney aus dem Wa'tenhya traten. Ihren Mienen nach zu schließen, hatten sie mehr und Schlimmeres gesehen, als sie befürchtet hatten, und gleichzeitig wirkten sie entschlossen. Lhyn kannte diesen Gesichtsausdruck. Morrhyn hatte ihn vor seiner Pilgerreise zum Berg des Schöpfers gezeigt und dann wieder, nachdem er mit seinen furchtbaren Nachrichten zurückgekehrt war. Während die beiden Wakanishas zu Yaztes Zelt eilten, spürte Lhyn Arrhynas und Flysses Blicke auf sich ruhen und bemühte sich, ihre Angst zu verbergen.

»Wartet«, sagte sie. »Sie wollen mit Yazte sprechen, und wenn sie das getan haben, werden sie bestimmt auch uns unterrichten.«

»Was?« Yazte starrte die Träumer entgeistert an. »Wißt ihr, was ihr von dem Volk verlangt?«

Morrhyn nickte. »Sehr viel.« Er musterte den Akaman der Lakanti eindringlich mit seinen hellblauen Augen. »Aber wenn wir es nicht wenigstens versuchen, werden Ket-Ta-Thanne und alle anderen Welten verloren sein. Bist du bereit, das geschehen zu lassen?«

Yazte schüttelte den Kopf wie ein Bär, der gewaltsam aus seinem Winterschlaf gerissen worden war. »Nein, wie könnte ich?« fragte er. Er seufzte und betrachtete die Wakanishas der Reihe nach ergeben. »Dann sollten wir besser sofort eine Ratsversammlung einberufen, was?«

Davyd erschauderte. Er war sich nicht sicher, ob es das Traumwissen oder die Nachwirkungen seiner Verletzungen waren, die ihn am ganzen Körper zittern ließen. Beim Schöpfer, es waren furchtbare Träume gewesen. Und wenn es zum Schlimmsten kam … Er verdrängte den Gedanken. Jetzt gab es kein Zurück mehr, nur noch einen Weg, den sie beschreiten konnten, selbst wenn er kaum wagte, sich an diese Hoffnung zu klammern. Also erhob er sich, stolperte zum Feuer und hockte sich davor nieder. Der Frühling hielt nur langsam Einzug in Salvation, und die Morgenluft war kalt. Niedergeschlagen wünschte er sich, er wäre in der Sicherheit Ket-Ta-Thannes geblieben … außer daß es auch dort nicht mehr sicher war, so wie nirgendwo auf der Welt, wenn es Chakthi und Hadduth gelang, ihren entsetzlichen Plan durchzuführen.

Rannach regte sich und erwachte übergangslos.

»Debo?«

»Heute abend«, sagte Davyd. »Sie werden es heute abend versuchen.«

»Dann sollten wir sie lieber vorher finden«, erwiderte Rannach.

Davyd nickte. »Ich kenne jetzt den Weg. Er wird uns den größten Teil des Tages kosten, aber so der Schöpfer will, werden wir noch rechtzeitig eintreffen.«

Taza hatte nur Chakthis Gunst erringen wollen, indem er ihm seinen Enkel brachte, das Kind seines getöteten Sohnes. Durch diese Tat hatte er sich seinen größten Wunsch erfüllen wollen – ein echter Träumer zu werden –, und Hadduth hatte ihm versprochen, ihn zu seinem Schüler zu machen, ihm Pahé zu geben und ihn in die Geheimnisse des Träumens einzuweihen. Bisher war Taza davon ausgegangen, daß Debo als Tachyn erzogen und wahrscheinlich zu Chakthis Nachfolger ernannt werden würde.

Er hätte sich nie vorstellen können, welche Pläne die ausgestoßenen Mataways mit dem kleinen Jungen hatten, und trotz seines Hasses auf Davyd und Morrhyn fand er die Vorstellung entsetzlich.

»Es ist die einzige Möglichkeit«, erklärte Hadduth so beiläufig, als unterhielten sie sich darüber, einen Hirsch zu schlachten. »Akratil und seine Zerstörer sind in Ket-Ta-Witko gefangen. Das von Morrhyn geöffnete Tor hat sich hinter uns wieder geschlossen. Solange wir keinen neuen Übergang in diese Welt schaffen, werden die Zerstörer bleiben, wo sie sind.«

»Wäre das denn so schlimm?« fragte Taza nervös.

»Wenn sie nicht zu uns kommen, müssen wir weiterhin als Flüchtlinge in diesen Wäldern leben«, erwiderte Hadduth. »Wir brauchen ihre Hilfe, um die Steppen dieses Landes und die von Ket–Ta–Thanne zu erobern. Akratil verspricht uns sehr viel! Hat er dich nicht sicher durch die Höhlen der Grannach geführt? Zweifelst du an seiner Macht?«

Taza schüttelte den Kopf. »Nein.« Er erinnerte sich lebhaft an den Krieger in der goldenen Rüstung. »Aber trotzdem ...«

»Die Fremden in diesem Land verfügen über seltsame Kräfte«, unterbrach ihn Hadduth. »Ohne Akratils Hilfe können wir nicht hoffen, sie alle zu besiegen. Und erst recht nicht, jemals nach Ket-Ta-Thanne zurückzukehren.«

»Aber Debo ...«

» ... muß geopfert werden«, sagte Hadduth. »In seinen Adern fließt das Blut der Commacht und der Tachyn, und so schafft er eine Verbindung zwischen den beiden Ländern.«

»Aber er ist doch bloß ein Kind!« protestierte Taza. »Und außerdem Chakthis Enkel! Wird Chakthi wirklich sein eigenes Enkelkind töten?«

»Wenn er dadurch dieses Land in Besitz nehmen kann, ja«, bestätigte Hadduth. »Um Rannach und seine Commacht zu vernichten, ja. Wenn heute nacht der Mond aufgeht, wird Debo getötet werden und mit seinem Blut ein neues Tor für die Zerstörer öffnen.«

DAS OPFER

Auf seiner Flucht aus Grostheim in die Wildnis erfuhr Tomas Var mehr über die Gesellschaftsstruktur Salvations, als es ihm in seiner Funktion als Offizier der Miliz Gottes jemals möglich gewesen wäre.

Die Gebrandmarkten gewährten ihnen Unterschlupf, versteckten sie in Scheunen oder Wirtschaftsgebäuden, brachten ihnen heimlich Proviant und Futter für die Pferde. Und als die Tiere schließlich ermüdeten, versorgten die Leibeigenen Var und Jaymes sogar mit ausgeruhten Ersatzpferden, die sie, wie sie versprachen, ihren Herren später als von den Wilden gestohlen melden würden.

»Ich verstehe das nicht«, bekannte Var. »Weiß Gott, ich bin … ich *war* ein Offizier der Marineinfanterie. Der Bluthund des Inquisitor, werde ich nicht so von den Verbannten genannt? Warum helfen sie uns dann? Warum verraten sie mich nicht?«

»Du begreifst wirklich immer noch nicht?« fragte Jaymes und spie einen Strahl Kautabaksaft aus.

Var schüttelte den Kopf.

»Ich hab' dir doch erzählt, was die Leute hier von der Autokratie halten, von Evander und Jared Talle. Du bist jetzt einer von uns, nicht besser als irgendein gebrandmarkter Verbannter, und deshalb helfen sie dir. Natürlich nur so lange, wie du mit mir unterwegs bist.«

»Wer bist du?« wollte Var wissen. »*Was* bist du eigentlich, Abram?«

Jaymes zuckte die Achseln und deutete auf seine schmutzige Wildlederkleidung. »Ich bin nur ein Kundschafter, Tomas.«

Var schüttelte erneut den Kopf. »Nein, du bist mehr als das. Verrätst du es mir?«

Abram Jaymes lachte. Irgendwo über ihm huschte eine Ratte raschelnd durch das Stroh in der Scheune. »Ich denk ich kann's dir jetzt wohl sagen, wo wir zusammen auf der Flucht sind.«

»Also?« drängte Var. Er kaute auf dem letzten Stück knorpligen Specks herum.

»Ich schätz', ich bin so was wie ein Beobachter«, sagte Jaymes nach einer Weile. »Und ein Bote, nehm' ich an. Dadurch sprech' ich mit 'ner Menge Leute, aus den oberen und den unteren Schichten.« Sein Tonfall und sein Gesichtsausdruck wurden ernster. »Ich komm' viel in der Gegend 'rum, und so krieg' ich das meiste von dem mit, was hier im Land passiert. Ich hab' gesehen, wie sich die Gutsbesitzer ein feines Leben auf Kosten der armen Leute machen, die mit Brandzeichen auf den Wangen und Schultern nach Salvation geschickt werden. Wie würdest du so was nennen? Sklaverei?«

Var zuckte die Achseln. Er wußte nicht, was er darauf antworten sollte, denn er hatte bis jetzt kaum darüber nachgedacht.

»Ich seh', wie diese bedauernswerten Leute von Evander in dies' Land verschifft werden, mit Brandnarben, die ihnen alle Rechte nehmen, außer das zu tun, was ihre Besitzer von ihnen verlangen. Irgend so'n armer Mann stiehlt ein' Laib Brot, um seine verhungernde Familie zu ernähren, und was passiert mit ihm? Evander drückt ihm ein glühendes Eisen ins Gesicht und schickt ihn als Zwangsarbeiter nach Salvation. Eine Frau klaut irgendwem den Geldbeutel, weil ihre Kinder nichts mehr zu essen haben. Also kriegt auch sie ein Brandzeichen verpaßt und wird nach Salvation verbannt, wo sie Fronarbeit leisten muß. Und wenn ihr Besitzer es mit ihr treiben will?

Was soll's – er hat jedes Recht dazu, und wenn sie sich wehrt, hat sie ein Problem. Denk mal darüber nach, Tomas. Würd' dir so'n Leben gefallen?«

Var erinnerte sich an Arcole Blayke und die hübsche junge Frau an Bord der *Stolz Gottes*. Er schüttelte den Kopf. »Nein.«

»Dann weißt du selbst, das hier was nicht in Ordnung ist.«

»Ja«, sagte Var. »Aber was können wir dagegen tun?« Die Frage rutschte ihm heraus, ohne daß er sich dessen richtig bewußt wurde.

Jaymes schmunzelte. »Im Augenblick kaum was. Uns vor dem Inquisitor hüten. Uns in die Wildnis verziehen.«

»Das ist noch nicht alles.« Var entfernte ein faseriges Stück Speck, das zwischen seinen Zähnen steckte. »Und da wir gemeinsam auf der Flucht sind, denke ich, daß ich alles erfahren sollte.«

»Das ist wohl so«, stimmte ihm Jaymes zu. »Die Leute hier finden, daß Evander kein Recht hat, uns Vorschriften zu machen. Daß die Autokratie viel zu weit weg ist, um uns sagen zu können, was wir tun sollen. Und daß es *falsch* ist, gebrandmarkte Verbannte herzuschicken! Die Leute meinen, daß Salvation sich selbst verwalten sollte – ohne Inquisitoren oder Gouverneure oder Schiffsladungen voller Soldaten. Wir können uns um uns selbst kümmern. Wenn Evander mit uns Handel treiben will ... nichts dagegen einzuwenden. Evander will uns Sachen verkaufen oder irgendwelche Dinge von uns haben? Kein Problem, machen wir gern. Aber *schreibt uns nicht vor*, wie wir leben sollen. Schickt uns keine Rotröcke, die uns Fesseln anlegen. Und erst recht keine ...« – er spuckte aus – » ... Inquisitoren. Denkt euch irgendwas anderes aus, eh?«

Var nickte. »Und die Marineinfanterie?«

»Du bist jetzt kein Marinesoldat mehr«, stellte Jaymes fest. »Du bist jetzt einfach ein Abtrünniger.«

»Ja«, sagte Var, denn das war alles, was er darauf erwidern konnte. Er mußte Jaymes in jedem Punkt recht geben, und er verspürte eine aufrichtige Sympathie für die Verbannten, über deren Los er sich bis zu diesem Zeitpunkt kaum Gedanken gemacht hatte. Allmählich kam er zu der Überzeugung, daß er zu einem echten Sezessionisten geworden war.

Der Mond kletterte als schmale Sichel über die Baumwipfel. Arcole vermutete, daß es sich um den Mond des Neuen Grases handelte, sofern der Kalender Salvations mit dem von Ket-Ta-Thanne übereinstimmte. Von ihrem Versteck auf dem Hang oberhalb des Lagers der Tachyns aus konnte er die Zelte überblicken, erhellt von zahllosen Feuern, an denen die Ausgestoßenen sich auf das furchtbare Fest vorbereiteten, das Davyd vorausgesagt hatte. Arcole erschauderte. Er hoffte und betete, daß ihr Plan Erfolg haben würde. Bei Gott, es war ein äußerst riskantes Vorhaben, und wenn er sich selbst gegenüber ehrlich war, konnte er sich nicht vorstellen, daß es funktionieren und er diese Nacht überleben würde, aber sie hatten keine andere Wahl, es sei denn, sie ließen Debo im Stich und hinderten die Zerstörer nicht daran, in diese Welt einzufallen. Und dazu war Arcole nicht bereit. Er überprüfte zum wiederholten Mal die Zündladung seiner Muskete, dachte an Flysse, und ein schreckliches Gefühl der Einsamkeit erfaßte ihn, denn er bezweifelte, sie jemals wiederzusehen.

»Es kann funktionieren«, flüsterte Davyd angespannt in der Dunkelheit neben ihm. »Es *muß* funktionieren, sonst ...«

Arcole nickte wortlos. In diesem Moment interessierte es ihn herzlich wenig, ob Davyd die stumme Geste sah. Er glaubte alles, was der junge Mann gesagt hatte, und angesichts der entsetzlichen Gefahr, die dieser Welt drohte, war sein eigenes Leben bedeutungslos. Am Himmel über ihm glitzerten die Sterne durch die Lücken des Laubdachs. »Ich liebe dich, Flysse«, hauchte er.

»Was?« Davyds Stimme war so leise wie der Nachtwind, der die Blätter rascheln ließ.

»Nichts«, flüsterte Arcole zurück. »Wird Hadduth nicht von unserem Plan geträumt haben?« fragte er kurz darauf.

»Vielleicht«, erwiderte Davyd, »vielleicht auch nicht. Die prophetischen Träume sind seltsam, Arcole, sie verraten einem nicht alles, sie zeigen nur Möglichkeiten auf. Als würde der Schöpfer uns verschiedene Wege öffnen, es aber uns überlassen, welchen wir einschlagen wollen. Wenn Hadduth von unserem Vorhaben geträumt hat, dann sind wir verloren. Aber wenn nicht …«

»Dann haben wir eine Chance?«

»So der Schöpfer will.« Davyd lachte leise, und Arcole versuchte, Glauben und Zuversicht zu finden.

Rannach schlich lautlos durch den Wald. Die Tachyn feierten und tanzten ausgelassen um die Feuerstellen herum. Flaschen, die wahrscheinlich mit Tiswin gefüllt waren, machten die Runde. Das nächtliche Fest erschien ihm wie die obszöne Parodie eines Matakwas, nur mit dem Unterschied, daß diese Verstoßenen bereit waren, ihre Welt und alle anderen der Dunkelheit und dem Tod preiszugeben. Er konnte sich kaum vorstellen, daß sich irgend jemand, nicht einmal Chakthi, derart dem Bösen hingegeben hatte, aber Davyd behauptete, daß es so war, und Rannach zweifelte nicht einen Augenblick lang an den Worten des merkwürdigen jungen Mannes mit dem schlohweißen Haar. Morrhyn glaubte an Davyd, und Morrhyn war der Prophet, vom Schöpfer berührt. Also blieb Rannach nichts anderes übrig, als dem Beispiel des Wakanishas zu folgen und alles zu tun, was nötig war, um seinen Sohn zu retten. Dabei spielte es keine Rolle für ihn, daß es nicht sein eigener, sondern Vachyrs Samen war, der das Kind in Arrhynas Leib hatte wachsen lassen. Rannach betrachtete Debo als *sein* Kind, und er hätte es nie aufgegeben, selbst wenn das geplante Opfer nicht eine derart furchtbare Bedeutung gehabt hätte. Er liebte Debo genauso heiß und innig wie Arrhyna und das Volk, und wenn diese Liebe ihn das Leben kosten sollte, dann war das ein Preis, den er bereitwillig zahlen würde.

Und so schlich er weiter auf das Lager der Tachyn zu, fest entschlossen, Davyds verzweifelten Plan durchzuführen.

Debo hockte bedrückt und verängstigt in seinem Gefängnis. Die Tachyn hatten ihm zu essen gegeben und ihn in dieses Zelt gebracht, in dem es einigermaßen warm war. Die Eingangsplane war fest verschnürt und wurde bewacht. Der häßliche Mann, der behauptete, sein Großvater zu sein, und der andere, dessen Augen ihm angst machten, hatten ihm befohlen, hier zu bleiben.

Es war ihm unmöglich, sich genau vorzustellen, was ihm drohte, doch in den Abgründen dieser unheimlichen Augen hatte er einen schrecklichen Verlust entdeckt, als hätte der Mann seine Seele dunklen Mächten verschrieben, so daß er nicht mehr richtig in diese Welt gehörte. Und auch Taza hatte Debo nicht mehr aufgesucht. Der Lakanti hielt sich ständig in

Hadduths Nähe auf, als wären sie enge Freunde geworden. Debo dagegen wußte, daß er nicht einen einzigen Freund in diesem Lager hatte. Er wünschte so sehr, er wäre niemals mit Taza gegangen und bei seinem Volk geblieben. Er vermißte seine Mutter und seinen Vater und begann, leise zu weinen.

Taza trank reichlich Tiswin. Das Gebräu schmeckte nicht so gut wie das in Ket-Ta-Thanne, aber es war stark und dämpfte die in ihm nagenden Zweifel. Er spürte Hadduths Arm um seine Schultern und lachte, als ihm der Träumer etwas ins Ohr flüsterte, obwohl er es nicht verstand. Es würde ein trauriger Anblick sein, Debo unter Chakthis Messer sterben zu sehen. Bei der Vorstellung, daß ein Großvater sein eigenes Enkelkind opferte, krampften sich Tazas Eingeweide zusammen, aber Hadduth hatte ihm erklärt, daß es unumgänglich war, und ihm große Versprechungen gemacht, und so mußte sich Taza notgedrungen mit dem Tod des Jungen abfinden.

Er trank mehr Tiswin, sah, wie die schmale Mondsichel langsam über die Bäume stieg, und dachte dabei an den Krieger in der goldenen Rüstung, der Akratil hieß und ihn an seiner Macht teilhaben lassen würde.

Das hatte Hadduth ihm versprochen.

Rannach hatte den Rand des Lagers erreicht und schlich weiter zu dem Zelt, in dem Debo festgehalten wurde. Ein Hund bellte, und ohne darüber nachzudenken, holte der Akaman mit dem Beil aus und spaltete dem Tier den Schädel. Das Bellen endete wie abgeschnitten. Niemand hatte etwas bemerkt, die Tachyn waren zu aufgeregt über den ihnen versprochenen Triumph.

Vorsichtig huschte Rannach von einem Schatten zum nächsten, bis er das Zelt erreichte, das er von seinem Beobachtungsposten auf dem Hang gesehen hatte, wo Arcole und Davyd mit ihren Musketen warteten. Er setzte nicht viel Vertrauen in diese Gewehre, aber seine Kameraden beherrschten das Bogenschießen nicht gut genug, um damit seinen Rückzug zu decken, und so mußte er sich auf die Musketen verlassen und zum Schöpfer beten, daß es ihm gelingen würde, seinen Sohn unverletzt aus dem Lager herauszuholen.

Wie Arcole fragte sich auch Rannach, ob er diese Nacht überleben würde.

Unmittelbar vor dem Zelt verharrte er einen Moment lang reglos. Es stand abseits vom Zentrum des Lagers, das von dem großen Feuer erhellt wurde, weit entfernt von allen anderen Zelten, als wollte Chakthi verhindern, daß irgend jemand mit dem Jungen Kontakt aufnehmen konnte. Die Lederplanen waren mit den Büffelsymbolen der Tachyn und anderen geheimnisvollen Zeichen bemalt, die Rannach nicht kannte. Zwei Krieger hockten vor dem Eingang und tranken abwechselnd aus einer Flasche. Rannach blieb eine Weile in der Hocke sitzen und beobachtete wachsam die Umgebung. Dann zog er sein Messer und begann, die Zeltplane aufzuschlitzen.

Die Klinge schnitt problemlos durch das Leder, und als Rannach die Öffnung auseinanderzog, blickte er direkt in das tränenüberströmte Gesicht seines Sohnes. Debo starrte ihn an, seine Augen weiteten sich vor Verblüffung und Erleichterung. Rannach verspürte gleichzeitig einen furchtbaren Schmerz über Debos Leid und eine unbändige Freude darüber, daß sie wieder vereint waren. Er flüsterte Debo zu, still zu sein, als der Junge einen leisen Schrei des Entzückens ausstieß, aber da war es bereits zu spät. Von außen wurden die Bänder der Zeltklappe aufgeschnürt.

Rannach winkte Debo zu sich, und der kleine Junge stürmte ihm entgegen. Der Akaman zerrte ihn durch den Schlitz und wirbelte herum, als eine der Wachen im Laufschritt das Zelt umrundete. Er stieß Debo zur Seite, ignorierte den protestierenden Ruf des Jungen und stach ohne zu zögern mit dem Messer auf den Tachyn ein. Trotz der Dunkelheit konnte er das Gesicht des Mannes undeutlich erkennen, als sich die Klinge aus Grannachstahl tief in den Bauch des Angreifers bohrte. Er drehte das Messer herum, und der Mann brüllte. Rannach fluchte, zog sein Beil aus dem Gürtel und schmetterte es gegen den Kopf des Kriegers. Das Brüllen verstummte. Der Akaman betete, daß die Geräuschkulisse der Feier den Kampflärm übertönt hatte, und hielt nach dem zweiten Wächter Ausschau.

Ein Kopf schob sich bis zu den Schultern durch den Schlitz in der Zeltplane. Rannach schlug in einer seitlichen Bewegung so heftig mit dem Beil zu, daß sich die stählerne Schneide in die Schläfe des Tachyn grub. Die Wucht des Aufpralls schleuderte den Mann zurück. Er riß die Augen weit auf. Blut sprudelte aus seiner Schläfe hervor. Sein Kopf, der immer noch durch die Lederplane ragte, pendelte hin und her. Rannach schlug ein weiteres Mal zu, diesmal auf den Nackenansatz, und sah im schwachen Licht des aufgehenden Mondes, wie das Leben in den Augen des Tachyn erlosch.

Er schob Messer und Beil in die Scheiden, packte Debo und begann zu rennen, als hinter ihm Schreie aufklangen.

Dann ertönte vom Hang her das Dröhnen von Musketenfeuer.

Debo hatte seine kurzen Arme um Rannachs Hals geschlungen. Er weinte und lachte gleichzeitig.

»Halt dich gut fest, ja?« keuchte Rannach. »Wir sind schon bald in Sicherheit.«

»Vater ...«, stammelte Debo und vergrub das Gesicht an Rannachs Schulter.

Ein Wurfbeil flog dicht an ihnen vorbei, kurz darauf eine Lanze. Rannach schirmte seinen Sohn mit dem Körper ab und hastete die Böschung hinauf, verfolgt von dem wütenden Heulen der Tachyn.

Über ihm blitzte das Mündungsfeuer der Musketen auf, zwei Gewehrkugeln zischten durch die Nacht. Er hörte die Schreie der Getroffenen und fragte sich, wieviel Munition seine Kameraden hatten. Genug, daß er Debo in Sicherheit bringen konnte? Ein Pfeil verfehlte seinen Kopf nur knapp.

Rannach rannte, so schnell er konnte.

Im Schutz der Bäume lud Davyd die Muskete nach, wie Arcole es ihn gelehrt hatte, streute etwas Schießpulver auf die Zündpfanne und spannte den Hahn. Er richtete den Lauf aus und versuchte, sich an die Lektionen zu erinnern. *Wer hangabwärts schießt, muß etwas tiefer halten, und ein bewegliches Ziel ist schwer zu treffen.* Er drückte auf den Abzug und sah, wie ein Tachyn zurückgeworfen wurde. Das Beil des Kriegers löste sich aus seiner geöffneten Hand und segelte ins Unterholz. Davyd spürte ein wildes Gefühl der Befriedigung in sich aufsteigen – aber nur flüchtig. Morrhyn würde diese Einstellung nicht gutheißen, und Davyd fragte sich, was aus ihm geworden war. Ein Wakanisha und Krieger zugleich, wie es seine Träume angedeutet hatten? Oder etwas Unnatürliches, weder das eine noch das andere? Doch jetzt war es zu spät, sich darüber den Kopf zu zerbrechen und zu zaudern. Er lud nach und zielte erneut.

Rannach hastete den Hang hinauf, Debo an seine Brust gepreßt. Pfeile der Tachyn schwirrten um ihn herum. Der Akaman sprintete von Baum zu Baum, um jede Deckungsmöglichkeit auszunutzen, und rannte so schnell, wie es die Steigung und das Gewicht seines Sohnes zuließen. Davyd feuerte, und ein weiterer Tachyn brach zusammen. Arcoles Lektionen zahlten sich aus.

Rechts neben ihm dröhnte Arcoles Muskete so regelmäßig wie ein explosives Uhrwerk, das die Zeit abzählte. Im spärlichen Licht des Mondes und dem Aufblitzen der Mündungsflamme sah Davyd seinen Freund lächeln, und er fragte sich, ob sein Gesicht die gleiche grimmige Genugtuung widerspiegelte.

Schöpfer, vergib mir, dachte er, visierte den nächsten Mann an und sah den roten Fleck auf der Brust des Tachyn, der seinen Treffer markierte.

Und dann hatte Rannach sie erreicht. Debo hing wie ein Talisman am Hals seines Vaters.

»Rückzug!« rief Arcole. »Wir verschwinden!«

Wie Davyd es geplant hatte, liefen sie zuerst ein Stück den Hang hinauf, bogen dann seitlich in den Kiefernwald ab und rannten in südwestliche Richtung einen Felshang entlang, der auf eine direkt nach Süden führende Senke mündete. Mit etwas Glück würde der Teppich aus Kiefernnadeln und abgestorbenem Laub ihre Spuren verschlucken.

»Sie werden annehmen, daß wir ins Gebirge fliehen, um bei den Grannach Schutz zu suchen«, hatte Davyd seinen Plan erläutert. »Also werden wir das nicht tun. Wir schlagen einen Bogen und laufen dann weiter bergabwärts in Richtung Salvation. Wenn sie die Berge durchkämmen, befinden wir uns südlich von ihnen. Wir können später zurückkehren.«

Niemand hatte Einwände erhoben – schließlich war er der Träumer.

Sie stießen auf einen Bach und wateten durch das eisige Wasser. Beide Ufer wurden von Bäumen und dichtem Gestrüpp gesäumt, das sie vor ihren Verfolgern verbarg. Hinter ihnen gellte das Heulen der Tachyn durch den Wald. Der Lärm verriet ihnen, daß die Krieger sich in mehrere Gruppen aufteilten.

Davyd betete, daß seine List aufging. Solange die Tachyn ihre Spuren nicht fanden, würden sie nicht ahnen können, daß ihre Beute nach Osten statt nach Westen floh.

»Klingt ganz nach 'nem Krieg, was?« Abram Jaymes spie einen Strahl Tabaksaft in die Flammen. »Vielleicht sollten wir das Feuer lieber löschen.«

Ohne weitere Worte zu verlieren, knöpfte er seine Hose auf und begann, seinen Vorschlag in die Tat umzusetzen. Var folgte dem Beispiel des Kundschafters und lauschte dem vertrauten Peitschen von Schüssen.

»Was, denkst du, ist da los?«

»Wer weiß?« Jaymes zuckte die Achseln. »Musketen sind in der Wildnis nicht gerade üblich. Die Wilden haben keine, außer vielleicht denen, die sie erbeutet haben, und auch kein Nachschub für Schießpulver und Kugeln ... Also ...« Er zuckte erneut die Achseln. »Ich hab keine Ahnung, was das sein könnte. Schätze, wir sollten lieber hier oben bleiben und abwarten.«

Var nickte und spitzte weiter die Ohren. Zwei Musketen und lautes Heulen, als wäre dort eine wilde Verfolgungsjagd im Gange.

»Sie kommen näher«, sagte er. »Sie kommen von den Bergen herab.«

»Ja«, knurrte Jaymes und überprüfte sein Gewehr.

Var ergriff seine eigene Waffe und starrte in die klare Nacht hinaus. Der Mond und die Sterne tauchten den Kiefernwald in ein Wechselbad aus Licht und Schatten. Im Hintergrund schimmerte das Gebirge kalt und einsam, unüberwindlich hoch, als würde es mit dem Firmament verschmelzen. Niemand in Salvation wußte, was auf der anderen Seite lag. Var fühlte sich angesichts des gewaltigen Massivs unbedeutend und klein, als wäre er unvermittelt in eine fremde Welt geworfen worden, deren Regeln er nicht richtig verstand. Alles, was er tun konnte, war, sich an einer schlichten Philosophie festzuhalten und alles zu vergessen, was er im Laufe seines Lebens gelernt und als selbstverständlich akzeptiert hatte. Er trug nach wie vor seine alte Tunika – das Kennzeichen der Miliz Gottes –, aber jetzt war er ein Gesetzloser, ein rastloser Wanderer, durch seinen eigenen freien Entschluß, seine instinktive Entscheidung, verloren in einer Wildnis, die von Musketenschüsse und dem Heulen der Wilden widerhallte. Was hatte ihn nur dazu getrieben, sich auf Gedeih und Verderb mit Abram Jaymes zusammenzutun?

»Wenn sie noch näher kommen, werden wir uns wohl was einfallen lassen müssen«, murmelte Jaymes.

»Und was?« erkundigte sich Var.

»Tja …« Jaymes starrte in den dichten Wald. »Leute mit Musketen müßten eigentlich auf unsrer Seite stehen, was?«

Var machte eine unbestimmte Geste. »Vermutlich.«

»Also halt dich bereit«, sagte Jaymes. »Für alle Fälle.«

Es war nicht alles so verlaufen, wie Davyd erhofft hatte. Eine der Verfolgergruppen war dort, wo sie den Bach verlassen hatten, auf ihre Spuren gestoßen. Glücklicherweise war es nur eine kleine Gruppe – acht oder neun Krieger –, aber immer noch groß genug, um die drei Männer und den Jungen zu töten. Das Schießpulver und die Kugeln wurden allmählich knapp. Rannach keuchte unter Debos Gewicht, Arcole schnappte mühsam nach Luft, und Davyd bezweifelte, noch lange durchzuhalten. Seine Lungen schienen zu brennen, seine Rippen schmerzten, und seine Beine zitterten vor Überanstrengung. Er befürchtete, daß sein Plan gescheitert war. Sie waren die ganze Nacht hindurch gerannt, und die Morgendämmerung stand kurz bevor. Wahrscheinlich würden sie gezwungen sein, sich zum Kampf zu stellen und zu sterben, wenn ihre Verfolger den Rest des ausgestoßenen Clans informierten.

Die Tachyn waren ihnen bereits dicht auf den Fersen, als sie einen weiteren Waldstreifen durchquerten. Arcole und Davyd drehten sich um hoben ihre Gewehre in der furchtbaren Gewißheit, daß ihre Munitionsvorräte rapide zusammenschrumpften. Sie schirmten Rannach und Debo mit ihren Körpern ab, während ihnen die Pfeile um die Ohren flogen. Die Tachyn kamen immer näher und brüllten triumphierend.

Plötzlich stolperte Rannach über eine aus dem Erdreich ragende Wurzel. Debo wurde, von seinem eigenen Schwung weitergetragen, aus den Armen seines Vaters geschleudert und schrie auf. Fluchend stemmte sich Rannach wieder hoch.

»Genug!« Er nahm den Bogen vom Rücken und legte einen Pfeil auf die Sehne. »Ich kann nicht mehr laufen. Debo! Versteck dich hinter dieser dicken Kiefer!«

Debo lief auf den großen Baum zu. Ein Pfeil bohrte sich gefährlich nahe an seinem Körper in den Stamm. Sofort ließ der Junge sich in die Hocke fallen.

»Nicht das Kind!« schrie eine Stimme aus der Dunkelheit. »Chakthi will es lebend!«

Der Gedanke daran, warum Debos Leben vorerst verschont werden sollte, ließ Davyd erschaudern. Er spannte den Hahn, entdeckte einen Tachyn und schoß. Der Mann fiel auf den Rücken. Auf seiner Brust breitete sich ein dunkler Fleck aus, dunkler als die Nacht, die ihrem Ende entgegenging.

Ein zweiter Krieger, in dessen Kehle ein von Rannach abgeschossener Pfeil steckte, stürzte zu Boden, ein dritter starb durch Arcoles Kugel. Aber es waren immer noch zu viele. Wie reißende Wölfe huschten sie zwischen den Bäumen dahin und kreisten die drei Männer ein.

»Es sind noch sechs übrig«, krächzte Rannach. »Wir müssen sie alle töten, sonst ...«

Er kam nicht dazu, den Satz zu beenden, denn die Tachyn näherten sich ihnen von allen Seiten.

Die beiden mutigsten Krieger griffen heulend mit erhobenen Messern und Beilen an. Arcole erschoß einen, Davyd verfehlte den anderen, der sich unter Rannachs Pfeil wegduckte, weiter vorstürmte wie ein von der Nacht ausgespuckter dämonischer Schatten und dabei einen schrillen Kriegsschrei ausstieß.

Rannach ließ den Bogen fallen, packte sein Beil, wich dem Schlag des Tachyn aus, ging federnd in die Knie und hieb ihm die gebogene Klinge mit aller Wucht zwischen die Rippen. Wie eine gespannte Feder sprang er wieder auf und katapultierte den Krieger mit der Schulter durch die Luft, so daß der Mann gegen den Baumstamm prallte, hinter dem sich Debo versteckte. Der Commacht wirbelte herum, holte weit aus und schleuderte das Messer auf den Kopf des Tachyn. Die Klinge aus Grannachstahl drang tief in den Schädelknochen ein, aus dem Blut und Gehirnmasse auf die Borke der Kiefer spritzten.

Die verbliebenen Tachyn schossen erneut ihre Pfeile ab, als plötzlich Gewehrfeuer aus der Dunkelheit aufbellte. Schmerzschreie ertönten, und der Pfeilhagel verebbte. Kurz darauf folgte eine zweite Gewehrsalve, und eine Stimme rief auf Evanderanisch. »Hier entlang! Kommt langsam näher!«

»Was ist das?« fragte Rannach.

»Freunde, denke ich«, erwiderte Davyd gehetzt. »Vielleicht steht uns der Schöpfer bei.«

Rannach starrte ihn mißtrauisch an. »Hier? In diesem fremden Land?«

»Sie haben unsere Feinde getötet, oder?«

Von den Tachyn war kein Laut mehr zu hören. Davyd hoffte, daß er sich nicht getäuscht hatte. Er betete darum.

»Ich werde nachsehen«, sagte Rannach. »Bleibt ihr hier bei Debo.« Er zog sein Beil aus dem Brustkorb des toten Kriegers und tauchte zwischen den Bäumen unter. Schon wenige Augenblicke später kehrte er zurück und bestätigte, daß tatsächlich alle Tachyn tot waren. »Ich verstehe das nicht«, flüsterte er.

Davyd zuckte die Achseln. »Wir können es herausfinden.«

»Kommt ihr jetzt oder nicht?« rief die gleiche Stimme wie zuvor.

»Er ist offensichtlich Evanderaner, und es waren zwei Gewehre«, raunte Arcole. »Es könnten Soldaten der Miliz Gottes sein.«

Aus irgendeinem Grund, den er sich selbst nicht erklären konnte, schüttelte Davyd den Kopf. Er wußte nur, daß er sich jetzt sicherer fühlte. »Welche andere Wahl haben wir denn?« fragte er.

»Du bist unser Führer«, erwiderte Arcole. »Was meinst du?«

»Laß uns mit ihnen sprechen«, entschied Davyd.

Sie näherten sich argwöhnisch ihren geheimnisvollen Rettern. Arcole zögerte, als er Tomas Var erkannte, der neben einem langhaarigen, in schmutziges Wildleder gekleideten Mann stand. Die Zähne des Fremden mahlten auf unappetitliche Weise auf irgend etwas herum. Den Flecken in seinem struppigen Bart nach zu urteilen, konnte es sich nur um Kautabak handeln. Beide Männer hielten langläufige Gewehre schußbereit in den Händen.

»Gott, ist das Arcole Blayke?« keuchte Var ungläubig.

»Var?« fragte Arcole nicht weniger verblüfft. »Tomas Var?«

»Was, in Gottes Namen, tut Ihr hier?« wollte Var wissen.

»Das gleiche könnte ich Euch fragen«, gab Arcole zurück.

»Du kennst ihn?« Abram Jaymes' Blick pendelte zwischen Var und Arcole hin und her.

Var und Arcole nickten gleichzeitig. »Ja«, bestätigten beide wie aus einem Mund.

»Na schön, ihr könnt später Wiedersehen feiern«, knurrte Jaymes. »Der Krach, den wir hier veranstaltet haben, wird wahrscheinlich noch mehr Wilde anlocken, falls sie nicht gerade was anders zu tun haben. Also laßt uns lieber von hier verschwinden.«

Der ehemalige Offizier starrte Rannach mit unverhohlenem Mißtrauen an.

»Er ist ein Freund, keiner von denen«, versicherte Arcole und deutete mit dem Daumen in den Kiefernwald. »Er heißt Rannach und hat seinen Sohn bei sich, Debo. Erinnert Ihr Euch an Davyd? Damals, auf dem Schiff«, fügte er hinzu, als Var den Kopf schüttelte. »Er war mit mir und Flysse zusammen.«

Var schüttelte erneut fassungslos den Kopf.

»Verdammt, habt ihr vor, hier rumzustehen und zu quatschen, bis die nächsten Wilden aufkreuzen?« fragte Jaymes ungeduldig.

»Es gibt ein Fort ganz in der Nähe, nicht wahr?«

Davyds Frage überraschte alle. »Das sollten wir am besten aufsuchen.«

»Es ist verlassen«, sagte Var. »Alle Soldaten wurden getötet.«

»Wir werden dort sicher sein«, sagte Davyd. »Zumindest für eine Weile.«

»Vertraut ihm«, warf Arcole ein. »Er ist ein Träumer.«

Debo wurde auf Jaymes' und Davyd auf Vars Pferd verfrachtet. Die anderen trotteten angespannt durch die anbrechende Morgendämmerung neben den Tieren her, bis sie eine breite, in den Wald geschlagene Schneise erreichten. Der Boden war von unzähligen Wagenrädern aufgewühlt. Vor ihnen ragte die einsame Silhouette von Fort Harvie auf. Sie durchquerten das offene Tor. Var und Jaymes schoben hastig die schweren Torflügel zu, und Arcole hievte den großen Querbalken in die Halterung.

Seine Augen weiteten sich, als er sich im Zwielicht des frühen Morgens umsah und die Leichenberge entdeckte. Durchdringender Verwesungsgeruch lag in der Luft. »Gott!« flüsterte er erschüttert. Er hörte Davyd stöhnen und eilte zu ihm, um ihm von dem erschöpften Pferd zu helfen.

Davyds Augen waren riesig, und Arcole spürte sein Zittern, während sein Freund entsetzt die traurigen Überreste des Gemetzels betrachtete, die überall verstreut herumliegenden Toten.

Der junge Mann schien wie gelähmt. Arcole hielt ihn an den Schultern fest. »Weiß Gott, es stinkt fürchterlich«, sagte er in einem Tonfall gespielter Zuversicht, die er selbst nicht so recht empfinden konnte. Er lachte zynisch. »Und es gibt keinen anderen Ort, zu dem wir gehen könnten, oder?«

»Nein.« Davyd schüttelte wie betäubt den Kopf und deutete auf die Leichen. »Es sei denn, wir wollten ihnen Gesellschaft leisten.«

Chakthi heulte angesichts des untergehenden Mondes und des bevorstehenden Sonnenaufgangs vor Wut. Seine Männer waren mit leeren Händen zurückgekehrt – weder hatten sie Debo wieder einfangen können noch Rannach erwischt. Der Akaman riß sich das Haar büschelweise aus und zerkratzte sich das Gesicht, bis ihm das Blut über die Wangen lief und rot gefärbter Speichel seine Lippen verschmierte. Er tobte so sehr, daß niemand außer Hadduth es wagte, sich ihm zu nähern.

»Es gibt noch einen«, sagte der Wakanisha. »Und es muß in dieser Nacht geschehen.«

»Noch einen?« Chakthi wirbelte herum und versuchte, seine blutigen Fingernägel in die Kehle des Träumers zu krallen. »Hast du nicht gesagt, daß es Vachyrs Sohn sein müßte? Habe ich diesem Opfer umsonst zugestimmt? Das Blut des Sohnes meines Sohnes hast du gesagt! Dadurch würde ich alles bekommen, was ich will, hast du gesagt!«

»Debo wäre am besten geeignet gewesen«, erwiderte Hadduth. Er taumelte zurück und duckte sich unter einem Fausthieb weg. »Doch wenn er es nicht sein kann, dann ein anderer. *Aber noch heute nacht!* Es muß beim abnehmenden Mond des Neuen Grases geschehen, so wie damals in Ket-Ta-Witko. Nur dann kann Akratil mit seiner gesamten Horde in körperlicher Gestalt zu uns kommen.«

Chakthi starrte den Mann, der ihm alles versprochen hatte, Rache und Herrschaft, finster an. Während er sich das Blut von den Wangen wischte, überlegte er, ob er seinen Wakanisha töten sollte. Andererseits konnte Hadduth ihn vielleicht doch noch zu seinem Ziel führen. »Sprich!« forderte er ihn auf.

»Es hängt von verschiedenen Umständen ab«, begann Hadduth, »vom Mond und der Zeit, von Dingen, die ich nicht genau erklären kann. Wir brauchen jemanden, der in Ket-Ta-Thanne aufgewachsen ist und die Stollen der Grannach durchquert hat. Debo war die erste Wahl, weil sich in ihm das Blut der Tachyn und der Commacht vereint, aber wir haben noch einen anderen Kandidaten.«

»Wen?« fragte Chakthi feindselig.

»Taza«, sagte Hadduth. »Er ist zwar kein Commacht, sondern ein Lakanti, aber trotzdem ...« Er zuckte die Achseln. »Er wollte diesen Fremden töten, Davyd, und er hat uns Debo gebracht. Er hat mit Akratils Hilfe die Tunnel der Grannach überwunden. Ich denke, daß er sich für das Opfer eignet.«

»Er könnte den Zerstörern einen Weg zu uns bahnen?« vergewisserte sich Chakthi.

»Das nehme ich an«, bestätigte Hadduth.

»Dann tu es!« befahl Chakthi. »Jetzt!«

Taza hockte, von überreichlich genossenem Tiswin betrunken, vor dem Feuer. Ihm war schwindlig. Die Mondsichel verschwamm vor seinen Augen, und die Bäume schienen unablässig zu schwanken. Er konnte Debos Rettung nicht aufrichtig bedauern – irgendwie mochte er den Jungen –, aber er fragte sich, wie die Flucht des Kleinen seine Position in seinem neuen Clan beeinflussen mochte.

Die Antwort auf seine Frage ließ nicht lange auf sich warten. Hadduth näherte sich ihm in Begleitung von Chakthi und mehreren Kriegern.

Bevor Taza sich erkundigen konnte, ob Debo gefaßt worden war, wurde er von kräftigen Fäusten gepackt und gewaltsam in die Mitte des Lagers geschleift. Er stieß ein erschrockenes Keuchen aus. Plötzlich überkam ihn eine große Angst, die sich noch steigerte, als er Chakthis Lächeln sah.

Vor dem Zentralfeuer war ein Pfahl aufgestellt worden, verziert mit Symbolen, deren Bedeutung Hadduth ihm später zu erklären versprochen hatte, an dem Taza kommentarlos festgebunden wurde. Er begann lautstark gegen diese unwürdige Behandlung zu protestieren. Chakthi knurrte bösartig und schlug ihm so heftig ins Gesicht, daß Taza kurze Zeit betäubt war. Als er wieder zu sich kam, war er an Händen und Füßen gefesselt. Die Tachyn hatten ihn vollständig entkleidet und seine Brust, seinen Bauch und sein Gesicht mit Farbe beschmiert. Und Hadduth hielt ein Messer in der Hand. Der Wakanisha betrachtete aufmerksam den Mond und murmelte dabei vor sich hin.

Taza hörte, wie der Träumer den Namen Akratils intonierte, und er begann zu schreien, als die Klinge über die Zeichen auf seiner Brust glitt, die dort aufgemalten Linien in seinem Fleisch nachzeichnete und weiter zu seinem Bauch hinabwanderte. Seine Schreie wurden schriller. Er wünschte, er wäre nie an diesen Ort gekommen und hätte das Volk nie verraten. Dann schlitzte ihm das Messer die Kehle auf, und Taza stieß ein gurgelndes Geräusch aus, das gleich darauf von einem Blutschwall erstickt wurde.

Im gleichen Moment, als wäre das aus seiner durchtrennten Kehle sprudelnde Blut ein Zündfunke gewesen, wurde Taza von Flammen eingehüllt. Das Feuer breitete sich rasendschnell wie ein Steppenbrand von seiner Luftröhre über seinen gesamten Körper aus, schoß aus seinen Augen und seinem Mund, aus seinen Ohren und seiner Nase. Er verwandelte sich in eine lodernde Fackel, aus der Flammenzungen in den Nachthimmel aufstiegen und das Feuer hinter ihm mit gleißender Helligkeit überstrahlte, als sei es eine bloße Kerze. Augenblicke später war Taza verschwunden, und an seiner Stelle bildete sich ein großer

Flammenkranz, durch den ein furchteinflößender Reiter in einer goldenen Rüstung ritt. Er saß auf einem unheimlichen gehörnten Pferd, von dessen Sattel Totenschädel herabbaumelten. Die Augen von Pferd und Reiter glühten von innen heraus, als reflektierten sie die brennenden Höllengruben.

Akratil blickte auf die vor Angst erstarrten Tachyn hinab und lächelte ihnen zu.

»Das habt ihr gut gemacht.«

Er ließ sein schreckliches Pferd ein paar Schritte vortreten. Hadduth und Chakthi krümmten sich unterwürfig, als er den goldenen Helm abnahm und sein feuerrotes Haar ausschüttelte.

»Sei uns willkommen, Gebieter«, flüsterte Hadduth.

Akratil lachte und führte das schwarze Pferd aus dem Flammenkranz heraus.

Die Hitze ließ Bäume verkohlen, Harz begann zu kochen und Blasen zu werfen, die knallend zerplatzen, Kiefernzapfen explodierten, Zelte fingen Feuer, und die Tachyn heulten vor Ehrfurcht und Panik.

Und dann hob Akratil auffordernd eine Hand, die in einem gepanzerten Handschuh steckte, und seine Horde ritt durch den Flammenkranz, der ein Tor zwischen Ket-Ta-Witko und Salvation war.

DAS ENTSETZEN KEHRT ZURÜCK

Jared Talle bewegte sich unruhig im Schlaf, heimgesucht von beängstigend vertrauten Gestalten, die durch seine Traumwelt schlichen. Er warf sich in seinem zerwühlten Bett hin und her. Der Schweiß lief ihm in Strömen über die bleiche Stirn, und sein Herz schlug schnell und unregelmäßig. Er war kein prophetischer Träumer, aber in seinem tiefsten Inneren wußte er, daß dieser Traum ihm die Wahrheit zeigte. Die geisterhaften Gestalten, die in Grostheims Straßen Angst und Schrecken verbreitet hatten, waren in Fleisch und Blut nach Salvation gekommen.

Übergangslos wachte er auf, wischte sich das schweißnasse Gesicht an einem kaum weniger nassen Laken ab und zwang sich zur Ruhe. Mit reiner Willenskraft gelang es ihm, seinen keuchenden Atem und den rasenden Herzschlag zu verlangsamen. Dann stand er auf, schlüpfte in einen der opulenten Morgenröcke des verstorbenen Andru Wyme und zog an der Klingelkordel, um einen Diener herbeizurufen. Als der Leibeigene erschien, befahl er ihm, das Feuer im Arbeitszimmer des Gouverneurs anzufachen und ihm Kaffee zu bringen. Ein Blick durch das Fenster verriet ihm, daß Mitternacht bereits vorüber war. Der Mond stand als schmale Sichel an einem wolkenlosen, von funkelnden Sternen übersäten Himmel. Sowohl der Mond als auch die Sterne schienen zu lodern, als reflektierten sie eine gewaltige Feuersbrunst. Einen Moment lang glaubte er, den Trommelschlag von Klauenhufen zu hören, die den Boden unter seinen Füßen vibrieren ließen, die heulenden Stimmen unzähliger Wilder, und dann, als würden die Träume wieder von ihm Besitz ergreifen, sah er lebhaft die furchtbaren Reiter vor sich, die aus einer Feuerwand hervorquollen und sich wie eine blutige Flut über die Länder der Autokratie ergossen. Er schüttelte den Kopf, schenkte sich ein Glas Wasser ein und runzelte gereizt die Stirn, weil seine Hand so sehr zitterte, daß das Wasser über den Rand des Glases schwappte.

Lieber Gott, betete er, *gib mir die Kraft, standhaft zu bleiben, was auch immer geschieht. Ich bin Dein ergebener Diener und erfülle Deinen Willen. Steh mir bei.* Dann kleidete er sich an und ging in das Arbeitszimmer.

Der nervöse Diener – Talle hatte sich nie die Mühe gemacht, den Namen des Mannes in Erfahrung zu bringen – hatte das Kaminfeuer angefacht und die Lampen angezündet. Eine Frau brachte ein silbernes Tablett mit einer Kaffeekanne und einer Tasse. Talle schickte die beiden mit einer herrischen Handbewegung fort, und sie eilten erleichtert zur Tür hinaus. Er wußte, daß sie sich vor ihm fürchteten, und er genoß ihre Angst. So gehörte es sich, schließlich war er ein Inquisitor. Was ihm allerdings heute nacht Sorgen bereitete, war, daß *er* Angst hatte. Durch seine nekromantischen Untersuchungen wußte er, was auf ihn zukam, auf Salvation und Grostheim. Die von ihm beschworenen Geister der toten Tachyn hatten ihm gesagt, wer diese Kreaturen waren und was sie planten. Talle hatte gehofft, sich diese Kräfte zu eigen zu machen, um sich im Auftrag der Autokratie zwischen den Welten bewegen zu können und ein Bündnis zu schmieden. Jetzt aber …

Er trank Kaffee, ging auf und ab und dachte über seine Träume nach, über alles, was er in ihnen gesehen und *erfahren* hatte. Die von ihm wiedererweckten Toten hatten von Hoffnung gesprochen, von ehrgeizigen Plänen, Rache und Herrschaft, aber das war nicht mehr als unrealistisches Wunschdenken. Diese jämmerlichen Wilden waren ebenso dem Untergang geweiht wie alle anderen Völker vor ihnen, die die Zerstörer überfallen und ausgelöscht hatten. Das *wußte* Talle so sicher, als wäre es in Stein gemeißelt. Die Zerstörer waren die Verkörperung von Tod und Verderben. Sie würden die Tachyn benutzen und sich dann gegen sie wenden, so wie ein Bauer ein Schwein großzog, um es zu schlachten, sobald es fett genug geworden war. Und anschließend würden sie gegen Grostheim ziehen, diese furchteinflößenden Krieger, die – von der Boshaftigkeit der Menschen beflügelt – die Pfade zwischen Raum und Zeit beschreiten konnten.

Jared Talle setzte seine ruhelose Wanderung fort und grübelte über die Konsequenzen einer derartigen Machtfülle nach. Wenn es ihm nur irgendwie gelang, sie sich anzueignen und in die Hände der Autokratie zu legen ... Das gesamte Universum würde Evander offenstehen und er als der größte Inquisitor aller Zeiten gerühmt werden. Aber wie sollte er sich verhalten? Sollte er abwarten, bis die Zerstörer zu ihm kamen, oder sollte er ihnen entgegengehen? Er trank mehr Kaffee, während die Morgendämmerung anbrach und die ersten Vögel zu zwitschern begannen. Seine Gedanken überschlugen sich, er brütete verschiedene Pläne aus, die er wieder verwarf, bis er schließlich auf einen stieß, von dem er glaubte, daß er funktionieren könnte.

Feuer stieg in den Himmel empor, ließ den Mond und die Sterne verblassen, als stünde die gesamte Wildnis in Flammen, um selbst das Firmament in Brand zu setzen. Davyd hörte nicht den geringsten Laut, und doch schien die Erde zu erbeben, ein gewaltiger Donnerschlag die Welt zu erschüttern. Er schrie auf und starrte in den lodernden Himmel. Die Flammen riefen all die alten Ängste in ihm wach, die er vergessen hatte, seit er bei dem Volk in Ket-Ta-Thanne lebte, doch jetzt kehrten sie mit neuer Kraft zurück. Wieder sah er die brennenden Scheiterhaufen von Bantar vor sich, spürte die vertraute Panik und begann zu zittern.

»Was war das?« fragte Abram Jaymes.

Debo begann zu weinen. Rannach hielt ihn in den Armen, streichelte ihm über das Haar und warf Davyd einen fragenden Blick zu.

»Sie haben die Zerstörer zurückgebracht«, sagte Davyd heiser mit trockener Kehle. Er wiederholte seine Worte auf Evanderanisch für Var und Jaymes.

Rannach fluchte und rief den Schöpfer an.

»Was sollen wir tun?« erkundigte sich Arcole.

Davyd schüttelte den Kopf. Seine Stimme weigerte sich, ihm zu gehorchen.

»Sind das diejenigen, mit denen Talle Kontakt aufnehmen wollte?« fragte Tomas Var.

»Talle?« Arcole sah Var verständnislos an. »Wer ist Talle?«

»Ein Inquisitor.« Var beobachtete aufmerksam das Gelände jenseits der Festungsmauern. Ihre Verfolger waren offenbar verschwunden, im Wald untergetaucht oder zu dem Feuer zurückgekehrt. »Er heißt Jared Talle. Er ist ...«

»Ein elender und widerlicher Bastard«, fiel ihm Abram Jaymes ins Wort, »der Salvation sogar noch schlimmer als dieser fette Krüppel Wyme unter seine Knute gezwungen hat. Er hat die Toten hier wiedererweckt.«

»Er wollte ...« Zögernd hob Var die Schultern. »Mit den ... Zerstörern, wie ihr sie nennt, Kontakt aufnehmen. Er hatte vor, ihre Kräfte für die Autokratie zu benutzen, um zusammen mit ihnen unbekannte Welten zu erobern.«

»Er muß verrückt sein«, stellte Arcole fest.

Davyd erschauderte. Er fragte sich, welches Verhängnis über diese Welt hereingebrochen war und was er tun konnte, um es aufzuhalten.

Rannach runzelte die Stirn, nachdem ihm das Gespräch übersetzt worden war. »Die Zerstörer töten alles und jeden!« sagte er. »Sie haben die Whaztaye und die Hälfte der Grannach umgebracht, und sie hätten auch uns getötet, wenn es Morrhyn nicht gelungen wäre, das Tor nach Ket-Ta-Thanne zu öffnen. Sie müssen aufgehalten werden, und wenn dieser Jared Talle glaubt, mit ihnen verhandeln zu können, dann ist er so verdorben und dumm wie Chakthi und Hadduth.«

»Vermutlich ist er das.« Arcole stieß ein zynisches Lachen aus. »Er ist ein Inquisitor. Aber was können wir tun? Weiß der Schöpfer, wir sitzen in diesem verdammten Fort fest, und wenn Davyd recht hat, dann kommen sie schon bald her.«

»Davyd *hat* recht«, erwiderte Rannach. »Er ist ein Wakanisha, wie wir nie zuvor einen gekannt haben, und er wird eine Antwort finden. Morrhyn glaubt an ihn, oder? Sollten wir das nicht auch tun?«

Davyd nahm die Unterhaltung nur verschwommen wahr. Sein Körper schien vor Anspannung zu vibrieren, sein Herz raste, und er hatte das Gefühl, als würden seine Knochen erbeben, so daß jede seiner Wunden und Narben schmerzhaft pochte. Die Luft selbst schien von dem Bösen durchdrungen zu sein und wie Säure auf seiner Haut zu brennen. Obwohl es kalt war, glühte sein Gesicht vor Hitze. Er fühlte sich alt und erschöpft. Wäre es nur um ihn gegangen, hätte er sich lieber dem Schlaf des Todes hingegeben, anstatt sich dem zu stellen, von dem er *wußte*, daß es vor ihnen lag. Die Herausforderung erschien ihm zu gewaltig für seine müde Seele. Er wünschte, Morrhyn wäre da, um ihm mit Rat und Tat zur Seite zu stehen.

»Ich muß schlafen«, murmelte er auf Evanderanisch und in der Sprache der Matawaye.

»Ich versteh' ja nicht viel von dieser ganzen Sache«, sagte Abram Jaymes, »aber wir müßten hier eigentlich für 'ne Weile sicher sein. Warum also nicht? Du siehst wirklich ziemlich fertig aus.«

Arcole nahm Davyd die Muskete aus der Hand. »Komm, ich helfe dir«, bot er ihm an. Er legte dem weißhaarigen jungen Mann einen Arm um die Schultern und führte ihn über die Treppe von der Brüstung hinab in einen Raum, entzündete im Kamin ein Feuer, richtete eine Schlafstätte aus Decken und improvisierten Kopfkissen her und ließ Davyd allein.

Und Davyd träumte ...

... von Feuer und Blut, von der unheimlichen Horde und Vars blauuniformierten Marineinfanteristen, die an der Seite des Volkes kämpften, von einer schrecklichen Feuersbrunst, die diese und alle anderen Welten verschlang, von Menschen, die das Brandmal der Verbannung trugen und gemeinsam mit Soldaten marschierten, und von sich selbst, festgekettet auf einem Scheiterhaufen, aus dem Flammen hochschlugen und seine Nase mit dem Gestank seines eigenen verbrannten Fleischs erfüllten ...

... von der Konfrontation mit einem Krieger in einer goldenen Rüstung, der auf einem furchteinflößenden Pferd saß und ein großes gebogenes Schwert in der Hand hielt, das er auf ihn herabfahren ließ ...

... und schließlich von Morrhyn, der durch einen vertrauten, auf magische Weise erhellten Tunnel der Grannach schritt, einen Ausdruck der Entschlossenheit auf dem zerfurchten Gesicht. Der Prophet schien eine Armee in die Schlacht zu führen, und alle Krieger des Volkes folgten ihm. Davyd erblickte Yazte, Kanseah und Dohnse, Colun und die stämmigen Kämpfer der Grannach und – letzteres undeutlich und verwirrend – Flysse und Arrhyna in Kriegerkleidung und mit Waffen, wie sie die Matawayefrauen normalerweise nicht trugen. Dann verschwammen die Bilder, waberten, als stünde der gesamte Tunnel in Flammen, und an ihrer Stelle erschien die Vision der Horde, die inmitten eines alles verzehrenden Feuers ritt, als würde ihr bloßes Erscheinen ganze Welten verbrennen lassen.

Davyd hörte das Brüllen ihrer fremdartigen Bestien, die Schlachtrufe der Zerstörer, Todesschreie und das Krachen berstender Knochen, das Geräusch von Klingen, die durch Fleisch schnitten. Und dann gab es nur noch das Feuer und fauchende Flammen, und er erwachte, keuchend und mit klebrigem Schweiß bedeckt, von einer schrecklichen Furcht geschüttelt, denn er verstand den Traum nicht richtig und wußte nur, daß die Zukunft von Ket–Ta–Thanne und Salvation auf des Messers Schneide stand und die Horde gekommen war.

Er fuhr sich mit der Hand über das Gesicht und leckte sich die trockenen Lippen, kroch aus seinem zerwühlten Bett zu einem Wasserkrug und trank gierig, bevor er sich das Gesicht wusch. Ihm fehlte das Wissen, den völlig verworrenen Traum richtig zu deuten, aber er war überzeugt, daß er *irgend etwas* tun mußte. Nur wußte er nicht, was das war.

»Uns bleibt keine andere Wahl«, sagte Morrhyn, »wenn wir nicht tatenlos zusehen wollen, wie alles, was wir kennen, ausgelöscht wird. Und dazu bin ich nicht bereit. Du auch nicht, nehme ich an.«

Yazte seufzte. »Du verlangst viel von dem Volk, Prophet.«

»Ja, von uns allen wird viel verlangt«, erwiderte Morrhyn.

Der Akaman der Lakanti trank einen großen Schluck Tiswin und seufzte erneut. »Ich kann dir nicht widersprechen. Also laß uns gehen.«

Ein Lächeln glitt über Morrhyns Gesicht und erlosch langsam, als er Flysse und Arrhyna entdeckte, die sich ihm näherten. Sie trugen Kriegerkleidung – Hosen aus Wildleder und Leinenhemden –, und ihre Mienen wirkten entschlossen. Beide hatten sich das Haar zurückgebunden, so daß es den Zöpfen der Männer ähnelte. In Flysses Gürtel steckte eine Pistole, und in der Hand hielt sie eine Muskete. Arrhyna war mit einem Messer und einem Beil bewaffnet und hatte sich einen Bogen samt Köcher auf den Rücken geschnallt. Was Morrhyn noch mehr Sorgen machte, war, daß Lhyn die beiden Frauen mit einem nicht weniger entschlossenen Gesichtsausdruck begleitete.

»Wir brechen bald auf«, sagte er nervös. »Was wollt ihr?«

Flysse und Arrhyna wechselten einen kurzen Blick. »Wir gehen mit euch«, erklärten beide gleichzeitig.

»Nein!« rief Morrhyn. »Das ist unmöglich! Wir ziehen in den Krieg, und Frauen kämpfen nicht.«

»Du gehst doch selbst, oder?« fragte Lhyn. »Und Träumer kämpfen auch nicht.«

»Das ist etwas anderes«, erwiderte Morrhyn. »Ich kann hinter diesen Bergen nicht mehr träumen. Über ihnen liegt ein Bann der Zerstörer. Deshalb muß ich gehen.«

»So wie ich«, sagte Arrhyna. »Mein Mann und mein Sohn sind irgendwo auf der anderen Seite des Gebirges, und ich muß sie finden.« Sie vollführte eine Geste der Ehrerbietung. »Du wirst mich nicht daran hindern können, Morrhyn, auch wenn du der Prophet bist. Ich *werde* euch begleiten.«

»Mein Mann ist ebenfalls dort«, fügte Flysse hinzu, »und ich werde zu ihm gehen. Ich lasse mich nicht davon abbringen, Morrhyn. Solltest du es versuchen, werde ich einen anderen Weg finden.«

Lhyn lächelte. »Es ist wohl besser, du erlaubst es ihnen, was?«

Morrhyn sah ihr in die Augen und wußte, daß er keine Chance gegen die Macht der Frauen hatte. Fast hätte er gelacht. War er nicht der Prophet des Volkes? Die Matawaye erwarteten von ihm, daß er sie leitete, und doch konnte er diese zu allem entschlossenen Frauen ebensowenig aufhalten wie eine Lawine mit den bloßen Händen. Also zuckte er ergeben die Achseln und forderte sie mit einer stummen Handbewegung auf, sich dem Zug der Krieger anzuschließen, der sich in das Gebirge hinaufwand. Colun hatte die geheimen Pfade der Grannach für die Mataway geöffnet, damit sie in Salvation nach den Vermißten suchen und – hoffentlich – die Zerstörer besiegen konnten. Aber er war nicht überzeugt, daß es ihnen gelingen würde. Die ungeheure Macht der Zerstörer ließ ihn an ihrem Unternehmen zweifeln, und er wünschte, die Frauen würden nicht daran teilnehmen. Trotzdem blieb ihm nichts anderes übrig, als nachzugeben. Er lächelte Lhyn an und fragte sich, wie sich die Dinge zwischen ihnen hätten entwickeln können, hätte sie sich nicht vor langer Zeit für Racharran entschieden.

Es gefiel ihm ganz und gar nicht, eine Armee in den Krieg zu führen. Er war ein Wakanisha, ein Träumer und kein Krieger. Das Ahsa-tye-Patiko untersagte es einem Wakanisha, in die Schlacht zu ziehen. Aber wer sonst sollte das Volk führen? Yazte erwartete seine Anweisungen, und Kanseah folgte ihm blind. Wenn er die Krieger nicht durch das Gebirge brachte, würden sie nicht gehen, und dann … Er wollte lieber nicht darüber nachdenken, denn es konnte nur bedeuten, daß die Zerstörer die gesamte Welt erobern und verwüsten und nichts als Asche und totes Gebein zurücklassen würden. Aber verstieß er nicht gegen das heilige Gesetz des Schöpfers, indem er zu den Waffen griff?

Er spürte eine Hand auf seiner Schulter, drehte sich um und blickte in Kahteneys versteinertes Gesicht.

»Ich verstehe das nicht«, bekannte der Träumer der Lakanti, »aber ich weiß, daß wir es tun müssen. Selbst wenn es dem Gesetz widerspricht.«

Morrhyn schüttelte hilflos den Kopf. »Ich weiß schon lange nicht mehr, was richtig oder falsch ist.«

»Ich auch nicht, Bruder«, erwiderte Kahteney.

Der weißhaarige Wakanisha richtete den Blick auf Colun, der vor einer Felswand wartete. »Bist du bereit, uns den Weg auf die andere Seite zu zeigen?«

Colun nickte grimmig. Er war für die Schlacht gerüstet und in metallbesetztes Leder gekleidet, die Axt auf den Rücken geschnallt, ein Langmesser im Gürtel. »Meine Leute werden euch begleiten«, sagte er. »Wenn wir noch einmal gegen die Zerstörer kämpfen müssen, werden die Grannach ihren Teil dazu beitragen.«

»Wir werden ein hohes Tempo einschlagen müssen«, warnte Morrhyn.

Der Creddan lachte. »Wir können schnell laufen, mein Freund, und eure Pferde werden in den Wäldern nur langsam vorankommen. Und wenn es sein muß, reiten wir eben zu zweit auf einem Pferd, was? Außerdem möchte ich diese Schlacht nicht verpassen.«

»Dann komm.« Morrhyn lächelte traurig und stolz zugleich. »So werden wir in guter Gesellschaft sein, sollten wir sterben. Und auch, sollten wir triumphieren.«

»Also, beeilen wir uns«, gab Colun zurück. Er drehte sich um und rief seinen Golans zu, die Stollen für die Krieger der Matawaye zu öffnen. Doch dann zögerte er, als er Flysse und Arrhyna unter den Männern entdeckte. »Was tun die beiden hier?«

»Sie kommen mit uns.«

»Frauen?« Coluns Stimme klang ungläubig. »Erlaubst du ihnen das?«

»Er hat kaum eine andere Wahl«, kam Lhyn einer Antwort Morrhyns zuvor. »Ihre Männer sind auf der anderen Seite eurer Berge verschollen. Und, beim Schöpfer, würde ich nicht hier gebraucht werden, würde ich mich ihnen anschließen.«

Colun setzte zu einer Erwiderung an, aber Marjia, die hinter ihm stand, war schneller. »Genau wie ich, mein Mann. Nur müssen einige von uns zurückbleiben, um für die Kinder, die Kranken und die Alten zu sorgen.«

Der Grannach sah die drei Männer der Reihe nach fragend an. Morrhyn zuckte die Achseln, Yazte hob resigniert die buschigen Brauen, Kanseah schlug die Augen nieder. Colun reckte die Arme in die Höhe. »Der Schöpfer bewahre mich davor, mit Frauen zu streiten, denn jeder Versuch wäre ohnehin von Anfang an zum Scheitern verurteilt. Also, gehen wir?«

Morrhyn nickte. Colun forderte die Golans erneut auf, die Durchgänge zu öffnen, und die Steinmagier woben ihre Zaubersprüche, worauf sich der Fels teilte. Die Krieger der Matawaye – unter ihnen Flysse und Arrhyna – verschwanden in den Tiefen des Gebirges und marschierten ihrem ungewissen Schicksal entgegen.

Schöpfer, steh uns bei, betete Morrhyn, während er den Zug leitete. *Gib uns Kraft und laß uns siegen. Gib, daß Rannach, Arcole, Davyd und Debo in Sicherheit sind. Laß uns rechtzeitig eintreffen, um sie und alle Welten zu retten. Laß uns die Zerstörer zurückschlagen.*

Er fragte sich, ob sein Gebet erhört wurde, oder ob die Zerstörer bereits die ganze Welt beherrschten.

Wenn es so ist, dachte er beklommen, *dann liegt die Schuld bei uns Menschen.* War es nicht Vachyrs Verstoß gegen die Gebote des Schöpfers gewesen, der diese furchtbare Entwicklung ausgelöst hatte? Und danach Rannachs Tat, weil auch er das Ahsa-tye-Patiko gebrochen hatte? Doch Rannach hatte für sein Vergehen gebüßt. Und waren nicht schon mehr als genug Menschen gestorben, um den Frevel mit ihrem Leben zu sühnen?

Ich begreife das alles nicht mehr, dachte er. *Du hast mir den Weg gezeigt, das Volk in diese neue Heimat zu führen, und jetzt verlassen wir sie wieder, um in einem fremdartigen Land zu kämpfen, das ich nicht richtig verstehe. Dort werden Männer und Frauen gebrandmarkt und zu Sklaven gemacht, was mir völlig unverständlich ist, aber ich bin bereit, mit ihnen zu kämpfen. Ich weiß nicht, ob ich selbst zu den Waffen greifen sollte, ich weiß nur, daß wir alle sterben werden, wenn ich das Volk nicht in diese Schlacht führe, und das kann ich nicht zulassen.*

Bitte, o Schöpfer, zeig mir den Weg …

Flysse fragte sich, ob Arcole noch lebte. Der Gedanke, daß er bereits tot war, erfüllte sie mit einer schrecklichen Angst, denn mit ihm würde auch ein Teil von ihr sterben. Sie mußte an die Geschichten denken, die sie über Racharran gehört hatte. Wie ertrug Lhyn diesen Verlust? Flysse konnte sich nicht vorstellen, Arcoles Tod zu verkraften. Sie betete, daß er bisher überlebt hatte und sie wieder vereint werden würden. Wenn nicht, wollte sie mit ihm sterben. Die Vorstellung, ihn zu verlieren, war einfach unerträglich.

Sie ergriff Arrhynas Hand, und die dunkelhaarige Frau lächelte ihr zaghaft zu. Arrhyna litt noch größere Qualen als sie selbst, denn Arrhyna mußte nicht nur um ihren Mann, sondern auch um ihr Kind fürchten.

»Wir werden sie bestimmt finden«, sagte Flysse. Wir werden sie finden und sicher nach Ket-Ta-Thanne zurückbringen.«

»So der Schöpfer will«, erwiderte Arrhyna.

»Ja, so der Schöpfer will.« Flysse hielt Arrhynas Hand, während sie durch den seltsamen Tunnel marschierten, und betete, daß alles gut werden würde.

Hadduth kauerte unterwürfig wie ein Hund neben Akratil. Chakthi dagegen sah dem Anführer der Horde direkt ins Gesicht und bemühte sich, einen Rest von Würde und Autorität zu bewahren, auch wenn seine Lider nervös unter dem durchdringenden Blick der roten Augen des Zerstörers flatterten.

Überall um sie herum hallte das Brüllen der unheimlichen Bestien durch den Wald. In der Ferne heulte klagend ein Wolf. Die Hunde der Tachyn, die noch nicht von den Bestien der Zerstörer gefressen worden waren, hatten sich verstohlen davongeschlichen. Die Frauen, verängstigt und stolz zugleich, beruhigten ihre weinenden Kinder. Die männlichen Tachyn saßen oder standen angespannt um das Zentralfeuer herum und versuchten wie ihr Akaman, sich wenigstens den Anschein von Ruhe und Entschlossenheit zu geben. Chakthi hatte ihnen Eroberungen mit diesen Verbündeten versprochen, doch jetzt, nachdem die Zerstörer in ihren schillernden Regenbogenrüstungen eingetroffen waren und sich unter sie gemischt hatten, fiel es den Tachyn schwer, sich ihre Angst nicht anmerken zu lassen.

Diese fremdartigen Wesen waren die Verkörperung von Tod und Vernichtung. Sie beschritten einen Weg, den niemand aus dem Volk – nicht einmal die verstoßenen Tachyn – richtig verstand, als wäre Zerstörung ihr einziges Ziel. Sie schienen nichts anderes zu tun, als blutrünstig zu töten, so wie ein Vielfraß oder ein tollwütiger Hund.

»Ob das wohl klug war?« fragte ein Krieger namens Chappo am Rand der Versammlung einen anderen, der Goso hieß. »War es richtig von Chakthi, sie zu uns zu bringen?«

Es wäre Goso lieber gewesen, Chappo hätte ihm die Frage nicht gestellt. Er fand es äußerst unklug, in der Gegenwart dieser fremdartigen Krieger über dieses Thema zu sprechen, denn es bestand die Gefahr, daß sie belauscht wurden. Aber Chappo stieß ihm in die Rippen, und Goso sah sich genötigt, seinem Freund zu antworten.

»Chakthi und Hadduth sind offenbar dieser Meinung. Also ...« Er zuckte die Achseln.

»Sie riechen nach Blut«, sagte Chappo. »Nach Tod.« Er zuckte zusammen, als hinter ihm eine leise Stimme aufklang.

»Weil wir töten, weil das unsere Bestimmung ist.«

Goso drehte sich um und entdeckte eine hochgewachsene Gestalt, eine Frau mit einer blonden Mähne, die im Mondlicht schimmerte. Ihr Gesicht war ebenmäßig, in ihren Augen funkelte ein belustigtes Lachen. Sie trug eine hellgrüne Rüstung, die wie der Panzer einer Schnappschildkröte in der Sonne leuchtete. An ihrer Hüfte baumelte ein langes Schwert, und über den Rücken hatte sie sich eine Axt geschnallt.

»Hast du daran etwas auszusetzen?« fragte sie sanft.

»Nein ...«, stammelte Chappo. »Ich ... es ist nur ...«

»Ich glaube nicht, daß du wirklich auf unserer Seite stehst«, sagte die Frau, zog ein Messer und stieß es dem Krieger in die Brust.

»Heute nacht werden wir gut essen«, hörte Goso sie sagen, als Chappo starb.

Die Zerstörer in ihrer Nähe lachten, die Tachyn, die

den Mord mit angesehen hatten, duckten sich keuchend. Angst und Zweifel breiteten sich wie Wellen auf einem Teich im Lager aus. Die Menge am Schauplatz des Geschehens rückte auseinander, und die Gespräche im Zentrum des Versammlungsplatzes verstummten.

Goso wich einen Schritt zurück. Sein Hemd war mit Chappos Blut besudelt. Er umklammerte das Messer in seinem Gürtel, doch dann bemerkte er das herausfordernde Lächeln der Frau, öffnete die Hand wieder und hob beschwichtigend die Arme.

»Ich bin Bemnida«, drang die Stimme der Frau wie von weit her an seine Ohren, »und ich diene Akratil, meinem Herrn. Du weißt, welches Schicksal dir blüht, wenn du dich uns widersetzt.«

Der Tachyn sah, wie ihre Augen über Chappos Leiche glitten, nickte und schluckte mühsam. Er fürchtete, sich übergeben zu müssen. Es war schlimm, miterleben zu müssen, wie ein Freund so beiläufig getötet wurde, und noch schlimmer zu erfahren, daß Chappo verspeist werden würde. Er fragte sich, welche Art von Verbündeten Chakthi in den Zerstörern gefunden hatte.

Chakthi, der neben Akratil vor dem Feuer saß, verfolgte das Geschehen ungerührt.

»Es scheint, daß nicht all deine Leute zu uns halten«, stellte Akratil ruhig fest. Er deutete auf die Frau, die Chappos Leiche fortschleifte.

»Und?« fragte Chakthi. »Sie werden mir folgen, wenn du uns dieses Land gibst.«

»Ist das alles, was du willst?« Akratil schmunzelte. »Das ist nicht viel.«

»Dieses Land …«, Chakthis Blick wanderte umher und kehrte zu dem Anführer der Zerstörer zurück.

»Und Rache für unsere Verbannung. Vergeltung an Rannach. Ich möchte seinen und Morrhyns Kopf, und ich will Ket-Ta-Thanne nur für meinen Clan.«

Akratils verzierte Rüstung glitzerte im Schein des Feuers, als er die Achseln zuckte. »Kein Problem. Was zuerst?«

Chakthi sah kurz zu Hadduth hinüber, und trotz seiner Ehrfurcht und – wenn er sich selbst gegenüber ehrlich war – seiner Angst vor dem Zerstörer, verspürte er nichts als Verachtung für das kriecherische Benehmen seines Wakanishas. Hadduth war wie verzaubert. Er starrte Akratil an, als wäre der Mann ein Gott und jedes einzelne Wort von ihm ein heiliges Gesetz. Zorn brodelte in Chakthi auf. »Hadduth hat mir Rannach versprochen«, knurrte er. »Er hat behauptet, Debos Entführung würde mir den Mörder meines Sohnes bringen.«

»Das ist geschehen«, sagte Akratil. »Du weißt, wo Rannach und seine Gefährten sind.«

»Ja!« fauchte Chakthi. »Aber sie verstecken sich hinter den magischen Wänden des Forts! Ich kann sie dort nicht herausholen. Die Magie verwehrt uns den Zutritt.«

»Euch vielleicht«, erwiderte Akratil. »Aber uns?«

»Gib mir Rannach«, verlangte Chakthi. »Alles weitere später.«

»Das eine führt zum anderen«, erklärte Akratil. »Aber Rannach ... ja, du wirst ihn schon bald bekommen. Was ist mit deinem Enkelsohn?«

»Ich habe dir sein Leben versprochen, oder?« fragte Chakthi. »Es gehört dir, wenn du es immer noch willst.«

»Das spielt jetzt keine Rolle mehr«, entgegnete Akratil. »Ein Opfer wurde benötigt, und das haben wir erhalten. Aber vielleicht gibt er eine gute Mahlzeit ab.«

Chakthi zuckte gleichgültig die Achseln.

Akratil lachte. »Also, wir werden uns zuerst um dieses Fort kümmern. Ich gebe dir Rannachs Kopf und die Köpfe seiner Begleiter. Mein Wort darauf.«

STROMABWÄRTS

Die Sonne schien hell und warm von einem blauen Himmel, über den nur vereinzelte Schäfchenwolken trieben. Schwalben und Mauersegler schossen pfeilschnell durch die Luft, und in Fort Harvie stank es nach Verwesung. Auf den Mauern saßen Krähen und Elstern und warteten ungeduldig darauf, daß die Störenfriede verschwanden. Ratten huschten dreist zwischen den Leichen umher, ungestört von den fünf Männern, die den Urwald von der Mauerbrüstung aus beobachteten. Dort oben blies der Wind stärker und wehte etwas von dem Geruch des Todes fort.

»Bist du dir sicher?« fragte Rannach.

Davyd nickte traurig. Er hätte lieber auf diese Gewißheit verzichtet. »Ja. Chakthi will seine Rache haben, und deshalb werden sie zuerst hierherkommen, um deinen Kopf zu holen. Und die Köpfe deiner Begleiter.«

»Und dann?«

»Mehr habe ich nicht geträumt.« Davyd zuckte die Achseln. »Salvation oder Ket-Ta-Thanne? Beides ist möglich. Aber sie werden kommen!«

»Und die Matawaye?« wollte Rannach wissen. »Kommen die ebenfalls?«

»Ich weiß es nicht.« Davyd schüttelte den Kopf. »Vielleicht. So wahr mir der Schöpfer helfe, Rannach, ich bin mir nicht sicher.«

»Du hast davon geträumt«, sagte Rannach.

»Und noch von einigem mehr«, erwiderte Davyd. Beim Schöpfer, wie konnte ihm in der warmen Sonne nur so kalt sein? War es die Vorahnung seines Todes? »Ich bin nicht Morrhyn und kann dir deshalb keine klare Antwort geben. Ich weiß nur, daß das Volk kommen *könnte* – oder auch nicht. Alles, was ich mit Sicherheit sagen kann, ist, daß die Zerstörer hier auftauchen werden, um dich zu töten.«

Rannach gab ein unbestimmtes Brummen von sich. Debo hatte ein paar kleine Gegenstände gefunden, mit denen er nach den Aasvögeln warf. Die Krähen und Elstern flatterten auf, kreisten kurz über dem Fort und ließen sich dann wieder erwartungsvoll auf den Mauerkronen nieder. Arcole übersetzte für Var und Jaymes.

»Wenn diese Kreaturen wirklich so schlimm sind, wie Ihr sie beschreibt, dann sollten wir lieber von hier verschwinden«, meinte Var.

»Wohin?« fragte Jaymes.

»Ich weiß es nicht«, gestand Arcole. »Können wir durch die Wildnis an ihnen vorbeischlüpfen? Vielleicht die Berge und die Grannach erreichen?« Er warf Davyd einen Blick zu. »Oder kommen uns die Matawaye zu Hilfe?«

Davyd übersetzte Rannach das Gespräch.

»Wäre ich an Chakthis Stelle«, sagte Rannach nüchtern, »würde ich überall im Wald Männer postieren, so daß niemand unbemerkt an ihnen vorbeikommen könnte. Ich denke, es dürfte sehr schwer werden, nach Ket-Ta-Thanne zurückzukehren.«

»Wenn das alles wahr ist, dann befindet sich Salvation in großer Gefahr«, warf Var ein.

»Zweifelst du daran?« erkundigte sich Jaymes. »Du hast die Geister selbst gesehen, oder? Du weißt, was sie in Grostheim und hier angerichtet haben. Dir ist doch sicher klar, daß es in den anderen Forts wahrscheinlich genauso aussieht wie hier, stimmt's?« Er deutete auf Davyd. »Oder glaubst du, er irrt sich?«

Var schüttelte widerstrebend den Kopf. »Nein.«

»Dann müssen wir entscheiden, was wir tun sollen«, stellte Jaymes fest. »Die Leute müssen gewarnt werden, sonst gibt's ein fürchterliches Blutbad.«

»Aber was *können* wir denn überhaupt tun?« wollte Var wissen.

Alle Blicke richteten sich auf Davyd. *Als wäre ich der Prophet,* dachte er. *Als bräuchte ich nur zu träumen, um ihnen die gewünschten Antworten liefern zu können. Schöpfer, hilf mir!* Er starrte zu dem hellen Himmel hinauf, an dem Vögel wie Pfeile umherschossen, und schüttelte den Kopf. »Ich denke, wenn wir hierbleiben, werden wir alle sterben«, sagte er schließlich. »Ich bezweifle, daß die Schutzzauber des Forts die Zerstörer fernhalten können. Und selbst wenn, würden wir irgendwann verhungern. Also bleibt uns nichts anderes übrig, als weiterzuziehen.«

»Wohin?« fragte Arcole.

Davyd zuckte die Achseln. »Ich weiß es nicht.«

»Also, wenn Rannach meint, daß wir es nicht durch die Wälder schaffen, bleiben uns wohl kaum viele Möglichkeiten, was?« knurrte Jaymes.

Er spürte die erwartungsvollen Blicke der anderen, schnaubte geräuschvoll und spuckte einen Strahl Tabaksaft aus. »Wir müssen von hier abhauen, weil wir sonst bald alle tot sind, richtig?« fuhr er fort. »Und wir haben nicht genug Pferde für uns alle. Also nehmen wir den Fluß.«

Arcole runzelte die Stirn. »Wie das?«

»Wir bauen uns ein Floß und lassen uns damit einfach flußabwärts treiben«, erklärte Jaymes. »So kommen wir von hier weg.«

»Und wohin?« erkundigte sich Arcole. Er berührte die Brandnarbe auf seiner Wange. »Zurück nach Grostheim und direkt aufs Schafott? Das gefällt mir ganz und gar nicht. Vergeßt nicht, daß Davyd und ich Verbannte sind.«

»Und ich sollte aufgeknüpft werden«, gab Jaymes

zurück. »Und Tomas hier ist desertiert, um mir das Leben zu retten, also gilt auch er wahrscheinlich als Abtrünniger und vogelfrei. Und Rannach ist ein Wilder, den Jared Talle und mehr als nur ein paar Gutsbesitzer ohne zu zögern über'n Haufen knallen würden. Aber welche andere Wahl haben wir denn? Die Leute müssen erfahren, was da auf sie zukommt.«

»Ich werde nicht nach Grostheim zurückkehren«, verkündete Arcole. »Was kümmert es mich, wenn die Stadt untergeht? Sollen die Zerstörer sie doch haben, und zum Teufel mit der Autokratie! Soll doch die Miliz Gottes gegen die Zerstörer und die Tachyn kämpfen! Hoffentlich bringen sie sich gegenseitig um.«

»Das wird nicht geschehen«, sagte Davyd leise. »Die Zerstörer werden Grostheim erobern. Nur daß sie ...« Er verstummte und schüttelte den Kopf.

»Der größte Teil der Garnison ist tot«, gab Var zu bedenken. »Die Soldaten sind wahnsinnig geworden und übereinander hergefallen. Andru Wyme und Alyx Spelt sind tot. Ich nehme an, daß die Stadt jetzt nur noch von der Marineinfanterie verteidigt wird.«

»Und noch was«, fügte Jaymes hinzu. »Grostheim ist voller Menschen, die wie Ihr und Davyd das Brandzeichen auf der Wange tragen. Findet Ihr, daß die auch den Tod verdient haben?«

»Nein, die Leibeigenen nicht«, erwiderte Arcole unbehaglich. Er wandte sich Var zu. »Aber warum sollte ich Euren Marinesoldaten oder irgendeinem anderen Evanderaner helfen? Schließlich wart Ihr es, der uns in dieses Land gebracht hat, oder?«

Var nickte. »Ja, das stimmt. Ich habe der Autokratie gedient und meine Befehle ausgeführt. Aber jetzt ...«

»Können wir denn nicht alle voneinander lernen?« unterbrach Davyd die beiden Männer. »Seht uns doch an! Beim Schöpfer, wir sind ein buntgemischter

Haufen, oder? Rannach ist ein Matawaye, und ich bin ein gebrandmarkter Verbannter wie du, Arcole. Major Var ist ein Offizier in der Miliz Gottes, aber er ist bereit, zusammen mit Abram und uns gegen die Zerstörer zu kämpfen. Und wenn wir nichts unternehmen, wird alles verloren sein, Salvation *und* Ket-Ta-Thanne. Du und Var, ihr habt gemeinsam gegen die Seeschlange gekämpft, nicht wahr? Warum solltet ihr nicht auch jetzt gemeinsam kämpfen?«

»Und wenn wir Grostheim warnen?« fragte Arcole. »Wozu wird das führen?«

»Zu einer neuen Ordnung«, antwortete Abram Jaymes an Davyds Stelle, »zu einer anderen Welt, die nicht mehr von Evander, sondern von Salvation beherrscht wird. In der es keine Leibeigenen mehr gibt, nur noch freie Männer und Frauen. Auch keine Inquisitoren mehr, keine Miliz Gottes oder Gouverneure, nur noch Menschen, die hier in Freiheit leben.«

Var nickte zustimmend. »Ich teile Abrams Meinung. Evander hat genausowenig das Recht, dieses Land für sich zu beanspruchen, wie Chakthi oder die Zerstörer. Salvation sollte sich selbst verwalten dürfen, befreit vom Joch der Autokratie.«

»Und glaubt Ihr, daß der Inquisitor damit einverstanden sein wird?« Arcole lächelte schief. »Oder die Soldaten der Miliz Gottes? Werden die Gutsbesitzer bereit sein, ihren leibeigenen Dienern die Freiheit zu schenken? Werden all die Leute, die freiwillig nach Salvation gekommen sind, um hier ihr Glück zu machen, damit einverstanden sein, sich von Evander loszusagen?«

»Gut möglich, daß sie sich für die Unabhängigkeit entscheiden«, sagte Jaymes. »Talle ist bei ihnen nicht gerade beliebt, was auch für die Autokratie gilt. Und vergeßt nicht, es gibt in Salvation mehr Leibeigene als freie Bürger.«

»Wenn wir die Zerstörer nicht hier besiegen, werden sie ihren Eroberungsfeldzug fortsetzen«, prophezeite Davyd. »Wahrscheinlich zuerst in Ket-Ta-Thanne, aber danach überall auf der Welt. Das würde ein grauenhaftes Gemetzel werden, Arcole.«

»Meine Marinesoldaten werden gegen sie kämpfen«, versicherte Var. »Aber es sind nicht sehr viele, und wenn sie nicht vorbereitet sind ...«

»Ihr verlangt von mir, denjenigen zu helfen, die mir das angetan haben?« fragte Arcole. Er berührte die Brandnarbe auf seiner Wange. »Ich habe kein Verbrechen begangen, außer einen Mann in einem Duell zu töten, das er selbst gewollt hat. Und dafür hat Evander mich für immer gezeichnet und in die Verbannung geschickt.« Seine Stimme wurde bitter. »Dafür hat man mich zu einem Arbeitssklaven gemacht, und jetzt erwartet ihr von mir, meinen Peinigern zu helfen? Warum sollte ich das tun?«

»Ich bitte Euch darum, den Gebrandmarkten zu helfen«, korrigierte Jaymes.

»Und mir geht es nur darum, daß die Zerstörer besiegt werden«, fügte Davyd hinzu.

»Ich möchte nach Ket-Ta-Thanne zurückkehren«, sagte Arcole störrisch. »Von mir aus können die Zerstörer Salvation haben.«

»Dabei wird es nicht bleiben.« Davyd schüttelte den Kopf. »Sobald die Zerstörer Salvation erobert haben, werden sie gegen Ket-Ta-Thanne und das Volk marschieren.«

»Dann laß uns das Volk warnen«, schlug Arcole vor. »Laß uns in die Berge gehen.«

»Nein, das können wir nicht.« Davyd schüttelte erneut den Kopf. »Es ist, wie Rannach gesagt hat, die Wege in die Berge werden zu gut bewacht.«

Er wandte sich dem Akaman der Commacht zu und übersetzte ihm das Gespräch.

Rannach starrte Arcole vorwurfsvoll an. »Erinnerst du dich noch, wie ihr zu uns gekommen seid?« fragte er ihn in der Sprache der Matawaye. »Ich habe diese Narbe in deinem Gesicht gesehen und konnte nicht verstehen, wie Menschen anderen so etwas antun können. Ich habe damals gesagt, daß ich allen Menschen, die dein Los teilen, helfen möchte, und das sage ich jetzt wieder! Wir müssen sie vor dem warnen, was auf sie zukommt.«

»Selbst wenn sie uns töten?« wollte Arcole wissen.

»Selbst dann«, bestätigte Rannach. »Das verlangt unsere Pflicht dem Schöpfer gegenüber, oder?«

Arcole zuckte ergeben die Achseln. »Also gut«, seufzte er. »Dann laßt uns dieses Floß bauen.«

Sie trugen Holz zusammen, während die Sonne schnell über den Himmel eilte, Baumstämme und Fässer als Auftriebskörper, die sie mit Seilen vertäuten. Das Floß schien kaum groß genug zu sein, um sie alle zu tragen, auf keinen Fall die Pferde, die sie freiließen. Was sie an Proviant finden konnten, stapelten sie am Flußufer auf. Wenigstens verfügten Arcole und Davyd jetzt wieder über ausreichend Munition aus den Beständen des Forts.

Der Tag neigte sich dem Ende entgegen, und die Mauern des Forts warfen lange Schatten. Die sinkende Sonne tauchte den Wald in ein Wechselbad aus Licht und Schatten, das das Auge täuschte und die Schemen verbarg, die zwischen den Bäumen hervorquollen …

Anfangs waren sie wirklich schwer zu entdecken. Ihre Rüstungen schienen das Licht regelrecht aufzusaugen und auf eine trügerische Art zu reflektieren, so daß sie mit ihrer Umgebung beinahe verschmolzen. Die Zerstörer ritten auf geifernden Bestien, gräßliche

Kreaturen, die Davyd sich in seinen schlimmsten Alpträumen nicht hätte vorstellen können.

Er *spürte* sie kommen, noch bevor die ersten aus dem Wald hervorbrachen, und rief seinen Gefährten zu, sich mit dem Floß zu beeilen. Und obwohl er vorgewarnt war, erfüllte ihn das, was sich seinen Augen bot, mit Entsetzen. Tekah, Rannach und Morrhyn hatten ihm die Zerstörer beschrieben, aber ... Was für Wesen waren das, die solche Ungeheuer ritten, fremdartige Rüstungen trugen und eine Aura zielloser Zerstörungswut ausstrahlten? Davyds Magen krampfte sich zusammen. Mit zitternden Händen hob er die Muskete und drückte ab.

Mehr konnte er nicht tun. Auf einmal überkam ihn eine tiefe Ruhe. Er spürte, wie irgend etwas von ihm abfiel und sich etwas anderes in ihm auftat. Vielleicht war es besser so. Er hatte sich so sehr gewünscht, ein Wakanisha wie Morrhyn zu werden. Den Regeln des Ahsa-tye-Patikos zu folgen, das den Träumern die Rechte eines Kriegers untersagte, das Recht zu töten. Doch als er sah, wie der Zerstörer aus dem Sattel geworfen wurde und über den Rücken der fremdartigen Bestie rutschte, als er eine frische Ladung Schießpulver in den Lauf seiner Muskete schüttete, eine Kugel hineindrückte, sie mit dem Ladestock feststampfte und erneut zielte, verspürte er die gleiche wilde Befriedigung wie in der vergangenen Nacht, als er Chakthis Krieger getötet hatte.

Er zielte auf das jetzt herrenlose Reittier – was war es, Echse oder Löwe? –, das brüllend weiter auf das Fort zustürmte, und schoß ihm eine Kugel genau zwischen die Augen. Es brach zusammen und bildete ein Hindernis, über das die nachrückenden Kreaturen stolperten. »Beeilt euch!« rief er überflüssigerweise, denn die anderen mußten das Brüllen der Bestien längst gehört haben.

Vars und Jaymes' Gewehre dröhnten, Arcoles Muskete gesellte sich mit einem dumpferen Knall hinzu. Davyd, Rannach und Debo bestiegen das zerbrechliche Floß, das von Var und Arcole in den Fluß geschoben wurde. Erst als die Strömung es erfaßte und es flußabwärts zu treiben begann, zogen sich die beiden Männer ebenfalls an Bord. Debo schrie angesichts der unheimlichen Reiter voller Panik auf. Rannach drückte ihn flach auf die Planken und zog den Bogen aus der Schutzhülle. Davyd lud seine Muskete nach, verzichtete aber darauf, erneut zu schießen. Er war kein so guter Schütze, als daß er von einem schwankenden Floß aus einen gezielten Treffer hätte landen können, obwohl er das überwältigende Bedürfnis verspürte, diese angreifenden Ungeheuer zu töten.

Pfeile schwirrten durch die Luft und versanken im Wasser. Die Sonne stand tief im Westen, ihre weichen Strahlen zauberten Licht und Schatten auf die farbigen Rüstungen der Zerstörer, neben denen die Tachyn trotz ihrer Kriegsbemalung unauffällig und geradezu blaß wirkten. Die Zerstörer waren so schön wie die Sünde, und dieser Kontrast von Schönheit und Bösartigkeit raubte Davyd beinahe den Verstand. Auf einmal glaubte er zu verstehen, warum Hadduth und Chakthi von dieser Macht verführt worden waren, und er fragte sich, wie das Volk überhaupt gegen derartige Geschöpfe hatte kämpfen können. Er starrte sie ehrfürchtig an. Die Muskete lag vergessen in seinen Händen. Es war, als würde die schreckliche Pracht dieser fremdartigen Krieger ihn verzaubern.

Das Peitschen von Schüssen riß ihn aus seinem traumartigen Zustand. Er sah, wie Var und Jaymes die Läufe ihrer Gewehre auf die Zerstörer richteten, während Rannach und Arcole das Floß mit zwei improvisierten Paddeln weiter in die Flußmitte beförderten. Die Zerstörer und die Tachyn preschten am

Ufer entlang, heulten vor Wut und Enttäuschung und schossen einen wahren Pfeilhagel ab, aber mittlerweile hatte das Floß die Hauptströmung erreicht und trieb schnell durch die anbrechende Abenddämmerung.

Die Sonne versank endgültig hinter dem fernen Gebirge, die Mondsichel ließ die Wellen auf dem Wasser wie flüssiges Silber glitzern. Nach einer Weile stellten die Verfolger ihren sinnlosen Beschuß ein. Ihr Geheul verstummte. Stille senkte sich über den Restitution herab, der die Flüchtlinge nach Osten trug, Grostheim entgegen.

Morrhyn starrte den riesigen Wald an, der sich vor ihm ausbreitete, und fragte sich, ob es richtig von ihm war, das Volk in dieses Land zu führen. Die Wildnis mit ihren dichten Urwäldern und steilen Felsklippen schien endlos zu sein und keinen Raum für Grassteppen zu lassen. Dies war kein Land für Pferde, ganz anders als die weiten Ebenen von Ket-Ta-Thanne, eine dunkle und düstere Gegend. *Der passende Ort für Chakthis Tachyn,* dachte Morrhyn. Er fühlte sich beklommen. Es war, als könnte er das Böse in der Luft riechen.

»Das gefällt mir nicht«, murmelte Kahteney. Er blickte sich um, als rechnete er jeden Moment mit einem Angriff. »Dieses Land ist ...« Er hob die Schultern.

»Ja, mein Bruder, ich weiß«, erwiderte Morrhyn. »Aber trotzdem ...«

»Schlagen wir hier unser Lager auf, oder gehen wir weiter?« fragte Kahteney.

Morrhyn sah Colun auffordernd an.

»Ein Stückchen weiter gibt es eine geeignete Stelle«, sagte der Grannach. »Ich werde einen Trupp Späher vorausschicken, aber ich glaube nicht, daß Chakthis Krieger in der Nähe sind.«

»Und wenn wir doch auf sie stoßen, sollten wir sie sofort töten und weiterziehen«, warf Yazte ein. »Ich mag diese Wälder nicht.«

Damit sprach er den anderen aus dem Herzen. Die Mataway waren Steppenbewohner, an ein Leben auf weiten Ebenen und nicht in dichten Urwäldern gewöhnt. Ihre Pferde hatten Schwierigkeiten mit den steilen Hängen. Das Gewirr der überall aus der Erde ragenden Wurzeln und die tiefhängenden Äste der großen Bäume bildeten eine ständige Gefahr für Tiere und Reiter, während sie aus dem Hochgebirge zu dem von Colun vorgeschlagenen Lagerplatz hinabstiegen.

»Es halten sich keine Tachyn in der näheren Umgebung auf«, berichtete er den Anführern der Mataway, nachdem seine Späher zurückgekehrt waren. »Und auch keine Zerstörer, denke ich.«

»Dann rasten wir heute nacht hier«, entschied Morrhyn. »Morgen machen wir uns auf die Suche nach Rannach und den anderen.«

»Und nach den Zerstörern«, knurrte Yazte. »Und nach Chakthis Tachyn und was uns sonst noch alles erwarten mag.«

»Ja«, bestätigte Morrhyn. »Was bleibt uns übrig?«

Yazte zuckte nur die Achseln und erkundigte sich bei Colun, ob die Grannach Tiswin in ihrem Gepäck hätten.

»Du hast mir seinen Kopf versprochen!« Chakthi deutete wütend auf den im fahlen Mondlicht glitzernden Fluß. »Sein Kopf, hast du gesagt! Du hast mir dein Wort darauf gegeben! Und was jetzt? Sie sind verschwunden, und wir können sie nicht einholen! Sie sind uns entkommen!«

»Es mangelt dir an Geduld. Zweifelst du an meinem Wort?« Akratil lenkte sein gehörntes Pferd von dem des Tachyn fort. Das kleinere Tier hatte Angst vor der pechschwarzen Kreatur, und in seinem Zorn ruckte Chakthi so heftig im Sattel hin und her, daß es nervös tänzelte. Er umklammerte das Beil, mit dem er Rannach den Kopf von den Schultern hatte trennen wollen, und starrte den Anführer der Zerstörer finster an.

»Seinen Kopf!« wiederholte er. Speichel tropfte ihm von den Lippen. Seine Augen quollen weit aus ihren Höhlen hervor. »Du hast mir seinen Kopf versprochen, und jetzt ist er uns entwischt!«

»Zweifelst du an meinem Wort?« fragte Akratil erneut.

»*Ja!*« schrie Chakthi aufgebracht.

»Narr«, sagte Akratil. Er zog an den goldenen Zügeln und riß das mitternachtschwarze Pferd herum. Es senkte den Kopf, stürmte mit einem unheimlichen Kreischen auf das kleinere Tier des Tachyn zu und bohrte ihm das Horn tief in die Brust.

Chakthis Pferd wieherte schrill und versuchte, sich von dem Horn zu befreien. Blut sprudelte aus seinem Maul und den Nüstern hervor, als die Bestie des Zerstörers erneut zustieß. Dann erschlaffte es plötzlich und brach zusammen. Chakthi wurde aus dem Sattel geschleudert. Akratils Tier schnaubte und zog das Horn mit einem Kopfschütteln aus der Brust des Pferdes.

Der Tachyn landete mit dem Gesicht voraus im Gras und stemmte sich auf die Knie hoch. Seine Miene spiegelte eine Mischung aus Verblüffung und maßlosem Zorn wider. Er holte mit seinem Beil zum Schlag aus.

Lachend ließ Akratil sein furchtbares Schwert herabfahren und trennte mühelos die Schneide des Beils von ihrem Schaft.

Von seinem eigenen Schwung weitergetragen, folgte Chakthi der Flugbahn des Axtkopfes. Wieder landete er der Länge nach im Gras. Die Zerstörer lachten, während die Tachyn das Schauspiel mit ängstlicher Anspannung stumm verfolgten. Chakthi spuckte aus, aber als er aufstehen wollte, spürte er Akratils Klinge an seiner Kehle und blickte in ein rotglühendes Augenpaar, das ihn unter dem goldenen Helm abschätzig musterte. Akratil beugte sich aus dem Sattel herab, und aus Chakthis Hals quoll ein Blutstropfen hervor.

Der Akaman erstarrte. Langsam, noch immer auf Händen und Knien, kroch er zurück. Akratil folgte ihm auf seinem schrecklichen Pferd, so daß die Schwertklinge gegen Chakthis Kehle gedrückt blieb.

»Soll ich dir den Kopf abhacken? Oder entschuldigst du dich bei mir?«

Die Zerstörer rückten näher und umringten die beiden Männer. Chakthi schluckte. Jetzt rann ihm ein Blutfaden den Hals hinab und versickerte in seinem Hemd. Er starrte Akratil aus Augen an, in denen der Wahnsinn loderte. Trotz des Fauchens der echsenartigen Bestien und des nervösen Schnaubens von Akratils Pferd, senkte sich plötzlich eine bedrohliche Stille herab.

»Nun?« Akratils Stimme klang belustigt, als hätte er keine Probleme damit, einen Verbündeten zu töten. Chakthi schluckte erneut. Sein Blick zuckte hin und her, aber er entdeckte nirgendwo Unterstützung in den Gesichtern seiner Krieger. Alles, was er in ihnen lesen konnte, war die Angst davor, ein Volk herbeigerufen zu haben, das sich ihrem Verständnis entzog und dem sie im Kampf hoffnungslos unterlegen waren. Er sah, wie Hadduth ihn mit einem Nicken aufforderte, Akratil zu gehorchen, und er spuckte wieder aus.

»Ich … entschuldige mich.« Er brachte die Worte kaum hervor, und als er sie ausgesprochen hatte, wurde ihm bewußt, daß er Akratil mit der gleichen Inbrunst haßte wie Rannach und dessen verfluchte Commacht oder die Fremden, die dieses Land, das er für seinen Besitz hielt, für sich beanspruchten. Um seine Ziele zu erreichen, brauchte er die Zerstörer, aber andererseits war er der Akaman der Tachyn, und es schmerzte ihn in seiner vom Irrsinn zerfressenen Seele, zu einem derart unterwürfigen Benehmen gezwungen zu sein.

»Gut.« Akratil zog sein Schwert zurück. »Ich habe etwas gegen Leute, die an meinem Wort zweifeln.«

Er gab Chakthi ein Zeichen, sich zu erheben, und als der Tachyn der Aufforderung nachkam, lenkte Akratil sein gehörntes Pferd neben ihn und trat ihm lächelnd mit dem Stiefel ins Gesicht, so daß Chakthi ein drittes Mal zu Boden ging.

»Widersetz dich mir nie wieder«, warnte Akratil. »Solltest du noch einmal an mir zweifeln, werde ich dich töten und deinen erbärmlichen Kopf diesen hier hinzufügen.« Er ließ sein schwarzes Pferd tänzeln, und die Totenschädel am Sattel des Tiers klapperten. »Hast du das verstanden?«

Chakthi fuhr sich mit der Hand über den blutenden Mund und neigte wortlos den Kopf.

»Gut.« Akratil schmunzelte. »Du haßt mich, was? Das ist gut, denn es ist der Haß, der uns unsere Kraft verleiht.«

Der Akaman der Tachyn schwieg weiter und starrte den Zerstörer gedemütigt und in hilflosem Zorn an.

Akratil lachte. »Aber ich werde mein Versprechen trotzdem halten«, sagte er. »Du wirst den Kopf bekommen, den du dir so sehnlich wünschst. Und noch etliche mehr.«

FEUER UND WASSER

Die Nacht schritt voran, und die Schreie ihrer Verfolger verklangen allmählich in der Dunkelheit. Die im Mondlicht schimmernden Rüstungen blieben hinter ihnen zurück. Der Restitution strömte breit und silbern glitzernd dem fernen Meer entgegen und trug das in der Strömung schaukelnde Floß mit sich. Eine Weile herrschte Schweigen, während die Männer ihre Musketen und Gewehre nachluden.

»Wir haben sie vorläufig abgehängt«, sagte Abram Jaymes schließlich.

»Um in Grostheim zu landen?« brummte Arcole. »Das heißt, vom Regen in die Traufe kommen.«

»Wir werden zuerst 'ne Farm aufsuchen und uns da 'ne Weile ausruhen«, erwiderte Jaymes zuversichtlich. »Den Leuten sagen, was los ist.«

»Und der Besitzer wird uns bei sich aufnehmen?« fragte Arcole.

»Wahrscheinlich wird ihm kaum 'ne andere Wahl bleiben«, entgegnete Jaymes.

Arcole starrte den grauhaarigen Mann mit gerunzelter Stirn an.

»Wie ich festgestellt habe, hat Abram viele Freunde«, warf Var geheimnisvoll ein. »Ich denke, Ihr werdet überrascht sein.«

Das war Arcole tatsächlich, als Jaymes das Floß kurz vor Anbruch der Morgendämmerung an einen Steg am nördlichen Ufer steuerte, hinter dem in der Dunkelheit undeutlich die Umrisse mehrerer gedrungener Gebäude zu sehen waren. Die Gefährten zogen das Floß an Land und stiegen, von Jaymes geführt, die Uferböschung hinauf. Rannach trug den schlafenden

Debo auf den Armen. Irgendwo begann ein Hund zu bellen.

Jaymes hob eine Hand. »Wartet hier.«

Er ging weiter. Das Bellen verstummte. Kurz darauf tauchte er wieder auf. »Kommt mit.«

Sie betraten ein kleineres Haus, deren Bewohner, ohne Ausnahme gebrandmarkte Leibeigene, gerade aufstanden und sich auf ihre Arbeit vorbereiteten. Es waren sechs Männer und sechs Frauen mit einem Haufen Kinder, die den ungewohnten Besuch staunend mit weit aufgerissenen Augen anstarrten.

»Das ist Bryn.« Jaymes deutete auf einen massigen Mann, dessen Brandmal fast von seinem langen Haar verdeckt wurde. »Er ist ein Freund.«

»Seid uns willkommen«, sagte Bryn. »Abram hat uns von euch erzählt.« Er führte seine Besucher an einen Tisch, den die Frauen zum Frühstück deckten. »Wollt ihr mit uns essen?«

Rannach sah sich nervös um, als befürchtete er eine Falle, einen Hinterhalt. Eine der Frauen trat an ihn heran. »Ach, der Kleine ist todmüde, was?« fragte sie lächelnd. »Gib ihn mir, dann bringe ich ihn ins Bett.«

Sie streckte die Arme aus, und Rannach zuckte zurück. Debo regte sich in den Armen seines Vaters und öffnete schläfrig die Augen. Nachdem Davyd die Worte der Frau übersetzt hatte, gestattete Rannach ihr, ihm seinen Sohn abzunehmen und in ein Bett zu legen, in dem sonst eins der leibeigenen Kinder schlief.

»Warum helfen sie uns?« wollte er wissen.

»Warum sollten sie nicht?« antwortete Jaymes ihm durch Davyd. »Ich hab' ihnen gesagt, daß du nicht zu Chakthis Clan gehörst, und sie wissen, was wir zu tun versuchen.« Er grinste. »Außerdem vertrauen sie mir.«

»Ihr riskiert eine ganze Menge«, stellte Var an Bryn

gewandt fest. »Was ist, wenn Euer … Besitzer uns hier entdeckt?«

Bryn hob die breiten Schultern. »Abram hat uns erzählt, was Ihr für ihn getan habt.« Er löffelte Haferbrei in sich hinein und sprach mit vollem Mund weiter. »Das war anständig von Euch, finde ich, finden wir alle. Und die Dinge verändern sich in diesem Land. Sollte Sieur Vitale sich beschweren …« Er kicherte. »Nun, dann werden wir uns bei ihm beschweren, schätze ich.«

Er sah sich fragend um und erntete von allen Seiten zustimmendes Nicken und Murmeln.

»Sprecht Ihr von einer Rebellion?« erkundigte sich Var vorsichtig. »Ihr würdet Euch gegen Euren Herrn auflehnen?«

»Hast du das nicht selbst getan?« fragte Jaymes.

Var dachte einen Moment lang nach und nickte.

»Er wird sich's aussuchen können«, sagte Jaymes. »Ob er sich uns anschließen will oder nicht. Ist doch fair, was?«

Wieder dachte Var eine Weile nach, und wieder nickte er. »Also, wie sieht unser Plan aus?« wollte er wissen. Dann grinste er. »Oder vielmehr *dein* Plan.«

»Bryn wird uns mit Proviant versorgen«, erklärte Jaymes. »Und den nächsten Hof über das informieren, was da auf uns zukommt …«

»Ihr werdet einfach weglaufen?« fragte Var Bryn überrascht. »Das würdet Ihr riskieren?«

»Nach allem, was Jaymes mir berichtet hat, ja«, erwiderte Bryn. »Würdet Ihr das an meiner Stelle nicht tun?«

Var zuckte die Achseln. »Ihr setzt viel aufs Spiel.«

»Es steht ja auch viel auf dem Spiel«, gab Bryn zurück. »Außerdem kann ich den Freynche-Hof noch heute erreichen und schon morgen wieder hier sein. Und die Leute dort werden die Stottyr-Farm informieren, und die wiederum werden die Nachricht weitergeben, bis alle Höfe Bescheid wissen, was ihnen droht. So werden wenigstens die Leibeigenen vorbereitet sein.«

Tomas Var nickte. »Und wir?«

Bevor Jaymes antworten konnte, wurde die Tür aufgestoßen, und ein kleiner Mann mit einem geröteten Gesicht trat ein. Seine Nase und die Augen verrieten den starken Trinker. Um die Hüften hatte er sich ein Paar Pistolen geschnallt. Die Wut in seinem Gesicht wich einem Ausdruck der Verblüffung, als er die Gäste seiner leibeigenen Arbeiter entdeckte.

»Was, in Gottes Namen, ist *das*?« schrie er und glotzte Rannach fassungslos an. »Ein gottverdammter Wilder auf meinem Land?«

Er zog beide Pistolen aus den Holstern und richtete sie auf den Tisch.

»Wer seid ihr? Bei Gott, das ist Abram Jaymes, nicht wahr?« beantwortete er seine eigene Frage. »Und Ihr seid dieser Abtrünnige.« Er stierte Var feindselig an. »Ihr habt einen Eid auf Gott geschworen, was? Und dann habt Ihr diesen Abschaum aus dem Gefängnis befreit und seid desertiert. Was tut ihr hier?« Sein wütender Blick fiel auf Davyd und Arcole. »Und die da mit den Brandmalen auf den Wangen? Flüchtlinge, häh? Bryn, sperr sie ein! Wir werden sie alle dem Inquisitor in Grostheim übergeben.«

Bryn erhob sich schwerfällig. »Nein.«

»Was?« Vitales Pistolen ruckten herum. »Du widersprichst mir?«

»Ja«, sagte Bryn. »Hört mich an, Sieur. Diese Männer sind mit einer Warnung über eine ernsthafte …«

»Ruhe!« schrie Vitale. »Du sperrst sie jetzt auf der Stelle ein, oder du hast dein Leben verwirkt!«

»Sieur, hört mich doch an …«

»Nein, du Bastard!« fiel ihm Vitale ins Wort und zielte auf Bryns Brust. »Du tust jetzt, was ich dir sage, oder ich erschieße dich. Und du tust es sofort! Sperr sie ein!«

»Nein«, wiederholte Bryn, und sein Besitzer schoß ihm in die Brust.

Bryn taumelte zurück. Haferbrei quoll aus seinem Mund hervor. Auf seinem Hemd breitete sich ein großer Blutfleck aus. Er prallte mit dem Rücken gegen die Wand, wurde zurückgeschleudert und fiel schwer auf den Tisch. Der Aufprall ließ die Schüsseln, Teller und Tassen hüpfen. Eine Frau schrie. Die Kinder begannen zu weinen. Vitale bleckte die Zähne und hob die zweite Pistole, als Rannachs Beil durch die Luft wirbelte und sich zwischen die Rippen des Gutsbesitzers grub. Vars Pistole entlud sich praktisch zeitgleich. Vitale wurde durch die offene Tür geschleudert und landete rücklings im Vorhof.

Davyd und Arcole griffen nach ihren Musketen.

Abram Jaymes war sitzen geblieben, als wäre nichts geschehen, und löffelte weiter seinen Haferbrei. »Ich würd' sagen, du steckst jetzt ganz schön in der Patsche«, bemerkte er trocken.

»Was hätte ich denn sonst tun können?« Var erweckte den Eindruck, als hätte er sich selbst überrumpelt. »Gott, der Mann hat Bryn einfach grundlos erschossen!«

»Bryn war ein gebrandmarkter Mann«, erklärte Jaymes ruhig. »Und genau so funktioniert die Autokratie nun mal.« Er deutete mit dem Löffel auf Rannach, der sein Beil aus Vitales Brustkorb zog, es am Hemd des Gutsbesitzers abwischte und zum Tisch zurückkehrte. »Er versteht das besser als du.«

Davyd übersetzte Rannach das Gespräch.

Der Commacht zuckte die Achseln. »Bryn war ein Freund«, sagte er, »und der Mann mit dem roten

Gesicht hat ihn getötet. Was hätte ich sonst tun sollen?«

»Siehst du?« fragte Jaymes Var.

Var nickte. »Ich denke, ich habe begriffen.«

Morrhyn nahm Pahé ein und ließ sich vor dem Feuer nieder. Kahteney hockte auf der anderen Seite. Seine Augen waren durch die Wirkung der Traumwurzel bereits groß und glasig. Morrhyn lächelte, schickte ein stummes Gebet zum Schöpfer und bat ihn, ihnen zu zeigen, was sie tun und wohin sie gehen sollten. Er begann zu träumen ...

... von Davyd, Arcole und Rannach, die zusammen mit zwei Fremden einen breiten Fluß hinabtrieben, der sich in eine schier endlose Wasserfläche ergoß. Das mußte der Ozean sein, von dem Davyd und Arcole gesprochen hatten. An seinem Ufer erhob sich eine große, von hölzernen Mauern umgebene Siedlung, zweifellos die Stadt, aus der sie geflohen waren. Und hinter den Mauern konnte Morrhyn eine beunruhigende Präsenz spüren, als lauerte dort etwas ebenso Bösartiges wie die Zerstörer.

Plötzlich sah er die Horde, die zusammen mit Chakthis Tachyn durch dieses fremdartige Land zog wie ein wütender Steppenbrand, der alles verschlang, was sich ihm in den Weg stellte. Er sah, wie das Feuer sich dem Fluß näherte und Rannach und seine Gefährten zu verbrennen drohte. Sie gingen an Land, wo ihnen Menschen mit dem Brandmal der Verbannung auf den Wangen Unterschlupf gewährten, bevor sie ihren Weg zu der Stadt fortsetzten.

Morrhyn verstand nicht, warum sie das taten, und streckte im Traum seine geistigen Fühler aus, um mit Davyd Kontakt aufzunehmen.

Es war nicht einfach, eine Verbindung herzustellen.

Die Anwesenheit der Zerstörer vernebelte den Äther, ihre Magie verschleierte die Traumwege, so daß es ihm schwerfiel, sich klar auszudrücken und Davyds Antworten zu verstehen, nachdem der Kontakt zustandegekommen war.

Wir sind in Salvation, sagte er. *Ich habe geträumt, daß wir kommen mußten.*

Die Zerstörer sind hier, erwiderte Davyd. *Sie haben sich mit Chakthi und seinen Tachyn verbündet.*

Ja, ich weiß. Deshalb habe ich das Volk nach Salvation geführt, um gegen sie zu kämpfen.

Sie jagen Rannach. Chakthi will seinen Kopf.

Chakthi wird seinen eigenen Kopf verlieren. Er ist verrückt.

Ja, aber die Zerstörer benutzen ihn. Sie verfolgen uns weiter …

Wo seid ihr? fragte Morrhyn. Die Antwort bestand aus einem Abbild des Flusses, der von einer Feuersbrunst erhellt wurde, und dem Krieger in der goldenen Rüstung, den Morrhyn bereits kannte. Der Zerstörer saß auf seinem gräßlichen Pferd inmitten der Flammen und lachte. Dann wurde alles verworren, eine schnelle Abfolge von Bildern und Gefühlen, einer schrecklichen Gefahr und einer blutigen Schlacht. Bruchstückhafte Eindrücke, die Morrhyn nicht richtig einordnen konnte, kämpften um die Vorherrschaft. Der Fluß und die Stadt loderten grell, und aus der Stadt heraus kamen Männer, die kämpften, auch wenn Morrhyn in dem heillosen Durcheinander nicht erkannte, gegen wen sie in die Schlacht zogen, ob gegen die Zerstörer, gegen die Matawaye oder gegen beide. Er empfing einen drängenden *Ruf*, wie er ihn schon einmal verspürt hatte, damals, als Davyd auf dem Weg nach Ket-Ta-Thanne gewesen war, aber die Flammen und ein donnernder Lärm hinderten ihn daran, die Stimme zu verstehen. Alles, was er wußte, war, daß er das Volk zu dieser Stimme führen mußte, und er betete, daß sie rechtzeitig dort eintreffen würden.

Er erwachte schweißüberströmt und stöhnte. In seinem Kopf pochte es schmerzhaft, als er sich bewegte. Er spritzte sich Wasser ins Gesicht und drehte sich zu Kahteney um.

Der Träumer der Lakanti schlug gerade die Augen auf. Er wirkte entsetzt. »Ich habe von Feuer und von einer Schlacht geträumt«, brachte er mit heiserer Stimme hervor, »aber ich konnte die Vision nicht deuten. Außer daß uns die Zerstörer erneut bedrohen.«

»Das wußten wir bereits«, krächzte Morrhyn und trank ein paar Schlucke Wasser, bevor er weitersprach. »Jetzt müssen wir sie finden und bekämpfen.«

»Ja, ich weiß«, erwiderte Kahteney. »Aber werden wir diese Schlacht überleben?«

»Das liegt sowohl in den Händen des Schöpfers, als auch in unseren eigenen«, sagte Morrhyn. »Aber wir müssen es versuchen, nicht wahr? Das ist unsere Pflicht.«

Kahteney nickte. Er schien unglücklich über diese Pflicht zu sein, und Morrhyn konnte das Zögern seines alten Freundes verstehen.

Beim Schöpfer, die Zerstörer hätten das Volk in Ket-Ta-Witko beinahe vernichtet, und jetzt zogen die Matawaye in einem unbekannten Land, das voller potentieller Feinde war, in den Krieg. Er wünschte, es wäre nicht so, aber er sah keine andere Möglichkeit. Wenn sie wie völlig verängstigte Tiere in Panik vor dem Feuer der Zerstörer flohen, würden sie auseinandergerissen werden und sterben. Er zog sein Hemd und seine Hose an, fuhr sich mit den Fingern durch das offene Haar und setzte ein – wie er hoffte – zuversichtliches Lächeln auf.

»Also, komm, Bruder. Tun wir unsere Pflicht.«

Kahteney erhob sich ächzend, kleidete sich ebenfalls an und verließ mit Morrhyn das Zelt.

Das Lager war bereits erwacht. Yazte, Kanseah und Dohnse saßen mit Colun vor einem Feuer, über dem Arrhyna und Flysse kochten. Alle Gesichter wandten sich den beiden Wakanishas zu, und Morrhyn schnappte den Rest ihrer Unterhaltung auf. Offenbar hatten die beiden Frauen den Männern erklärt, daß sie nicht ihre Dienstboten wären, die ihnen jeden Wunsch erfüllten und für sie kochten. Das Gespräch verstummte, als die Träumer das Feuer erreichten und Morrhyn den Männern und Frauen zunickte.

Flysse drückte ihm einen Teller in die Hand, Arrhyna kümmerte sich um Kahteney. Morrhyn sah die stumme Frage in ihren Augen.

»Sie leben«, sagte er. »Irgendwo östlich von hier. Sie folgen einem großen Fluß zu einem von hohen Mauern umgebenen Ort.«

Flysse runzelte die Stirn. »Der Fluß muß der Restitution sein, und der Ort Grostheim. Aber warum sollten sie nach Grostheim gehen?«

Morrhyn zuckte hilflos die Achseln. »Ich weiß es nicht. Vielleicht um die Menschen dort zu warnen? Die Zerstörer sind ihnen zusammen mit Chakthis Tachyn auf den Fersen.«

»Dieser Hurensohn hat sich mit den Zerstörern verbündet?« Yazte spuckte ins Feuer. »Ich werde ihm meine Lanze in die Brust bohren.«

Colun streichelte seine Axt. »Nicht wenn ich ihn zuerst erwische.«

»Bist du sicher?« Arrhynas Hände zitterten so sehr, daß Tee aus ihrer Tasse schwappte. »Die Zerstörer sind wirklich wieder da?«

Morrhyn nickte. »Und wenn wir sie nicht hier und jetzt aufhalten, werden sie weiterziehen – nach Ket-Ta-Thanne und zu allen anderen Ländern dieser Welt.« Er lächelte schwach. »Wir müssen den Fluß finden und seinem Lauf folgen, denn er wird uns zu Rannach und den anderen führen.«

»Ich kann dir helfen.« Flysse setzte ihre Tasse ab. Ihr hübsches Gesicht wirkte entschlossen. »Ich kann uns zum Restitution bringen, und der führt uns direkt nach Grostheim.«

»Und die Zerstörer?« fragte Yazte.

»Wir ziehen in den Krieg, oder?« Morrhyn musterte die Gesichter der anderen. »Wir sind hier, um Rannach, Arcole, Davyd und Debo zu finden, aber auch, um die Zerstörer aufzuhalten. Ich denke …« – er zögerte kurz – » … daß dies die letzte Schlacht sein wird, die wir schlagen.«

»Wie meinst du das?« wollte Yazte wissen.

»Ich denke, daß alles verloren ist, wenn wir jetzt versagen«, erklärte Morrhyn. »Wenn wir die Zerstörer nicht vernichten, werden sie uns und alle anderen töten, die wir in Ket-Ta-Thanne zurückgelassen haben. Jeden Menschen auf dieser Welt. Und danach werden sie andere Welten aufsuchen und auch sie auslöschen.«

»Dann laßt sie uns suchen und gegen sie kämpfen«, sagte Yazte mit fester Stimme. »Und sollte es unsere letzte Schlacht sein, dann werden wir wie wahre Krieger des Volkes sterben, und der Schöpfer wird uns zu sich in die Geistwelt nehmen.«

Die anderen stimmten ihm zu. Kurz darauf brachen sie auf, und der große Zug marschierte nach Osten.

Hauptmann Jorge Kerik starrte Jared Talle erschrocken an. »Seid Ihr sicher, Inquisitor?«

Talle erwiderte den Blick des nervösen Offiziers ruhig. »Zweifelt Ihr an mir, Hauptmann?«

»Nein!« Kerik schüttelte heftig den Kopf. »Aber …«

»Aber was?« fragte Talle scharf.

»Das hieße, die Garnison völlig unterbesetzt zurückzulassen«, sagte Kerik zögernd. Er hatte Angst vor dem Inquisitor, aber er fühlte sich auch für sein Kommando verantwortlich. Und nach Tomas Vars Desertion – vermutlich war der Major in der Wildnis umgekommen – war Jorge Kerik der ranghöchste Offizier in Salvation. Aber er hielt den Plan des Inquisitors für verrückt. »Nach all den Selbstmorden … den Geistern … wir verfügen nicht mehr über viele Männer. Wer soll die Stadt bewachen, wenn wir alle Marinesoldaten abziehen?«

»Es sind immer noch genügend Milizionäre da«, erklärte Talle.

»Wir wissen nicht, wo sich der Feind aufhält«, gab Kerik zu bedenken, obwohl er lieber nicht widersprochen hätte. »Und wenn er unsere Truppen umgeht und nach Grostheim marschiert …«

»Ich kann sie *riechen*!« Talle erhob sich so schnell hinter Andru Wymes verschnörkeltem Schreibtisch, daß seine schwarzen Rockschöße flogen. Er umrundete den Tisch und baute sich vor dem nervösen Offizier auf. Daß der Inquisitor zu ihm aufblicken mußte, änderte nichts an der Furcht, die Talles bloße Nähe ihm einflößte. »Ich werde Euch zu ihnen führen. Sie werden sich nicht an uns vorbeischleichen!«

»Aber ist unsere Streitmacht groß genug?« fragte Kerik verzweifelt. »Ihr sprecht von einer Horde, und ich habe nur zweihundertfünfzig von meinen Männern zur Verfügung.«

»*Eure* Männer?« Talle kicherte. »Ihr meint doch bestimmt *meine* Männer, oder?«

»Natürlich, verzeiht mir.« Kerik verbeugte sich unterwürfig.

»Die all meine Befehle ausführen werden, nicht wahr?«

»Ja, Inquisitor.«

»Ausgezeichnet. Wir verstehen uns also.«

Kerik wünschte, Tomas Var wäre nicht desertiert.

»Gut.« Talle verschränkte die Hände hinter dem Rücken und lehnte sich gegen den Schreibtisch. »Ihr habt zweihundertfünfzig Marinesoldaten, die nicht von diesem gespenstischen Fluch befallen sind.«

Der Hauptmann nahm instinktiv Haltung an und nickte. »Zweihundertfünfzig fähige Männer, Inquisitor.«

»Genügend Schießpulver, Munition und Waffen für einen Feldzug?«

»Ja, Inquisitor.«

»Artillerie?«

»Zehn leichte Geschütze. Es sei denn, wir bauen die stationären Kanonen in Grostheim ab und nehmen sie mit.«

»Könnten wir das?«

»Das wäre äußerst schwierig, Inquisitor. Die Kanonen sind sehr schwer und würden uns zwangsläufig behindern. Außerdem wäre die Stadt dann schutzlos.«

»Abgesehen von meinen Schutzzaubern!«

»Natürlich, Inquisitor. Ich wollte damit gewiß nicht andeuten …«

»Nein.« Talle schnitt ihm mit einer beiläufigen Handbewegung das Wort ab, und einen Moment lang befürchtete Kerik, der Inquisitor würde eine seiner magischen Gesten vollführen, um ihn zu verhexen. Sein Herz raste, und es fiel ihm schwer, Haltung zu bewahren. Doch dann stieß er einen erleichterten Seufzer aus, als Talle die Hand wieder sinken ließ und sein häßliches Lächeln aufblitzte.

»Wir haben also zehn leichte Geschütze?«

»Mit Kartätschen- und Schrapnellgranaten und ausgebildeten Artilleristen.«

»Gut.« Talles Nicken erinnerte Kerik an die Aasvögel, die er an den Leichen fressen gesehen hatte. »Dann werden wir uns also mit ihnen treffen. Und sollten wir ... zu keiner Übereinkunft kommen, werden wir sie vernichten.«

»Ja, Inquisitor«, sagte Kerik. »Wann brechen wir auf?«

»Je eher, desto besser, nicht wahr? Wie schnell könnt Ihr marschbereit sein?«

Kerik schluckte. Er war versucht, Ausflüchte zu erfinden, um mehr Zeit zu gewinnen – vielleicht waren bereits Schiffe aus Evander mit Verstärkung unterwegs –, aber der stechende Blick aus Talles schwarzen Augen machte es ihm unmöglich zu lügen.

»In drei Wochen, Inquisitor.« Er stellte eine schnelle Überschlagsberechnung an. »Vielleicht in vier.«

Talle runzelte die Stirn.

Der Hauptmann spürte, wie ihm der Schweiß unangenehm kitzelnd zwischen den Schulterblättern hinabrann. »Wir müssen Pferde requirieren«, beeilte er sich zu erklären. »Sowohl Reit– als auch Zugtiere für die Geschütze. Ich muß Mannschaften ausschicken ...«

»Beruft Euch auf mich«, sagte Talle. »Ich werde die Requirierungspapiere unterschreiben, und wenn Ihr es in kürzerer Zeit schafft, werde ich Euch in meinem nächsten Bericht an Evander lobend erwähnen.« Er lächelte. »Vielleicht schlage ich Euch für eine Beförderung vor. Schließlich muß irgend jemand den Posten dieses Verräters Var übernehmen.«

»Ich werde mein Bestes tun, Inquisitor«, versprach Kerik.

»Ausgezeichnet.« Talle winkte einen stummen Diener zu sich. »Weinbrand! Trinken wir auf den Sieg, ja?«

Kerik nickte, während der Diener zwei Gläser füllte. »Auf den Sieg!«

Der Leibeigene, dessen Brandmal sich blaß auf seiner Wange abzeichnete, blieb schweigend im Hintergrund stehen, als Talle und Kerik die Gläser erhoben und tranken.

»Erstattet mir jeweils mit Anbruch der Morgen- und Abenddämmerung Bericht«, befahl Talle. »Keine Verzögerungen.«

»Jawohl, Inquisitor«, bestätigte Kerik und fühlte sich mehr als erleichtert, als Talle ihn mit einer knappen Geste entließ.

Nicht zum ersten Mal wünschte er, er wäre nie nach Salvation versetzt worden. Er verstand nicht, was hier geschah. Geister, die durch die Straßen ritten? Ein Offizier der Miliz Gottes, der sein Kommando verriet, nur um einen Herumtreiber zu retten, der von einem Inquisitor verurteilt worden war? Ein Inquisitor, der beabsichtigte, Grostheim seiner Verteidigung zu berauben und in die Wildnis zu ziehen, um sich dort mit einem unbekannten Feind zu treffen? Das alles ergab keinen Sinn. Aber Jorge Kerik war nur ein einfacher Hauptmann der Marineinfanterie, und es stand ihm nicht zu, einem Inquisitor zu widersprechen oder seine Anordnungen in Frage zu stellen. Also behielt er seine Zweifel für sich, führte gehorsam seine Befehle aus und traf Vorbereitungen für Jared Talles Feldzug.

Davyd erwachte aus einem von unruhigen Träumen geplagten Schlaf und fand sich an einem Ort wieder, den er zuerst nicht erkannte. Träume und Realität vermischten sich, die Erschießung von Bryn und Morrhyns Stimme in seinem Kopf, Bilder der Horde und einer Armee von Matawaye, die aus der Wildnis kamen, Feuer und klirrende Schwerter, Blutvergießen, Sieg und Niederlage, ein verwirrendes Durcheinander. Er stöhnte, blickte sich um und setzte sich auf.

Er lag in einem zerwühlten Bett. Durch ein Fenster fiel das fahle Licht der Morgendämmerung. Das große Bett füllte den größten Teil des kleinen Zimmers aus, dessen hölzerne Wände kahl und schmucklos waren. Die karge Einrichtung beschränkte sich auf eine Kommode und einen Waschtisch. Allmählich kehrte sein Gedächtnis zurück. Er befand sich in der Unterkunft der Leibeigenen von Sieur Vitale, und Vitale war tot. So wie Bryn. Davyd erhob sich und machte sich auf die Suche nach den anderen.

Sie saßen an dem großen Tisch, an dem Bryn gestorben war. Beim Schöpfer, hatte er etwa einen ganzen Tag verschlafen? Dafür war keine Zeit.

Arcole begrüßte ihn mit einem Lächeln. »Du bist also endlich aufgewacht.«

Eine Frau reichte Davyd einen mit aromatischem Kaffee gefüllten Zinnbecher. Er bedankte sich und trank, bevor er sprach.

»Hast du geträumt?« erkundigte sich Rannach.

Davyd nickte.

»Da du ein Träumer bist, solltest du uns vielleicht sagen, was wir tun sollen«, schlug Abram Jaymes vor.

Als er Tomas Vars aufmerksamen Blick bemerkte, erlosch Davyds Lächeln. Der Mann war ein Freund – daran bestand kein Zweifel mehr für ihn –, aber er trug immer noch die Uniform eines Marineoffiziers der Miliz Gottes, und Davyd konnte nicht vergessen, wie die Autokratie mit Träumern verfuhr.

»Wir halten gerade Kriegsrat«, sagte Jaymes, wie um ihn zu beruhigen. »Aber wir haben uns gedacht, daß wir lieber auf dich warten sollten.«

»Wir haben Bryn und Vitale beerdigt«, informiert Arcole Davyd. »Boten sind bereits unterwegs zu den anderen Höfen. Aber sollen wir weiter nach Grostheim gehen, oder ...?«

»Die Mataways kommen«, erwiderte Davyd. »Sie

haben zusammen mit den Grannach das Gebirge passiert. Jetzt durchqueren sie die Wildnis auf der Suche nach uns und den Zerstörern.« Schweigen machte sich breit, nur unterbrochen von der fröhlichen Balgerei der Kinder, die begeistert mit Debo spielten. »Morrhyn führt sie an. Es sind alle Krieger dabei.« Er warf Arcole einen nervösen Blick zu. »Auch Flysse und Arrhyna.«

»Was?« keuchte Arcole. »Warum, in Gottes Namen?«

Davyd zuckte die Achseln. »Ich weiß es nicht. Ich kann dir nur sagen, daß sie die Krieger begleiten.«

Arcole übersetzte Rannach die Neuigkeiten, und das Gesicht des Commacht nahm den gleichen Ausdruck von Besorgnis und Verblüffung an.

»Sie haben darauf bestanden mitzukommen, denke ich«, fügte Davyd in der Sprache der Matawaye hinzu. »Ich bin mir nicht sicher, ich weiß nur, *daß* sie mit den Männern marschieren.«

»Ich muß sie finden!« stieß Rannach hervor. »Ich muß Debo mitnehmen und ihn und Arrhyna in den Bergen in Sicherheit bringen.«

»Du hast recht«, sagte Arcole. »Hier ist es viel zu gefährlich für sie.«

»Ich glaube, daß ihr in dieser Angelegenheit keine große Wahl habt.« Davyd sprach langsam und eindringlich. Er war sich der auf ihn gerichteten Blicke nur zu deutlich bewußt und spürte die Last der Verantwortung, die ein Träumer zu tragen hatte. Alle warteten auf seine nächsten Worte. »Sie sind hier, und sie werden erst zurückkehren, wenn wir alle in Sicherheit sind.« Er zögerte einen Moment lang. »Oder tot.«

»Sag mir, wo sie sind!« verlangte Rannach.

»Sie marschieren in unsere Richtung«, erwiderte Davyd. »Mehr weiß ich auch nicht. Ich denke …« Er zögerte erneut, trank seinen Kaffee und vermied es, den anderen in die Augen zu sehen. »Es wäre nicht gut, wenn wir nach ihnen suchen würden. Sie werden uns finden, oder auch nicht, aber wir müssen weiterziehen.«

Wie sollte er seinen Gefährten Träume erklären, die völlig vernebelt und vage waren? Er wünschte, er hätte Morrhyns Gewißheit, aber Morrhyn war der Prophet und er selbst nicht mehr als sein Schüler. Seine Finger strichen über seine Kriegerzöpfe, und er fragte sich, ob er überhaupt noch ein angehender Wakanisha war.

»Ich werde Debo nicht in der Gefahrenzone lassen«, beharrte Rannach.

»Worum geht es hier?« fragte Abram Jaymes auf Evanderanisch.

Davyd dolmetschte für ihn.

»Vielleicht ist das gar nicht mal so 'ne schlechte Idee«, sagte Jaymes. »Also, wir haben bereits Boten zu den anderen Höfen geschickt, und ich werd' Grostheim benachrichtigen ...«

»Gemeinsam mit mir«, fiel ihm Var ins Wort.

»Und wenn Rannach seine Leute erreicht, können wir uns vielleicht zusammenschließen«, fuhr Jaymes fort. »Rannach kann den ... Mataways, richtig? Also, er kann ihnen sagen, wohin wir gehen, und dann nehmen wir die Zerstörer in die Zange.«

»*Wir?*« fragte Var. »Wer ist *wir*?«

Jaymes grinste und deutete auf die Leibeigenen, die dem Gespräch gespannt lauschten. »Die Gebrandmarkten und andere von dieser Sorte. Vielleicht sogar deine Marinesoldaten, wenn sie ähnlich denken wie du.«

»Und das heißt?« erkundigte sich Var mißtrauisch.

»Erstens, daß wir die Zerstörer schlagen müssen, weil sie uns sonst alle umbringen.«

Var nickte und runzelte die Stirn. »Und zweitens?«

»Zweitens?« Jaymes stellte die Tasse ab und lächelte. »Daß wir diese kleine schwarze Krähe, diesen Bastard Talle besiegen und Salvation unabhängig machen müssen. So wie wir's schon mal besprochen haben, was?«

Var zögerte. »Du redest von gewaltsamer Sezession und Bürgerkrieg.«

»Ja«, bestätigte Jaymes ruhig. »Deshalb möcht' ich auch deine Marineinfanterie auf unserer Seite haben.«

»Auf *unserer* Seite?« fragte Var.

»So denk' ich mir das«, erwiderte Jaymes. »Auf *welcher* Seite stehst du?«

Diesmal zögerte Var noch etwas länger, bevor er mit fester Stimme sagte: »Auf deiner!«

»Gut.« Jaymes grinste und ließ langsam den gespannten Hahn der Pistole zurückgleiten, die er unter der Tischplatte schußbereit in der Hand gehalten hatte. »Also, machen wir uns an die Pläne.«

Keine Militärkapelle spielte zu ihrem Abschied, was Jorge Kerik ein wenig bedauerte, aber alle Musiker waren tot, entweder durch die eigene Hand oder im Verlauf der Unruhen gestorben, und so verfolgten nur verunsicherte Rotröcke und mürrische Verbannte den Abmarsch.

Kerik hatte halbwegs damit gerechnet, daß lauter Jubel ausbrechen würde, wenn Jared Talle Grostheim verließ, denn er wußte, daß der Inquisitor bei der Bevölkerung ebenso verhaßt war wie die Wilden und die Geisterreiter, aber es herrschte Schweigen, als die Tore geöffnet wurden und er mit seinen Soldaten aufbrach. *Wahrscheinlich in den Tod,* dachte er.

Talle ritt an der Spitzes des Zuges, der aus zweihundertfünfzig berittenen Marineinfanteristen bestand – eine schmächtige schwarzgekleidete Gestalt, die zusammengesunken auf dem friedfertigsten Pferd hockte, das Kerik hatte auftreiben können. Im Hinterland südlich und nördlich von Grostheim gab es jetzt keine Pferde mehr. Kerik war sich bewußt, daß ihn die Farmer, Müller und Händler dafür haßten, aber was hätte er anderes tun können, als den Befehlen des Inquisitors zu gehorchen?

Sie führten die zehn leichten Geschütze mit sich, transportable Waffen, die schnell in Stellung gebracht und wieder zurückgezogen werden konnten. Die Wagen, die den Abschluß der Kolonne bildeten, waren mit Kartätschen- und Schrapnellgranaten beladen.

Kerik fragte sich, ob er genug Männer hatte. Jeder Soldat trug eine Muskete, Beutel mit Schießpulver und Munition und dazu ein Bajonett, das bei Bedarf auf das Gewehr aufgepflanzt werden konnte. Kerik selbst war mit zwei Pistolen und einem Schwert bewaffnet, wie es sich für einen Offizier geziemte. Er schielte zu Jared Talle hinüber, der wie ein nasser Sack im Sattel schwankte, ein kleiner Mann in einem schwarzen Gehrock, dessen fettiges schwarzes Haar im warmen Frühlingswind flatterte. Talle war gänzlich unbewaffnet und verließ sich einzig und allein auf seine magischen Kräfte. Kerik betete, daß das reichen würde. Er konnte sich nicht vorstellen, daß sie allein mit Schießpulver und Kugeln in der Lage waren, den Feind zu schlagen.

Sie ritten einen ganzen Monat lang, den die Matawaye den Mond der Tanzenden Fohlen nannten, durch das Land. Das Gras in Salvation war grün und frisch, und am blauen Himmel, von dem warm die Sonne schien, schossen unzählige Schwalben umher. Abends lagerten sie in der Nähe von Gehöften oder im offenen Gelände, während sie dem Lauf des Restitution folgten, bis sie schließlich eine flache grasbewachsene Senke zwischen zwei niedrigen Hügelkämmen erreichten, die sich bis zum Fluß hinabzogen und mit Eichen und Ahornbäumen bewachsen waren.

Jared Talle hob eine Hand und befahl der Kolonne anzuhalten.

»Wir werden hier auf sie treffen«, verkündete er. Er wandte sich dem Hauptmann zu. »Bringt die Geschütze in Gefechtstellung. Sollten die Feinde sich uns widersetzen, töten wir sie.«

»Und wenn sie sich uns nicht widersetzen?« fragte Kerik verwirrt.

»Dann werden wir mit ihnen Verbündete gewinnen, wie sie die Autokratie nie zuvor gehabt hat«, erwiderte Talle.

Kerik salutierte und machte sich daran, die Befehle des Inquisitors auszuführen.

DER WEG INS FEUER

Die Horde fegte wie ein alles verheerender Steppenbrand über Salvation, angeführt von Akratil, dem Chakthi wie ein Hund folgte, nicht bereit oder unfähig, seinen grausamen Herrn zu verlassen. Und wenn Chakthi ein Hund war, dann war Hadduth ein Schakal, der kriecherisch um die Gunst seiner beiden Herren buhlte, so daß die Tachyn ihn würde- und ehrlos nannten, wenn auch aus Furcht vor ihren schrecklichen Verbündeten stets nur flüsternd und hinter vorgehaltener Hand. Allen stand Chappos Schicksal noch deutlich vor Augen, und niemand wollte das Mißfallen der Zerstörer erregen. Wie ein Heuschreckenschwarm ergossen sie sich aus der Wildnis in das bewirtschaftete Tiefland, und wie die Zerstörer dort wüteten, erfüllte selbst die Tachyn mit Entsetzen.

»Wir töten sie alle.« Akratil schob sein blutverschmiertes Schwert in die Scheide zurück und befestigte einen frischen Schädel neben den alten Trophäen an seinem Sattel. »Männer, Frauen und Kinder. *Alle!*«

»Aber die Kinder könnten in unserem Clan aufwachsen«, warf Chakthi ein.

Akratil schüttelte lachend den Kopf. »Niemand bleibt am Leben.«

Chakthi nickte aus Angst, Akratil zu widersprechen. Das blutige Gemetzel bereitete sogar ihm Übelkeit – nicht so sehr das Abschlachten der bleichgesichtigen Fremden, die er als Eindringlinge in sein Reich betrachtete, sondern die Ermordung der Kinder.

»Du warst bereit, deinen eigenen Enkelsohn zu opfern, oder?« fragte Akratil.

»Das war etwas anderes.« Chakthi zuckte die Achseln. »Es war nötig, um euch herzuholen.«

»Und jetzt sind wir hier.« Akratil grinste höhnisch auf den Tachyn herab. »Bereust du es, uns gerufen zu haben?«

»Nein.« Chakthi schüttelte hastig den Kopf. Er war sich nur zu gut bewußt, wie schnell Akratil das gebogene Schwert ziehen konnte. »Ich bin dein Diener und gehorche dir.«

»Wie es sich für dich gehört, Wurm.« Der Anführer der Zerstörer lachte erneut und rief Bemnida zu sich. »Hör zu: Nimm die Hälfte unserer Truppen und führe sie nach Norden. Vernichtet alles, was ihr findet. Wir treffen am Fluß wieder zusammen.«

»Wie du befiehlst.« Bemnida warf das Kinderbein, an dem sie genagt hatte, ihrer Reitbestie zum Fraß vor. Die echsenhafte Kreatur stürzte sich darauf und verschlang es mit einem Bissen. »Wann?«

»In sieben Sonnenuntergängen.« Akratil beugte sich vor und strich der Zerstörerin liebevoll über das lange blonde Haar. »Bringt ihnen Tod und Verderben.«

Bemnida lächelte. »Ist das nicht unsere Art?«

»Ja«, sagte Akratil. »Und das sollen jetzt auch die Menschen hier erfahren.«

Anton Groell ließ die Muskete fallen und beugte sich zu seiner Frau herab. Ein hellgelber Pfeil ragte aus Lieslis Schulter hervor. Sie stöhnte vor Schmerzen, als ihr Mann sie hochhob.

Die Luft im Zimmer stank nach Blut, Schießpulver und Rauch. Das Dach brannte, und alle Leibeigenen waren tot. Groell hatte nur noch das Pulverhorn, das er am Gürtel trug, und eine Handvoll Kugeln für seine Pistole. Er fürchtete, daß seine Frau sterben musste, und er wollte nicht, daß sie in dem von den Ungeheuern gelegten Feuer verbrannte. Also stolperte er mit ihr auf den Armen durch den dichten Rauch zur Rückseite des Gehöfts und ignorierte die schmerzenden Wunden auf seiner Brust, wo zwei Pfeile an seinen Rippen abgeglitten waren. Er trat die brennende Tür auf und taumelte ins Freie.

Vor ihm tauchte ein bemaltes Gesicht auf. Reflexartig ließ er seine Frau fallen, riß die Pistole aus dem Holster und schoß. Das Gesicht verschwand. Liesli wimmerte. Groell sprach beruhigend auf sie ein, lud sie sich auf die Schultern und rannte, so schnell er konnte, mit ihr auf den Fluß zu.

Längs des Ufers erstreckte sich ein Maisfeld, hoch genug, um ihnen Deckung zu bieten. Ihm wurde bewußt, daß er vergessen hatte, die Pistole nachzuladen hatte, und er betete, daß kein Wilder oder Dämon sie entdeckte, bevor er seine Frau in das kleine Boot gebracht hatte und auf den Fluß hinausgerudert war. Er war sich längst nicht mehr sicher, daß Gott auf seiner Seite stand.

Nach allem, was er gesehen hatte, erschien ihm das nahezu unmöglich. Dämonen auf unheimlichen Bestien hatten die Farm überfallen, angeführt von einer Frau, die ihren Namen wie einen Schlachtruf hinausschrie, als wollte sie damit alles, was auf der Welt gut und richtig war, verhöhnen.

»Ich bin Bemnida, und ich bringe euch den Tod!«

Das allein hatte Anton Groell einen eisigen Schauder über den Rücken laufen lassen. Er hätte sich nie eine derart entsetzliche Drohung aus dem Mund einer Frau vorstellen können – und erst recht nicht das, was sie danach getan hatte.

Sie hatte erbarmungslos die Männer, Frauen und

Kinder niedergemetzelt, die zu Groells Haus geflohen waren, um dort Schutz zu suchen. Er hatte gesehen, wie sie die Leiche eines Kindes ergriffen und sie ihrer Reitbestie zum Fraß vorgeworfen hatte. Seither wußte er, was es bedeutete, wahre Angst zu haben.

Und selbst diese Angst steigerte sich noch, als er mit Liesli auf den Schultern durch das Maisfeld stolperte. Zweimal ließ er sie fallen und erstickte ihre qualvollen Schreie, während er seine eigenen Schmerzen verdrängte. All seine Gedanken kreisten nur noch darum, das Ruderboot zu erreichen und diesem grauenhaften Gemetzel zu entkommen, doch hinter sich konnte er lautes Gebrüll und das Prasseln der Flammen hören, die aus seinem Haus aufloderten. Er begann zu weinen.

Dann taumelte er die Uferböschung hinab, strauchelte und verlor das Gleichgewicht. Liesli kreischte, als der Pfeil in ihrer Schulter abbrach und sich die Spitze tiefer in ihr Fleisch bohrte. Groell schluchzte.

Er stemmte sich auf die Knie hoch und streckte die Arme nach seiner Frau aus. Das Boot dümpelte direkt vor ihm im Wasser, und der Anblick ließ neue Hoffnung in ihm aufkeimen.

Plötzlich preschte eine Kreatur, eine Mischung aus einem Löwen, einer Echse und anderen undefinierbaren Tieren, aus dem Maisfeld hervor und jagte die Böschung hinab. Auf ihrem Rücken saß eine Gestalt, die eine leuchtende grüne Rüstung trug und ein Schwert in die Höhe hielt.

»Ich bin Bemnida!« hörte Groell den Reiter rufen, als die Klinge herabschoß und Liesli den Kopf von den Schultern riss. Er konnte das Gesicht unter dem Helm nicht sehen, aber er erkannte die Stimme und erschauderte.

Anton Groell sah, wie der Kopf seiner Frau die Uferböschung hinabrollte und im Wasser versank. Er wünschte, er hätte seine Pistole nachgeladen. Dann hätte er zumindest noch einen letzten Schuß abfeuern können, bevor ihm das Schwert den Schädel spaltete.

Wahrscheinlich hätten die Krieger der Mataways den Fluß auch ohne Flysses Hilfe gefunden, denn sie brauchten nur den Spuren der Zerstörer zu folgen, die eine Schneise der Verwüstung zurückgelassen hatten, als wäre eine Feuerwalze durch das Land gefegt. Der Anblick, der sich ihnen bot, bereitete ihnen Übelkeit und festigte ihre Entschlossenheit. Wenn bisher noch irgend jemand an dem Sinn dieses riskanten Unternehmens gezweifelt hatte, dann wußte er spätestens jetzt, daß die Zerstörer gestellt und vernichtet werden mußten. Jede Nacht beteten die Mataways zum Schöpfer um Mut und Kraft.

»Wie können sie nur so etwas tun?« Dohnse betrachtete fassungslos die verstümmelten und verbrannten Leichen. Einige waren wie geschlachtete Hirsche zerlegt und ihr Fleisch auf Bratspieße gesteckt worden. »Ich schäme mich dafür, daß Tachyn mit diesen Ungeheuern reiten.«

»Das solltest du nicht«, erwiderte Morrhyn. »Es sind Chakthi und Hadduth und diejenigen, die zu ihnen halten, die Scham empfinden müßten. Nicht du.«

Dohnse machte eine hilflose Geste und wandte sich erschüttert ab.

»Können wir sie tatsächlich besiegen?« fragte Kahteney.

Morrhyn zuckte die Achseln. »Wir müssen es wenigstens versuchen.«

Yazte starrte eine Kinderleiche an. Sie war wie ein Spanferkel gegrillt und abgenagt worden. »Und wenn ich bei dem Versuch sterben werde«, sagte er grimmig,

»dann bin ich gern bereit, mein Leben dafür zu opfern.«

»So wie ich«, versicherte Colun. »Wir *müssen* sie schlagen.«

»Laßt uns weiterziehen.« Morrhyn zog sein Pferd herum und kehrte dem Schauplatz des Gemetzels den Rücken zu. Es erfüllte ihn mit tiefer Trauer, daß das Grauen zurückgekehrt war, und gleichzeitig wuchs seine Entschlossenheit, diese Ungeheuerlichkeit zu beenden, so oder so. Er konnte sich nicht vorstellen, in einer Welt zu leben, in der Platz für die Zerstörer und ihre Jünger aus dem Clan der Tachyn war. »Vielleicht werde ich heute nacht von Davyd träumen.«

Davyd sah zu, wie Rannach ein Pferd aus Sieur Vitales Herde bestieg. Es war ein prächtiges Tier, ein Brauner mit einer kräftigen Brust und den sehnigen Läufen eines Rennpferdes. Debo saß bereits auf einer gescheckten Stute, die Davyd an sein eigenes Pferd erinnerte, kleiner als das seines Vater, aber trotzdem schnell und ausdauernd, wie die Leibeigenen versicherten.

»Bist du dir auch wirklich sicher?« fragte Rannach. »Ich lasse euch nicht gern allein zurück, auch wenn ...« Er sah kurz zu Debo hinüber, der vor Freude, wieder auf dem Rücken eines Pferdes zu sitzen, über das ganze Gesicht strahlte.

»Ja. Bring du nur Debo in Sicherheit und sag den Mataway, wohin wir gehen. So werden sie uns schneller finden können.« Davyd legte mehr Zuversicht in seine Stimme, als er tatsächlich verspürte. »Sag Morrhyn, daß ich versuchen werde zu träumen.«

Rannach nickte.

»Und sag Flysse, daß ich sie liebe«, fügte Arcole

hinzu. »Und schick sie zurück nach Ket-Ta-Thanne, wenn du kannst.«

»Ich bezweifle, daß sie auf mich hören wird«, sagte Rannach. »Ebensowenig wie Arrhyna. Aber solange ich lebe, wird ihnen nichts zustoßen. Darauf gebe ich dir mein Wort.«

»Ich weiß«, erwiderte Arcole und drückte Rannachs Hand.

»Wir werden uns treffen, wo es der Schöpfer für richtig hält«, sagte Davyd. »Viel Glück.«

»Viel Glück.« Rannach winkte zum Abschied, gab Debo ein Zeichen, ihm zu folgen, und stieß dem Pferd die Fersen in die Seiten. Der große Braune schnaubte und galoppierte davon.

»So, dann sind wir jetzt dran.« Abram Jaymes schulterte sein Gewehr und spuckte einen Brocken Kautabak ins Gras. »Und wenn Davyd recht hat, bleibt uns nicht mehr viel Zeit.«

»Nein«, seufzte Davyd bekümmert.

Die Männer begaben sich zum Landungssteg, wo ein Ruderboot vertäut lag, und luden ihre Habseligkeiten ein. Arcole und Var setzten sich an die Riemen und ruderten das kleine Boot auf die Flußmitte hinaus. Jaymes übernahm das Steuer, Davyd nahm in der Bugspitze Platz.

»Gott, das ruft Erinnerungen wach«, sagte Var.

Arcole grinste. »Damals hatten wir es mit einem ungefährlicheren Feind zu tun.«

Var grinste zurück. »Ich hatte Angst.«

»Und jetzt nicht?« fragte Arcole.

Der ehemalige Marineoffizier stieß einen tonlosen Pfiff aus. »Ich denke, diesmal habe ich sogar noch mehr Angst.«

»Ich auch«, gestand Arcole.

»Wir haben die Geschütze in Stellung gebracht.« Jorge Kerik deutete auf den bewaldeten Hügelkamm am Osthang des flachen Tals. »Wer auch immer hier hereinkommt, kann von uns leicht beschossen werden. Und sollten wir gezwungen sein, uns zurückzuziehen ...«

Talle schnitt ihm mit einer abgehackten Handbewegung das Wort ab. »Wir werden verhandeln«, erklärte er. »Und sollten sie mit meinen Bedingungen nicht einverstanden sein, werden wir sie vernichten.«

Kerik nickte und schaffte es, keine Miene zu verziehen. *Und sollte es uns nicht gelingen, werde ich meinen Männern den Befehl geben, nach Grostheim zu fliehen, denn ich bin mir nicht mehr sicher, ob du noch bei Verstand bist,* dachte er. »Wie Ihr befehlt, Inquisitor«, sagte er.

Danach warteten sie schweigend auf die Ankunft der Zerstörer.

Davyd öffnete verwirrt die Augen. Über ihm funkelten unzählige Sterne an einem Himmel, an dem die breite Sichel des zunehmenden Mondes stand. Wasser klatschte unablässig gegen die Planken des Bootes, untermalt vom rhythmischen Knarren der Ruder, die von Jaymes allein bedient wurden. Var hockte schläfrig an der Ruderpinne, Arcole lag leise schnarchend auf dem Boden. Einen Moment lang überlegte Davyd, was ihn geweckt hatte und woher dieses schreckliche Gefühl rührte, sofort etwas unternehmen zu müssen.

Es war nichts, das er in Worte kleiden konnte – nur eine Gewißheit, eine Überzeugung, ein Ruf, dem er gehorchen mußte. Er setzte sich gerade auf und blickte sich um. Alle Müdigkeit fiel von ihm ab.

»Ans Ufer!«

»Was?«

Abram Jaymes drehte sich zu Davyd um, und das

Boot begann zu schaukeln. Var knurrte und legte die Hände fester um die Ruderpinne. Arcole regte sich und umklammerte seine Muskete.

»Ruder ans Ufer!« Davyd deutete hektisch nach Norden. »Hier, sofort!«

»Warum, in Gottes Namen?« wollte Jaymes wissen. »Wir sind nur noch ein paar Tage von Grostheim entfernt. Warum gerade hier und jetzt?«

»Ruder ans Ufer!«

Jaymes starrte Davyd eine Weile an, dann zuckte er die Achseln und gab Var ein Zeichen, die Ruderpinne herumzuziehen. Var gehorchte, aber er bedachte Davyd mit einem Gesichtsausdruck, als hätte er einen Verrückten vor sich.

Vielleicht bin ich das, dachte Davyd. *Mit dem Unterschied, daß ich …* weiß, *was ich tun muß.*

»Was ist los?« Arcole schreckte hoch und richtete sich auf, die Muskete im Anschlag. »Werden wir angegriffen?«

»Nein.« Jaymes spie einen Strahl Tabaksaft in den Fluß. »Davyd sagt, wir sollten an Land gehen.«

»Warum?« Auch Arcole starrte Davyd verständnislos an.

Schöpfer, gib, daß ich mich nicht irre, bitte. Davyd schluckte, obwohl seine Kehle staubtrocken war. »Ich kann es nicht erklären«, krächzte er. »Aber wir müssen hier aussteigen.«

»Hier gibt's gar nichts«, sagte Jaymes. »Keine Höfe, nur leeres Land.«

Davyd massierte sich die Schläfen. »Da ist ein Tal … Ein weites Tal mit bewaldeten Hängen.«

»Mit 'nem Bach in der Mitte, der den Boden in Morast verwandelt, wenn's regnet«, bestätigte Jaymes. »Sicher, das liegt rund zwei Tagesmärsche von hier entfernt. Aber was ist damit?«

»Dort wird es passieren«, sagte Davyd.

»Was?« fragte Arcole.

»Die letzte Schlacht. Ich muß dahin.«

Alle starrten ihn an, als das Boot auf einen sandigen Uferstreifen glitt, über den die niedrigen Äste von Erlen ragten. Er kletterte über Bord und hielt das Boot am Bug fest. Jaymes sprang ins Wasser und zog das kleine Gefährt weiter auf die Sandbank. Davyd fühlte sich völlig ausgelaugt. Seine erst kürzlich verheilten Wunden pochten schmerzhaft, als wollten sie sich in Erinnerung rufen. Arcole und Var kamen Jaymes zu Hilfe. Wasservögel flatterten unter lautem Protest davon. Der Fluß glitzerte im Licht der Sterne und des Mondes, aus dessen Position Davyd schloß, daß Mitternacht nicht mehr fern sein konnte.

»Zwei Tage?«

Jaymes nickte. »Wenn's dasselbe Tal ist, das ich meine. Aber was hast du vor?«

»Dort hingehen.« Davyd zuckte die Achseln. »Ich weiß es nicht.«

»Ich werde dich begleiten«, sagte Arcole.

»Das brauchst du nicht. Ich kann allein gehen.«

»Und sterben?« Arcole schüttelte den Kopf.

»In Ordnung.« Davyd sah Jaymes und Var an. »Aber ihr nicht. Ihr müßt weiter nach Grostheim.«

»Warum?« fragte Jaymes.

»Um diese Armee zusammenstellen, von der ihr gesprochen habt.« Davyd hatte keine Ahnung, wer ihm die Worte in den Mund legte. Er wußte nur, daß er sie aussprechen mußte, weil die Welt sonst von den Zerstörern ausgelöscht werden würde. »Bringt so viele Leute wie ihr könnt in dieses Tal. Bewaffnet, um eine Schlacht zu schlagen. Dort werdet ihr uns und die Mataways finden.«

»Und dann?« wollte Var wissen.

»Dann werden wir die Zerstörer entweder besiegen oder sterben.«

»Hast du Jared Talle vergessen?« brach Var das anschließende Schweigen.

»Nein. Er ist bereits da.« Davyd bemerkte Vars fragenden Blick und schüttelte den Kopf. »Ich kann nicht sagen, woher ich das weiß, aber er ist dort und wartet.«

»Worauf?« Var wurde zunehmend verwirrter.

»Auf die Zerstörer«, sagte Davyd. »Er will sich mit ihnen verbünden.«

Var schluckte. »Er hat mir gegenüber so etwas erwähnt. Aber ist er wirklich dazu bereit?«

»Ja.« Davyd starrte auf den nächtlichen Fluß hinaus. Das Wasser strömte dahin wie die unaufhaltsam verrinnende Zeit, und wieder verspürte er diese absolute Gewißheit. »Das ist er.«

»Und wird er Erfolg haben?« fragte Var.

»Ich weiß es nicht.« Davyd zuckte die Achseln und hatte dabei das Gefühl, als lastete das abstrakte Wissen wie ein schweres Gewicht auf seinen Schultern. »Ich weiß nur, daß wir alles tun müssen, was in unserer Macht steht, um ihn und die Zerstörer zu besiegen.«

»Dann sollten wir uns lieber wieder auf den Weg machen.« Abram Jaymes sah erst Var und dann Davyd an. »Wir werden 'ne Weile brauchen, um Grostheim zu erreichen, und noch länger, um die Leute zu mobilisieren – wenn wir das überhaupt können.«

»Ich dachte, das hättest du garantiert«, sagte Var.

»Gegen Talle, ja.« Jaymes' Grinsen wirkte im Mondlicht düster. »Aber jetzt reden wir über 'nen anderen Feind.«

»Soll uns das von einem Versuch abhalten?« erkundigte sich Var.

»Nein. Laß uns gehen.« Jaymes wandte sich Davyd zu. »Findest du das Tal allein?«

Davyd nickte. Es war, als hätte er einen Kompaß im

Kopf, der ihm den Weg zu seinem Ziel wies, dem Ort, an dem sich das Schicksal erfüllen würde.

»Dann werden wir euch dort so schnell treffen, wie wir können. Komm, Tomas.«

Sie schüttelten sich zum Abschied die Hände. Jaymes und Var schoben das Boot ins Wasser und ruderten davon. Davyd ergriff seufzend seine Muskete und marschierte los.

Arcole war sich nicht sicher, wohin Davyd ihn führte und was sie dort erwartete. Er wußte nur, daß er ihm folgen mußte.

Er fragte sich, ob er in Salvation sterben würde, denn es erschien ihm zu unwahrscheinlich, daß die vielen Schicksalsstränge, von denen Davyd gesprochen hatte, erfolgreich zusammenlaufen würden. Wie sollten die Matawaye sie rechtzeitig finden? Und selbst, wenn sie es taten, reichte ihre Zahl gegen die Truppen der Zerstörer aus? Wie sollten Jaymes und Var eine Armee aus Leibeigenen mobilisieren? Und dann war da noch Flysse, die die Krieger begleitete – würde sie überleben? Er warf einen verstohlenen Blick auf seinen Gefährten. Davyd war längst nicht mehr der schlaksige Junge, der mit ihm und Flysse aus Grostheim geflohen war. Sein weißes Haar glänzte silbern im Mondlicht, und die lange Narbe, die über sein Gesicht lief, hob sich bleich von der gebräunten Haut ab. Arcole konnte erkennen, daß Davyd völlig erschöpft war. Wahrscheinlich schmerzten seine vernarbten Wunden, aber er strahlte eine grimmige Entschlossenheit aus, die keinerlei Fragen duldete, und so beschränkte sich Arcole darauf, seine Muskete festzuhalten und seinem Freund dorthin zu folgen, wo sich ihrer beider Los entscheiden würde.

Sie prallten fast aufeinander, doch im letzten Moment riß Rannach seinen Braunen in einem engen Kreis herum und lenkte ihn neben Arrhynas Pferd. Sie lehnten sich aus den Sätteln und umarmten sich. Eine kleine Ewigkeit hielt er sie fest umschlungen, küßte sie und roch den Duft ihres Haars. Am liebsten hätte er sie sofort aus dem Sattel gezogen und wäre mit ihr in ihrem gemeinsamen Zelt verschwunden, aber sie schob ihn mit sanfter Gewalt von sich, streckte die Arme nach Debo aus und drückte ihn an sich. Dann ritten sie gemeinsam weiter.

Um sie herum brachten die Matawaye ihre müden Pferde vor Begeisterung zum Tänzeln und stießen laute Freudenschreie aus.

Flysse näherte sich den beiden. In ihren blauen Augen lag eine stumme Frage.

»Er lebt«, sagte Rannach. »Davyd auch. Sie sind unterwegs zu dieser Stadt, aus der ihr geflohen seid, um die Menschen dort zu warnen.«

»Nein.« Morrhyn gesellte sich zu ihnen. »Davyd und Arcole haben die Richtung geändert. Sie suchen einen Ort auf, wo sie die Zerstörer und einen anderen Feind treffen werden. Wir müssen uns beeilen.«

Rannach starrte den Propheten verunsichert an. »Sie wollten …«

»Ich weiß«, unterbrach ihn Morrhyn. »Aber seit ihr euch getrennt habt, hat Davyd von anderen Dingen geträumt. Es gibt da ein Tal …«

»Sie kommen.« Jared Talle lächelte in die Dunkelheit. »Ich kann sie riechen. Seid Ihr bereit?«

Jorge Kerik nickte. »Wie Ihr befohlen habt, Inquisitor. Aber seid Ihr auch wirklich sicher?«

Talle hob gereizt die Brauen. »Zweifelt Ihr an mir, Hauptmann?«

»Nein!« Kerik schüttelte hastig den Kopf. »Aber Ihr allein?«

»Nicht ich allein«, korrigierte ihn Talle mit einer gewissen Befriedigung. »Schließlich werdet Ihr mit zehn Eurer besten Männer bei mir sein.«

»Ja, Inquisitor«, erwiderte Kerik und wünschte, er befände sich hinter den schützenden Mauern Grostheims oder er hätte den Mut, sich diesem Wahnsinnigen zu widersetzen, der tatsächlich plante, mit Dämonen zu verhandeln und sie auf seine Seite zu ziehen, denn er bezweifelte, daß sie sich darauf einlassen würden. Doch solange er es nicht wagte, gegen Talle aufzubegehren, blieb ihm nichts anderes übrig, als zu gehorchen.

»Ich werde mit ihnen sprechen und sie überreden, sich uns – der Autokratie – anzuschließen«, sagte Talle. »Und dann wird man uns beide in Evander als Helden feiern, was?«

»Ja.« Kerik fragte sich, ob seine Stimme wirklich so unsicher klang, wie sie ihm vorkam.

»Und sollten sie mein Angebot ablehnen«, fuhr Talle fort, »werdet Ihr und Eure Männer meinen Rückzug decken und sie mit Euren Geschützen vernichten. Auch in diesem Fall werden wir Helden sein. Begreift Ihr denn nicht, Hauptmann? Wir können gar nicht scheitern! Welche Chance hätten sie denn gegen unsere modernen Waffen? Sie kämpfen lediglich mit Schwertern und Lanzen, oder? Wir dagegen haben Geschütze und Musketen – und Gott auf unserer Seite. Wir können nicht verlieren!«

»Nein, Inquisitor«, bestätigte Kerik gehorsam. »Gewiß nicht.« Aber während er das sagte, spürte er, wie ihm kalter Schweiß den Rücken hinablief.

Überall entlang der Hänge brannten, halb verborgen zwischen den Kiefern, Lagerfeuer, von denen leise Geräusche zu Kerik herüberwehten. Die Männer warteten angespannt auf die Ankunft der Feinde – oder ihrer zukünftigen Verbündeten. Er hörte das unruhige Schnauben der Pferde und die gedämpften Stimmen der Soldaten.

Jorge Kerik hatte Angst. Er hielt den Inquisitor für verrückt, aber er konnte sich trotzdem nicht dazu durchringen, ihm zu widersprechen. Bei Gott, es wäre bestimmt klüger gewesen, sie hätten im Schutz der hohen Mauern von Grostheim auf Verstärkung gewartet, die jederzeit eintreffen konnte. Aber Jared Talle war der Inquisitor und der Oberbefehlshaber der Truppen, die höchste Autorität in Salvation, und Jorge Kerik war nicht bereit, es auf einen Streit mit einem Mann ankommen zu lassen, der ihn verhexen oder sogar mit einer einzigen Geste töten konnte. Und so salutierte er knapp und verließ Talle, um seine Männer zu inspizieren.

Nachdem der Hauptmann gegangen war, wärmte sich Jared Talle die Hände am Feuer, den Blick unverwandt auf den Westausgang des Tals gerichtet. Er hatte seine Brust und die Hände mit magischen Schutzzeichen bemalt, und er war zuversichtlich, daß er überleben würde, wie auch immer die Begegnung ausgehen mochte. Und auf dieses Treffen wartete er mit einer Begeisterung, wie er sie seit der Zeit der Restitutionskriege nicht mehr verspürt hatte. Er wußte, daß die Zerstörer mächtig waren, aber auch er besaß Macht. Auf seiner Seite standen Gott, die Feuerkraft von Keriks Geschützen und die Disziplin der Marineinfanteristen. Die Zerstörer dagegen kämpften trotz ihrer beachtlichen Magie wie Wilde. Sie verfügten nur über einfache Waffen, und sollten sie versuchen, ihn auf magischem Weg anzugreifen, war er durch seine Abwehrzauber geschützt.

Er betrachtete die geheimnisvollen Symbole auf seinen Handflächen und lächelte. Nein, die Fremden würden ihm bestimmt nicht gefährlich werden können, und wenn ein paar Marineinfanteristen sterben mußten, dann war das ein geringer Preis für die Demonstration der Macht, über die die Autokratie gebot. Vielleicht kam es zu einigen kleineren Kämpfen, aber spätestens nach ein oder zwei Salven der Geschütze mußten die Zerstörer ganz einfach einsehen, daß sie einen Gegner wie die Autokratie unmöglich besiegen konnten, und dann würden sie garantiert verhandeln. Und er konnte so viel von ihnen lernen.

Talle nickte gedankenverloren, zufrieden mit seinen verrückten Überlegungen. Er war felsenfest davon überzeugt, daß sich die Dinge nur so und nicht anders entwickeln konnten. Sie würden ein Bündnis schmieden. Die Zerstörer und die Autokratie waren sich in ihren Gedankengängen viel zu ähnlich, als daß sie sich nicht einigen könnten.

Natürlich kam ihm dabei nicht einmal in den Sinn, daß er wahnsinnig sein könnte.

»Verstehst du irgend etwas von dem, was hier passiert?« Tomas Var warf seinem Gefährten, der neben ihm ruderte, einen kurzen Seitenblick zu. »Bei Gott, ich jedenfalls tue es nicht.«

Abram Jaymes zuckte die Achseln, soweit es ihm mit beiden Händen an seinem Ruder möglich war. »Ich weiß nur, daß wir Grostheim so schnell wie möglich erreichen und 'ne Armee aus dem Boden stampfen müssen. Und dann sofort zurück zu diesem Tal. Ich glaube Davyd. Du nicht?«

Var dachte einen Moment lang nach, dann nickte er. »Ich auch, nehme ich an. Aber wie sollen wir ihm helfen? Selbst wenn Talle die Stadt verlassen hat, wird er nicht alle Milizionäre abgezogen haben. Und die werden gebrandmarkte Leibeigene kaum einfach rausmarschieren lassen.«

»Vielleicht lassen sie sich überreden«, sagte Jaymes.

»Vielleicht«, räumte Var ein, ohne überzeugt zu klingen. »Aber selbst wenn, wie können wir dieses Tal rechtzeitig erreichen, bevor die ... – wie hat Davyd es genannt? – ... die letzte Schlacht beginnt?«

»Wir werde 'nen Weg finden«, knurrte Jaymes. »Das müssen wir.«

Var seufzte und zog kräftiger an seinem Ruder.

Äußerste Eile war dringend geboten. Morrhyn spürte es mit jeder Faser seines Körpers. Es war, als würde der Schöpfer durch die Schatten der Nacht und das Spiel der Sonne auf dem Gras dieses fremden Landes mit ihm sprechen. Er konnte die Zerstörer wie einen bösartigen Hauch riechen, wie die stinkende Fährte eines Vielfraßes, und wenn er schlief, träumte er von Krieg und Feuer, von Zerstörung und einer letzten Entscheidungsschlacht. Doch der Schöpfer zeigte ihm nicht, nach welcher Seite sich die Waagschalen des Schicksals neigten, wer letztendlich den Sieg davontragen würde. Ihm blieb nur, zu hoffen, und da er der Prophet des Volkes war, folgten ihm die Krieger.

Er trieb sie unerbittlich an, ritt auch in der Dunkelheit weiter, wenn sie ihr Nachtlager aufschlagen wollten, gönnte ihnen keine Ruhe, bis Rannach, Yazte und Colun ihn bedrängten, eine Pause einzulegen, und ihn darauf hinwiesen, daß erschöpfte Pferde in einer Schlacht nutzlos wären. Erst dann gewährte er ihnen und sich selbst eine kurze Rast, aber stets nur ein paar Stunden lang, so daß sie schon vor Sonnenaufgang wieder aufbrachen und weiter nach Osten zogen, dem Ort entgegen, den er mittlerweile so deutlich vor seinem inneren Auge sehen konnte.

Es war ein weites flaches Tal, das von bewaldeten Hängen gesäumt wurde, und er *wußte*, daß es mehr als nur der Schauplatz einer Schlacht war. Es war der Schmelztiegel verschiedener Welten, der Brennpunkt, in dem sich der weitere Verlauf der Zukunft entscheiden würde. Auch ohne zu träumen, konnte Morrhyn spüren, wie Davyd sich dem Tal näherte, und er wußte, daß sie sich beeilen mußten, um den Vormarsch der Zerstörer aufzuhalten.

»Selbst wenn wir das Tal finden, was können wir tun?« Arcole saß Davyd gegenüber vor dem Feuer und musterte ihn besorgt durch die tanzenden Flammen. »Was können wir zwei allein ausrichten?«

Davyd blickte auf. Sein Haar schimmerte weiß im Mondlicht, und sein Gesicht wirkte ausgezehrt, furchtbar erschöpft und erregt zugleich. »Ich weiß es nicht«, gestand er. »Ich weiß nur, daß wir es so schnell wie möglich erreichen müssen.« Er hob hilflos die Schultern. »Es tut mir leid, Arcole, ich kann es wirklich nicht besser erklären. Ich *weiß* einfach, daß es so ist.«

»Nun, du bist der Träumer«, erwiderte Arcole. »Wenn du es sagst, werden wir es versuchen.«

Der junge Mann nickte. »Die Matawaye werden dort zu uns stoßen, denke ich, und dann werden wir kämpfen.«

»Gegen die Zerstörer?«

»Ja. Aber vielleicht auch gegen den Inquisitor und seine Soldaten.«

»Dann sollten wir beten, daß Tomas und Abram ihre Armee mobilisieren können«, sagte Arcole.

»Ja«, stimmte ihm Davyd zu. »Darum sollten wir beten.«

Das Ruderboot lief im Schatten eines Landungsstegs an Land, und die beiden Männer sprangen ans Ufer. Var zog das kleine Gefährt tiefer unter den Steg, während Jaymes sein Gewehr schußbereit in der Armbeuge hielt und den Blick über die Stadtmauern gleiten ließ. Sie schlichen ein Stück landeinwärts, wobei sie in der Deckung der Kaianlagen blieben, und musterten die Mauerbrüstung.

Var entdeckte Kanonen und schwenkbare Lafetten, aber nur wenig Männer. Sogar deutlich weniger, als er erwartet hatte. War die Garnison noch stärker zusammengeschrumpft?

»Ich schätz' mal, der Wahnsinn hat sie dahingerafft«, murmelte Jaymes. »Wahrscheinlich hat Talle den Rest für seinen Krieg abgezogen.«

»Mag sein«, erwiderte Var, »aber wie kommen wir rein? Und wenn wir es schaffen, was dann?«

Jaymes grinste. »Komm mit.«

Var folgte ihm mit gerunzelter Stirn.

Sie krochen von Schatten zu Schatten, bis sie das Nordtor erreichten. Jaymes zeigte mit einem schmutzigen Finger auf einen schwarzen Fleck in der Dunkelheit, wo Wasser durch einen Spalt am Fuß der hölzernen Mauer strömte.

»Arcole hat mir davon erzählt«, flüsterte er. »So sind sie aus Grostheim rausgekommen. Das war mal der Abfluß der Latrinen.«

»O Gott!« stöhnte Var.

»Keine Sorge«, beruhigte ihn Jaymes. »Das ist jetzt keine Kloake mehr. Du wirst nur naß werden.«

»Gott sei Dank, daß uns wenigstens das erspart bleibt«, brummte Var und glitt hinter Jaymes ins Wasser.

»Denk daran, daß wir Ebbe haben.« Jaymes hielt sein Gewehr in Kopfhöhe, damit das Pulver nicht naß wurde. »Und laß den Kopf unten.«

Sie wateten durch die Rinne. Der Durchbruch in der Mauer war nicht groß, aber da der Wasserspiegel zur Zeit niedrig lag, mußten sie nicht völlig untertauchen, um die Öffnung zu durchqueren. Auf der anderen Seite richtete sich Jaymes wieder auf und kletterte, triefend vor Nässe, die steile Böschung hinauf. Var krabbelte ihm hinterher. Er bildete sich ein, noch immer den Gestank riechen zu können, der hier früher geherrscht haben mußte. Die Anspannung und Furcht wirkten wie ein belebendes Elixier auf ihn, ein Gefühl, das ihm von seinen Kriegseinsätzen vertraut war. Hoch über sich auf der Mauerbrüstung konnte er die roten Tuniken der Milizionäre und die Bajonette sehen, die im Mondschein schimmerten. Nur wenige Männer standen auf ihren Posten, und er fragte sich, wie viele dem gespenstischen Wahnsinn zum Opfer gefallen waren und wieso Talle die Stadt nahezu wehrlos zurückgelassen hatte.

»Los, weiter!«

Sie huschten über einen offenen Geländestreifen in den Schutz einer schmalen Gasse, folgten ihr bis zu einer Seitenstraße, wo Jaymes nach links in Richtung des Stadtzentrums abbog, bis er vor einem von Laternen beleuchteten Hauseingang stehenblieb.

Var runzelte die Stirn. Es war die gleiche Straße, in der er damals beobachtet hatte, wie Flüchtlinge von gebrandmarkten Dienern mit Essen und Trinken versorgt worden waren. Er sah nervös zu, wie Jaymes anklopfte und die Tür aufschwang.

Leise Worte wurden gewechselt. Jaymes winkte ihm auffordernd zu, und Var betrat einen Raum, in dem Lampen brannten und Leibeigene an Backöfen arbeiteten.

»Das ist Rychard«, stellte Jaymes ihm einen kleinen kahlköpfigen Mann vor, dessen Brandzeichen fast die gesamte Wange bedeckte. »Rychard, das ist Tomas Var, früher Major der Marineinfanterie in der Miliz Gottes.«

Rychard beäugte Var einen Moment lang mißtrauisch. »Ich kenne Euch«, sagte er langsam. »Ihr wart der Bluthund des Inquisitors.«

Beinahe wäre Var errötet, aber Jaymes grinste und erwiderte: »Das ist er jetzt sicher nicht mehr. Verdammt, er hat mich aus dem Gefängnis rausgeholt und mich vor'm Galgen gerettet! Du kannst ihm trauen, Rychard. Er ist einer von uns.«

»In jeder Beziehung?« fragte Rychard, noch immer argwöhnisch.

»In jeder Beziehung«, bestätigte Jaymes und wandte sich Var zu. »Richtig?«

»Bis zum bitteren Ende«, sagte Var.

»Nun schön, wenn sich Abram für Euch verbürgt …« Rychard musterte Var noch eine Weile und lächelte schließlich. »Dann sollte ich euch wohl am besten trockene Kleidung besorgen, was?«

»Etwas zu essen wär' auch nicht schlecht«, fügte Jaymes hinzu. »Und dann müssen wir uns unterhalten.«

Rychard nickte. »Folgt mir.«

»Wir müssen jetzt vorsichtig sein«, sagte Davyd. »Es ist nicht mehr weit.«

»Bis zum Tal?« fragte Arcole.

»Ja, und bis zum Inquisitor. Wir dürfen nicht …« Davyd zögerte. Er war sich nicht sicher, was er eigentlich sagen wollte. Es waren nicht seine eigenen Worte, sondern die einer inneren Stimme. »Wir dürfen jetzt nichts … überstürzen. Wir müssen uns unauffällig verhalten, sonst …« Er zuckte die Achseln. »Ich weiß es nicht, Arcole, aber wir müssen uns vorerst darauf beschränken, abzuwarten und zu beobachten, was geschieht.«

Vor ihnen stieg das Gelände allmählich zu einer von windzerzausten Bäumen bewachsenen Hügelkette an. Die Nacht war warm, eine sanfte Brise ließ das Laub der Eichen und Weißbuchen rascheln. Von Norden her flackerte schwacher Feuerschein durch die Bäume, und als sie näher krochen, entdeckte Arcole leichte Artillerie entlang des Hügelkamms.

»Gott, das sind Marineinfanteristen!« Er deutete auf die blauuniformierten Gestalten neben den Geschützen. »Vars Männer.«

»Und der Inquisitor ist dort unten im Tal«, sagte Davyd. »Er wartet auf die Zerstörer.«

»Er ist verrückt«, flüsterte Arcole.

»Ja«, erwiderte Davyd nüchtern.

»Was sollen wir tun?«

»Warten.« Davyd ließ sich erschöpft ins Gras sinken. »Auf die Zerstörer und – so der Schöpfer will! – auf die Matawaye und Abrams Armee.«

»Und wenn sie zu spät kommen?« fragte Arcole. »Oder gar nicht?«

»Dann«, sagte Davyd, »werden wir wahrscheinlich hier sterben.«

DIE BEGEGNUNG

Irgendwie hatte Jared Talle gewußt, daß sie nachts kommen würden, denn das schien ihre Zeit zu sein, ihrem Wesen angemessen. Er spürte sie schon lange, bevor sie auftauchten, wie das Prickeln auf der Haut vor einem Gewitter, die Spannung in der windstillen Luft, die einen Hurrikan ankündigt. Er *fühlte* ihre Nähe in den magischen Schutzzeichen, mit denen er sich bemalt hatte, als er sich mit einem zuversichtlichen Lächeln erhob und Jorge Kerik und den zehn nervösen Soldaten einen kurzen Blick zuwarf.

»Haltet Euch bereit!«

Kerik nickte, schluckte schwer und drehte sich zu seinen Männern um. »Es ist soweit! Schießt nur auf mein Kommando!«

»Oder auf meins«, sagte Talle.

»Natürlich.« Kerik nickte gehorsam. »Auf meinen Befehl oder den des Inquisitors.« Er sah die Angst in den Augen der Soldaten und fügte hinzu: »Denkt immer daran, es sind nur Wilde, und wir haben die Artillerie zu unserer Unterstützung.«

»So ist es«, bestätigte Talle. »Nur Wilde, klar? Vergeßt das nicht! Wahrscheinlich wissen sie nicht einmal, was Geschütze und Musketen sind, und werden gleich beim ersten Schuß in Panik davonrennen.«

Er reckte die Arme in die Höhe, so daß seine Rockschöße wie die Flügel einer Krähe flatterten, grinste voller Vorfreude und gab Kerik ein Zeichen, mit seinen Männern im Hintergrund zu bleiben.

Kerik zog das Schwert aus der Scheide, nahm Haltung an, hob die Klinge an die Schulter und mimte trotz der entsetzlichen Angst, die ihn erfüllte, den tapferen Offizier. Es war ein äußerst merkwürdiges Gefühl, denn obwohl er bereits so manche Schlacht geschlagen und dabei mehr als nur einmal Angst verspürt hatte, war das, was er jetzt empfand, etwas gänzlich anderes. Es schien, als wehte ihm aus der Dunkelheit die Vorahnung des unausweichlichen Untergangs entgegen. Er hatte die Geister durch Grostheims Straßen reiten sehen, Milizionäre, die übereinander hergefallen waren oder sich selbst umgebracht hatten, und er wußte, daß diese Feinde, denen er jetzt gegenüberstand, sich von allen anderen unterschieden, gegen die er jemals gekämpft hatte. War es möglich, daß sich der Inquisitor überschätzte? Talle hatte sich mit machtvollen Zauberzeichen umgeben, und Kerik wußte um die magischen Fähigkeiten des schmächtigen Mannes, aber trotzdem fragte er sich, ob der Inquisitor nicht den Verstand verloren hatte und einem Wahn verfallen war, der sie alle das Leben kosten würde. Doch das änderte nichts daran, daß Jared Talle ein *Inquisitor*, Jorge Kerik dagegen nur ein Offizier in der Miliz Gottes war, der einen Eid auf die Autokratie geleistet hatte. Und da Talle die Autokratie in Salvation repräsentierte, konnte sich Kerik selbst jetzt nicht dazu durchringen, sich den Befehlen des Inquisitors zu widersetzen.

Der Hauptmann schob das Schwert in die Scheide zurück, leckte sich die trockenen Lippen und überprüfte die Zündladung seiner Pistolen. Dann zog er die Klinge nervös wieder eine Handbreit hervor, rückte seinen Dreispitz zurecht und kratzte sich die Wange.

»Habt Ihr Angst, Hauptmann?« fragte Talle.

»Ja«, antwortete Kerik wahrheitsgemäß. »Ich habe Angst.«

Talle hob gereizt die Brauen. Kurz darauf stieß er ein trockenes Kichern aus, das Kerik an das Krächzen einer Krähe erinnerte. »Gott, Mann! Ich habe dieses Tal und all Eure Geschütze verhext. Uns kann nichts geschehen! Oder glaubt Ihr etwa, die Magie der Fremden wäre mächtiger als die meine?«

»Nein, Inquisitor«, versicherte Kerik, obwohl er versucht war, die Frage zu bejahen.

»Gut«, sagte Talle. »Habt Vertrauen. Gott ist auf unserer Seite.«

Warum hast du dann vor, mit Dämonen zu paktieren? dachte Kerik, schwieg aber wohlweislich, beobachtete den westlichen Zugang des Tals und sprach ein stummes Gebet, daß er und seine Männer Talles Irrsinn überleben würden.

Und dann flackerte in der Ferne ein Leuchten auf, als würde das Licht des Mondes und der Sterne von farbigen Kristallen reflektiert, begleitet von dem Dröhnen unzähliger über den Boden trommelnder Hufe oder Klauenpfoten, wie dumpfes Donnergrollen.

Jorge Keriks Mund wurde trocken, und seine Hände tasteten instinktiv nach den Pistolen, als er sah, wie die Horde in das Tal strömte.

Zuerst waren die Reiter nicht einzeln zu unterscheiden. Ihre schillernden Rüstungen täuschten das Auge und machten sie zu Phantomen, zu Gestalt gewordenen Regenbögen. Nur die Kreaturen, die sie ritten, waren deutlich zu erkennen, phantastische Kreuzungen aus Löwen, Echsen und anderen Tieren, die Kerik nicht einordnen konnte, fremdartige Bestien mit spitzen Klauen und Fängen, peitschenden Schwänzen und widerwärtig glühenden Augen. Und trotzdem war das Tier, auf dem der Anführer saß, auf eine merkwürdige Weise noch schrecklicher, denn es war unverkennbar ein Pferd, auch wenn sein Fell schwärzer als die dunkelste Mitternacht war und sein unruhig pendelnder Kopf von gekrümmten Hörnern wie denen eines monströsen Widders geziert wurden. Aus seiner Stirn ragte ein drittes, dolchartiges langes Horn hervor, in seinem Maul blitzten scharfe Fänge, und die Hufe endeten in Klauen. Es war eindeutig ein Pferd, aber eins, wie Kerik es nie zuvor gesehen hatte.

Nicht weniger eindrucksvoll oder furchteinflößend war sein Reiter. Er trug eine prächtige goldene, mit Dornen besetzte Rüstung und große klauenbewehrte Panzerhandschuhe. Um die Hüfte hatte er ein riesiges Schwert geschnallt, und an seinem Sattel baumelten Schädel, einige alt und mürbe, andere noch frisch mit vollen Haarschöpfen. Unter seinem geflügelten Helm loderten zwei rote Augen wie Signalfeuer, die Keriks Seele den Weg in die Hölle weisen wollten.

Der Hauptmann verspürte das überwältigende Bedürfnis, seine Blase zu entleeren, aber er kämpfte dagegen an und rief so beherrscht, wie er konnte: »Bleibt standhaft, Männer!«

Jared Talle lächelte selbstbewußt, hob die Arme zum Gruß und trat auf den Anführer zu, der sein Pferd zügelte und auf den Inquisitor hinabstarrte.

»Ich bin Jared Talle, und du bist Akratil. Sei mir willkommen.«

»Du kennst meinen Namen.« Akratils Stimme war tief, wohltönend und auf eine seltsame Art freundlich, als würde er in ihm einen verwandten Geist erkennen. »Woher?«

»Auch ich beherrsche Magie«, sagte Talle. »Eine Magie, die vielleicht so mächtig wie die deine ist.«

Akratil schmunzelte. »Vielleicht.« Er löste den Kinnriemen und nahm den Flügelhelm ab, unter dem eine fließende feuerrote Haarmähne hervorquoll. »Aber woher kennst du meinen Namen?«

»Ich habe ihn von den Toten erfahren«, erklärte Talle.

»Ah, Nekromantik.« Akratil nickte beifällig. »Hast du sie hinterher verzehrt?«

Die Frage ließ sogar Talle einen Moment lang zögern, dann schüttelte er den Kopf. »Nein. Es waren Wilde wie diese da.« Er deutete auf die Tachyn, die hinter den Zerstörern ritten.

»Und ich bin kein Wilder?« erkundigte sich Akratil.

»Das glaube ich nicht.«

»Warum nicht?« In Akratils melodischer Stimme schwang Belustigung mit.

»Weil du etwas Bedeutenderes bist«, erwiderte Talle. »Du besitzt Macht ...«

»Die du haben willst?« unterbrach ihn Akratil.

»Ja!« rief Talle. »Gemeinsam könnten wir ...«

Seine Stimme versagte, als Akratil sich unvermittelt in seinem Sattel vorbeugte, eine Hand in den Kragen von Talles Gehrock krallte und den Inquisitor mühelos hochhob.

»*Gemeinsam?*« Er spie Talle das Wort geradezu ins Gesicht. »Du willst dich uns anschließen?«

Talle schnappte nach Luft. »Ja! Wenn ihr euch mit der Autokratie verbünden würdet, könnten wir zusammen Welten erobern.«

»Ich erobere bereits Welten.« Akratil öffnete die Hand, und Talle fiel zu Boden. »Ich vernichte Welten.«

Der Inquisitor kämpfte sich auf die Füße. Kerik fragte sich, ob er seinen Männer befehlen sollte, das Feuer zu eröffnen, aber Talle winkte ihn zurück.

»Hör mir zu, ich bitte dich! Verbünde dich mit mir, und wir können ...«

»Du bist ein Wurm«, schnitt ihm Akratil kalt das Wort ab. »Du bist ein krabbelndes Ungeziefer, das ich unter meinen Stiefel zerquetsche. Auch diese da« – er deutete auf die Tachyn, auf Chakthi und Hadduth – »sind Würmer, aber sie haben mich herbeigerufen, während du mich nur für deine eigenen erbärmlichen

Ziele benutzen willst. Du hast vor, mich zu betrügen, was? Mich nach deinen Vorstellungen zu formen. Du glaubst, diese armseligen Zeichen, die du dir auf den Körper gemalt hast, könnten dich vor mir schützen? Nein! *Du* bist die Marionette, Jared Talle, nicht ich!«

Jorge Kerik gab seinen Männern heimlich ein Zeichen, sich zurückzuziehen. Zur Hölle mit dem Inquisitor! Er hatte sie in diese verrückte Lage gebracht, und Kerik war bereit, ihn seinem Schicksal zu überlassen, wenn er dafür seinen Männern das Leben retten konnte. »Bringt Euch hinter dem Hügelkamm in Sicherheit, sobald ich Euch den Befehl gebe«, flüsterte er seinem Sergeanten zu.

Der Sergeant nickte, mehr als erleichtert, den Ort dieses unheimlichen Geschehens zu verlassen, und die Soldaten schlichen sich unauffällig davon.

»Lastkähne.« Abram Jaymes grinste Tomas Var an. »Wir benutzen die Lastkähne. So können wir das Tal vielleicht rechtzeitig erreichen. Wir haben sowieso nicht genug Pferde für alle.«

»Für alle?« Var setzte den Becher ab und starrte den Kundschafter an. »Von wie vielen Leuten sprichst du?«

»Wie viele Gebrandmarkte, glaubst du, gibt es in Grostheim?« fragte Jaymes zurück.

»Keine Ahnung.« Var zuckte die Achseln. »Ich habe mich nie …« Er verstummte. Bis jetzt hatte er nie darüber nachgedacht. Gebrandmarkte Verbannte waren wie eine alltägliche Handelsware, die er als selbstverständlich erachtet hatte. Sie waren einfach da, um Befehle auszuführen. Var versuchte, seine Verlegenheit zu verbergen, indem er sich hinter seinem Becher versteckte.

»Hunderte«, antwortete Jaymes für ihn, jetzt wieder völlig ernst. »Und alle gesichtslos. Diener, die dir in der Schenke dein Bier bringen, die dein Essen kochen und deinen Pferden Hufeisen verpassen. Dienstmädchen, die dein Bettzeug wechseln und waschen. Pferdepfleger, Hufschmiede und Knechte. Träger und Hafenarbeiter, Ruderer für die Lastkähne. Wenn du irgendwas willst, brauchst du's nur auszusprechen, und irgendein gebrandmarkter Mann oder eine Frau erledigt es für dich. Sie haben keine Rechte, nur die Pflicht, ihren Gebietern zu gehorchen. Findest du das richtig, Tomas?«

Var schüttelte den Kopf. »Nein. Aber werden sie sich uns anschließen?«

»Ich schätz' mal, das werden sie«, erwiderte Jaymes. »Die Nachrichten sind raus, dafür hat Rychard gesorgt.«

»Und die Garnison?« Var spielte nervös mit seinem Becher. »Was ist mit den Milizionären?«

»Das ist dein Problem«, erklärte Var. »Entweder du überzeugst sie, uns gehen zu lassen, oder wir kämpfen uns den Weg frei.«

»Ich werde mein Bestes tun, sie zu überzeugen«, murmelte Var.

»Dann bist du also auf unsrer Seite, egal was passiert?«

Var sah dem Kundschafter in die Augen und nickte. »Ja, sogar bis hin zur Sezession.«

»Zuerst geht's nur darum, irgendwie zu überleben«, sagte Jaymes. »Die Sezession kommt später. Aber ich bin froh, daß du zu uns hältst.«

»Auf Salvation.« Var hob seinen Becher.

»Auf Salvation«, wiederholte Jaymes. »Und auf die Freiheit.«

Jared Talle lockerte seinen Kragen, um besser Luft zu bekommen. Plötzlich war er nicht mehr so zuversichtlich. Die magischen Abwehrzeichen auf seinem Körper hätten ihn eigentlich vor dieser Demütigung bewahren müssen. Er strich sich den Gehrock glatt und fragte sich, ob die Magie dieser Fremdlinge vielleicht doch stärker als seine eigene war. Zum ersten Mal stieg ein Anflug von Angst in ihm auf, und er musste all seinen Mut zusammennehmen.

»Ich bin kein Wurm«, sagte er entrüstet. »Ich bin ein Inquisitor der Autokratie, und die Autokratie ist die größte Macht dieser Welt. Ich bin überzeugt, daß du mir nichts anhaben kannst.«

Akratil richtete sich in seinem Sattel auf, warf den Kopf in den Nacken und lachte brüllend. Das unheimliche pechschwarze Pferd tänzelte. Talle wich einige Schritt vor den Klauenhufen und dem nach ihm schnappenden Maul zurück.

»Du bist sehr stolz, kleiner Mann, aber ich bin schon früher stolzen kleinen Männern wie dir begegnet, und ich habe keine Lust, meine Zeit mit dir zu verschwenden.« Er zwang sein Pferd, sich zu beruhigen, und starrte Talle an. Dann riß er das Schwert aus der Scheide, holte weit aus und ließ die Klinge auf den Schädel des Inquisitors herabfahren.

Talle duckte sich, hob beide Hände und rief einen Zauberspruch. Die Bewegung des Schwertes verlangsamte sich, und Talle warf sich zur Seite. Akratil fluchte und holte zu einem neuen Schlag aus, den Talle wiederum abblockte.

»Hör mich an!« schrie er. »Wenn du auf mich hören würdest, könnten wir gemeinsam Welten erobern. Schließ dich mir an – der Autokratie –, und wir können ein Bündnis schmieden, das sich den Himmel und alle Welten untertan macht.«

»Ich vernichte Welten!« brüllte Akratil, während

sein Schwert erneut herabschwang. »Ich brauche keine Verbündeten, und schon gar nicht dich!«

»Ich habe Macht!« kreischte Talle und rollte sich im Gras ab. »Die Autokratie hat Macht! Verbünde dich mit mir und der Autokratie, und wir werden das Universum bezwingen! Laß uns unsere Magie vereinen, und wir können ...«

Sein Schrei verstummte abrupt, als Akratil Klinge seine Kehle berührte. Er blickte in zwei rote Augen auf, die genauso erbarmungslos wie seine eigenen waren, und jetzt stieg echte Angst in ihm empor. Aus diesen Augen loderte ihm der Tod entgegen, und er erkannte, daß diese Kreatur nicht mit sich handeln ließ. All seine Hoffnungen lösten sich mit einem Schlag in Luft auf.

Nun gut, er hatte versucht, einen Verbündeten für die Autokratie zu gewinnen, der den Gott, dem er diente, allmächtig gemacht hätte. Doch wenn das nicht möglich war, dann sollte die rohe Gewalt der Vernichtung zum Zuge kommen. Wenn er es nicht anders wollte, sollte Akratil die Macht der Autokratie kennenlernen.

»Feuer!« schrie er, aber als er einen schnellen Blick über die Schulter warf, sah er, daß Hauptmann Kerik und die zehn Marineinfanteristen ihn im Stich gelassen hatten und den flachen Hang hinaufhasteten, der fragwürdigen Sicherheit entgegen, die ihre Geschütze ihnen boten.

»Sie sind klüger als du«, kommentierte Akratil kalt und schlug wieder zu.

Talle hob die Arme. Bei Gott, die Abwehrzauber auf seinem Körper waren die stärksten, die er beherrschte, und trotzdem konnte er den Druck von Akratils Magie spüren, die sich der seinen entgegenstemmte. Er kreischte auf, als die Klinge zwei Finger seiner linken Hand abtrennte, starrte einen Moment lang voller

Entsetzen auf die Zwillingsfontäne, die aus den Stümpfen hervorsprudelte, und brüllte einen Zauberspruch, der seinen Gegner normalerweise aus dem Sattel schleudern und als blutigen Klumpen ins Gras hätte werfen müssen. Doch Akratil verzog nur das Gesicht und ließ sein gräßliches Pferd vorpreschen.

Der Inquisitor stolperte rückwärts, wich den zustoßenden Hörnern und den nach ihm schnappenden Fängen aus. Er rief einen anderen Zauberspruch, der das Schwert zur Seite lenkte.

»Du verfügst zweifellos über magische Kräfte«, sagte Akratil spöttisch. »Sogar über stärkere, als ich gedacht habe. Aber ...«

Er trieb Talle mit seinem gehörnten Pferd wie ein verängstigtes Kaninchen vor sich her, und der Inquisitor spürte, wie der letzte Rest seines Selbstvertrauens und jegliche Hoffnung in ihm erloschen, als hätte ihn eine Welle auf einen einsamen Strand gespült. Er sank hilflos ins Gras, jetzt nicht mehr der stolze Inquisitor, sondern nur noch ein sterblicher Mann, der um sein Leben fürchtete.

»Hör zu ... Bitte!«

»Nein!« zischte Akratil und hieb sein Schwert in Talles Kopf.

Arcole und Davyd beobachteten das Drama von dem Hügelkamm aus. Sie sahen, wie die gebogene Klinge Talles Kopf mühelos durchschnitt und sein Gesicht in zwei Hälften teilte. Der Inquisitor tanzte eine Weile wie eine durchgedrehte Marionette auf der Stelle, seine beiden Gesichtshälften schwangen wild auf und nieder, und aus seinem Hals spritzte eine große Blutfontäne in die Höhe, die im Mondschein schwarz glitzerte. Dann kippte er um. Der Reiter in der goldenen Rüstung lachte, ließ sein Pferd auf der Leiche herumtrampeln und schob sein Schwert in die Scheide zurück.

Davyd fröstelte. Seine Wunden schmerzten, und er war furchtbar müde. Er wünschte sich, Morrhyn würde ihm mit seinem Rat zur Seite stehen, oder er wäre an einem anderen Ort, fern von dem Bösen, das die Horde in ihren Regenbogenrüstungen wie eine körperlich spürbare Aura umgab. Aber das war reines Wunschdenken. Der Schöpfer hatte ihn in dieses Tal gesandt, um ... was zu tun? Davyd wußte es nicht. Er konnte sich nicht vorstellen, wie er diese Zerstörer ganzer Welten besiegen sollte, ohne schon beim ersten Versuch getötet zu werden.

»Was sollen wir tun?« hörte er Arcole flüstern und schüttelte hilflos den Kopf.

»Sollen wir kämpfen?« Arcole krallte ihm eine Hand in die Schulter. »Oder fliehen?«

»Ich weiß es nicht«, war alles, was Davyd mit Mühe hervorbrachte. »Ich glaube, daß wir warten müssen.«

»Um uns umbringen zu lassen?« Arcoles Stimme klang drängend. »Um Gottes willen, Davyd, um des Schöpfers willen, was sollen wir tun?«

Davyds einzige Antwort bestand aus einem erneuten Kopfschütteln.

»Auf dem Hügelkamm stehen Geschütze, leichte Artillerie.« Arcole musterte die Geschützstellungen. »Bemannt von Vars Marineinfanteristen, schätze ich. Wenn sie das Feuer eröffnen ...«

»Es würde nicht ausreichen«, sagte Davyd undeutlich. In seinem Schädel pochte es dumpf. Es war, als ob die unmittelbare Nähe der Zerstörer ihn lähmte, als ob ihre bösartige Ausstrahlung seinen Geist vernebelte. Er rieb sich Schläfen und Augen. »Wir müssen auf die Mataways warten. Auf sie und Jaymes' Armee. Ohne sie ...«

»Und wenn die Schlacht losbricht, bevor sie eintreffen?« Arcole deutete auf die Männer, die den Hang zu den getarnten Geschützstellungen hinaufhasteten. »Wenn dieser Offizier dort seinen Männer befiehlt, das Feuer zu eröffnen?«

»Das darf er nicht!« Plötzlich kehrten die Träume, die Davyd in Ket-Ta-Thanne gehabt hatte, in dem kleinen einsamen Eichenwald und auch später, mit aller Klarheit zurück. »Wir müssen *gemeinsam* kämpfen. Wir alle!«

»Wir alle?« Arcole hob die Brauen. »Wie meinst du das?«

»Sie.« Davyd nickte in Richtung der Soldaten. »Sie, die Matawaye, die Grannach und die Leute, die Abram und Tomas bringen werden. Wir müssen zusammen kämpfen! Sonst wird alles verloren sein. Verstehst du?«

»Nein«, gestand Arcole.

Davyd seufzte und starrte in das Tal hinab. »Wir müssen gemeinsam kämpfen, alle Menschen dieses Landes, als eine vereinte Streitmacht gegen das Böse. Einzeln sind wir bedeutungslos. Getrennt werden wir besiegt und ausgelöscht werden. Aber wenn wir unsere Kräfte bündeln – die Matawaye, die Gebrandmarkten, ihre Gebieter und die Marinesoldaten –, können wir die Zerstörer schlagen.«

»Es sei denn, sie töten uns vorher«, murmelte Arcole.

»Wir müssen mit den Soldaten sprechen«, sagte Davyd eindringlich. »Sie müssen die Zerstörer aufhalten, bis die Matawaye und Abrams Leute eintreffen.«

»Dann sollten wir besser gleich zu ihnen gehen«, erwiderte Arcole.

Jorge Kerik war froh, als er den Hügelkamm erreicht hatte. Inmitten seiner Männer und Geschütze fühlte er sich sicherer. Er wollte gerade den Befehl geben, das Tal mit Kartätschen– und Schrapnellgranaten einzudecken, als zwei abenteuerliche Gestalten auftauchten. Beide waren in Wildleder gekleidet und trugen das Haar zu Zöpfen geflochten, wie die Wilden, die die unheimlichen Fremdlinge begleiteten. Und sie hielten Musketen in den Händen. Der eine war groß und attraktiv, der andere, dessen schneeweißes Haar eine häßliche Narbe auf seiner Wange noch betonte, kleiner. Und in den dunkel gebräunten Gesichtern beider prangte unübersehbar das Brandmal der Verbannung.

Kerik zog seine Pistolen, seine Männer hoben ihre Musketen.

»Wir sind Freunde!«

Bei Gott, der große Mann sprach Evanderanisch. Kerik zögerte.

»Hört uns an.«

»Wer seid ihr?«

»Ich bin Arcole Blayke, mein Begleiter ist Davyd Furth. Dürfen wir näher kommen?«

Dem kultivierten Akzent nach zu urteilen, schien der Mann aus Levan zu stammen. Kerik fragte sich, welche neue Überraschung ihn nun wieder erwartete. Er zielte weiter auf die beiden Fremden. »Ganz langsam. Und haltet die Hände so, daß ich sie sehen kann.«

Sie näherten sich ihm und hielten die Musketen hoch über ihre Köpfe. Auf seinen Befehl rissen seine Soldaten ihnen die Waffen aus den Händen. Kerik starrte das seltsame Paar staunend an.

»Ausreißer?«

Arcole nickte. »Ja, aber nicht eure Feinde. Euer Feind ist dort unten.« Er deutete auf die Talsohle.

»Da unten sind auch Leute wie ihr«, sagte Kerik.

»Die Tachyn«, erwiderte Arcole. »Sie werden von einem Krieger namens Chakthi angeführt. Die anderen nennen sich die Zerstörer. Gott, es gibt so viel zu erklären.«

»Und ihr gehört nicht zu ihnen?« Kerik drückte Arcole eine Pistole in den Bauch. »Warum sollte ich euch nicht sofort erschießen?«

»Weil ihr dann getötet werden würdet«, antwortete Davyd an Arcoles Stelle. »Du und alle deine Männer. Aber wenn ihr uns anhört, habt ihr eine Chance.«

Irgend etwas in den alterslosen Augen des jungen Mannes erweckte Keriks Vertrauen »Ach, was für eine Chance denn?« Er schüttelte den Kopf. »Ich habe nur die Wahl zu fliehen, oder zu kämpfen.« Er schielte den Hang hinab. »Es sind zu viele, um gegen sie zu kämpfen, und ich vermute, daß diese Kreaturen uns mühelos einholen würden, sollten wir versuchen zu fliehen. Welche Chance bleibt mir also?«

»Du kannst abwarten«, sagte Davyd.

Kerik musterte ihn gebannt. Dieser Davyd Furth war von einer Art Aura umgeben – nicht sichtbar, sondern spürbar –, als wäre er von einer undefinierbaren Macht erfüllt, die sich auch in seinen Augen manifestierte. Der Hauptmann nickte auffordernd. »Sprich weiter.«

»Die Fremden nennen sich die Zerstörer«, begann Davyd und erzählte Kerik alles über die Horde, was er wußte. Er berichtete von den Matawaye, von Ket-Ta-Witko und Ket-Ta-Thanne, von Abram Jaymes und Tomas Var.

»Ihr wart bei Major Var?« fragte Kerik, nachdem Davyd geendet hatte. Ihm fehlten die Worte. Das Entsetzen über die ungeheure Tragweite dessen, was er gerade gehört hatte, drohte ihn zu lähmen.

»Ja«, bestätigte Davyd. »Er fährt mit Abram Jaymes

den Restitution hinab nach Grostheim. Sie wollen eine Armee aufstellen. Und die Matawaye sind ebenfalls hierher unterwegs. Wenn ihr einfach wartet …«

»Warum sollte ich dir glauben?« unterbrach ihn Kerik.

Davyd zuckte die Achseln. »Warum solltest du es nicht tun?«

»Hör zu«, mischte sich wieder Arcole ein. »Wir haben das Brandmal in unseren Gesichtern, oder? Warum sollten gebrandmarkte Leibeigene freiwillig zu Soldaten der Miliz Gottes kommen?«

»Das ist ein Argument«, räumte Kerik ein. Aber was ihn wirklich überzeugte, war der Ausdruck in Davyds Augen. »Und wie es scheint, kennt ihr Major Var. Also, was sollen wir tun?«

»Sie hinhalten«, sagte Davyd. »Auf die Mataway e und die anderen warten und dann gemeinsam kämpfen. Wir müssen die Zerstörer in diesem Tal festhalten und sie hier vernichten.«

Kerik starrte ihn noch eine Weile an. Schließlich ließ er die Pistolen und den Kopf sinken. »In Ordnung, gut, ich bin einverstanden. Und gebe Gott, daß ich mich richtig entschieden habe.«

»Das hast du«, versicherte Davyd.

»Wir schlagen unser Lager hier auf«, verkündete Akratil. »Mir gefällt dieses Tal.« Sein Pferd senkte den gehörnten Kopf und begann, an Talles Leiche zu fressen. »Wir werden rasten, bevor wir weiterziehen.«

»Und die Krieger, die wir gesehen haben?« wollte Bemnida wissen. »Was ist mit ihnen?«

»Was soll mit ihnen sein?« erwiderte Akratil. »Sie sind wie verängstigte Kaninchen davongerannt, oder? Wahrscheinlich sind sie längst verschwunden. Und selbst wenn sie noch da sein sollten, können sie uns nichts antun.«

»Trotzdem …«

Akratil bedachte die Frau mit einem kalten Blick. »Ich möchte ein wenig ausruhen. Hast du etwas dagegen einzuwenden?«

Bemnida schüttelte den Kopf. Sie wußte, daß sie ihn leicht verlieren konnte, wenn sie sich ihrem Anführer widersetzte.

»Soll ich die Hügelkette mit meinen Kriegern erkunden?« fragte Chakthi in dem Bemühen, das Wohlwollen des Zerstörers zu erringen.

»Nein.« Akratil lachte leise. »Niemand kann uns gefährlich werden. Sie fürchten uns. Hast du nicht gesehen, wie sie gerannt sind? Sie werden schon weit weg sein, und ich habe mich entschieden. Wir werden hier rasten.« Er richtete sich in seinem Sattel auf und rief: »Schlagt das Lager auf!«

Es war nicht mehr weit. Morrhyn fühlte es wie einen Druck auf seiner Seele, als drängte ihn der Schöpfer, sich zu beeilen, damit sich das Schicksal endgültig klärte.

Er trieb die Matawaye noch härter als zuvor an. Sie ritten von morgens bis abends und die Hälfte der Nacht hindurch, rasteten nur, wenn die Pferde zu erschöpft waren, um weiterzulaufen. Jeder andere Mann hätte eine längere Pause eingelegt, um zu schlafen und Kraft zu schöpfen, aber Morrhyn wußte mit absoluter Sicherheit – er spürte es in jeder Faser seines Körpers und in seinen müden schmerzenden Knochen –, daß ihnen eine Entscheidungsschlacht bevorstand, aus der eine neue Zukunft erwachsen würde. Nicht nur für Salvation und Ket-Ta-Thanne, sondern für alle Welten, von denen er auf dem Berg des Schöpfers geträumt hatte, für alle Welten jenseits der Grenzen von Zeit und Raum. Und er wußte, daß die Zerstörer triumphieren und das Böse zu den ungeborenen Kindern noch nicht geformter Welten weitertragen würden, wenn sie nicht hier und jetzt aufgehalten wurden.

Er durfte nicht zulassen, daß sie den Sieg davontrugen, und so warf er seine ganze Autorität als Prophet des Volkes in die Waagschale, um die Krieger unerbittlich zu dem Ort zu treiben, wo Davyd, wie er fühlte, auf die letzte Schlacht wartete.

Er konnte das Tal jetzt vor seinem inneren Auge sehen, als spräche Davyd auf geistigem Wege so mit ihm, wie er einst mit Davyd gesprochen hatte. Er sah es im Traum und im Wachzustand, ein weites, von sanften, bewaldeten Hängen gesäumtes Tal, durch das ein Bach lief.

Und dort, das wußte er, würden sie die Zukunft gewinnen oder verlieren.

DIE LETZTE CHANCE

Hauptmann Francys Emmit starrte den gesetzlosen Marineoffizier über den Lauf seiner Pistole hinweg an und verfluchte das Dilemma, in dem er steckte. »Ich habe meine Befehle«, sagte er vorsichtig. »Und Ihr geltet als vogelfrei.«

»Wir sind in der Überzahl.« Tomas Var musterte den Garnisonskommandanten, einen jungen Hauptmann, an dessen Namen er sich nicht erinnern konnte, eindringlich. Er sprach ruhig und – wie er hoffte – mit Überzeugungskraft. »Der Inquisitor ist verschwunden und wahrscheinlich bereits tot. Eine Streitmacht, wie Ihr sie Euch nicht einmal vorstellen könnt, marschiert auf Grostheim zu. Sollte sie hier eintreffen, ist die Stadt verloren. Ganz Salvation wäre verloren! Öffnet die Tore und laßt uns gehen. Verdammt, kommt mit uns!«

»Ich habe meine Befehle«, wiederholte Emmit stur.

»Von Jared Talle«, erwiderte Var. »Bedeutet er Euch so viel?«

»Er ist der Inquisitor«, wich Emmit einer direkten Antwort aus. »Er spricht für die Autokratie.«

»Und ich spreche für Salvation«, sagte Var. »Für Salvation und alle, die in diesem Land leben.«

»Gebrandmarkte Verbannte.« Emmit warf einen Blick über Vars Schultern auf die Menge, die sich in den Straßen drängte.

»Nein.« Var drehte sich um, ignorierte die auf ihn zielende Pistole und deutete auf die Menschen. »Seht Ihr? Es sind auch freie Bürger unter ihnen! Herren und Diener, die gemeinsam marschieren.«

»Ihr wollt die Ordnung der Welt umstoßen«, hielt ihm Emmit vor.

»Ich möchte, daß Salvation gerettet wird«, korrigierte Var. »Hört mir zu! Ihr habt doch selbst die Geister gesehen, die durch die Straßen geritten sind, oder?«

Emmit nickte widerwillig. Das war eine Erinnerung, die er lieber verdrängte.

»Nun, jetzt haben sie sich in Fleisch und Blut manifestiert«, fuhr Var fort, »und sie werden nach Grostheim kommen, wenn wir sie nicht aufhalten.«

»Dann laßt sie kommen.« Emmit legte mehr Zuversicht in seine Stimme, als er wirklich verspürte. »Unsere Mauern wurden von Inquisitor Talle mit Schutzzaubern versehen, und wir haben unsere Kanonen. Sie werden Grostheim nicht erobern.«

»Sie werden die Stadt einnehmen, sie niederbrennen und Euer Fleisch essen«, erklärte Var. »Und wenn wir sie aufhalten wollen, muß es bald und am richtigen Ort geschehen. Gott, Mann! Meine Marinesoldaten sind bereits dort, und ich werde zu ihnen gehen.«

»Ich habe meine Befehle.«

Var zuckte die Achseln. »Wie viele Männer habt Ihr noch? Ungefähr hundert?« Er deutete erneut auf die Menge hinter ihm, die trotz der Musketen von Emmits Milizionären allmählich unruhig wurde. »Nicht genug, um uns daran zu hindern, die Stadt zu verlassen, wenn wir das wollen. Sicher, Ihr könnt mich erschießen, aber was dann? Wollt Ihr ein Blutbad anrichten?«

Emmit verzog das Gesicht. »Nein, aber trotzdem ...«

»Wir dürfen keine Zeit mehr verlieren.« Var hob die Arme und präsentierte sich völlig schutzlos der Pistole des Milizionärs. »Entweder Ihr erschießt mich und bringt es hinter Euch, oder Ihr öffnet die Tore. Und am besten begleitet Ihr uns.«

Der Hauptmann zögerte. Vor ihm stand Major Tomas Var, gekleidet in Wildleder wie ein Hinterwäldler, genau wie dieser Kerl mit dem verfilzten Haar, der ein langläufiges Jagdgewehr – Emmit zweifelte nicht daran, daß er es auch benutzen würde – vor der Brust hielt, und hinter ihnen drängten sich die Gebrandmarkten von Grostheim und die Hälfte ihrer Besitzer. Emmit kannte Vars Ruf als Held der Restitutionskriege und treuer Hund des Inquisitors, ein Offizier, den die Autokratie aufgrund seines Wissens über Salvation befördert hatte. Der Hauptmann dagegen war noch jung, unerfahren und nicht gerade glücklich über sein Kommando. Seiner Meinung nach mußte jemand, der wie der Inquisitor Vars Marineinfanteristen abgezogen und die Stadt fast ohne Verteidigung zurückgelassen hatte, verrückt geworden sein, und er fragte sich, was den Mann dazu trieb, in der Wildnis Geister zu jagen. Wie alle anderen hatte auch er die Gerüchte gehört, daß Jared Talle ein Bündnis mit den Geistern schmieden wollte. Er zweifelte daran, daß ein solches Vorgehen richtig war. Und jetzt behauptete Tomas Var, daß sich die unheimlichen Gestalten in Fleisch und Blut materialisiert hatten. Offensichtlich glaubte ihm der größte Teil der Bevölkerung und war bereit zu kämpfen. Emmit befand sich in einer Zwickmühle. Wenn er Var erschoß und seinen Männern befahl, das Feuer auf die Menge zu eröffnen, würden er und seine Truppen von den Überlebenden mit Sicherheit überwältigt werden, und dann war Grostheim endgültig völlig schutzlos. Langsam ließ er die Pistole sinken.

»Seid Ihr Euch Eurer Sache wirklich sicher, Major?«

»So wahr Gott mein Zeuge ist«, sagte Var. »Ja, ich bin mir sicher.«

In seiner Stimme schwang eine solche Überzeugungskraft mit, daß Emmit nickte und die Pistole wieder in das Holster schob. »Ich bete, daß ich das richtige tue.« Er drehte sich zu dem Sergeanten um, der hinter ihm stand, und befahl ihm, die Tore zu öffnen und die Menschen passieren zu lassen. »Was soll ich tun?« fragte er Var.

»Öffnet die Waffenkammern«, forderte Var ihn auf. »Gebt uns Pistolen und Gewehre, Schießpulver, Kugeln und Vorräte. Und dann kommt mit uns.«

»Sir!« Emmit salutierte formell. »Ich unterstelle mich Eurem Befehl.«

»So weit, so gut.« Jaymes gesellte sich zu Var, während Emmit zu den Waffenkammern eilte. »Ich hab schon befürchtet, ich müßte ihn erschießen.«

»Und ich dachte, er würde *mich* erschießen«, gab Var zurück.

Jaymes grinste. »Niemand lebt ewig. Dann laß uns jetzt unsre Leute auf die Kähne schaffen.«

Sie begannen mit der Organisation des Auszugs. Nicht alle Bewohner Grostheims waren von Jaymes' Plan überzeugt gewesen, aber da sich ihm die Mehrheit angeschlossen hatte, spielte die Meinung der Zweifler keine große Rolle. Die Befürworter hatten sich für ihre Freiheit und Selbstbestimmung ausgesprochen. Ihre Stimmen waren die lautesten, und so leerte sich Grostheim zusehends. Die Menschen strömten zum Fluß und bestiegen die wartenden Lastkähne, bewaffnet mit Musketen, Pistolen und Schwertern, fest entschlossen, ihr Land von den Invasoren und der Autokratie zu befreien.

»Das ist doch großartig, was?« bemerkte Jaymes, als die Boote auf den Fluß hinausgestakt wurden. »Sieh dir das an.«

Var drehte sich um. Eine ganze Flotte von Lastkähnen folgte ihnen nach Westen. Es war ein Anblick, den zu erleben er sich nie hätte träumen lassen. Leibeigene, freie Bürger und Soldaten der Miliz Gottes bemannten die langen Ruder. Sie alle waren bereit, gemeinsam für die Zukunft ihres Landes zu kämpfen. »Jetzt gibt es kein Zurück mehr«, sagte er.

Abram Jaymes lachte leise und spie einen Strahl Kautabaksaft in den Fluß. »Das hat's nie gegeben.«

»Nein, vermutlich nicht«, murmelte Var. Er schwieg eine Weile. »Ob wir wohl rechtzeitig eintreffen?« fragte er dann.

»Besser wär's«, erwiderte Jaymes nüchtern. »Wenn Davyd recht hat, werden wir in diesem verdammten Tal entweder siegen oder untergehen. Und ich glaub dem Jungen.«

»Ja, ich auch«, sagte Var.

Überall auf den Höfen und Farmen, in den Mühlen und Weinbergen Salvations erwachten die Männer und Frauen in der Morgendämmerung eines neuen Tages, einer veränderten Welt. Sie verstanden nicht genau, was mit ihnen geschah, aber ein innerer Zwang trieb sie an, sich auf den Weg zu machen. Besitzer händigten ihren Dienern lächelnd Waffen aus. Zwangsarbeiter trugen Äxte und Sicheln, ihre Herren Gewehre und Pistolen, und alle strömten sie dem Brennpunkt des Schicksals entgegen. Keiner hätte sagen können, ob sie ihr Ziel schnell genug erreichen würden, aber jeder wußte, daß sie es zumindest versuchen mußten, als pulsierte die Zukunft der Welt in ihren Adern und erfüllte sie alle mit der gleichen Entschlossenheit.

Das Tal erstreckte sich von Norden nach Süden, ein weiter Kessel, der von bewaldeten Hügelketten umschlossen war. Das Mondlicht ließ das Gras silbern schimmern und die bunten Zelte der Zerstörer, denen gegenüber die Zelte der Tachyn beinahe farblos erschienen, leuchten. Überall brannten Feuer. Die Nacht war vom lauten Grollen der echsenhaften Bestien und dem nervösen Schnauben der Pferde erfüllt. Es roch durchdringend nach tierischen Exkrementen. Der westlich gelegene Zugang in das Tal war breit, der einzige Ausgang befand sich im Süden, wo der Bach durch eng zusammenrückende Hänge dem Restitution entgegenströmte. Wenn die Horde das Tal verlassen wollte, würde sie diesen Weg nehmen müssen, sofern sie nicht vorhatte, den östlichen Hügelkamm zu überwinden.

»Wir könnten sie dort angreifen«, sagte Jorge Kerik und deutete mit einem ausgestreckten Finger auf den Paß. »Zwei Geschütze würden ausreichen, um sie aufzureiben.«

»Es sei denn, sie stürmen den Hang«, entgegnete Arcole. »Ihre Streitmacht ist groß genug, um uns mit einem Frontalangriff zu überwältigen. Oder sie schlagen einen Bogen und fallen uns in die Flanke. Und wahrscheinlich verfügen sie über starke Magie.«

Kerik nickte nachdenklich. »Du hast Schlachterfahrung gesammelt.«

»Ich habe in den Restitutionskriegen gekämpft.« Arcole grinste. »Gegen die Autokratie.«

»Aber dieser Krieg ist längst vorbei.« Kerik lachte leise. Er mochte diesen Mann. »Dann also zwei Geschütze, die den Paß abdecken. Die restlichen auf dem Hügelrücken. Was ist mit diesen Verbündeten, von denen du gesprochen hast?«

»Die Mataway nähern sich von Westen her«, sagte Arcole. »Wahrscheinlich kommen sie durch den breiten Paß dort. Wenn es Abram und Tomas gelingt, ihre Armee zu mobilisieren, werden sie vom Fluß her kommen, nehme ich an.«

»Und dann wären diese Zerstörer im Tal eingekesselt.« Kerik kratzte sich den Kopf. »Werden unsere Männer ausreichen?«

»Nicht wir allein. Wie viele Soldaten hast du? Zweihundertfünfzig Marineinfanteristen? Die Horde könnte uns mit Leichtigkeit hinwegfegen. Nein, wir brauchen die anderen.«

Kerik zog eine Feldflasche unter der Uniformjacke hervor, trank einen Schluck Weinbrand und reichte sie Arcole. »Vielleicht sollten wir doch lieber fliehen.«

»Sie könnten uns problemlos einholen«, gab Arcole zu bedenken und bestätigte damit Keriks Befürchtung. »Und dann würden sie weiter nach Grostheim ziehen. Nein, wenn wir diesen Kampf gewinnen wollen, muß er hier stattfinden. Das hat Davyd gesagt.«

»Ein paar Rotröcke sind in Grostheim geblieben«, sagte Kerik. »Und die Stadt ist gut befestigt.«

»Und wenn schon.« Arcole schüttelte den Kopf. »Laut Davyd müssen wir hier kämpfen. Anscheinend ist das wichtig. Also bleibt uns nichts anderes übrig, als die Zerstörer in diesem Tal festzuhalten.«

»Sofern das überhaupt möglich ist«, murmelte Kerik.

»Davyd sagt, es müßte so und nicht anders geschehen.« Arcole zuckte die Achseln, als erübrigte sich damit jede weitere Diskussion.

»Er ist schon ein merkwürdiger Bursche«, bemerkte Kerik. »Du vertraust ihm, was?«

»Voll und ganz«, bestätigte Arcole.

Kerik seufzte. »Dann sollte ich das wohl auch tun, schätze ich. Obwohl Gott allein weiß, wieso.«

»Du spürst es, nicht wahr?« fragte Arcole.

»Was ich spüre, ist große Angst«, erwiderte Kerik.

»Ich habe das Gefühl, in der Falle zu sitzen. Ich kann nicht fliehen, und ich habe zu wenig Männer, um zu kämpfen. Aber davon abgesehen ...« Er zögerte und runzelte die Stirn. »Ich spüre ... daß hier Welten aufeinanderprallen und ich besser auf dich und Davyd hören sollte.«

»Und beten.« Arcole schmunzelte. »Beten, daß die anderen uns rechtzeitig erreichen.«

»Ja«, sagte Kerik ernst. »Das auch.«

Davyd wälzte sich ruhelos hin und her. Die Nacht war warm. Eine sanfte Brise ließ das Laub der Bäume rascheln. Er träumte von einer gewaltigen Schlacht, und wieder sah er die Bilder vor sich, die ihm seine Vision in dem kleinen Eichenwäldchen in Ket-Ta-Thanne offenbart hatte. Er sah Armeen im Nahkampf und einen Feuersturm über das Land ziehen. Die Bilder waren völlig verworren. Er sah die Zerstörer siegen und besiegt werden, Freunde sterben und überleben. Selbst im Traum wußte er, daß die Zukunft von dem morgigen Tag abhing, an dem die kurze Atempause enden würde, und sollten die Zerstörer nicht aufgehalten werden, wäre alles verloren. Er wußte, daß die Zerstörer nur besiegt werden konnten, wenn alle Bewohner dieser neuen Welt zusammenfanden. Alles hing davon ab, daß sie ihre Kräfte vereinten. Kam das Bündnis nicht zustande, würden die Zerstörer triumphieren.

Im Traum rief er nach Morrhyn, versuchte, mit ihm zu sprechen, und einen Moment lang sah er das Gesicht des Wakanishas, bevor es von Flammen verhüllt wurde. Er fragte sich, ob er Morrhyn soeben wirklich sagen gehörte hatte, daß das Volk kommen würde, oder ob es lediglich ein qualvoller Schrei gewesen war.

Er erwachte schweißgebadet. Der Himmel hatte die perlmuttartige Färbung der hereinbrechenden Morgendämmerung angenommen. Vögel zwitscherten, Eichhörnchen keckerten. Auf dem Gras hatte sich Tau niedergeschlagen. Die milde Luft kündigte einen warmen Tag an. Der Horizont im Osten war bereits hell.

Davyd fragte sich, ob dies sein letzter Tag auf Erden sein würde. Aus dem Lager der Marinesoldaten wehte der Geruch von Kaffee und brutzelndem Speck herüber. Er hörte die gedämpften Gespräche von Männern, die wußten, daß ihnen ein Kampf bevorstand, den sie vielleicht nicht überleben würden. Bedrückt kroch er unter seiner Decke hervor und überprüfte die Zündladung der Muskete. Dabei bemerkte er, daß seine Wunden nicht mehr schmerzten. Was das ein Zeichen? Er wusch sich das Gesicht mit Tauwasser, kämmte sich das Haar aus und flocht es wieder zu Zöpfen. Es interessierte ihn nicht länger, ob er ein Wakanisha oder ein Krieger war. Das schien an diesem Tag unwichtig zu sein. Er starrte in das Tal hinab, wo die bunten Zelte der Zerstörer standen, und er wußte, daß die Zukunft von Salvation, Ket-Ta-Thanne und aller anderen Welten in der Schwebe hing. Nach einer Weile entbot er dem Schöpfer seine Ehrerbietung, betete, daß sie siegreich sein würden, und machte sich auf die Suche nach Arcole.

»Wir müssen uns beeilen. Ich habe von Davyd geträumt.«

Kahteney nickte. »Ich auch, Bruder. Aber werden wir noch rechtzeitig ankommen? Können wir es schaffen?«

»Wir *müssen* es schaffen!« Morrhyn rieb sich die durch den Schlafmangel geröteten Augen. Die Morgendämmerung war längst noch nicht angebrochen.

Überall um ihn herum lagen schlafende Krieger unter ihren Decken. Er klatschte laut in die Hände. »Aufwachen! Wir reiten weiter!«

Und da er der Prophet war, gehorchten ihm die Männer. Sie erhoben sich, ohne zu murren, sattelten ihre müden Pferde und folgten ihm.

»Wir können nicht schneller reiten!« rief Rannach, während er sein Pferd zu einem Galopp zwang. »Beim Schöpfer, Morrhyn, bei diesem Tempo werden wir die Tiere noch umbringen!«

Morrhyn starrte unverwandt geradeaus. Am Himmel leuchteten die Sterne und der Mond des Neuen Grases. Das offene Haar des Wakanishas flatterte im Wind, und als Rannach einen Blick des Propheten erhaschte, schien es ihm, als spiegelte sich das kalte Licht des Mondes in Morrhyns Augen wider. Er wünschte, er könnte in Arrhynas Armen in ihrem gemeinsamen Zelt liegen, während Debo friedlich neben dem Feuer schlief, aber er wußte, daß das erst wieder möglich sein würde, nachdem die Schlacht geschlagen war. Und dann fragte er sich, ob es danach überhaupt noch Zelte, Frauen und Kinder geben würde. Oder ritten sie alle in den Tod?

»Was sollen wir sonst tun?« fragte Morrhyn, als hätte er Rannachs Gedanken gelesen. »Davyd und Arcole im Stich lassen? Sollen wir zulassen, daß die Welt den Zerstörern in die Hände fällt?«

»Nein!« erwiderte Rannach.

»Dann reiten wir weiter«, sagte Morrhyn, »und wenn wir die Pferde umbringen, werden wir zu Fuß weitergehen und zu Fuß kämpfen. Aber kämpfen müssen wir!«

Die schiefergraue Dämmerung wich dem Tageslicht. Im Osten tasteten sich die ersten Sonnenstrahlen himmelwärts. Der Horizont wurde heller. Wie eine Woge wanderte ein blauer Streifen über den Himmel und trieb das Grau zurück, und dann ging die Sonne hinter den Bergen auf, schien heiß und golden auf die Männer herab, die auf dem Hügelkamm warteten.

Es dauerte eine Weile, bis ihre Strahlen auch die Talsohle erreichten. Die Zerstörer brachen bereits ihr Lager ab, rollten die Zelte zusammen und verstauten sie auf ihren Lasttieren. Die Tachyn folgten ihrem Beispiel und bestiegen ihre Pferde, die, verängstigt durch die Nähe der echsenhaften Bestien, nervös tänzelten und schnaubten.

Chakthi hatte Kriegsbemalung angelegt. Weiße und gelbe Streifen zogen sich über sein verschlagenes Gesicht. In seinem Gürtel steckten ein Beil und ein Messer, auf den Rücken hatte er seinen Bogen samt Köcher geschnallt, und in den Händen hielt er eine Lanze, die mit den Haarschöpfen der von ihm getöteten Männer und Frauen geschmückt war.

»Ist Rannach dort oben?« fragte er Hadduth.

»Selbst wenn er nicht dort ist, du wirst seinen Kopf bekommen«, erwiderte Hadduth.

»Dein Wort darauf? Wenn nicht, dann hole ich mir deinen.«

»Akratils Wort«, sagte Hadduth. »Seins und meins. Wir können nicht scheitern.«

Chakthi starrte seinen Wakanisha eine Weile schweigend an, dann nickte er. »Das sollten wir auch nicht, oder dein Leben ist verwirkt.«

Hadduth lächelte zuversichtlich. »Wir haben die Kraft der Zerstörer auf unserer Seite, mein Akaman. Wir werden mächtig sein und bis ans Ende der Welt reiten. Alle werden sich in Ehrfurcht vor den Tachyn und ihrem Anführer verneigen.«

»So soll es sein«, knurrte Chakthi und ritt zu Akratil, der gerade sein unheimliches Pferd bestieg.

»Greifen wir an?«

Es kostete ihn Mühe, sein Pferd zu beruhigen, das in der Gegenwart von Akratils Tier unruhig tänzelte und bockte.

Der Zerstörer lächelte und streichelte den schlangenartigen Hals der gehörnten Kreatur. »Sollten sie noch nicht geflohen sein, ja. Warum nicht? Führ du den ersten Angriff mit deinen Kriegern durch.«

Chakthi zögerte kurz.

Er erinnerte sich noch gut an den Donner, der ihn bei seinen Überfällen auf Grostheim und die Grenzforts empfangen hatte, an die tödliche Wirkung dieser weitreichenden Feuerwaffen.

»Sie könnten …« Er durchforstete sein Gedächtnis, bis ihm das Wort wieder einfiel, das er von dem Owh'jika gelernt hatte. »Sie könnten Kanonen haben.«

»Hast du Angst?« Akratil setzte seinen Helm auf und musterte Chakthi spöttisch.

Der Tachyn stieß ein wütendes Fauchen aus und schüttelte seine Lanze. »Nein!«

»Dann greif sie an«, sagte Akratil gelangweilt. »Wir werden dir folgen. Und solltest du scheitern, werden wir sie vernichten.«

»Ich werde nicht scheitern«, verkündete Chakthi zähneknirschend. »Ich bin ein Tachyn, und ich fürchte den Tod nicht.«

Akratil deutete auf den östlichen Hügelkamm. »Dann beweise mir, wie tapfer du bist.«

»Das werde ich!«

Chakthi hob seine Lanze und rief seine Männer zu sich.

Die Krieger scharten sich um ihn, und er erläuterte ihnen seinen Schlachtplan, der denkbar einfach war: Den Hang hinaufstürmen und über den Feind herfallen, wer auch immer dort sein mochte. Dann hob er erneut die Lanze und richtete ihre Spitze auf den Hügelkamm.

»Wir reiten!«

Sie preschten los.

»Sie kommen!« bellte Sergeant Ordan. »Alle Mann zu den Waffen! Haltet euch bereit!«

Die beweglichen Geschütze waren bereits geladen, die mit feinem Schießpulver gefüllten Zündkanäle warteten nur noch darauf, mit einem brennenden Kienspan berührt zu werden, um Tod und Verderben zu spucken. Zwei Geschütze waren, wie von Kerik vorgeschlagen, am südlichen Eingang des Tals postiert worden, zwei weitere im Norden als Vorsichtsmaßnahme gegen eine mögliche Attacke aus dieser Richtung. Die fünf verbliebenen zielten hangabwärts, um einen Frontalangriff zurückzuschlagen, wie er jetzt stattfand.

»Wartet!« rief Kerik. »Schießt erst auf mein Kommando!«

Er beobachtete angespannt die Reiter, die über die Talsohle auf die Hügelkette zupreschten. *Eine verrückte Tapferkeit,* dachte er. Wußten die Angreifer nicht, das hier Geschütze postiert waren? Waren sie einfach nur dumm? Hatten sie überhaupt eine Ahnung von moderner Kriegsführung? Wie auch immer, sie näherten sich der Reichweite seiner Geschütze und würden von ihrer Feuerkraft getötet werden. Vielleicht konnte er dann dieses unheilvolle Tal verlassen und nach Grostheim zurückkehren. Zuerst jedoch mußte er eine Schlacht schlagen und gewinnen. Davyd und Arcole – vor allen Dingen Davyd – hatten ihn davon überzeugt, und so biß er die Zähne zusammen, beobachtete die Reiter, die mit schrillen Schreien den Hang hinaufstürmten und wartete so lange, bis seine Schützen ihr Ziel unmöglich verfehlen konnten, ließ die erhobene Hand herabfahren und rief: »Feuer!«

Die erste Salve riß gleich mehrere Tachyn von ihren Pferden, als würde ein Orkan durch ein Weizenfeld fegen. Kartätschen- und Schrapnellgranaten explodierten und zerfetzten die Krieger. Menschen und Pferde brachen schreiend und blutüberströmt zusammen. Leichen rollten die Böschung hinab oder blieben mit verrenkten Gliedmaßen im rotgefärbten Gras liegen. Vögel flatterten in heller Panik aus den Bäumen auf. Chakthi wurde aus dem Sattel geschleudert, landete mit dem Gesicht voraus auf dem Boden und verharrte geduckt, während der Feuersturm über ihm wütete.

Als das Inferno verstummte, richtete er sich auf, fluchte durch krampfhaft zusammengebissene Zähne und rief seinen Männern zu, ihm zu folgen. Seine Lanze war verschwunden. Er spannte seinen Bogen und schickte einen Pfeil den Hügelkamm empor. Der Pfeil segelte über die Köpfe der Artilleristen hinweg, die eilig ihre Geschütze nachluden, und wurde von peitschenden Musketenschüssen beantwortet. Der Kugelhagel mähte noch mehr Tachyn nieder. Einige machten kehrt und flohen, die anderen versammelten sich um ihren Akaman. Chakthis Wut entlud sich in einem gellenden Schrei, und er griff erneut an.

Wieder donnerten die Geschütze, töteten eine Reihe von Tachyn und dezimierten den Clan weiter. Chakthi wußte nicht, ob das Blut auf seinem Gesicht sein eigenes oder das eines anderen Kriegers war. Haß und Wut verzehrten ihn, als er erkannte, daß er nicht die geringste Chance hatten, die Hügelkette einzunehmen.

»Zurück!« Er winkte seinen noch lebenden Kriegern zu. »Wir ziehen uns zurück!«

»Bei Gott, wir haben sie geschlagen!« Kerik strahlte seine Männer an. »Gut gemacht, Jungs.«

»Es waren nur Tachyn.« Arcole drückte eine Kugel in die Gewehrmündung und stieß sie mit dem Ladestock den Lauf hinab. »Die Zerstörer haben noch nicht eingegriffen.«

»Trotzdem!« Der Sieg hatte Kerik regelrecht berauscht. »Sie werden schon merken, daß es schwer ist, unsere Stellungen zu nehmen.«

»Schwer, aber nicht unmöglich«, dämpfte Arcole die Begeisterung des Offiziers.

»Nein.« Kerik wurde wieder ernst und betrachtete ernüchtert die Masse der Krieger im Tal. »Werden eure Freunde noch lange brauchen?«

Arcole hob die Schultern und sah zu Davyd hinüber, der seine Muskete mit versteinertem Gesicht schußbereit in den Händen hielt. »Ich weiß es nicht«, sagte er. »Ich bete, daß sie rechtzeitig eintreffen, aber ...« Er vollführte eine hilflose Geste. »Wir müssen die Zerstörer hier festhalten, in diesem Tal. Was auch immer es uns kosten mag, wir *müssen* sie hier festhalten.«

Akratil blickte mit einem verächtlichen Lächeln auf Chakthi herab. »Du hast versagt.«

»Wärt ihr mit uns geritten, hätte es anders ausgehen können!« fauchte Chakthi.

»In der Tat.« Akratil schmunzelte. »Meine Kämpfer wären vielleicht getötet worden.«

Chakthis Gesicht war eine blutverschmierte Fratze der Wut. Seine Augen funkelten haßerfüllt. »Du hast also Angst?« knurrte er.

Plötzlich spürte er Akratils Schwert an seiner Kehle. »Ich fürchte mich vor gar nichts.« Die Stimme des Zerstörers klang jetzt nicht mehr belustigt. Chakthi stolperte zurück und wurde sofort von den unheimlichen Kriegern auf ihren grauenhaften Reitbestien umringt. Ein geschlossener Kreis aus Schuppenhäuten und gebleckten Fängen hinderte ihn daran, der Klinge auszuweichen.

»Paß auf.« Akratil verstärkte den Druck der Schwertspitze, und ein dicker Bluttropfen rann Chakthis Hals hinab. »Ich werde dir zeigen, was wir tun. Wir werden die Hügelkette einnehmen, und du wirst dabei an meiner Seite reiten. Also besorg dir ein neues Pferd, es sei denn, du ziehst es vor, zu Fuß zu gehen. Bemnida!«

Die Frau löste sich aus der Menge. »Akratil?« Unter ihrem Helm hervor warf sie einen besorgten Blick auf den Hang und die Leichen der getöteten Tachyn.

»Beunruhigen dich diese neuen Waffen?« erkundigte sich Akratil.

»Sie scheinen ...« Bemnida zögerte. »Sie scheinen sehr mächtig zu sein. Und wenn ich mich nicht täusche, sind sie durch Magie geschützt.«

»Die Magie ist ohne Bedeutung.« Akratil vollführte eine geringschätzige Handbewegung. »Sie ist mit diesem dummen Mann namens Talle gestorben. Nichts als die Erinnerung ist von ihr geblieben, und jetzt verfügen die Menschen nur noch über diese Dinger, die unser ängstlicher Verbündeter hier ...« Er wandte sich wieder Chakthi zu. »Wie nennt man diese Waffen?«

»Kanonen«, grollte Chakthi mürrisch.

»Kanonen«, wiederholte Akratil. Er lächelte unbekümmert. »Wir werden sie überrennen, richtig?«

Bemnida nickte gehorsam.

Die Aussicht auf ein neues Gemetzel ließ Akratils Lächeln breiter werden. »Wir verschwenden hier unsere Zeit. Es gibt noch viele Leben, die wir auslöschen müssen, und ich möchte weiter zu dieser Stadt ziehen, von der unser Freund gesprochen hat. Aber ohne diese Störenfriede in unserem Rücken. Also wirst du die Horde durch den Paß dort führen.« Er deutete nach Süden. »Ich stoße wieder zu euch, sobald ich das hier erledigt habe. Es wird nicht lange dauern.«

Geehrt durch so viel Vertrauen, neigte Bemnida den Kopf und zog sich zurück. Akratil wählte eine Reihe seiner Krieger aus.

»Sie setzen sich wieder in Bewegung.« Arcole kauerte neben dem Stamm einer Weißbuche. »Es sieht so aus, als würden sie sich aufteilen.«

Davyd starrte in das Tal hinab. »Sie wollen uns vernichten«, sagte er. Er verspürte eine furchtbare Gewißheit. »Der größte Teil der Horde wird sich auf den Weg zum Fluß machen, und der Rest wird hierbleiben, um uns anzugreifen. Wir müssen sie unbedingt in diesem Tal festhalten, Arcole.«

»Wir werden unser Bestes tun«, versprach Arcole, obwohl er befürchtete, daß die Zerstörer sie allein durch ihre bloße Masse überwältigen würden. Wenn Davyds Vermutung zutraf, würden sich die Hügelkämme schon bald in der Hand der Zerstörer befinden, es sei denn, das Unmögliche geschah und *alle* Bewohner dieses neuen Landes fanden sich in Eintracht zusammen. Doch er konnte sich einfach nicht vorstellen, daß sich die Matawaye, die Verbannten, die Grundbesitzer und die Rotröcke der Miliz Gottes zu einer gemeinsamen Streitmacht vereinigen würden, die das gleiche Ziel verfolgte. Jedenfalls nicht mehr rechtzeitig. Er wünschte sich, er könnte seine Zweifel abschütteln, aber als er zu Davyd hinübersah, entdeckte er in dem ausgezehrten Gesicht des jungen Mannes die gleichen Befürchtungen.

»Ich weiß«, sagte Davyd, als hätte er die Gedanken seines Freundes gelesen. »Aber was können wir sonst tun? Wir müssen die Zerstörer aufhalten, wenn nicht alles verloren sein soll.«

Arcole nickte, lächelte grimmig und beobachtete die Feinde. Die Masse der Horde wälzte sich wie eine in allen Regenbogenfarben schillernde gespenstische Flut auf den Paß im Süden zu, während sich immer noch Hunderte von Zerstörern am Fuß der Hügelkette sammelten und Vorbereitungen für einen Angriff trafen.

»Ich sollte wohl besser noch einige Männer zum Paß abkommandieren«, murmelte Kerik. Er wirkte nicht mehr so optimistisch wie noch vor kurzem.

»Was meinst du?« fragte Arcole Davyd, während sich der Hauptmann entfernte. »Können wir überleben?«

»Das ist nebensächlich«, erwiderte Davyd. »Wichtig ist nur, daß wir die Zerstörer lange genug hier festhalten. Wenn die anderen kommen ...« Er schüttelte den Kopf. »Alles hängt davon ab, daß die anderen kommen.«

»Wir könnten zweifellos Verstärkung gebrauchen«, stimmte ihm Arcole zu.

»Es ist nicht nur das.« Davyd ließ die Horde im Tal nicht aus den Augen. »Es geht um mehr. Nicht nur die Zahl der Kämpfer wird über Sieg oder Niederlage entscheiden, sondern ...« Er schüttelte erneut den Kopf, als versuchte er, einen fast vergessenen Gedanken wachzurufen, die Erinnerung an einen Traum. »Wenn sich nicht alle Bewohner von Salvation und Ket-Ta-

Thanne hier einfinden, werden wir verlieren. Die Matawaye und die Verbannten, Herren und Diener müssen sich zu einer Streitmacht zusammenschließen.«

»Gutsbesitzer, die Seite an Seite mit ihren leibeigenen Dienern kämpfen?« Diesmal war es Arcole, der den Kopf schüttelte. »Ist das wahrscheinlich?«

»Es muß so sein«, erklärte Davyd. »Wir können es nur vereint schaffen. Sonst werden wir dieses Land an die Zerstörer verlieren. Verstehst du das nicht?«

»Nein«, gestand Arcole. »Ich dachte, wir könnten mit Jaymes' Armee aus Leibeigenen und mit der Hilfe der Matawaye rechnen. Aber die Vorstellung, daß Herren an der Seite ihrer Diener kämpfen ...« Er rieb sich über das Brandmal auf seiner Wange.

»Nur so kann es gelingen«, sagte Davyd. »Es muß eine Vereinigung stattfinden. Wenn nicht ...«

Unten im Tal schmetterte ein Horn, und die Zerstörer formierten sich zu Schlachtreihen. Arcole schätzte ihre Zahl auf rund tausend Mann. Ihre Rüstungen funkelten im Sonnenlicht, und als der Wind drehte, konnte er den Aasgestank ihrer Reitbestien riechen, den schweren süßlichen Geruch von Exkrementen. Er spuckte aus und kreuzte die Finger. »Wenigstens haben wir die Geschütze«, sagte er leise.

»Ja. Und Hoffnung«, erwiderte Davyd.

Wieder ertönte das durchdringende Hornsignal, und die Zerstörer griffen an.

»Bei Gott, legt euch in die Riemen!« Abram Jaymes marschierte wie ein Galeerenmeister aus der Vergangenheit ruhelos auf dem Deck des Lastkahns auf und ab. »Verdammt nochmal, rudert! Auf uns wartet ein Kampf, den wir nicht verpassen dürfen. Also los, rudert!«

Die Männer verfluchten ihn herzhaft und lautstark, aber sie verdoppelten ihre Anstrengungen und trieben das Boot noch schneller stromaufwärts. Die Lastkähne in ihrem Schlepptau hielten das Tempo, und die kleine Flotte glitt wie ein Rudel gedrungener Hunde auf der Jagd den Restitution hinauf.

»Ob wir wohl rechtzeitig ankommen werden?« fragte Var.

Jaymes zuckte die Achseln. »Das weiß Gott allein. Sollten wir aber besser, wenn Davyd sich nicht geirrt hat.«

Die erste Angriffswelle wurde von den dröhnenden Geschützen auseinandergerissen und zurückgeschlagen. Dichter Pulverqualm waberte über den Hang. Doch schon kurz darauf folgte die zweite Welle. Wie fleischgewordene Alpträume brachen die monströsen Bestien durch die Rauchwolken, und bevor die Kanoniere ihre Geschütze nachladen konnten, hatten die Zerstörer dem Hügelkamm erreicht und fielen über die Soldaten her. Schwerter und Äxte prallten mit den auf die Musketen aufgepflanzten Bajonetten zusammen, Männer und Tiere starben im blutigen Schlachtgetümmel.

Arcole sah einen Zerstörer auf dem Hügelrücken auftauchen und schoß ihm in den Brustpanzer. Der Reiter kippte rücklings aus dem Sattel, aber seine Reitbestie stürmte fauchend weiter. Arcole sprang zur Seite, packte das Gewehr am Lauf und schmetterte den Kolben wuchtig gegen die schuppige Schnauze der Kreatur, die mit spitzen Fängen, so lang wie ein Bajonett, nach ihm schnappte. Fauliger Atem schlug ihm ins Gesicht. Er brachte sich mit einem Satz außer

Reichweite und kroch hinter einen Baum. Die Bestie folgte ihm und schlug ihre Klauen wie ein wahnsinnig gewordener Bär in den Stamm, als Sergeant Ordan Arcole zu Hilfe eilte und direkt in den weit aufgerissenen Rachen des Ungeheuers feuerte. Die Kreatur zuckte zurück, aus ihren Hals spritzte ein Blutstrahl hervor, und ihre Augen trübten sich. Ihr Kopf fuhr herum, und ihre Klauen erwischten den Sergeanten genau in dem Moment, in dem er ihr das Bajonett bis zum Anschlag in die Brust rammte. Arcole zog seine Pistole und schoß in eins der glasig werdenden Augen. Die Kreatur brach zusammen und begrub Ordan unter sich. Mit fliegenden Fingern lud Arcole seine Waffen nach und hielt Ausschau nach einem weiteren Ziel.

Davyd schoß so, wie Arcole es ihn gelehrt hatte: Das Gewehr ruhig halten, in die Mitte der Brust zielen, den Abzug mit sanftem Druck betätigen. Er feuerte und lud mit der Präzision einer Maschine, sah Zerstörer und Bestien getroffen zusammenbrechen, und dabei betete er unablässig zum Schöpfer, daß die Mataway und Abrams Armee das Tal rechtzeitig erreichen würden. Und daß Keriks Soldaten die Horde bis dahin aufhalten konnten. Sonst …

Er verdrängte die düsteren Gedanken. Dafür war jetzt keine Zeit. Jetzt mußte er sich ausschließlich darauf konzentrieren, zu schießen, nachzuladen und wieder zu schießen. *Ich kann kein Wakanisha mehr werden*, dachte er flüchtig. Ein Wakanisha tötete nicht, und Davyd konnte sich nicht erinnern, wie viele Leben er bereits ausgelöscht hatte. Er entdeckte einen Tachyn, der brüllend mit erhobenem Beil auf ihn zu-rannte, und jagte ihm eine Kugel in den Bauch. Durch seinen eigenen Schwung weitergetragen, schlug der Krieger einen Salto und landete direkt vor Davyds Füßen. Ohne zu zögern, hieb Davyd ihm den Gewehrkolben ins Gesicht, zog die Pistole und traf einen zweiten Tachyn, der sich auf ihn stürzen wollte, genau in das rechte Auge.

Plötzlich wurde er von einer unheimlichen Ruhe erfüllt. Er fügte sich in sein Schicksal und fand sich damit ab, daß er nur das tat, was er tun mußte. Selbst wenn es falsch war, der Schöpfer hatte ihn an diesen Ort geführt und ließ ihm keine andere Wahl, als zu kämpfen und zu hoffen.

Davyd ließ sich in die Hocke nieder und lud seine Waffen nach, während erneut das Donnern der Geschütze über die Hügel hallte.

»Zurück! Zieht euch zurück!«

Akratil wendete sein furchtbares Pferd, dessen Hörner rot und klebrig waren, und schwenkte sein bluttriefendes Schwert. Die Hügelkette einzunehmen, erwies sich als schwieriger, als er erwartet hatte. Niemals zuvor hatte er es mit solchen Waffen zu tun bekommen. Viele seiner Krieger waren in Fetzen gerissen worden. Er jagte im gestreckten Galopp den Hang hinab. Auch die Feinde mußten empfindlich geschwächt worden sein. Es konnte sich höchstens um ein paar hundert handeln, weitaus weniger als damals in diesem anderen Tal in Ket-Ta-Witko, aber sie kämpften mit Blitz und Donner. Er hätte Chakthis Warnungen mehr Beachtung schenken müssen. Der Gedanke machte ihn wütend, und er sah sich nach dem Tachyn um.

Chakthi saß blutbesudelt auf seinem geborgten Pferd, und ohne darüber nachzudenken, schlug Akratil mit seinem Panzerhandschuh zu. Chakthi wurde aus dem Sattel geschleudert, landete hart im

Gras, spuckte Blut und einen abgebrochenen Zahn aus und griff nach seinem Beil. Akratil trat ihm ins Gesicht.

»Ich sollte dir den Kopf abhacken!« Er ritt in einem engen Kreis um den Tachyn herum. »Für das, was du getan hast, sollte ich dich töten und deinen Schädel zu den anderen an meinen Sattel hängen.« Er warf einen Blick zurück auf den Hang, der mit den Leichen von Zerstörern und ihren Bestien übersät war. »Ich sollte dich auf der Stelle töten!«

Der Akaman wich den zustoßenden Hörnern des pechschwarzen Pferdes mit schnellen Sprüngen aus. »Nein!« rief er voller Panik. »Hör mir zu! Wir müssen sie nur umgehen ...«

»*Nein!*« brüllte Akratil. »Ich gehe um niemanden *herum*! Ich gehe *über* meine Feinde hinweg oder *durch* sie hindurch, nicht um sie herum!«

»Bitte ...«, flehte Chakthi. »Laß mich mit meinen Kriegern nach Norden reiten und ihnen in die Flanke fallen. Dann kannst du sie von hier aus angreifen ...«

Der Einschlag der Granaten setzte der Konfrontation ein Ende.

Bemnida preschte auf den Ausgang des Tals zu. Sie hätte lieber mit den anderen gekämpft, aber sie mußte Akratils Befehlen gehorchen, und so führte sie die Horde zum Paß.

Plötzlich erscholl wieder ohrenbetäubender Donner, und um sie herum explodierte die Erde. Ihre Reitbestie begann zu bocken. Bemnida fühlte sich an den Talkessel in Ket-Ta-Witko erinnert, wo ganze Hügel zerborsten und Felsen auf sie herabgestürzt waren, aber sie wußte, daß dies etwas anderes war. Dieses Inferno resultierte nicht aus Bewegungen im Gestein, die durch Magie bewirkt wurden und somit verständlich waren. Der Donner und die Explosionen wurden von den unbegreiflichen Waffen verursacht, die auf der Paßhöhe stationiert sein mußten. Die Zerstörerin blickte auf, sah Feuerblitze zucken und hörte ein lautes pfeifendes Geräusch. Irgend etwas zog seine Bahn über den wolkenlosen Himmel.

Es war das letzte, was sie jemals sehen und hören sollte.

Die Schrapnellgeschosse der ersten Granate durchbohrten ihren Helm, ihre Rüstung und ihren Körper und schleuderten sie aus dem Sattel. Ihre Bestie bäumte sich vor Schmerzen auf. Bemnida stieß einen schrillen Schrei aus, der wie abgeschnitten endete, als die Bestie auf sie fiel und sie mit ihrem Gewicht zerquetschte.

Die Geschütze und Musketen feuerten eine weitere Salve in die Tiefe. Der Ansturm der Horde kam abrupt zum Stehen. Die Zerstörer wirbelten ziellos durcheinander und wichen zurück.

»Bei Gott!« schrie Kerik. »Feuert weiter, Jungs! Wir halten sie auf!«

Die Kanoniere arbeiteten wie besessen an den Geschützen – dankbar, daß ihnen das Gemetzel des Nahkampfs erspart blieb, und gleichzeitig von unbändigem Zorn über das Los ihrer Kameraden erfüllt –, unterstützt von dem Kugelhagel aus den Musketen der Infanteristen. Es war ein einziges Massaker. Über welche Magie die fremdartigen Krieger in den Regenbogenrüstungen auch verfügen mochten, sie schützte sie offensichtlich nicht vor Musketen, Kanonen und Granaten. Im Süden wurden sie von den eng zusammenrückenden Wänden des Passes behindert, und die Marinesoldaten mußten nur weiterschießen, bis der schmale Ausgang des Tals schließlich mit Leichen hoffnungslos verstopft war.

Nach Bemnidas Tod ihrer Anführerin beraubt, zogen sich die Zerstörer ungeordnet zurück. Aber ihre Überzahl war trotzdem immer noch so erdrückend, daß die Verteidiger auf den Hügeln nur dann eine Chance hatten, wenn bald Hilfe eintraf.

Kerik betrachtete das Blutbad unter sich und warf einen kurzen Blick zum Himmel. Die Sonne war noch nicht weit über den Horizont geklettert. Er fragte sich, ob er das Ende dieses Tag erleben würde, und zwang sich zu einem ermutigenden Lächeln.

»Haltet den Paß, Jungs! Hilfe ist unterwegs!«

»Bemnida!« heulte Akratil. »Wo ist Bemnida? Dafür werde ich mir ihren Kopf holen!«

»Sie ist tot«, sagte ein Krieger namens Beltyn, und in seiner rasenden Wut trennte Akratil ihm mit seinem Schwert den Kopf von den Schultern. »Wir greifen erneut an!« kreischte er. »Folgt mir!«

Und wieder schlugen die Geschütze und Musketen der Marineinfanteristen den Angriff blutig zurück, und die Zerstörer lernten mit ohnmächtigem Zorn den bitteren Geschmack der Niederlage kennen.

Der Tag zog sich in die Länge, die Sonne näherte sich ihrem Zenit. Blutgeruch legte sich schwer über das Tal und die Hänge. Der Gestank des Todes erfüllte die Luft.

Akratil versammelte seine geschrumpfte Horde um sich.

»Sie besitzen Macht«, räumte er ein, »aber nicht so viel wie ich, wie unser Gott. Wir müssen uns mit Magie gegen ihre Waffen schützen. Und dann werden wir sie niederreiten.«

Er befahl, ein Feuer zu machen und darüber einen Mann bei lebendigem Leib zu verbrennen. Chakthi protestierte dagegen, daß es ein Tachyn sein sollte, aber nicht sehr lange, und schließlich bestimmte er eigenhändig einen Krieger. Akratil rief den dunklen Gott an, dem er diente, den Widerpart des Schöpfers, so wie die Finsternis die andere Seite des Lichts ist, und lieh sich von ihm Kraft. Dann hob er die Hände und übertrug diese Kraft auf seine Krieger, schirmte sie gegen die ihnen bisher unbekannte Macht ab, die den Geschützen und Musketen, dem Schließpulver und den Bleikugeln innewohnte.

»Jetzt sind wir unbesiegbar!« brüllte er triumphierend. »Vernichtet sie!«

Die Horde stürmte los, und obwohl die dröhnenden Geschütze wieder etliche Tachyn und sogar einige Zerstörer zerfetzten, durchbrachen die furchtbaren Krieger diesmal die Reihen der belagerten Verteidiger und richteten ein schreckliches Blutbad unter ihnen an.

Davyd schoß und sah, wie die Kugel von der blauen Rüstung der Reiterin abprallte. Er blockierte das auf ihn herabsausende Schwert mit seiner Muskete und noch während er den zuschappenden Fängen der Echsenbestie mit einem Hechtsprung entging, feuerte Arcole auch schon in den Rücken der Frau. Doch sein Schuß zeigte ebensowenig Wirkung wie Davyds Kugel. Die Zerstörerin preschte unbeeindruckt weiter und pflügte mit ihrem Schwert lachend eine Schneise durch Keriks Männer.

»Sie benutzen Magie!« rief Davyd. »Beim Schöpfer, Arcole, sie haben sich gegen Kugeln gewappnet!«

Arcole lud seine Muskete mit verzerrtem Gesicht nach. »Was sollen wir jetzt tun?«

»Durchhalten.« Davyd schüttete Schießpulver in den Lauf seiner eigenen Waffe und fragte sich dabei, ob sie überhaupt noch zu etwas taugte. »Sie so lange aufhalten, wie wir können! Wenn die anderen eintreffen ...«

»Lieber Gott, wir können sie nicht mehr lange aufhalten«, keuchte Kerik. »Unser Schießpulver geht zur Neige, und wir haben kaum noch Kugeln.«

»Wir dürfen nicht aufgeben«, erwiderte Davyd verbissen. »Selbst wenn wir Mann gegen Mann kämpfen müssen.«

»Gegen diese Kreaturen?« Kerik stieß ein bellendes Lachen aus. »Mit Bajonetten? Kugeln prallen einfach von ihnen ab, oder? Was können wir jetzt noch tun, außer zu sterben?«

»Wenn es sein muß, dann werden wir eben sterben«, gab Davyd zurück. »Es ist die einzige Chance, die der Welt bleibt.«

DIE LETZTE SCHLACHT

Davyd rieb sich das von verbranntem Schießpulver geschwärzte Gesicht. Überall stöhnten verwundete und sterbende Männer. Ein leichter Wind war aufgekommen, der den Gestank des Todes mit sich trug, und sein Flüstern klang fast wie ein Klagelied, das die Schreie der Verletzten und das verängstige Schnauben der überlebenden Pferde untermalte, die leisen Gespräche der Männer, die überzeugt waren, daß sie auf diesem Hügelrücken sterben würden. Davyd fragte sich, wie viele bereits gestorben waren und ob noch genügend lebten, um die Zerstörer und die Tachyn in dem Talkessel festzuhalten. Er staunte über die Magie der Zerstörer, die sie in die Lage versetzte, den Kugelhagel aus den Musketen unbeschadet zu überstehen. Die Geschütze erzielten noch ihre Wirkung – die dunkle Magie der Horde schien nicht stark genug zu sein, um auch die größere Feuerkraft dieser Waffen zu neutralisieren –, aber sie reichten nicht aus, um die Masse der Bestienreiter aufzuhalten. *Ein Angriff noch,* dachte er, *dann werden die Zerstörer Keriks Männer endgültig überrennen, sie töten und weiterziehen, um ganz Salvation zu verwüsten. Und danach unzählige andere Welten.*

Er sah zu der Sonne empor, die mittlerweile heiß und hoch am Himmel stand, und er fragte sich, wo die Mataways waren. Würden sie noch rechtzeitig eintreffen? Dann vollführte er die rituellen Gesten, die Morrhyn ihn gelehrt hatte, und bat den Schöpfer, ihnen zu helfen, die Zerstörer hier aufzuhalten, selbst wenn er dafür sein Leben hingeben mußte. Ihm wurde bewußt, daß es ihm nicht länger wichtig war, ob er starb oder überlebte, solange sie nur die Horde vernichten und die Bedrohung für alle Zeit beenden konnten. Ob Morrhyn wohl ebenso empfunden hatte, als er auf den Berg des Schöpfers gestiegen war? Aber dort oben hatte ihm der Schöpfer seine Träume offenbart und ihm damit ein Ziel gegeben. Davyd dagegen hatte keine Träume, die ihm Kraft spendeten. Es war, als würde die Anwesenheit der Zerstörer die ganze Welt durchdringen und die prophetischen Visionen verschleiern. Wie kam es, daß er sich nicht mehr fürchtete? Und dann schoß ihm ein anderer Gedanke durch den Kopf. Ob Taza wohl dort unten bei den Tachyn war? Er dachte an die Verfehlungen, die zu dieser letzten Schlacht geführt hatten.

Wäre Taza nicht so eifersüchtig auf ihn gewesen, hätte diese verhängnisvolle Entwicklung dann vielleicht abgewendet werden können? Hätte Chakthi seinen Clan nicht weggeführt, Vachyr nicht Arrhyna geraubt oder Rannach den Tachyn nicht getötet … Die Gedanken wirbelten ihm im Kopf herum, und er kam zu dem Schluß, daß er darauf keine Antworten finden würde, ihm blieb nur die Überzeugung, daß alles hier enden mußte.

Er blickte auf, als sich Arcole näherte und ihm einen Blechteller mit kaltem Fleisch und einem Stück Brot reichte. »Hier, du solltest besser etwas essen.«

Davyd nickte und nahm den Teller entgegen. Er verspürte nicht den geringsten Appetit, aber er wußte, daß er all seine Kraft brauchen würde.

»Wie geht es Keriks Männern?«

»Sie sind wütend und voller Angst.« Arcole zuckte die Achseln. »Weiß Gott, sie haben jeden Grund dafür. Und du?«

Davyd lächelte düster. »Es ist merkwürdig, aber ich verspüre überhaupt keine Angst.«

»Das passiert manchmal.« Arcole setzte sich neben

ihn. »Wenn man ein echtes Ziel hat.« Er seufzte. »Ich wünschte, ich könnte Flysse noch einmal sehen.«

»Vielleicht wirst du sie ja wiedersehen.« Davyd kaute auf dem Fleisch herum, ohne etwas zu schmecken. »Vielleicht hat Rannach das Volk gefunden. Ich glaube, daß Morrhyn weiß, wo wir sind.«

»Und kann er das Tal finden?«

Davyd zuckte die Achseln. »Zumindest weiß Abram, wo es liegt. Aber seine Leute allein werden nicht ausreichen, um die Zerstörer zu besiegen.«

Arcole nickte und wollte gerade antworten, als von Norden her Schüsse aufklangen, begleitet vom Dröhnen der beiden dort stationierten Geschütze. »Gott, sie versuchen, uns in die Flanke zu fallen!« rief er und sprang auf.

Gemeinsam liefen sie nach Norden, wo Schatten zwischen den Bäumen umherhuschten. Das Mündungsfeuer der Geschütze fiel auf die Tachyn, die versucht hatten, sich heimlich anzuschleichen.

Ein Krieger schrie auf und stürzte, von Arcoles Kugel getroffen, zu Boden. Davyd zielte und zuckte zusammen, als sich ein Pfeil knapp neben ihm mit einem dumpfen Geräusch in einen Baumstamm bohrte. Vielleicht hatte er sich doch noch nicht mit dem Tod abgefunden. Er schoß instinktiv, und der Bogenschütze kippte mit einem gurgelnden Husten rückwärts ins Unterholz.

Die Geschütze dröhnten erneut, und die Bäume verstärkten die Wirkung der Schrapnellgranaten. Scharfkantige Holzsplitter und Borkenfetzen wirbelten umher. Nur wenige Tachyn überlebten die verheerenden Explosionen, und diejenigen, die durchkamen, wurden von den Bajonetten der Marineinfanteristen aufgespießt.

Der Angriff auf die Flanke der Verteidiger scheiterte, aber gleichzeitig stürmen die Zerstörer wieder hangaufwärts und in Richtung des Südpasses. Gestärkt durch Akratils Magie, rückten sie ungeachtet der nachlassenden Schutzzauber Jared Talles vor. Die Kugeln der Soldaten prallten harmlos von ihren Rüstungen ab wie Regentropfen von Wachstuch. Sie schienen unverwundbar für Feuerwaffen zu sein und konnten nur im Nahkampf aufgehalten werden, als siegte ehrlicher Stahl über dunkle Magie. Und auch wenn es den Verteidigern schließlich gelang, sie zurückzuschlagen, war die Zahl der Überlebenden auf ein paar Dutzend geschrumpft. Mit Sicherheit nicht genug, um einen weiteren Angriff abzuwehren.

»Wir sollten einen Rückzug ins Auge fassen.« Kerik verzog das Gesicht, während ein Soldat die Wunde an seinem Arm verband. »Vielleicht können wir uns in der Nacht davonstehlen und den Fluß erreichen.«

»Nein!« sagte Davyd in einem so scharfen Tonfall, daß der Offizier ihn verblüfft anstarrte.

»Sie würden uns auf jeden Fall wieder aufspüren«, gab Arcole zu bedenken. »Und sobald wir einmal im offenen Gelände sind ...«

Kerik nickte und griff mit der unverletzten Hand nach seiner mit Weinbrand gefüllten Feldflasche. Sein linker Arm hing in einer Schlinge vor seiner Brust. Er fingerte eine Weile erfolglos an der Feldflasche herum und reichte sie dann Arcole. »Wärst du so freundlich?«

Arcole grinste, schraubte den Verschluß auf und gab Kerik die Flasche zurück.

»Nun, dann werden wir wohl die Stellung halten und bis zum Ende kämpfen. Also ...« Er zögerte. »Auf einen sauberen Tod?«

»Auf den Sieg«, schlug Arcole vor.

»Der uns einiges kosten dürfte«, erwiderte Kerik. »Ich habe nur noch eine Handvoll Männer übrig.« Er wandte sich Davyd zu. »Aber wir werden durchhalten, solange wir können. Also ... auf Sieg oder Tod!«

Er trank und reichte die Flasche an Arcole weiter, der ebenfalls einen Schluck nahm und sie Davyd anbot. Davyd schüttelte den Kopf. Er hatte das Gefühl, daß er seine Sinne durch nichts trüben durfte. »Wie lange können wir sie noch aufhalten?«

»Ich bezweifle, daß wir noch einen Angriff überstehen werden.« Kerik zuckte die Achseln und schnitt eine Grimasse, als sich sein verwundeter Arm in der Schlinge bewegte. »Bestenfalls einen. Aber wenn sie wieder in großer Zahl angreifen ...«

»Du hast schon wieder versagt.« Akratil starrte Chakthi voller Verachtung an.

»Wir haben gekämpft.« Der Blick des Tachyn war finster. Auf seiner Wange, wo ihn der Stiefel des Zerstörers getroffen hatte, zeichnete sich ein Bluterguß ab, und seine Lippen waren geschwollen. »Und das auch nicht schlechter als ihr.«

Akratil nickte nachdenklich. »Diese Menschen sind schwerer zu besiegen, als ich erwartet habe. Sie verfügen über mächtige Waffen.«

»Ich habe dich vor ihnen gewarnt«, sagte Chakthi.

»Ja.« Akratil lächelte herablassend. »Und jetzt sitzen wir hier fest. Der Paß im Süden ist blockiert.«

»Wir könnten uns nach Westen zurückziehen und das Tal umgehen«, schlug Chakthi vor.

»Das ist nicht unsere Art«, erklärte Akratil. »Nein, ich werde dieses Hindernis überwinden.«

»Und wie?« wollte Chakthi wissen.

Akratil winkte geringschätzig ab. »Überlaß das mir. Geh jetzt und laß mich in Ruhe nachdenken.«

Chakthi verließ grollend das große Seidenzelt des Zerstörers und kehrte in sein eigenes Zelt zurück, wo Hadduth auf ihn wartete.

»Er behandelt mich, als wäre ich Nichts!« fauchte

er. »Ich bin der Akaman der Tachyn, und er redet mit mir wie mit einem …« Er riß Hadduth den Becher Tiswin aus der Hand, den der Wakanisha ihm anbot, und schüttelte zornig den Kopf.

»Du hast tapfer gekämpft«, sagte Hadduth.

»Ach, ich weiß nicht, was ich sonst noch tun könnte!« Chakthi hob eine Hand, und Hadduth wich ängstlich zurück. »Und ich habe Rannach nirgendwo gesehen. Allmählich frage ich mich, ob er überhaupt hier ist. Sag mir, wo er steckt, Träumer.«

Hadduth schluckte nervös. »Vielleicht hat er seinen Sohn zu den Matawaye gebracht.«

Plötzlich klatschte ihm ein Schwall Tiswin ins Gesicht, und Chakthis Hände legten sich um seine Kehle.

»Du hast mir dein Wort gegeben!« knurrte Chakthi. Seine Augen waren gerötet vor unbeherrschtem Zorn. »Ich würde ihn hier finden, hast du behauptet!«

»Warte!« stieß Hadduth hervor. »Hör mir zu, ich flehe dich an!« Chakthi lockerte seinen Griff ein wenig.

»Wenn er nicht hier ist, werden wir ihn später finden«, sprudelte Hadduth hervor. »Sobald wir das ganze Land erobert haben.«

»Später?« knirschte Chakthi. »Ich will ihn jetzt!« Speichel sprühte aus seinem Mund und lief ihm das Kinn hinab. »Wo ist er?«

»Ich weiß es nicht«, krächzte Hadduth.

»Du weißt es nicht?«

Hadduth schüttelte den Kopf, so gut es ihm möglich war, während Chakthis Hände seinen Hals fest umklammert hielten. »Nein, aber …«

»Wozu brauche ich einen unfähigen Träumer?« schrie Chakthi. »Du hast mir Rannach versprochen, und wo ist er? Du hast mir den Sieg versprochen, aber jetzt sind wir in diesem verfluchten Tal eingeschlossen und sitzen wie Büffel in der Falle! Du hast mir Verbündete versprochen, aber Akratil behandelt mich, als wäre ich ein Hund!«

Speicheltropfen landeten in Hadduths Gesicht, und der Druck auf seine Luftröhre nahm zu. Er versuchte zu sprechen, zu schreien, brachte aber nur ein ersticktes Stöhnen hervor. Chakthi hockte sich rittlings auf ihn und starrte ihn an, während sich seine Daumen immer tiefer in das nachgebende Fleisch bohrten. All seine Enttäuschung und sein Haß entluden sich auf den Wakanisha. Hadduth hatte ihn durch seine falschen Versprechen in diese aussichtslose Lage gebracht und ihm nichts als Demütigungen und Niederlagen beschert. Er drückte noch stärker zu und sah durch einen wabernden roten Nebel, wie sich Hadduths Augen verschleierten und aus ihren Höhlen quollen. Der Körper des Träumers begann ruckartig zu zucken. Er packte Chakthis Handgelenke, um sie wegzuziehen, aber der Akaman war weitaus stärker als er und nagelte ihn am Boden fest. Ein furchtbarer Schmerz breitete sich in Hadduths Brust und Kopf aus. Sein Mund öffnete sich weit, als er verzweifelt nach Luft schnappte. Dann öffneten sich seine Hände und ruderten hilflos herum, bis seine Gegenwehr erlahmte und er reglos aus glasigen Augen in Chakthis wutverzerrtes Gesicht starrte.

Sein letzter Gedanke erfüllte ihn mit namenlosem Entsetzen: Wahrscheinlich würde er jetzt vor den Schöpfer treten und sich für all seine Taten verantworten müssen. Und dann verschlang ihn die Dunkelheit.

Chakthi hielt den toten Wakanisha noch lange in seinem Griff, und als er endlich die Hände zurückzog, zeichneten sich bläuliche Flecken auf der Kehle des Träumers ab. Hadduths Zunge ragte geschwollen aus dem aufgerissenen Mund hervor. Der Akaman erhob sich, krallte eine Hand in Hadduths Haar und zog ihn aus dem Zelt heraus. Er ignorierte die fassungslosen Blicke seiner Krieger, während er die Leiche durch das Gras zu dem Pferch schleifte, in dem die Bestien der Zerstörer untergebracht waren.

Vor dem Pferch hielt ein Tierführer in einer schwarzen Rüstung Wache. Chakthi warf ihm Hadduths Leichnam vor die Füße.

»Hier«, sagte er. »Verfütter das an eure Tiere.«

Um die Mittagszeit griffen die Zerstörer erneut an. Und als wären Aufrichtigkeit und Entschlossenheit genug, um gegen dunkle Magie bestehen zu können, überlebten rund sechzig Infanteristen irgendwie das Gemetzel. Die Horde zog sich zurück, aber keiner der Verteidiger auf dem Hügelkamm zweifelte noch daran, daß sie bald sterben würden.

Trotzdem sprach niemand mehr von Rückzug. Alle hatten sich damit abgefunden, daß sie den furchtbaren Kriegern standhalten mußten, und so betete jeder zu dem Gott den er verehrte.

Arcole trug einen fleckigen Verband um den Kopf, wo er eine Schnittwunde erlitten hatte, und einen weiteren um einen Arm. Davyd gehörte zu den wenigen Glücklichen, die bisher unverletzt geblieben waren, als würde der Schöpfer selbst über ihn wachen. Selbst im dichtesten Schlachtgetümmel hatte ihn noch kein Schwert, keine Bestie und kein Pfeil auch nur gestreift. Er fragte sich, ob er verschont wurde, weil ihm ein anderes Schicksal vorbestimmt war.

»Bei Gott, unsere Verstärkung sollte besser schnell hier eintreffen.« Arcole wischte sein Messer ab und begann, die Klinge an einem Wetzstein zu schärfen. »Wir können nicht mehr viel länger durchhalten.«

»Nein.« Davyd legte den Kopf in den Nacken und

starrte zum Himmel hinauf. Die Sonne wanderte bereits dem westlichen Horizont entgegen, und die Schatten der Bäume wurden allmählich länger. Stille hatte sich über das blutgetränkte Tal gesenkt, nirgendwo zwitscherten Vögel, als hätte die bloße Gegenwart der Zerstörer sie verjagt. Selbst das Stöhnen der Verwundeten war verstummt. Nur das Grollen der Echsenbestien war noch zu hören. »Aber trotzdem müssen wir standhaft bleiben.«

»Oder sterben«, murmelte Arcole.

»Oder das«, stimmte ihm Davyd zu.

»Hier.« Ein Soldat brachte ihnen Kaffee und einen dürftigen Imbiß. »Mit Hauptmann Keriks Empfehlung.«

»Wo ist er?« fragte Arcole.

»Bei den Verwundeten.« Der Mann beäugte ihn und Davyd nachdenklich, als fragte er sich, woher sie gekommen waren und was er von ihnen halten sollte. Dann salutierte er, drehte sich um und ließ sie wieder allein.

Arcole schmunzelte. »Zweifellos wüßte er gern, warum gebrandmarkte Verbannte hier an der Seite von Marinesoldaten aus der Miliz Gottes kämpfen.«

»Vermutlich.« Davyd trank von seinem Kaffee, der bitter schmeckte und kaum lauwarm war. Er sehnte sich nach Schlaf. »Und sollten die anderen kommen, wird er sich noch mehr wundern. Aber er wird mit ihnen kämpfen, mit uns, und das ist gut, nicht wahr?«

Arcole nickte. »Wie in deinem Traum? Alle Bewohner Salvations und Ket-Ta-Thannes vereint?«

»Ja. Um die Welt zu retten.«

»Und wenn wir sie gerettet haben«, murmelte Arcole, »was dann? Du weißt, daß Abram und seine Leute die Unabhängigkeit ausrufen werden, und dann wird die Autokratie Schiffe schicken, um dieses Land zurückzuerobern.«

»Dann, nehme ich an, werden wir einen anderen Krieg führen müssen«, sagte Davyd.

»Ich glaube, ich habe genug vom Krieg«, knurrte Arcole.

Davyd zuckte nur die Achseln. Er wußte nicht, was er darauf antworten sollte. Statt dessen leerte er seinen Becher und zwang sich, etwas zu essen. Dann ließ er sich ins Gras sinken, betrachtete die Sonne und fragte sich, ob er sie noch einmal aufgehen sehen würde.

»Diesmal werden wir es beenden«, verkündete Akratil. »Noch vor Sonnenuntergang werden wir sie hinweggefegt und getötet haben. Wir werden Rache für unsere Toten nehmen, für Bemnida und alle anderen Gefallenen.« Er hob sein Schwert. »Vorwärts!« rief er, und wie eine in allen Regenbogenfarben schillernde Flutwelle griffen die Zerstörer erneut an.

»Da!« Morrhyn deutete auf einen breiten Einschnitt, der in das Tal führte. Die Luft über den Hügelkämmen war dunstig, als würde Rauch aus unzähligen Feuern aufsteigen. »Wir müssen uns beeilen!« Er trieb sein müdes Pferd zu einem Galopp an.

Rannach ritt, gefolgt von Flysse, neben Arrhyna und Debo, der sich mit vor Aufregung geweiteten Augen nach allen Seiten umsah. »Bleibt hier«, forderte er die Frauen auf. »Das ist eine Aufgabe für Männer.« Er stieß seinem Pferd die Fersen in die Seiten, um zu Morrhyn aufzuschließen, eine geborgte Lanze in der Armbeuge.

»Das kann ich nicht«, erwiderte Flysse. »Ich muß Arcole suchen. Arrhyna, sorg du dafür, daß Debo in Sicherheit ist.« Und noch bevor Arrhyna etwas einwenden konnte, war Flysse bereits davongaloppiert.

»Los, schneller!« Abram Jaymes hob sein Jagdgewehr und rannte mit weitausgreifenden Schritten auf den Paß zu. »Könnt ihr sie nicht hören?«

»Gott, das klingt wirklich nach einer wilden Schlacht.« Tomas Var lief neben ihm her, das Gewehr an die Brust gedrückt.

Ihnen folgte ein langer Zug, Gutsbesitzer, Leibeigene und Soldaten der Miliz Gottes, Händler, Wirte und Diener, Menschen aus allen gesellschaftlichen Schichten Grostheims und Salvations. Sie hatten die Lastkähne am Nordufer des Flusses vertäut und waren in einem Gewaltmarsch weiter landeinwärts gezogen. Unterwegs waren die Bewohner der umliegenden Höfe und Farmen zu ihnen gestoßen, als hätte sie ein innerer Drang zusammengeführt, den sie nicht richtig verstanden, den aber jeder fühlte. Und jetzt konnten sie das Donnern von Geschützen und peitschende Musketenschüssen hören, die über dem Talkessel hängenden Rauchwolken sehen. Var betete, daß sie nicht zu spät kamen.

Akratil fluchte unbeherrscht, rief dem Hornbläser zu, das Rückzugssignal zu geben, und galoppierte den Hang hinab, um seine Truppen neu zu formieren. Die erneute Niederlage war ihm unbegreiflich. Er war ein Eroberer, der Überbringer von Tod und Verderben, und er hatte mächtige Magie gewirkt, um seine Krieger zu schützen. Trotzdem starben sie immer noch. Es war, als würde ihn eine Zusammenballung verschiedener Kräfte behindern. Er konnte das drohende Verhängnis wie ein erdrückendes Gewicht in der rauchgeschwängerten Luft spüren, und er schwor sich, den Willen seines dunklen Gottes zu erfüllen und dieses elende Hindernis hinwegzufegen, das es wagte, sich ihm in den Weg zu stellen.

»Bei Gott, wir haben sie tatsächlich zurückgeschlagen!« Kerik schwenkte triumphierend seinen blutverschmierten Säbel.

»Sie werden wiederkommen«, prophezeite Arcole. Schweiß lief ihm über das Gesicht und hinterließ hellere Bahnen auf seiner von Schießpulver dunkel verfärbten Haut. Blut sickerte aus einer Schnittwunde über seinen Rippen. »Aber es werden weniger sein.«

»So wie wir.« Keriks Begeisterung verflog, als sein Blick über die Toten und Verwundeten wanderte. Dann brachte er ein aufmunterndes Lächeln zustande und rief: »Gut gemacht, Jungs! Bleibt standhaft, und denkt daran: wir kämpfen für Salvation!«

Arcole registrierte, daß Kerik *für Salvation* und nicht *für die Autokratie* gesagt hatte. Er lächelte. »Wo ist Davyd?« fragte er plötzlich.

Kerik zuckte die Achseln, und Arcole machte sich auf die Suche nach seinem Kameraden. Er fand ihn vor einer Eiche auf dem Boden sitzend. Davyd lehnte mit dem Rücken an dem Stamm und schüttete Schießpulver in den Lauf seiner Muskete. Sein Gesicht unter der dunklen Schmutzschicht war blaß, und seine Augen wirkten gehetzt, als quälte ihn irgend etwas.

»Alles in Ordnung mit dir?« fragte Arcole.

Davyd nickte. »Merkwürdig, nicht wahr? Ich habe bisher nicht einen Kratzer abbekommen.«

»Du hast Glück gehabt.« Arcole zuckte die Achseln. »Oder du bist gesegnet.«

Davyd lächelte müde. »Wie lange können wir sie noch aufhalten?«

»Nicht mehr lange. Vielleicht noch einmal.«

»Wir müssen versuchen, ihren Anführer zu töten«, sagte Davyd. »Den Zerstörer, der das gehörnte Pferd reitet.«

»Er ist wie du verzaubert.« Als Arcole sah, wie sich

Davyds Gesicht verhärtete, bereute er seine gedankenlosen Worte. »Ich meine damit, daß er immer noch unverletzt ist«, erklärte er hastig. »Ich habe mehrmals auf ihn geschossen, aber entweder hat mir jedes Mal ein anderer Reiter das Ziel versperrt, oder meine Kugeln sind durch seine Magie abgelenkt worden.«

»Er dient seinem eigenen Gott.« Davyd starrte den Hang hinab, wo Akratil seine Truppen um sich scharte. »Und dieser Gott ist zwar dunkel, aber auch mächtig.«

Wieder klang das Hornsignal auf, und die nächste Angriffswelle rollte heran.

Chakthi hielt seine Krieger zurück. Sollten Akratil und seine Zerstörer das Feuer dieser donnerspeienden Kanonen auf sich ziehen. Sie verfügten über Magie, und die Tachyn waren schwer gezeichnet durch die Schlacht. Chakthis Clan war stark geschrumpft. Der Akaman zügelte sein Pferd und sah zu, wie die Zerstörer auf ihren furchtbaren Bestien den Hang hinaufstürmten.

Die Masse der Toten, die den Hang übersäten, behinderte den Angriff der Zerstörer. Nur wenige überwanden die blutige Barriere, wo sie von Gewehrfeuer und Bajonetten empfangen wurden.

Zumindest für eine Weile.

»O Gott, wir haben keine Munition mehr! Haltet die Reihen geschlossen!«

Jorge Kerik hieb auf einen Zerstörer ein, der vor ihm aus dem Sattel sprang. Sein Säbel glitt scheppernd an der hellroten Rüstung ab, und der Zerstörer schwang eine Axt mit einer halbmondförmigen Schneide. Kerik wurden die Beine weggerissen, und er schrie auf, als er seine Knochen brechen spürte, aber noch im Fallen schlug er erneut zu und parierte einen Hieb, der ihm sonst den Kopf von den Schultern getrennt hätte. Dann war Arcole bei ihm, feuerte seine Muskete aus nächster Nähe auf die Rüstung ab, und der Zerstörer taumelte aufkeuchend zurück.

Die Bleikugel hatte die Rüstung nur eingebeult, aber nicht durchdrungen. Arcole fragte sich, ob die Kreaturen überhaupt noch getötet werden konnten. Er packte die Muskete am Lauf, ließ sie wie eine Keule auf den behelmten Kopf niederfahren, zog seine Pistole, preßte sie gegen den Sichtschlitz des Angreifers, drückte ab und sah, wie Blut unter dem Helm hervorspritzte. Der Zerstörer fiel zu Boden und regte sich nicht mehr. Arcole wandte sich zu Kerik um.

»Ich sterbe.« Kerik starrte auf seinen linken Beinstumpf, aus dem Blut hervorsprudelte. Sein abgehackter Fuß lag neben der Leiche des Zerstörers. »Aber es war ein … guter Kampf … nicht wahr?« fragte er stockend.

»Es war ein guter Kampf.« Arcole kniete neben dem Sterbenden nieder. »Du und deine Männer, ihr habt tapfer gekämpft.«

»Wir sind Marinesoldaten.« Kerik lachte bitter und ergriff Arcoles Hand. »Es war mir eine Ehre, dich kennengelernt zu haben, Arcole Blayke.«

»Auch für mich war es eine Ehre.« Arcole hielt die Hand des Offiziers fest und drückte sie.

»Tu für meine Männer, was du kannst, ja?« Keriks Stimme wurde undeutlich, sein Blick glasig.

»Ja«, versprach Arcole. Er sah das Licht in Keriks Augen erlöschen. *Wahrscheinlich,* dachte er, *werden wir heute alle sterben.* Er löste seine Hand aus dem Griff des Toten, hob seine Muskete auf und kehrte zu den Kämpfenden zurück.

Morrhyn zügelte sein keuchendes Pferd, als sich der Paß verbreiterte und in den Talkessel mündete. Einen Moment lang starrte er aus geweiteten Augen auf den gegenüberliegenden Hang, wo eine blutige Schlacht tobte. Er erinnerte sich an die Begegnungsstätte in Ket-Ta-Witko und das Gemetzel, das dort stattgefunden hatte, und er fragte sich, ob er gerade im Begriff war, das Volk in den Untergang zu schicken. Aber Davyd befand sich auf diesem Hügelkamm. Morrhyn konnte die Gegenwart des jungen Mannes so deutlich spüren, als bohrte sich der Lichtstrahl eines Leuchtfeuers durch die Magie der Zerstörer, die das Tal wie eine Nebelwolke einhüllte, und er *wußte*, daß der Schöpfer ihn an diesen Ort geführt hatte. Hier trafen Welten aufeinander, und sollten sie die Schlacht verlieren, würden ganze Welten untergehen.

Er warf Rannach einen Blick zu.

Der Akaman hob seine Lanze. »Das ist jetzt unsere Aufgabe. Zu mir!«

Yazte, Kanseah und Dohnse drängten sich um ihn. Colun glitt von dem Rücken des Pferdes, das er mit einem Krieger geteilt hatte, und die Grannach eilten herbei, während Rannach seinen Schlachtplan erläuterte.

»Seht ihr?« Er deutete mit der Lanze in das Tal. »Chakthi hält seine Tachyn zurück. Wir greifen zuerst sie an und fallen dann den Zerstörern in den Rücken.«

»Ein Angriff hangaufwärts?« Yazte runzelte die Stirn. »Die Zerstörer müssen nur umkehren, um uns zu überrennen.«

»Sollen wir tapfere Männer sterben lassen?« fragte Rannach.

Yazte schüttelte den Kopf. »Nein!«

»Dies ist ein guter Tag zum Sterben«, sagte Dohnse.

»Gebe der Schöpfer, daß es nicht dazu kommt«, seufzte Morrhyn. »Möge der Schöpfer uns den Sieg schenken.«

»Einen Moment noch«, unterbrach Colun. Er befahl seinen Männern, Fackeln herzustellen und zu entzünden. »Selbst wenn wir sterben sollten, werden die Zerstörer heute nacht unbequem schlafen«, fügte er mit einem bösartigen Grinsen hinzu.

»Wir greifen an!« rief Rannach. Er stieß seinem Pferd die Fersen in die Seiten und preschte los. Seine Männer schlossen sich ihm an. Die trommelnden Hufen der Pferde ließen die Erde wie Donnergrollen erbeben, und das Kriegsgeschrei der Mataway gellte ohrenbetäubend durch das Tal.

Chakthi hörte die Schreie, wirbelte herum und fluchte, als er die heranstürmende Meute der Krieger erblickte. Zwischen den Pferden rannten Grannach wie lebendige Felsbrocken umher, die die großen Seidenzelte der Zerstörer und die der Tachyn mit ihren Fackeln in Brand setzten. In Windeseile loderten überall Flammen empor und breiteten sich über das gesamte Lager aus. Als er Rannach an der Spitze der Mataway entdeckte, stieß Chakthi ein kehliges Fauchen aus und gelobte, sich den Kopf des Commacht zu holen. Er hob seine Lanze und brüllte seinen Männern zu, ihm zu folgen.

Rannach sah ihn heranstürmen und trieb sein Pferd noch schneller an, so daß beide Akamans sich von ihren Kriegern absetzten.

»Er gehört mir!« schrie Rannach.

Im Gegensatz zu dem Commacht trug Chakthi einen Lederschild, und er grinste wölfisch, als er seinen Vorteil erkannte. Er duckte sich tief in den Sattel, die Lanze fest zwischen Arm und Brustkorb geklemmt, die Spitze auf Rannachs ungeschützten Bauch gerichtet. Kurz bevor sie aufeinandertrafen, ließ er die Lanze vorschnellen, um sie seinem verhaßten Feind in den Leib zu bohren und ihn aus dem Sattel zu heben.

Rannach wich im letzten Moment aus und spürte, wie Chakthis Lanze über seine Rippen schrammte, während seine Waffe vom Schild des Tachyn abglitt. Er ignorierte die Schmerzen, riß sein Pferd herum und versuchte, Chakthi in den Rücken zu stechen, aber der verdrehte den Oberkörper und ließ sein Pferd zur Seite tänzeln.

»Für Vachyr! Für meinen Sohn und alles, was du ihm angetan hast!«

»Für Debo und das Volk!« schrie Rannach. Und dann stürmten sie wieder aufeinander los.

Der Nahkampf zwang sie, das Tempo ihrer Pferde zu drosseln. Rannach lehnte sich halb aus dem Sattel, entging dem auf seinen Bauch gezielten Stoß und schleuderte seinen Speer auf die Brust des Tachyn. Chakthi hob seinen Schild, um das Wurfgeschoß abzuwehren, und dabei gelang es Rannach, die Lanze seines Gegners zwischen dem linken Arm und dem Brustkorb einzuklemmen. Er ließ sein Pferd einen Seitensprung vollführen, und die Lanze entglitt Chakthis Griff. Der Tachyn brüllte eine Verwünschung und griff nach seinem Beil. Rannach riß sein eigenes Beil aus dem Gürtel, und wieder preschten sie aufeinander zu, so sehr in ihrem Rachedurst gefangen, daß sie keine Notiz mehr von der tobenden Schlacht nahmen.

Rannach duckte sich unter Chakthis Hieb weg und schmetterte ihm sein Beil gegen die Rippen. Chakthi zuckte so heftig zurück, daß er beinahe das Gleichgewicht verlor. Sein Pferd wieherte und stieg auf die Hinterhand. Es war ein Tachynpony – zum Kämpfen abgerichtet –, und es schnappte nach Rannachs

Braunen, während es die Vorderhufe wirbeln ließ. Der Braune dagegen war ein reines Reitpferd und scheute vor dem angreifenden kleineren Tier. Chakthis nächster Schlag zielte auf Rannachs Kopf und verfehlte ihn nur knapp. Die scharfe Klinge schnitt durch die Mähne des Braunen, der vor Panik aufschrie und zu bocken begann. Rannach fluchte, stieß dem Pferd heftig die Fersen in die Seiten, riß es auf der Stelle herum und zwang es zum Frontalangriff auf Chakthis Pferd.

Obwohl der Braune vor Angst fast außer sich war, stürmte er gehorsam los und prallte mit voller Wucht gegen das kleinere Tier, das zurückgeworfen wurde. Seine Beine knickten ein, und es sank benommen auf das Hinterteil. Rannach sprang aus dem Sattel, stürzte sich auf Chakthi und riß ihn mit sich zu Boden. Ineinander verschlungen wie zwei Liebende im Rausch der Leidenschaft, rollten sie durch das Gras, lösten sich aus ihrer Umklammerung und sprangen wieder auf, die Beile erhoben. Fauchend und knurrend starrten sie einander an, und beide wußten, daß einer von ihnen diesen Kampf nicht überleben würde.

Chakthi hielt noch immer den Schild in der einen Hand, das Beil in der anderen. Rannach zog mit der freien Hand sein Messer. Er ließ sich fallen, als der Tachyn zuschlug, und stieß mit dem Messer von unten nach Chakthis Bauch. Chakthi blockierte den Stoß mit dem Schild und ließ das Beil auf Rannachs Kopf herabfahren. Der Commacht hechtete zur Seite, landete im Gras, und Chakthi sprang mit erhobenem Beil brüllend vor.

Rannach kam auf die Knie und schleuderte sein Beil dem Angreifer entgegen. Chakthi riß seinen Schild hoch, um die Waffe abzuwehren, und in diesem Moment schnellte Rannach ihm mit dem ausgestreckten Messer entgegen.

Die Klinge bohrte sich in Chakthis Magen, und

seine Augen weiteten sich vor maßloser Verblüffung. Rannach drehte das Messer herum und rollte sich ab. Blut breitete sich auf Chakthis Hemd aus und ergoß sich über seine Hose. Er warf einen kurzen Blick auf die Wunde, fauchte und griff wieder an. Rannach wich einem weiteren Hieb aus – trotz seiner unmenschlichen Wut wurden Chakthis Bewegungen bereits langsamer – und zog dem Tachyn die Klinge über die Rippen. Chakthi grunzte und schlug wieder zu. Rannach bekam Chakthis Handgelenk zu fassen und durchtrennte mit einem schnellen Schnitt die Sehnen seines Unterarms. Der Tachyn stieß einen Schmerzschrei aus und ließ das Beil fallen. Er versuchte, den Schild herumzureißen, doch bevor er seinen Oberkörper damit abdecken konnte, rammte Rannach ihm das Messer unter den Rippenbogen und tief ins Herz hinein.

»Für Debo!«

»Ich verfluche dich, Rannach!« keuchte Chakthi. Seine Augen brachen. Er kippte vornüber, hustete Blut und starb.

Rannach starrte ihn eine Weile reglos an. Dann schob er das Messer in die Scheide zurück, hob sein Beil und die Lanze auf, ergriff die Zügel des verängstigten Braunen und schwang sich in den Sattel.

Das Tal um ihn herum stand in Flammen. Die brennenden Zelte der Zerstörer und Tachyn hatten das Gras in Brand gesetzt. Dichter Rauch verdunkelte den Himmel, und die Luft war vom Gestank verkohlenden Fleisches erfüllt.

Yaztes stämmige Gestalt schälte sich aus den flackernden Rauchschwaden. »Die Tachyn sind tot«, verkündete er. »Jetzt greifen wir die Zerstörer an.«

Rannach nickte stumm. Gemeinsam ritten sie durch das Flammenmeer zu den Mataway und Grannach, die auf den Angriffsbefehl warteten.

»Gott!« Var starrte entgeistert die Barrikade aus blutigen Bestien- und Zerstörerleibern an, die den Paß verstopfte. Die Leichen waren von Schrapnellgeschossen zerrissen und von Gewehrkugeln durchsiebt worden. Als er den Blick die Steilwände hinaufwandern ließ, entdeckte er an der Abbruchkante kauernde Marinesoldaten. »Nicht schießen!« rief er, da er nicht wissen konnte, daß sie längst keine Munition mehr hatten. »Ich bin Tomas Var!«

»Major?« Einer der Männer erhob sich und spähte in die Tiefe. »Bei Gott, Sir, Ihr seid gerade noch rechtzeitig gekommen!«

»Wer hat das Kommando?« wollte Var wissen.

»Hauptmann Kerik, Sir, aber der ist tot. Ich weiß nicht, wer jetzt befiehlt.«

Var runzelte die Stirn. »Und der Inquisitor?«

»Auch tot, Sir. Von diesen Wilden in den bunten Rüstungen erschlagen.«

»Und Arcole Blayke? Davyd?«

»Die kämpfen mit uns. Tapfer.«

Tomas Var lächelte erleichtert. »Wir kommen durch. Wo stehen die Feinde?«

»Überall, Sir. Wir konnten ihnen diesen Ausgang versperren, aber jetzt stürmen sie die Hänge.«

»Verteidigt den Paß weiter!« befahl Var, obwohl er längst kein Kommando mehr innehatte, das die Miliz Gottes anerkennen würde. »Wir werden ihnen in die Flanke fallen!«

»Sir?« fragte der Soldat verunsichert. »Ich glaube, es strömen noch mehr Wilde in das Tal.«

»Es sind Freunde!« rief Var. »Schießt nur, wenn sie euch angreifen!«

»Jawohl, Sir!«

Var drehte sich zu Abram Jaymes um. »Wir ziehen weiter«, sagte er und kletterte mit seiner Streitmacht über den gräßlichen Wall aus zerfetztem Fleisch.

Die Zerstörer stürmten den Hügelkamm. Kugeln konnten ihnen nichts anhaben, aber sie starben, wenn Bajonette durch die Verbindungsstellen der Rüstungen in nachgebendes Fleisch stießen. Die Verteidiger kämpften jetzt nur noch um das nackte Überleben und darum, die Stellung zu halten, bis die von Davyd versprochene Hilfe eintraf. Höchstens dreißig waren noch auf den Beinen. Knapp zwanzig mehr konnten auf Grund ihrer schweren Verwundungen nicht mehr in den Kampf eingreifen, aber jeder von ihnen umklammerte eine Pistole, um sich notfalls selbst zu töten. Mittlerweile wußten sie, was sie von den Zerstörern zu erwarten hatten.

Ihr Ende schien besiegelt.

»Es ist vorbei.« Arcole wischte sich das Blut von einer frischen Schnittwunde. »Wir sind verloren.«

»Nein!« Davyd spähte mit zusammengekniffenen Augen durch den Rauch. »Sieh doch, sie kommen!«

Als Arcole der Blickrichtung seines Kameraden folgte, sah er, daß das gesamte Tal in Flammen stand. Das Feuer breitete sich rasend schnell über das Gras aus, aber zwischen den lodernden Flammen und dem Fuß der Hügelkette entdeckte er die geballte Streitmacht der Matawaye, bereit, in die Schlacht einzugreifen. Er konnte Rannach erkennen und Yaztes massige Gestalt, Dohnse und Kanseah, Colun und seine gedrungenen Grannach und hinter ihnen Morrhyn und Kahteney.

Die Zerstörer sammelten sich zum letzten Angriff, der die Verteidiger endgültig hinwegfegen mußte. Akratil ritt die Reihen auf seinem schrecklichen Pferd ab, unverkennbar zuversichtlich, feuerte seine Krieger an und richtete sein bluttriefendes Schwert siegesgewiß auf den Hügelkamm …

Plötzlich klang lautes Geschrei von Süden her auf, und Arcole erblickte Tomas Var und Abram Jaymes an der Spitze einer Menschenmenge, die über die Leichenbarriere des Passes flutete und sich in das Tal ergoß. Ein Lächeln huschte über sein Gesicht, doch dann entdeckte er Flysse unter den Matawaye.

»Gott, was tut sie hier?«

Er stand auf und schrie ihr zu zurückzubleiben – und ein langer, leuchtend bunter Pfeil bohrte sich ihm in die Schulter. Arcole stieß einen überraschten Laut aus und sank zu Boden. Im ersten Moment verspürte er überhaupt keine Schmerzen, dann schien plötzlich flüssiges Feuer durch seinen Arm zu schießen und sich in seiner Brust auszubreiten. Er registrierte gar nicht, daß Davyd ihn aus der Schußlinie schleifte, bis er fühlte, wie ihm eine Pistole in die Hand gedrückt wurde, und als er die Augen öffnete, sah er Davyds besorgtes Gesicht über sich.

»Ich muß dich jetzt allein lassen.«

»Ich komme mit dir«, krächzte Arcole. Er versuchte, sich aufzurichten, und fiel wieder zurück.

»Bleib ruhig liegen«, beschwor ihn Davyd. »Ich habe jetzt keine Zeit, den Pfeil zu entfernen. Also halt still.«

Arcole stöhnte. Seine Füße schienen ihm nicht mehr zu gehorchen. Er hatte das Gefühl, durch eine Hölle aus Schmerzen und Feuer zu treiben, und er fragte sich, ob die Zerstörer ihre Pfeilspitzen vergifteten. »Kümmer dich bitte um Flysse«, keuchte er. »Und sollte ich nicht überleben, sag ihr, das ich sie liebe.«

»Das weiß sie«, sagte Davyd leise. »Und du wirst nicht sterben.«

Arcole lachte hilflos und ergriff Davyds Hand. *Wie der arme Jorge Kerik,* dachte er. *Ist das mein Ende?* Sie tauschten einen kurzen Händedruck, dann sprang Davyd auf und eilte in das Schlachtgetümmel zurück.

Die Matawaye griffen an, und von Süden her stürmte die Armee Salvations vor.

Akratil hörte das Gebrüll und riß sein gehörntes Pferd herum. Er spürte eine Zusammenballung von Kräften, die er nicht einordnen konnte – außer daß sie sich vereint hatten, um ihm den schon sicher geglaubten Sieg streitig zu machen, außer daß hier eine Macht aufgetaucht war, die sich der seines dunklen Gottes entgegenstellte. Es war, als hätten sich all diejenigen, die bisher zerstritten gewesen waren – die Beute der Zerstörer – zusammengefunden, als hätten sie ihren Glauben und all ihre Hoffnungen gebündelt, um sich gegen ihn zu wenden und ihn zu vernichten, und er spürte, wie sich seine Magie zu verflüchtigen begann.

Er fluchte und wünschte, er wäre nie in dieses Tal gekommen. Zum ersten Mal kam das Gefühl in ihm auf, daß er es hier mit einem Gegner zu tun bekam, den er nicht würde besiegen können. Es war nicht so sehr ihre bloße Zahl, sondern ihr gemeinsames Ziel, ihre Einigkeit, als hätten sie ihre widerstrebenden Interessen vergessen und all ihre Kraft nur darauf gerichtet, ihn zu vernichten. Er *fühlte* diese geballte Macht wie ein gewaltiges Gewicht, das ihn zu erdrücken drohte.

Akratil verfluchte seinen bösartigen Gott und befahl seinen Kriegern, die Hügelkette zu stürmen.

Die Matawaye preschten den Hang hinauf, die Grannach liefen zu Fuß neben ihnen her, und als sie die erste Reihe der Zerstörer erreichten, hieben sie mit ihren Äxten auf die unheimlichen Bestien ein, während die Matawaye die Reiter mit einem Pfeilhagel eindeckten, ehe sie mit ihren Lanzen, Beilen und Messern zum Nahkampf übergingen.

Und dann waren auch die Bewohner Grostheims

und der Farmen da. Ihre Musketen und Pistolen dröhnten und richteten – nachdem Akratils dunkle Magie sich unter dem Einfluß der Vereinigung Salvations und Ket-Ta-Thannes zu verflüchtigen begann – ein furchtbares Blutbad an.

Zerstörer kippten aus den Sätteln und starben unter den Streitäxten der Grannach. Männer, auf deren Wangen das Brandmal der Verbannung wie ein Fanal prangte, schossen auf Zerstörer und Bestien und fielen mit Schwertern, Messern, Äxten, Sicheln und Hacken – was auch immer sie an Waffen trugen – über den gemeinsamen Feind her. Die Rotröcke der Miliz Gottes feuerten gezielte Salven ab, pflanzten die Bajonette auf und griffen an der Seite von Herren und Dienern in den Nahkampf ein. Die gesamte Bevölkerung von Salvation kämpfte vereint, und Davyd erkannte, daß seine Träume wahr geworden waren.

Auf einmal löste sich ein Alptraum aus dem wilden Gemetzel und ritt auf ihn zu.

Es war der Reiter in der goldenen Rüstung auf seinem mitternachtschwarzen Pferd. Unter dem verzierten Flügelhelm loderten seine Augen haßerfüllt wie die Feuergruben der Hölle.

»Du!« Der Zerstörer hatte das Schwert anklagend ausgestreckt. »Du bist derjenige!«

Davyd hob seine Muskete und drückte auf den Abzug. Die Kugel klatschte gegen die goldene Rüstung und fiel harmlos in das blutbesudelte Gras. Im Gegensatz zu seiner Horde schien Akratils Magie an ihm selbst noch immer zu haften. Lachend trieb er sein gehörntes Pferd an. Davyd warf seine Muskete fort und zog die Pistole. Wie die Gewehrkugel prallte auch die Pistolenkugel wirkungslos von der Rüstung ab. Der Zerstörer schwang sein Schwert, während das gräßliche Pferd mit dem dolchartigen Mittelhorn nach Davyds Brust stieß.

Davyd tänzelte zurück, entging dem Horn und dem Schwerthieb und wurde sich bewußt, daß der Reiter ihn in das Wäldchen auf dem Hügelkamm drängte. Plötzlich waren sie vom Rest der Kämpfenden getrennt und tauchten in das Zwielicht der Bäume ein, als müßten sie diese letzte Schlacht allein ausfechten. Die Hörner des Pferdes verfehlten Davyds Brust, die scharfen Fänge schnappten nach seinem Gesicht, und Akratils Schwert schlug nach seinem Kopf. Davyd warf sich zur Seite, und die Klinge grub sich in einen Baumstamm. Es war eine Eiche, wie er mit einer seltsamen Klarheit bemerkte, die vielleicht von der Ahnung seines bevorstehenden Todes herrührte. *Wie die Bäume in dem Wäldchen, in dem Taza versucht hat, mich zu töten*, dachte er. *Ist es möglich, daß dadurch alle nachfolgenden Entwicklungen ausgelöst worden sind?*

Er glitt hinter den Stamm, und plötzlich überkam ihn eine große Angst. Ohne zu wissen, woher er die Sicherheit nahm, fühlte er, daß dies allein sein Kampf war und die Zerstörer immer noch siegen konnten, wenn es ihm nicht gelang, Akratil zu töten.

Doch wie sollte er einen derart wilden Krieger besiegen?

Der Tag neigte sich dem Ende entgegen, die Schatten wurden länger, das Dämmerlicht zwischen den Bäumen dunkler. Plötzlich durchzuckte Davyd die Erkenntnis, daß er das Fell des Vielfraßes trug, das der arme Tekah ihm überreicht hatte, und der Gedanke verlieh ihm ein wenig Kraft.

»Ihr seid geschlagen.« Davyd duckte sich unter einem weiteren Schlag weg und brachte sich mit einem Satz außer Reichweite der zustoßenden Hörner. »Siehst du? Deine Krieger sterben.«

Akratil warf einen kurzen Blick über die Schulter und fauchte. Davyd hatte recht. Die Zerstörer fielen unter dem Gewehrfeuer der Menschen aus Grostheim, den Waffen der Matawaye und den Streitäxten der Grannach. Nur wenige waren noch am Leben. Die Bewohner Salvations und die Matawaye bedrängten sie von allen Seiten, und die Grannach stürzten sich wie lebendige Felsbrocken auf die Echsenbestien.

»Und wenn schon.« Akratil sprang geschmeidig aus dem Sattel und gab seinem Pferd ein Zeichen, Davyd den Fluchtweg abzuschneiden. »Ich werde dich töten. Ich werde deinen Schädel an meinen Sattel hängen und ihn in anderen Welten präsentieren.«

Davyd zweifelte nicht daran, daß der Zerstörer sein Versprechen wahrmachen konnte. Er wurde immer weiter von der Hügelkuppe und seinen Freunden fort in den düsteren Wald getrieben. Die einzige Waffe, die er jetzt noch hatte, war sein Messer, und damit würde er kaum etwas gegen Akratils langes Schwert und die Hörner des pechschwarzen Pferdes ausrichten können.

Es sei denn, der Schöpfer gab ihm Kraft.

Er wich einem Schwerthieb aus, der dicht über seinem Kopf Holzsplitter aus einem Baumstamm riß, und Akratil drängte ihn tiefer in den Wald hinein.

»Warum?« rief er. »Warum zerstörst du alles, was dir begegnet?«

»Weil das meine Aufgabe ist«, erwiderte Akratil. »Begreifst du das nicht?«

»Nein!« Davyd sprang hinter den Stamm einer Weißbuche. Die Schwertklinge ließ den Baum erzittern und Borkenstücke durch die Luft schwirren. Das gehörnte Pferd rückte angriffslustig weiter vor. »Warum willst du uns vernichten?«

»*Uns?*« Akratils Stimme klang spöttisch. »Wen meinst du mit *uns*?«

»Die Matawaye – das Volk – und die Bevölkerung von Salvation. Die Grannach und all die anderen, die ihr massakriert habt.«

»Weil ihr es verdient.« Akratil nahm das Schwert in

beide Hände. »Weil ihr uns durch Verrat und Neid herbeigerufen habt und wir die dunkle Seite von euch sind, die es nach Tod gelüstet. Die Seite, die nichts als Begierde kennt, die nach der Frau eines anderen dürstet, nach seinen Pferden, nach allem, was ihr nicht gehört und wofür ihr eure Seelen verkaufen würdet. Kannst du das leugnen? Kannst du mir ehrlich widersprechen?«

Davyd erinnerte sich, wie er Flysse begehrt hatte, und schüttelte den Kopf. »Ich leugne nicht, daß ich begehre. Aber ich achte und respektiere meine Freunde.«

Akratils Gelächter hallte durch den Wald, als seine Klinge einen weiteren Schauer aus Rinde, Zweigen und Holzsplittern auf Davyd herabregnen ließ.

»Verrat hat uns in dieses armselige Land gerufen, daß du als Ket-Ta-Witko kennst«, sagte er. »Die Begierde eines Mannes nach der Frau eines anderen. Wozu hat das geführt, außer zu unserem Auftauchen? Was hat uns in dieses neue Land gebracht, außer Verrat und Neid? Werdet ihr diese Gelüste aus euren Seelen ausmerzen? Könnt ihr das überhaupt?«

»Nein!« rief Davyd und wich tänzelnd dem Schwert und den nach ihm schnappenden Fängen aus. »Aber wir können uns über unsere Gelüste erheben!« Er wußte, daß er dieses Spiel nicht endlos durchhalten konnte. Irgendwann würden seine Kräfte erlahmen. »Und jetzt haben sich die Menschen vereint, um euch zu besiegen. Kannst du dem Einhalt gebieten?«

Akratil stieß wieder ein fauchendes Knurren aus, schwang wütend das Schwert, und plötzlich fühlte Davyd neue Hoffnung aufkeimen.

»Morrhyn hat dich schon einmal besiegt«, fügte er hinzu.

»Und Vachyr hat Arrhyna geraubt und vergewaltigt«, entgegnete Akratil. »Rannach hat Vachyr erschlagen, und Chakthi hat Racharran verraten.« Die gebogene Klinge ließ einen weiteren Schauer aus Holzsplittern fliegen. »Taza hat Debo entführt, Chakthi wollte seine Rache – und wenn es dir möglich wäre, hättest du Flysse gern für dich!«

»Ja, wenn sie nicht Arcoles Frau wäre, und deshalb …«

»Und deshalb willst du sie nicht?« Die Schwertklinge fuhr so knapp über Davyds Kopf hinweg, daß sie seine Haarspitzen abrasierte. »Was, wenn Arcole tot ist? Was dann, nachdem sie eine Weile getrauert hat? Würdest du nicht zu ihr gehen, voller Begierde, und nicht mehr an deinen Freund denken?«

»Vielleicht«, räumte Davyd ein. »Aber nur, wenn sie mich haben will. Und selbst dann …«

»Nichts dann«, fiel ihm Akratil ins Wort. Er lachte höhnisch. »Beherrscht von deinen Gelüsten und froh über den Tod deines Freundes.«

»Nein!« schrie Davyd, und vor seinem inneren Auge stiegen Bilder auf. Arcole, der verwundet und hilflos im Gras lag, Flysse, die nichts als ihre Unterwäsche trug, wie damals nach ihrer Flucht aus Grostheim, und er erkannte, daß Akratil in gewisser Weise recht hatte. Doch auf eine andere Weise irrte sich der Zerstörer, denn jetzt sah Davyd Morrhyns Gesicht vor sich, die unerfüllte Liebe des Wakanishas zu Lhyn. »*Nein!*« wiederholte er mit absoluter Überzeugung.

Und plötzlich war es, als loderte ein Feuer in ihm auf, das auch den letzten Zweifel auslöschte und ihn unempfänglich für die Einflüsterungen des Zerstörers machte. Er glaubte, Morrhyns und Rannachs Stimmen in seinem Kopf zu hören, die ihn in seinem Glauben bestärkten, und er erkannte Akratil als den Lügner und Verführer, der er war. Er spürte, wie ihn die Kraft des Schöpfers durchströmte, und er wußte mit unerschütterlicher Sicherheit, daß sein Leben keine Rolle spielte, solange er nur der Bedrohung all dessen, woran er glaubte, ein Ende setzen konnte.

»*NEIN!* brüllte er, tauchte unter einem Hieb des Schwertes hinweg und stieß sein Messer von unten aufwärts durch eine Verbindungsstelle der goldenen Rüstung in Akratils dunkles Herz.

Es war seltsam, Blut aus dem Körper eines solchen Wesens hervorquellen zu sehen, aber es floß in Strömen aus der Wunde, die seine Klinge aus bestem Grannachstahl in das Fleisch des Zerstörers gebohrt hatte, und Akratils Lächeln verwandelte sich in eine ungläubige schmerzverzerrte Grimasse.

Das Schwert schwang ein letztes Mal auf Davyd zu, dann sank Akratil auf die Knie, und die schwere Waffe entglitt seinen Fingern. Er preßte die Hände auf seinen Bauch und starrte verblüfft auf den Blutstrom, der seine Handschuhe rot färbte.

»Bist du so stark?«

»Nein«, sagte Davyd.

»Wie …?« Akratils Stimme stockte. Blut sickerte aus seinem Mund und seiner Nase, rann über die Rüstung und besudelte das Metall mit der Farbe des Todes. »Wie kannst du mich dann töten?«

»Weil ich Freunde habe«, erklärte Davyd. »Und einen Gott, der mächtiger als der deine ist.«

Akratil stierte ihn verständnislos an, selbst jetzt noch nicht bereit, ihm zu glauben.

»Das kann nicht sein.« Er kämpfte sich mühsam wieder auf die Beine, ergriff sein Schwert und hob es hoch. Die Bewegung ließ ein frisches Rinnsal Blut über seine Rüstung fließen. »Kein Gott ist mächtiger als der meine.«

Er holte aus und ließ die schwere Klinge in einem

weiten Bogen auf Davyds Kopf herabfahren. Davyd wich dem Schlag aus und hechtete auf den Zerstörer zu. Es interessierte ihn nicht mehr, ob er diesen Kampf überlebte. Alles, was zählte, war, daß er Akratil tötete.

Der Schwertarm des Zerstörers landete wuchtig auf seiner Schulter und ließ ihn fast in die Knie gehen, der andere Arm legte sich um ihn, so daß sich ihm die Klauen des Panzerhandschuhs in den Rücken gruben. Die Schmerzen erinnerten ihn an die Klauen des Vielfraßes. »Im Namen des Schöpfers!« rief er und stieß sein Messer mit aller Kraft in den schmalen Spalt zwischen Akratils Helm und Halsberge.

Die Klinge bohrte sich durch das Kinn und den Gaumen des Zerstörers bis hinauf in das Gehirn. Einen Moment lang standen die beiden Männer eng umschlungen da, dann fiel Akratil das Schwert aus der Hand, und die spitzen Klauen lösten sich aus Davyds Rücken.

Davyd stieß den Zerstörer von sich und sah, wie die roten Augen brachen. Akratil kippte vornüber, schlug wie ein gewöhnlicher Sterblicher mit dem Gesicht auf den Boden, zuckte noch eine Weile im Todeskampf, während er röchelnd sein Leben aushustete, und lag schließlich reglos im Gras. Auf einmal wirkte er kleiner und die goldene Rüstung längst nicht mehr so prächtig.

Zitternd rammte Davyd sein Messer in die Erde, um die Klinge zu säubern. Dann stand er müde auf. *Jetzt sind sie endgültig besiegt,* dachte er, *und ich weiß immer noch nicht, was ich eigentlich bin, Wakanisha oder Krieger. Ob Morrhyn es mir wohl sagen wird?*

Und plötzlich brach das gehörnte Pferd wutschnaubend zwischen den Bäumen hervor und stürmte auf ihn zu.

Davyd spürte, wie ein Fangzahn sein Hemd zerfetzte und ihm die Haut über den Rippen aufriß. Er sprang zur Seite. Wieder schossen Schmerzen durch seinen Brustkorb, und er begann zu lachen. Es wäre schon eine Ironie des Schicksals, wenn er hier durch die Hörner dieser Kreatur starb, nachdem er ihren Herrn getötet hatte.

Noch immer wie verrückt kichernd, taumelte er vor den zustoßenden Hörnern davon und fand kurzfristig hinter einer Eiche Schutz. *Eichen sind stark,* dachte er, *und ich bin zu müde, um weiterzukämpfen.*

Die Hörner schleuderten ihm Zweige und Holzsplitter ins Gesicht. Er sank auf die Knie und hielt sich an der Eiche fest. Selbst wenn er jetzt sterben mußte, Ket-Ta-Thanne und Salvation waren gerettet.

Dann dröhnte ein Schuß auf, und die Beine des pechschwarzen Pferdes knickten ein. Ein zweiter Schuß brachte es zu Fall. Auf der Seite liegend schlug es mit den Läufen aus. Davyd drehte sich um und sah Flysse mit einer rauchenden Muskete in der einen und einer Pistole in der anderen Hand zwischen den Bäumen stehen.

Erschöpft stemmte er sich hoch. Er fühlte sich völlig ausgelaugt, und ihm war übel von all dem Blutvergießen.

Wenn dies das Leben eines Kriegers war, wollte er nichts davon wissen, aber er konnte sich auch nicht mehr vorstellen, wie er jemals ein Wakanisha werden sollte. Jetzt waren seine Hände mit Blut befleckt, und auch wenn er keine andere Wahl gehabt hatte, bedauerte er, was geschehen war.

Er wandte sich ab. Ihm wurde bewußt, daß der Schlachtenlärm verstummt war. Alles, was er noch hörte, waren die Siegesschreie der Bewohner dieses neuen Landes, die in Freundschaft und Eintracht zusammenströmten. Er kehrte auf den Hügelkamm zurück, wo Flysse schon im Gras saß und Arcole in den Armen hielt.

»Es ist vorbei«, murmelte er. »Die Zerstörer sind vernichtet.«

»Und Arcole liegt im Sterben«, sagte sie.

EPILOG

Die Feuer erloschen, bevor sie auf die Hügelkämme übergreifen konnten, die das Tal säumten. Beißender Rauch erfüllte die warme Luft, geschwängert mit dem gräßlichen Gestank der verbrannten Leichen, aber die Zerstörer und ihre furchtbaren Bestien waren vernichtet – wie auch die Tachyn.

Es gab keine Feinde mehr in diesem Land, außer denen jenseits des westlichen Ozeans und des Meeres der Schmerzen. Und die Autokratie war ein Feind, dem man sich ein anderes Mal zuwenden würde.

Denn jetzt war die Zeit gekommen, ausgiebig zu feiern.

Matawaye, Grannach und gebrandmarkte Menschen, Soldaten und freie Bürger, alle strömten zusammen, tranken gemeinsam Tiswin, Weinbrand und Bier und gelobten, in unverbrüchlicher Freundschaft zusammenzuhalten und Salvation in ein freies Land zu verwandeln.

Davyd saß bei Flysse und Arcole, als Morrhyn den Pfeil aus Arcoles Schulter entfernte und verkündete, daß die Wunde sauber wäre.

Tomas Var und Abram Jaymes warteten vor dem Zelt, gemeinsam mit Rannach, der einen Arm um Arrhyna gelegt hatte und Debo an der Hand hielt. Auch Yazte, Kanseah, Dohnse, Kahteney und Colun waren da, als wären sie und die Evanderaner alte Bekannte, die sich um das Wohlergehen ihrer Freunde sorgten.

»Wird er überleben?« fragte Flysse.

Morrhyn nickte und lächelte. »Ja, er wird überleben. Die Wunde wird ihm noch eine Weile Schmerzen bereiten, aber er wird nicht daran sterben. Schon bald wird er dich wieder in den Armen halten.«

»Gelobt sei der Schöpfer«, flüsterte Flysse.

»Gelobt sei der Schöpfer«, wiederholte Morrhyn und wandte sich Davyd zu.

Das Gesicht des jungen Mannes war gezeichnet, als hätten sich all die furchtbaren Schrecken der letzten Schlacht für immer in seine Züge eingegraben.

»Was ist mit dir?« wollte Morrhyn wissen.

»Ich habe getötet«, sagte Davyd tonlos. »Ich habe Menschen getötet, ohne es zu bereuen.«

»Sie haben es verdient, denke ich«, erwiderte Morrhyn.

»Aber was ist mit dem Ahsa-tye-Patiko? Wie kann ich jetzt noch ein Wakanisha werden?«

Morrhyn zuckte die Achseln. »Ich denke, der Schöpfer verändert das Ahsa-tye-Patiko von Zeit zu Zeit«, erklärte er langsam. »Dies ist ein neues Land, und die Dinge ändern sich. Ich glaube, du *kannst* ein Wakanisha werden. Jedenfalls bist du jetzt schon ein Träumer, wie es noch nie einen in unserem Volk gegeben hat.«

»Aber ...«

»Möchtest du mein Schüler werden?« unterbrach ihn Morrhyn. »Möchtest du in die Lehren eingeweiht werden und für das Volk träumen?«

Davyd nickte.

»Dann wird es so geschehen«, versprach Morrhyn, »und du wirst der erste sein, der ein Wakanisha und ein Krieger zugleich ist – und wahrscheinlich der größte von allen.«

»Ich danke dir«, sagte Davyd.

»Nein.« Morrhyn schüttelte den Kopf. »Ich danke dir. Das Volk steht, nach allem, was du getan hast, tief in deiner Schuld.«

»Nein«, widersprach ihm Davyd. »Ich stehe in der

Schuld des Volkes, dafür, daß es mich zu dem gemacht hat, was ich jetzt bin.«

Morrhyn quittierte die Antwort mit einem freudigen Strahlen.

»Ich nehme an, die Entscheidung ist gefallen«, sagte Tomas Var. »Salvation ist unabhängig.«

»Eindeutig, schätz' ich mal«, erwiderte Jaymes. »Bedauerst du es?«

Var schüttelte den Kopf. »Nein.«

»Wir werden 'ne Armee brauchen«, stellte Jaymes fest. »Früher oder später wird uns die Autokratie Truppen auf den Hals schicken.«

»Dann werden wir sie gebührend empfangen und sie zurückschlagen. Wir haben jetzt Freunde, die uns dabei helfen werden, nicht wahr?«

Jaymes ließ seinen Blick über die feiernden und tanzenden Menschen schweifen. Er grinste. »Merkwürdige Freunde. Aber gute Freunde. Ja, ich denk', wir werden es schon schaffen.«

Rannach näherte sich ihnen in Begleitung von Colun. Der Grannach hielt eine leere Weinbrandflasche in der Hand. »Das ist fast so gut wie Tiswin«, sagte er. »Ist davon noch etwas da?«

Abram Jaymes verstand zwar nicht die Worte, wohl aber die Gesten. »Jede Menge«, versicherte er. »So viel, wie du trinken kannst.«

Er war sicher, daß er den gedrungenen Menschling mögen würde.

»Er verträgt gewaltige Mengen«, warnte Rannach. »Ich habe noch nie einen Mann gesehen, der so viel trinken kann.«

»Tatsächlich?« fragte Jaymes. »Dann sollten wir 'nen Wettbewerb veranstalten.«

»Das würde mir gefallen«, sagte Colun, nachdem

Rannach Jaymes' Antwort übersetzt hatte. Er rülpste. »Das würde mir sogar sehr gut gefallen.«

»Du mußt unbedingt Grostheim besuchen«, lud ihn Var ein.

»Und du unsere Berge«, entgegnete Colun feierlich.

»Und Ket-Ta-Thanne«, fügte Rannach hinzu.

Die Männer sahen einander an, und auf einmal brachen sie in Gelächter aus.

»Ich denke, jetzt wird alles gut«, sagte Arcole. Er lag neben Flysse auf seiner Decke. »Richtig, Davyd?«

Davyd blickte durch die geöffnete Zeltklappe auf das Fest hinaus. Es war wie ein großes Matakwa, nur daß sich diesmal alle Bewohner von Salvation und Ket-Ta-Thanne in Freundschaft versammelt hatten. Er nickte. »Ja«, erwiderte er, »das denke ich auch.«

ENDE

Glossar

Ahsa-tye-Patiko: Das Gesetz des Schöpfers, das u.a. die Gebote beinhaltet, nach denen die > *Matawaye* leben.

Akaman: Der Clanführer oder Häuptling eines Clans der > *Matawaye.*

Aparhaso: Einer der fünf Clane der > *Matawaye.*

Autokratie: Die Diktatur > *Evander*s über seine Nachbarn. Die Autokratie haßt und bekämpft jede Form von Magie mit Hilfe ihrer > *Inquisitoren* – außer in ihren eigenen Reihen.

Commacht: Einer der fünf Clane der > *Matawaye.*

Creddan: Sippenführer oder Häuptling der > *Grannach.*

Evander: Die beherrschende Macht der zivilisierten Welt. Evander unterwarf seine Nachbarn im Zuge der > *Restitution.*

Golan: Schamane und Magier der > *Grannach,* auch Steinformer genannt. Ein Golan spürt die dem Gestein innewohnenden Kräfte und vermag sie Kraft seines Willens zu nutzen.

Grannach: Das zwergenhafte Volk lebt unterirdisch in künstlich erschaffenen Höhlen und Stollen und wacht im Auftrag des Schöpfers über die Berge.

Grostheim: Die einzige Stadt > *Salvation*s ist Evanders Vorposten in der neuen Welt und gleicht einer riesigen Festung.

Inquisitoren: Mit ihren magischen Fähigkeiten suchen und bekämpfen sie im Auftrag der Autokratie alle anderen magisch begabten Personen.

Ket-Ta-Thanne: Die Zuflucht und neue Heimat der > *Matawaye* und *Grannach*.

Ket-Ta-Witko: Die ursprüngliche Heimat der > *Matawaye*, in der sie der Legende nach am Anfang der Zeiten vom Schöpfer angesiedelt wurden. Ket-Ta-Witko war von weiten Grasebenen geprägt.

Lakanti: Einer der fünf Clane der > *Matawaye*.

Matakwa: Die alljährliche Zusammenkunft aller Clane der > *Matawaye* auf der Begegnungsstätte, an der auch die Grannach teilnehmen.

Matawaye: Sammelbezeichnung für die fünf Clane von Ket-Ta-Witko. Zu ihnen gehören die Aparhaso, die Commacht, die Lakanti, die Naiche und die Tachyn.

Meer der Schmerzen: Es trennt die zivilisierte Welt von > *Salvation*, ist die Heimat gefährlicher Seeschlangen und hat schon so manches Schiff verschlungen.

Miliz Gottes: Die Elitesoldaten Evanders kämpfen für die Autokratie.

Naiche: Einer der fünf Clane der > *Matawye*.

Pahéwurzel: Eine halluzinogene Droge. Die > *Wakanishas* kauen sie, um ihre seherischen Fähigkeiten zu steigern.

Restitution: Die blutigen Kriege, in deren Verlauf Evander die Herrschaft über die zivilisierte Welt errang. Auch der Name des größten Flusses von > *Salvation*.

Salvation: Die Überseekolonie Evanders in der neuen Welt. Die Bevölkerung Salvations besteht größtenteils aus zu lebenslanger Fronarbeit verurteilten Verbannten.

Tachyn: Einer der fünf Clane der > *Matawaye*.

Tiswin: Ein berauschendes Getränk aus vergorenen Wildbeeren, für das die Grannach eine Schwäche haben.

Wakanisha: Der Schamane eines Clans der Matawaye und Berater des jeweiligen Akamans. Neben dem Einsatz ihrer seherischen Gabe zum Wohle der Clane besteht die Aufgabe der Wakanishas darin, das Ahsatye-Patiko zu interpretieren.

Wa'tenhya: Das Traumzelt, das die Wakanishas aufsuchen, um ihre prophetischen Visionen zu erhalten.

Whaztaye: Ein Volk, das jenseits der Berge von Ket-Ta-Witko lebt und ein trauriges Schicksal erleidet.

Zerstörer: Ein rätselhaftes und kriegerisches Volk, das seinem Namen alle Ehre macht. Wo die Zerstörer einfallen, hinterlassen sie nur Tod und Verwüstung.

Personenregister

(Das Register enthält nur die Namen der Personen, die mehrfach genannt werden bzw. eine wesentliche Rolle für den Verlauf der Handlung spielen.)

Abram Jaymes: Der stets ungewaschene Kundschafter und Jäger kennt Salvation besser als jeder andere Siedler und hütet ein Geheimnis. Trotz seiner ungehobelten Art und seiner kaum verhüllten Abneigung gegen > *Jared Talle* wird er > *Tomas Var*s Freund und Vertrauter. Jaymes steht zu seinem Wort, selbst wenn es ihn das Leben kosten könnte.

Akratil: Der Anführer der Zerstörer kennt nur ein Ziel: Tod und Verderben zu bringen. Seine Horde hat schon viele Welten vernichtet und sucht einen Weg nach Salvation und Ket-Ta-Thanne.

Alyx Spelt: Der einstige Oberbefehlshaber der Ordungskräfte von Salvation hat bereits sein Kommando an > *Tomas Var* verloren. Doch das ist noch nicht alles, was er verlieren soll.

Andru Wyme: Der Gouverneur Evanders in Salvation ist nur noch eine Marionette des Inquisitors > *Jared Talle*. Nicht nur in dieser Beziehung teilt er das Schicksal seines Freundes Major Alyx Spelt.

Anton Groell: Der Gutsbesitzer glaubt an die Macht der Autokratie und die schützende Magie > *Jared Talle*s.

Arcole Blayke: Der verbannte Lebemann und Glücksspieler aus Levan hat eine gefährliche Odyssee hinter sich, doch seine Reise ist noch nicht zu Ende. Zusammen mit > *Davyd* und > *Rannach* kehrt er nach Salvation zurück, um einen schier aussichtslosen Kampf aufzunehmen.

Arrhyna: > *Rannach*s junge Frau bangt um ihren Sohn > *Debo*.

Bemnida: Die bildhübsche Zerstörerin ist Akratils rechte Hand und steht ihm in Grausamkeit um nichts nach.

Besdan: Ein Krieger der Tachyn, der einen Stoßtrupp anführt.

Celinda: Gouverneur Wymes Frau.

Chakthi: In seinem grenzenlosen Haß hat der Akaman der Tachyn längst seine Menschlichkeit verloren. Um Vergeltung für seine Verbannung und den Tod seines Sohnes zu üben, ist er bereit, sich mit den Mächten der Finsternis zu verbünden.

Chappo: Ein unvorsichtiger Tachyn.

Colun: Der Grannach wurde zum Creddan aller Sippen der Steinmenschen berufen. Er ist ein Garant der Traditionen seines Volks und ein unverzagter Kämpfer.

Davyd Furth: Der junge Dieb und prophetische Träumer ist den Nachstellungen der Inquisition entgangen, hat seine Gefährten in ein neues Land geführt und einen Mordanschlag > *Taza*s überlebt. Wie zuvor sein Mentor > *Morrhyn*, wurde auch er vom Schöpfer dazu bestimmt, das Volk der Matawaye zu retten. Doch die Verantwortung, die auf seinen Schultern lastet, ist noch weitaus größer als die, die sein Mentor zu tragen hatte.

Debo: Arrhynas Sohn wird zum Spielball im Kampf gegen die Zerstörer.

Dohnse: Der junge Tachyn hat sich gegen Chakthi gestellt und empfindet nur Abscheu und Verachtung für seinen ehemaligen Akaman.

Flysse Cobal: Arcoles Frau lebt glücklich und zufrieden im Volk der Matawaye. Doch das Schicksal zwingt sie dazu, noch einmal zu den Waffen zu greifen.

Goso: Ein Krieger der Tachyn.

Hadduth: Der Wakanisha der Tachyn folgt seinem Akaman auf dem Weg in die Finsternis. Er hat sich vom Schöpfer abgewandt, dem Ahsa-tye-Patiko entsagt und seine Seele dem Bösen verschrieben.

Jared Talle: Der Inquisitor wurde von Evander nach Salvation gesandt, um in der Kolonie für Ordnung zu sorgen. Er setzt seine beachtlichen magischen Fähigkeiten skrupellos dazu ein, seine Ziele zu erreichen und einen selbstmörderischen Plan zu verfolgen, der der Autokratie grenzenlose Macht bescheren soll.

Jorge Kerik: Der Hauptmann der Marineinfanterie genießt Jared Talles Vertrauen. Doch er stellt seine Ehre und sein Gewissen vor blinden Gehorsam.

Jolyon Minns: Ein Leutnant der Miliz Gottes in Salvation, der gegen seinen Willen zum Kommandant der Milizionäre von Grostheim wird.

Kahteney: Der Wakanisha der Lakanti ist > *Morrhyn* freundschaftlich verbunden.

Kanseah: Ein junger Krieger der Naiche, der nach dem Tod seines Akamans zu dessen Nachfolger berufen wird.

Lhyn: > *Racharran*s Frau und > *Rannach*s Mutter wurde vom Schicksal hart geprüft. Sie ist der ruhende Pol der Commacht und hegt mehr als freundschaftliche Gefühle für > *Morrhyn*.

Marjia: Coluns resolute Frau.

Morrhyn: Der Wakanisha der Commacht hat die Mataway vor dem Untergang bewahrt und aus Ket-Ta-Witko nach Ket-Ta-Thanne geführt. Sein Volk verehrt ihn als Propheten und Retter. Er wird zu Davyds Mentor und führt die Matawaye in die letzte Schlacht.

Owan Thirsk: Der Siedler hat seine Farm, seine Frau und seine Freiheit verloren. Er wird von den Tachyn gefangengenommen, wie ein Tier behandelt und unfreiwillig zum Verräter.

Racharran: > *Rannach*s Vater starb im Kampf gegen die Zerstörer.

Rannach: Nach dem Tod seines Vaters ist Rannach nicht nur zum Akaman der Commacht geworden, sondern zum Führer aller Matawaye in Ket-Ta-Thanne. Doch es fällt ihm nicht immer leicht, seiner neuen Verantwortung gerecht zu werden. Zusammen mit Arcole und Davyd begibt er sich auf die lebensgefährliche Reise nach Salvation.

Taza: Ein junger unbeherrschter Lakanti, dessen sehnlichster Wunsch es ist, Wakanisha zu werden, und der die Zurückweisung durch Morrhyn und Kahteney nicht erträgt. Nachdem sein Mordanschlag gegen Davyd gescheitert ist, ersinnt er einen weiteren teuflischen Plan, um seine Ziele zu verwirklichen, ohne zu ahnen, daß er lediglich ein Werkzeug Akratils ist.

Tekah: Der junge Krieger fühlt sich für Davyd verantwortlich und wird zu seinem Beschützer.

Tomas Var: Der Marineoffizier wurde zum Major befördert und Jared Talle als rechte Hand zur Seite gestellt. Er hat Evander einen Treueeid geschworen und bemüht sich nach Kräften, seine Pflicht zu erfüllen. Doch die Zustände in Salvation, Talles grausames Regime und seine Freundschaft zu Abram Jaymes stürzen ihn in einen schweren Gewissenskonflikt.

Yazte: Als einziger Akaman hat der beleibte Lakanti den Exodus der Matawaye aus Ket-Ta-Witko überlebt. Trotz seines Alters und seiner Erfahrung überläßt er dem jüngeren Rannach bereitwillig die Führung der Matawaye in Ket-Ta-Thanne.

ISBN 3-404-20404-2

ISBN 3-404-20406-9

ISBN 3-404-20419-0

Das Volk der Grannach droht ins Exil getrieben zu werden. Die einzige Hoffnung ruht auf zwei Männern und einer Frau, die bereits Ausgetoßene sind. Einer von ihnen ist der Träumer aus den alten Mythen, der Rettung bringen kann ...

ANGUS WELLS ist einer der profiliertesten Bestseller-Autoren Englands, der sich mit seiner tolkienesken, epischen Fantasy viele Freunde erworben hat.

BASTEI LÜBBE

ISBN 3-404-20309-7

ISBN 3-404-20313–5

ISBN 3-404-20317–8

DAS LIED VON ALBION

Das Gleichgewicht
zwischen unserer Welt
und der
paradiesischen
›Anderswelt‹
ist gestört –
der Beginn eines
gewaltigen Kampfes
zwischen
Gut und Böse
vor keltischem
Hintergrund

BASTEI
LÜBBE

ISBN 3-404-20333-X

ISBN 3-404-20401-8

Abgeschieden von der übrigen Welt, umschlossen von Meer und Bergen, liegt Elderland, die Heimat des friedfertigen Ffolks. Das Ffolk ist stolz auf seine Geschichte und hortet im großen Museum zu Aldswick viele seltsame und kuriose Dinge aus der Vergangenheit. Doch als die düsteren Schatten dieser Vergangenheit sich auf das Land legen und eine Gefahr heraufzieht, die alle schon längst gebannt geglaubt, treten Geheimnisse zutage, von denen niemand etwas ahnte. Nun muß sich das Ffolk bewähren. Das Schicksal des ganzen Imperiums lastet auf einer kleinen Gruppe treuer Freunde, die zu einer abenteuerlichen Reise aufbrechen, welche sie an die Grenzen der Welt führen wird, zum Anfang und zum Ende der Zeit …

BASTEI LÜBBE

ISBN 3-404-20405-0

ISBN 3-404-20410-7

Stellen Sie sich eine Welt vor, in der Darwin auszieht, die Naturgesetze zu erforschen – und alles, was er vorfindet, ist Magie.

Auf eine Reise um die halbe Welt entsandt, folgt der junge Forscher Tristam einem geheimnisvollen Vogel auf eine entlegene Insel. Gestrandet in einem Land der Legenden, das seiner wissenschaftlichen Weltsicht trotzt, muss Tristam feststellen, dass das Erbe der Magier doch noch nicht erloschen ist ...

ISBN 3-404-20262-7

ISBN 3-404-20330-5

ISBN 3-404-20338-0

Die deutsche Presse über

ROGER TAYLOR

›Spannend ohne Ende.‹
Klappe auf, Karlsruhe

›Echte Leseschmöker über Welten, die man vor Spannung nicht mehr verlassen möchte.‹
Wochen-Kurier, Heidelberg

›Die Parallelen zu Tolkien sind offensichtlich, und doch hat Taylor ein eigenständiges Epos entworfen.‹
Das Foyer, Essen

BASTEI LÜBBE

ISBN 3-404-20395-X

ISBN 3-404-20396-8

ISBN 3-404-20397-6

Der Feuerkreis

Der Sturmwächter ist im ewigen Eis gefangen.
Jaric, Erbe des Feuerfürsten, ist verstrickt in einen Kampf auf Leben und Tod, in dem es darum geht, seine angeborenen magischen Fähigkeiten zu entwickeln.
Taen, die Traumweberin, bekämpft ihren bösen Bruder.

Keiner der drei darf scheitern, oder die Welt der Vaere ist verloren.

BASTEI
LÜBBE

ISBN 3-404-20356-9

ISBN 3-404-20365-8

ISBN 3-404-20374-7

DAS GROSSE SPIEL

Eine spannende Reise durch Vergangenheit und Gegenwart: In einem Hospital erwacht der junge Edward ohne jede Erinnerung. Wo kommt er her? Da öffnen sich plötzlich Tore zu anderen Welten und Zeiten.

BASTEI LÜBBE

ISBN 3-404-20189-2

ISBN 3-404-20196-5

ISBN 3-404-20203-1

ISBN 3-404-20209-0

Die BELGARIAD Saga

BASTEI LÜBBE